Les hommes qui n'aimaient pas les femmes

Millénium 1

*

Stieg Larsson

Les hommes qui n'aimaient pas les femmes

Millénium 1

*

Traduit du suédois par
Lena Grumbach et Marc de Gouvenain

A vue d'œil

Titre original : Män som hatar kvinnor

ISBN : 978-2-84666-447-9
www.avuedoeil.fr

A vue d'œil
27 Avenue de la Constellation
B.P. 78264 CERGY
95801 CERGY-PONTOISE CEDEX

Numéro Azur : 0810 00 04 58
(prix d'un appel local)

Prologue

Vendredi 1er novembre

C'ETAIT MAINTENANT devenu un événement annuel. L'homme qui recevait la fleur fêtait ce jour-là ses quatre-vingt-deux ans. Il sortit le paquet de l'enveloppe et retira le papier cadeau. Puis il souleva le combiné du téléphone et composa le numéro d'un ancien commissaire de police qui depuis sa mise à la retraite était installé en Dalécarlie, près du lac Siljan. Non seulement les deux hommes avaient le même âge mais ils étaient aussi nés le même jour – ce qui, vu le contexte, pouvait paraître de l'humour. Le commissaire savait qu'il allait recevoir cet appel après le passage du facteur vers 11 heures du matin, et il prenait son café en attendant. Cette année, le téléphone sonna dès 10 h 30. Il décrocha et ne s'embarrassa même pas des préambules.

– Elle est arrivée, je suppose. Qu'est-ce que c'est, comme fleur, cette année ?

– Aucune idée. Je vais la faire identifier. Une fleur blanche.

– Pas de lettre, évidemment ?

– Non. Rien que la fleur. Le cadre est le même que l'année dernière. Un de ces cadres bon marché à monter soi-même.

– Cachet de la poste ?

– Stockholm.

– Ecriture ?

– Comme toujours, des majuscules d'imprimerie. Des lettres droites et soignées.

Ils avaient épuisé le sujet et observèrent le silence, chacun à son bout de la ligne, pendant une bonne minute. Le commissaire à la retraite se pencha en arrière sur sa chaise de cuisine et suçota sa pipe. Il savait très bien qu'on ne comptait plus sur lui pour poser la question qui ferait déclic, la question d'une folle perspicacité qui jetterait une nouvelle lumière sur cette affaire. Ce temps-là était révolu depuis de nombreuses années et la conversation entre les deux hommes âgés avait le caractère d'un rituel entourant un mystère que personne d'autre au monde qu'eux n'avait à cœur de résoudre.

LE NOM LATIN de la plante était *Leptospermum rubinette (Myrtaceae)*. Une plante au port buissonnant, relativement quelconque, avec de petites feuilles rappelant celles de la bruyère, et une fleur blanche de deux centimètres, dotée de cinq pétales. Longueur totale : environ douze centimètres.

On la trouvait dans le bush et les régions montagneuses de l'Australie, où elle poussait sous forme de grosses touffes herbeuses. Là-bas, on l'appelait *desert snow*. Plus tard, une experte d'un jardin botanique d'Uppsala allait constater qu'il s'agissait d'une plante rare, très peu cultivée en Suède. Dans son rapport, la botaniste écrivait que la plante était apparentée au myrte d'appartement, et qu'on la confondait souvent avec sa cousine bien plus fréquente *Leptospermum scoparium*, dont la Nouvelle-Zélande regorgeait. D'après l'experte, la différence consistait en un nombre restreint de microscopiques points roses au bout des pétales, qui donnaient à la fleur une faible nuance rosée.

D'une manière générale, la *rubinette* était une fleur particulièrement insignifiante. Aucune valeur commerciale, pas de vertus médicinales connues, et elle n'était pas hallucinogène. Non comestible, inutilisable comme condiment et sans aucune propriété colorante. Elle avait néanmoins une certaine importance pour les aborigènes d'Australie, qui par tradition considéraient la région et la flore autour d'Ayers Rock comme sacrées. Le seul but de cette fleur semblait donc être de faire agréablement profiter l'entourage de sa beauté capricieuse.

Dans son rapport, la botaniste d'Uppsala constatait que si la *desert snow* était peu répandue en Australie, elle était carrément rarissime en Scandinavie. Personnellement, elle n'en avait jamais vu mais, renseignements pris auprès de quelques collègues, elle avait connaissance de tentatives d'introduction de la plante dans un jardin à Göteborg, et on ne pouvait exclure que des jardiniers amateurs et des fanatiques de botanique la cultivent dans leurs petites serres personnelles. La principale difficulté de son acclimatation en Suède était qu'elle exigeait un climat doux et sec, et qu'elle devait passer les six mois de l'hiver à l'abri. Les sols calcaires ne lui convenaient pas et elle avait besoin d'un arrosage souterrain, directement absorbable par la racine. Elle exigeait savoir-faire et main verte.

THEORIQUEMENT, le fait que cette plante soit rare en Suède aurait dû faciliter le pistage de l'origine de cet exemplaire mais, concrètement, la tâche était impossible. Il n'existait ni registres à consulter, ni licences à examiner. Personne ne savait combien d'horticulteurs amateurs avaient pu procéder à l'importation aléatoire d'une plante aussi difficile – cela pouvait aller de quelques-uns jusqu'à des centaines de passionnés de fleurs qui avaient accès aux graines et aux plantes. N'importe quel jardinier avait pu les acheter à un confrère sans trace ni facture, ou par correspondance, ou à un jardin botanique n'importe où en Europe. Elle aurait même pu être introduite en Suède au retour d'un voyage en Australie. Autrement dit, identifier ces cultivateurs parmi les millions de Suédois qui possèdent une petite serre ou un pot de fleurs sur un rebord de fenêtre était une tâche vouée à l'échec.

Elle n'était qu'un numéro dans la suite de fleurs mystificatrices qui arrivaient chaque année toujours dans une grosse enveloppe molletonnée le 1er novembre. L'espèce changeait d'une année sur l'autre, mais c'étaient de belles fleurs et souvent assez rares. Comme toujours, la fleur était pressée, soigneusement fixée sur du papier à dessin et encadrée sous verre au format 29 x 16.

LE MYSTERE DE CES FLEURS n'avait jamais été communiqué aux médias et n'était connu que d'un cercle limité. Trois décennies plus tôt, l'arrivée annuelle de la fleur avait fait l'objet d'analyses – du Laboratoire criminologique de l'Etat, d'experts en empreintes digitales et de graphologues, de criminologues patentés et d'un certain nombre de proches et amis du destinataire. A présent, les acteurs du drame n'étaient plus que trois : le vieux héros de la fête, le policier à la retraite et, naturellement, l'individu inconnu qui avait envoyé le cadeau. Les deux premiers, au moins, ayant atteint un âge plus que respectable, il était grand temps de se préparer à l'inéluctable, le cercle des initiés allait diminuer sous peu.

Le policier à la retraite était un vétéran que les épreuves avaient fortifié. Jamais il n'avait oublié sa première intervention : l'arrestation d'un homme ivre – un mécanicien des chemins de fer –, violent et prêt à mettre en jeu sa vie ou celle de quelqu'un d'autre. Au cours de sa carrière, le policier avait expédié en taule des braconniers, des hommes qui battaient leur femme, des escrocs, des voleurs de voitures et des conducteurs en état d'ébriété. Il avait été confronté à des cambrioleurs, des voleurs, des trafiquants, des violeurs et au moins un dynamiteur plus ou moins malade mental. Il avait participé à neuf enquêtes sur des meurtres ou des assassinats. Dans cinq d'entre elles, le coupable avait lui-même appelé la police, bourrelé de remords, pour avouer être le meurtrier de sa femme, de son frère ou d'un autre proche. Trois cas avaient nécessité des investigations ; deux avaient trouvé leur dénouement au bout de quelques jours et un avec l'assistance de la Säpo[1] au bout de deux ans.

La neuvième enquête n'avait pas de bases policières solides, c'est-à-dire que les investigateurs savaient qui était l'assassin, mais les preuves étaient si minces que le procureur avait décidé de laisser l'affaire en sommeil. Au grand dam du commissaire, il y avait finalement eu prescription. Globalement, il avait cependant derrière lui une carrière impressionnante, et aurait logiquement dû se sentir satisfait du travail accompli.

Il était tout sauf satisfait.

Pour le commissaire, l'*affaire des fleurs séchées* était une épine qui restait plantée – l'enquête frustrante toujours irrésolue à laquelle il avait sans conteste consacré le plus de temps.

La situation était doublement saugrenue, puisque après des milliers d'heures de réflexion, en service autant que hors service, il n'était même pas sûr qu'il y avait eu crime.

---

1. *Säkerhetspolisen*, l'équivalent de notre DST (N.d.T.)

Les deux hommes savaient que l'individu qui avait collé la fleur séchée avait utilisé des gants, on ne trouvait d'empreintes ni sur le cadre ni sur le verre. Ils savaient qu'on ne pouvait absolument pas remonter à l'expéditeur. Ils savaient que le cadre était en vente dans des magasins de photos ou dans des papeteries du monde entier. Il n'y avait tout simplement aucune piste d'investigation à suivre. Et le cachet de la poste changeait toujours ; le plus souvent il était de Stockholm, mais trois fois de Londres, deux de Paris, deux de Copenhague, une fois de Madrid, une de Bonn et une fois, la plus intrigante, de Pensacola, Etats-Unis. Alors que toutes les autres villes étaient des capitales, Pensacola était un nom tellement inconnu que le commissaire avait été obligé de chercher la ville dans un atlas.

APRES AVOIR RACCROCHE, l'homme qui fêtait ses quatre-vingt-deux ans resta un long moment sans bouger à contempler la belle mais insignifiante fleur australienne dont il ne connaissait pas encore le nom. Puis il leva les yeux vers le mur au-dessus du bureau. Quarante-trois fleurs pressées y étaient accrochées, encadrées sous verre, formant quatre rangées de dix fleurs chacune et une rangée inachevée de quatre tableaux. Dans la rangée supérieure, il en manquait un. La place n° 9 était béante. La *desert snow* allait devenir le n° 44.

Pour la première fois, cependant, quelque chose se passa qui rompit la routine des années précédentes. Tout à coup, et sans qu'il s'y soit attendu, il se mit à pleurer. Il fut lui-même surpris par cette soudaine effusion sentimentale après près de quarante ans.

I

INCITATION

20 décembre au 3 janvier

En Suède, 18 % des femmes ont une fois dans leur vie été menacées par un homme.

1

Vendredi 20 décembre

LE PROCES ETAIT IRREVOCABLEMENT terminé et tout ce qui pouvait être dit avait été dit. Il n'avait pas douté une seconde qu'on allait le déclarer coupable. Le jugement avait été rendu dès 10 heures du matin ce vendredi, et il ne restait maintenant plus qu'à écouter l'analyse des journalistes qui attendaient dans le couloir du tribunal.

Mikael Blomkvist les vit par l'entrebâillement de la porte et il se retint quelques secondes. Il n'avait pas envie de discuter le verdict dont il venait d'obtenir la copie, mais les questions étaient inévitables et il savait – mieux que quiconque – qu'elles devaient être posées et qu'il fallait y répondre. *C'est comme ça que ça fait d'être un criminel*, pensa-t-il. *Du mauvais côté du micro.* Il s'étira, mal à l'aise, et essaya d'arborer un sourire. Les reporters le lui rendirent et hochèrent gentiment la tête, presque gênés.

– Voyons voir… *Aftonbladet*, *Expressen*, TT, TV4 et… tu es d'où, toi… ah oui, *Dagens Industri*. On dirait que je suis devenu une vedette, constata Mikael Blomkvist.

– Une déclaration, s'il te plaît, Super Blomkvist ! lança l'envoyé d'un des journaux du soir.

Mikael Blomkvist, dont le nom complet était Carl Mikael Blomkvist, se força à ne pas lever les yeux au ciel comme chaque fois qu'il entendait son surnom. Un jour, vingt ans plus tôt, alors qu'il était âgé de vingt-trois ans et qu'il venait de commencer son travail de journaliste comme remplaçant pour les vacances d'été, Mikael Blomkvist avait par hasard démasqué une bande de braqueurs de banques auteurs de cinq casses très remarqués étalés sur deux années. De toute évidence, il s'agissait de la même bande ; leur spécialité était d'arriver en voiture dans des petites villes et de braquer une ou deux banques, avec une précision toute militaire. Ils portaient des masques en latex des personnages de Walt Disney et avaient été baptisés – selon une logique policière pas totalement absurde – la Bande à Donald. Les journaux choisirent cependant de les appeler les Frères Rapetout, surnom un peu plus sérieux vu qu'à deux reprises, ils avaient sans scrupules tiré des coups de feu d'avertissement au mépris de la sécurité des gens et qu'ils avaient menacé les passants et les badauds.

Le sixième hold-up eut lieu dans une banque de l'Östergötland au beau milieu de l'été. Un reporter de la radio locale se trouvait dans la banque au moment du braquage et il réagit conformément à la déontologie de sa profession. Dès que les braqueurs eurent quitté la banque, il fonça vers une cabine téléphonique et appela son journal pour livrer l'info en direct.

Mikael Blomkvist passait quelques jours avec une amie dans la résidence secondaire des parents de celle-ci, pas très loin de Katrineholm. Quand la police lui posa la question, il ne sut dire pourquoi exactement il avait établi ce lien mais, au moment où il écoutait les informations, il s'était souvenu de quatre types dans une maison de vacances à quelques centaines de mètres de là. Il les avait vus deux jours auparavant, en se promenant avec son amie, les gars jouaient au badminton dans le jardin,

Il n'avait remarqué que quatre jeunes hommes blonds et athlétiques, en short et torse nu, manifestement adeptes du body-building, mais ces joueurs de badminton avaient quelque chose qui lui avait fait jeter un deuxième coup d'œil – peut-être parce qu'ils jouaient sous un soleil de plomb avec une énergie d'une violence étonnante. On n'aurait pas dit un jeu, et c'est ce qui avait attiré l'attention de Mikael.

Il n'y avait aucune raison rationnelle de soupçonner que ces hommes étaient les braqueurs de la banque, pourtant, après le flash à la radio, Mikael Blomkvist était parti faire un tour et s'était installé sur une colline avec vue sur la maison, d'où il pouvait constater que tout semblait vide pour le moment. Il fallut à peu près quarante minutes pour que la bande arrive en Volvo et se gare sur le terrain. Ils semblaient pressés, chacun traînait un sac de sport, ce qui en soi ne devait pas signifier qu'ils avaient fait autre chose qu'aller se baigner quelque part. Mais l'un d'eux était revenu à la voiture et avait pris un objet qu'il s'était hâté de couvrir avec son haut de survêtement. Même de son poste d'observation relativement éloigné, Mikael avait pu voir qu'il s'agissait d'une bonne vieille AK4, du type de celles qu'il avait lui-même récemment manipulées durant l'année de son service militaire. En conséquence de quoi, il avait appelé la police et raconté ses observations. Commencèrent alors trois jours d'une surveillance intense de la maison, avec Mikael au premier rang, soutenu par de copieux honoraires de free-lance versés par l'un des journaux du soir. La police avait établi son quartier général dans une caravane stationnée sur le terrain de la maison de campagne où séjournait Mikael.

Le cas des Frères Rapetout octroya à Mikael le statut incontestable de vedette dont il avait besoin en tant que jeune journaliste débutant. Le revers de la célébrité était que l'autre journal du soir n'avait pu s'empêcher de titrer "Super Blomkvist résout le mystère Rapetout". Le texte railleur était de la plume d'une rédactrice d'un certain âge et contenait une douzaine de références au héros des romans jeunesse d'Astrid Lindgren. Pour couronner le tout, le journal avait illustré l'article d'une photo floue sur laquelle Mikael, la bouche ouverte et l'index dressé, semblait donner des instructions à un policier en uniforme. En réalité, c'étaient les cabinets d'aisances au fond du jardin qu'il avait indiqués à ce moment.

A DATER DE CE JOUR, à son grand désespoir, il devint pour ses collègues journalistes Super Blomkvist. L'épithète était prononcée avec une taquinerie malicieuse, jamais méchamment mais jamais vraiment gentiment non plus. Il n'avait rien à reprocher à la pauvre Astrid Lindgren – il adorait ses livres et les aventures impliquant le jeune héros détective – mais il détestait le surnom. Il lui avait fallu plusieurs années et des mérites journalistiques autrement plus consistants avant que l'épithète commence à s'effacer, et aujourd'hui encore il avait un mouvement de recul chaque fois qu'on utilisait ce surnom pour parler de lui.

Il afficha donc un sourire paisible et regarda l'envoyé du journal du soir droit dans les yeux.

– Bah, tu n'as qu'à inventer quelque chose. C'est ce que tu fais d'habitude pour tes papiers, non ?

Le ton n'était pas acerbe. Ils se connaissaient tous plus ou moins, et les plus acharnés détracteurs de Mikael avaient renoncé à venir. Auparavant, il avait travaillé avec l'un des gars qui se trouvaient là, quant à la Fille de TV4 présente, il avait failli la draguer à une fête quelques années plus tôt.

– Ils ne t'ont pas loupé, constata *Dagens Industri*, qui avait apparemment dépêché un jeune remplaçant.

– On peut le dire comme ça, reconnut Mikael. Il pouvait difficilement répondre autre chose.

– Quelle impression ça fait ?

Malgré la gravité de la situation, ni Mikael ni les journalistes confirmés ne purent s'empêcher d'esquisser un sourire en entendant la question. Mikael échangea un regard avec la Fille de TV4. *Quelle impression ça fait ?* La question que de tout temps les Journalistes Sérieux ont affirmé être la seule que les Reporters Sportifs sachent poser au Sportif Hors d'Haleine ayant franchi la ligne d'arrivée. Puis il retrouva son sérieux.

– Bien entendu, je ne peux que regretter que le tribunal n'ait pas tiré d'autres conclusions, répondit-il de façon un peu formelle.

– Trois mois de prison et 150 000 couronnes de dommages et intérêts. Ce n'est pas rien, fit la Fille de TV4.

– Je survivrai.

– Comptes-tu présenter tes excuses à Wennerström ? lui serrer la main ?

– Non, j'ai du mal à l'imaginer. Mon opinion sur la moralité en affaires de M. Wennerström n'a pas beaucoup changé.

– Tu soutiens donc toujours qu'il est un escroc ? demanda vivement *Dagens Industri*.

Une déclaration coiffée d'un titre potentiellement dévastateur se profilait derrière la question et Mikael aurait très bien pu glisser sur la peau de banane si le reporter n'avait pas signalé le danger en avançant son microphone avec un peu trop d'empressement. Il réfléchit à la réponse pendant quelques secondes.

Le tribunal venait d'établir que Mikael Blomkvist avait calomnié le financier Hans-Erik Wennerström. Il avait été condamné pour diffamation. Le procès était terminé et il n'avait pas l'intention de faire appel. Mais que se passerait-il si par imprudence il réitérait ses accusations à peine sorti de la salle du tribunal ? Mikael décida qu'il n'avait pas envie de savoir.

– J'ai estimé avoir eu de bonnes raisons de publier les informations dont je disposais. Le tribunal a été d'un autre avis et je suis évidemment obligé d'accepter que le processus juridique ait suivi son cours. Nous devons maintenant discuter ce jugement à fond à la rédaction du journal avant de décider de ce que nous allons faire. Je ne peux rien dire de plus.

– Mais tu as oublié qu'en tant que journaliste, on doit pouvoir justifier ses affirmations, dit la Fille de TV4, un soupçon de causticité dans la voix. Mise au point difficile à contester. Ils avaient été amis. Elle affichait un visage neutre mais Mikael avait l'impression de distinguer l'ombre d'une déception dans ses yeux.

Durant quelques douloureuses minutes encore, Mikael Blomkvist répondit aux questions. Celle qui planait dans l'air mais qu'aucun reporter ne pouvait se résoudre à poser – peut-être parce que c'était si incompréhensible que c'en devenait gênant – était comment Mikael avait pu écrire un texte à ce point dénué de substance. Les reporters sur place, à part le remplaçant de *Dagens Industri*, étaient tous des vétérans dotés d'une grande expérience professionnelle. Pour eux, la réponse à cette question se trouvait au-delà de la limite du compréhensible.

La Fille de TV4 lui demanda de se mettre devant la porte du palais de justice et posa ses questions à part face à la caméra. Elle était plus aimable que ce qu'il avait mérité et il fournit suffisamment de déclarations pour satisfaire tous les journalistes. L'affaire allait donner de gros titres – c'était inévitable – mais il se força à garder en tête qu'elle n'était en aucun cas le plus grand événement médiatique de l'année. Quand les reporters eurent obtenu ce qu'ils voulaient, chacun se retira vers sa rédaction respective.

IL S'ETAIT DIT qu'il rentrerait à pied, mais la journée de décembre était venteuse, et l'interview l'avait pas mal refroidi. Debout seul sur l'escalier du palais de justice, il levait les yeux quand il vit William Borg descendre d'une voiture qu'il n'avait pas quittée pendant le déroulement de l'interview. Leurs regards se croisèrent, William Borg arborait un grand sourire.

– Ça valait la peine de venir jusqu'ici pour te voir avec ce document à la main.

Mikael ne répondit pas. William Borg et Mikael Blomkvist se connaissaient depuis quinze ans. A une époque, ils avaient travaillé ensemble dans un quotidien du matin comme journalistes remplaçants pour la rubrique économie. Peut-être s'agissait-il de chimie incompatible entre personnes, cette période-là avait en tout cas fondé une hostilité qui durait encore. Aux yeux de Mikael, Borg était un journaliste exécrable, un être fatigant et vindicatif à l'esprit étroit, qui gonflait son entourage avec des plaisanteries imbéciles et qui maniait le mépris à l'égard de journalistes plus âgés, donc plus expérimentés. Borg semblait avoir une aversion particulière pour les journalistes féminins d'un certain âge. Ils s'étaient pris de bec une première fois, puis d'autres, jusqu'à ce que leur opposition prenne un caractère profondément personnel.

Au fil des ans, Mikael et William Borg s'étaient croisés régulièrement, mais ils ne s'étaient véritablement brouillés qu'à la fin des années 1990. Mikael avait écrit un livre sur le journalisme économique et avait puisé plus d'une citation aberrante dans des articles signés Borg. Selon Mikael, Borg était le poseur qui avait compris de travers la plupart des données et avait ainsi porté aux nues des start-up qui ne devaient pas tarder à sombrer. Borg n'avait pas apprécié l'analyse de Mikael et, lors d'une rencontre fortuite dans un bar à Söder, ils avaient failli en venir aux mains. Là-dessus, Borg avait abandonné le journalisme et il travaillait maintenant comme consultant, avec un salaire considérablement plus élevé, dans une entreprise qui, pour couronner le tout, appartenait à la sphère d'intérêts de l'industriel Hans-Erik Wennerström.

Ils se dévisagèrent un bon moment avant que Mikael tourne les talons et s'en aille. Venir au palais dans le seul but de s'en payer une tranche, voilà qui ressemblait bien à Borg.

Mikael s'apprêtait à marcher quand le 40 arriva et il monta dans le bus, avant tout pour quitter les lieux. Il en descendit à Fridhemsplan, resta indécis à l'abribus, tenant toujours son jugement à la main. Pour finir, il décida de rejoindre à pied le café Anna, à côté de l'entrée du garage du commissariat.

Moins d'une minute après qu'il avait commandé un *caffè latte* et un sandwich, les informations de midi débutèrent à la radio. Ce fut le troisième sujet, après un attentat suicide à Jérusalem et la nouvelle que le gouvernement avait constitué une commission d'enquête sur d'apparentes ententes illicites dans le bâtiment.

Le journaliste Mikael Blomkvist de la revue *Millénium* a été condamné ce vendredi matin à trois mois de prison pour diffamation aggravée à l'encontre de l'industriel Hans-Erik Wennerström. Dans un article sur la prétendue affaire Minos qui, il y a de cela quelques mois, a frappé les esprits, Blomkvist accusait Wennerström d'avoir détourné des biens sociaux, destinés à des investissements industriels en Pologne, à des fins de trafic d'armes. Mikael Blomkvist a en outre été condamné à verser 150 000 couronnes de dommages et intérêts. L'avocat de Wennerström, maître Bertil Camnermarker, a déclaré que son client était satisfait du jugement. Il s'agit d'un cas de diffamation particulièrement grave, a-t-il déclaré.

Le jugement occupait vingt-six pages. Il présentait les raisons pour lesquelles Mikael avait été jugé coupable sur quinze points de diffamation aggravée à l'encontre du financier Hans-Erik Wennerström. Mikael constata que chacun des points d'accusation qui le condamnaient coûtait 10 000 couronnes et six jours de prison. Hors frais de justice et ses propres frais d'avocat. Il n'avait même pas le courage de commencer à réfléchir à l'étendue de la note, mais il se dit aussi que ç'aurait pu être pire ; le tribunal avait choisi de l'innocenter sur sept points.

A mesure qu'il lisait les formulations du jugement, une sensation pesante et de plus en plus désagréable s'installa au creux de son ventre. Il en fut surpris. Dès le début du procès, il avait su que, à moins d'un miracle, il allait être condamné. Il n'y avait pas eu le moindre doute là-dessus et il s'était familiarisé avec cette idée. Il avait été relativement tranquille d'esprit pendant les deux jours qu'avait duré le procès, et pendant onze jours il avait également attendu sans ressentir quoi que ce soit de spécial que le tribunal finisse de réfléchir et formule le texte qu'il tenait dans sa main. Mais c'était maintenant, le procès terminé, que le malaise s'insinuait en lui.

Il croqua un bout de son sandwich, mais le pain semblait gonfler dans sa bouche. Il eut du mal à avaler et il le repoussa.

C'était la première fois que Mikael Blomkvist était condamné pour un délit – la première fois qu'il avait été soupçonné de quoi que ce soit ou cité à comparaître. Raisonnablement, le jugement était une broutille. Un délit de poids plume. Après tout, il ne s'agissait pas de vol à main armée, de meurtre ou de viol. D'un point de vue économique, la condamnation allait cependant avoir des conséquences. *Millénium* n'était pas le vaisseau amiral du monde des médias, ni doté de ressources illimitées – la revue fonctionnait sur ses marges – mais la condamnation n'était pas non plus catastrophique. Le problème était que Mikael était l'un des actionnaires de *Millénium*, tout en étant, bêtement, à la fois rédacteur et gérant responsable de la publication. Il avait l'intention de payer de sa poche les 150 000 couronnes des dommages et intérêts, ce qui en gros allait réduire à zéro son épargne. La revue se chargerait des frais de justice. En naviguant avec perspicacité, ça devrait aller.

L'idée l'effleura de vendre son appartement, hypothèse qui lui resta quand même en travers de la gorge. A la fin des joyeuses années 1980, à une époque où il avait bénéficié d'un emploi fixe et d'un salaire relativement élevé, il était devenu propriétaire. Il avait visité des appartements à la pelle qu'il avait tous refusés jusqu'à ce qu'il tombe sur un grenier, soixante-cinq mètres carrés au tout début de Bellmansgatan. L'ancien propriétaire avait commencé à l'aménager en quelque chose d'habitable, mais avait été engagé dans une boîte d'informatique à l'étranger, et Mikael avait pu acheter son projet de rénovation pour une bouchée de pain.

Mikael n'avait pas voulu des plans conçus par les architectes, il avait préféré terminer lui-même le chantier, consacrant l'argent à la salle de bains et à la cuisine et laissant tomber le reste. Plutôt que de poser un parquet et monter des cloisons pour créer deux pièces, il ponça le plancher, passa directement à la chaux les murs grossiers d'origine et couvrit les plus gros défauts avec quelques aquarelles d'Emanuel Bernstone. Le résultat fut un loft aéré, avec une partie chambre derrière une bibliothèque, un coin repas et un salon avec une petite cuisine américaine. L'appartement avait deux fenêtres mansardées et une fenêtre sur pignon avec vue sur les toits, le bassin de Riddarfjärden et la vieille ville. Il apercevait même un coin d'eau de Slussen et un bout de l'hôtel de ville. Compte tenu des prix pratiqués, il ne pourrait plus se payer un tel appartement à l'heure actuelle, et il avait très envie de le conserver.

Le risque de perdre l'appartement n'était rien, cependant, comparé à la baffe monumentale qu'il avait prise professionnellement, et dont il faudrait du temps pour réparer les dégâts. A supposer qu'ils fussent réparables.

C'était une question de confiance. Dans un avenir proche, nombre de rédacteurs hésiteraient à publier un papier portant sa signature. Il avait encore suffisamment d'amis dans sa discipline capables de comprendre qu'il avait été victime de la malchance et des circonstances, mais il ne pourrait plus s'offrir de commettre la moindre erreur.

Le plus douloureux, néanmoins, était l'humiliation.

Il avait eu tous les atouts en main, et pourtant il avait perdu contre une espèce de gangster en costume Armani. Un enfoiré d'agioteur. Un yuppie soutenu par un avocat de la jet-set qui avait traversé le procès en ricanant.

Comment les choses avaient-elles pu merder à ce point ?

L'AFFAIRE WENNERSTRÖM avait pourtant commencé de façon très prometteuse un an et demi plus tôt dans le rouf d'un Mälar-30 jaune un soir de la Saint-Jean. Tout était dû au hasard qui avait voulu qu'un ancien collègue journaliste, désormais consultant au Conseil général, désireux d'impressionner sa dernière compagne avait, sans trop réfléchir, loué un Scampi pour quelques jours de croisière improvisée mais romantique dans l'archipel de Stockholm. La copine, qui venait de quitter Hallstahammar pour des études à Stockholm, s'était laissé persuader après une certaine résistance, mais à la condition que sa sœur et le copain de celle-ci puissent venir aussi. Le problème était qu'aucun des trois n'était jamais monté à bord d'un voilier, et que le consultant était un marin plus enthousiaste qu'expérimenté. Trois jours avant le départ, affolé, il avait appelé Mikael et l'avait convaincu de venir comme cinquième équipier, plus versé que lui en navigation.

Au début, Mikael s'était montré réticent, mais il avait cédé devant l'opportunité de quelques jours de détente dans l'archipel et la perspective annoncée d'une bonne bouffe et d'une agréable compagnie. Les promesses s'étaient avérées fausses, et la croisière avait tourné à la catastrophe dépassant ses pires cauchemars. De Bullandö, ils avaient remonté à moins de dix nœuds le chenal de Furusund, joli certes, mais guère excitant, ce qui n'avait pas empêché la copine du consultant de souffrir dès le début du mal de mer. Sa sœur s'était disputée avec son copain, et personne n'avait montré le moindre intérêt pour apprendre ne fût-ce qu'un minimum de navigation. Très vite, il devint évident qu'on attendait de Mikael qu'il fasse marcher le bateau pendant que les autres donnaient des conseils bienveillants mais particulièrement inutiles. Après la première nuit au mouillage dans une crique d'Ängsö, il était prêt à accoster à Furusund et à prendre le bus pour rentrer chez lui. Seules les supplications désespérées du consultant l'avaient fait accepter de rester à bord.

Vers midi le lendemain, suffisamment tôt pour qu'il reste encore quelques places, ils avaient accosté à l'appontement des visiteurs à Arholma. Ils avaient préparé un repas et ils venaient de manger quand Mikael remarqua un M-30 à coque en polyester qui entrait dans la crique sous grand-voile seule. Le bateau fit un tour tranquille pendant que le skipper cherchait une place à l'appontement. Mikael jeta un regard autour de lui et constata que l'espace entre leur Scampi et le voilier familial à tribord était probablement la seule place disponible, et qui suffirait, bien que de justesse, pour l'étroit M-30. Il alla se poster à l'avant et agita le bras ; le skipper du M-30 leva la main en signe de remerciement et vira vers le ponton. Un solitaire qui excluait d'aborder au moteur, nota Mikael. Il entendit le cliquetis de la chaîne d'ancre et, quelques secondes plus tard, la grand-voile fut affalée, tandis que le skipper bondissait comme un rat ébouillanté pour maintenir la barre en place et en même temps préparer le bout d'amarrage à l'avant.

Mikael sauta sur l'appontement et tendit la main pour montrer qu'il était là pour l'accueillir. Le nouvel arrivant corrigea sa route une dernière fois et le bateau vint se ranger doucement sur sa lancée le long du Scampi. Au moment où le skipper lançait le bout à Mikael, ils se reconnurent et arborèrent des sourires ravis.

– Salut Robban, dit Mikael. Si t'utilisais le moteur, t'éviterais de racler tous les bateaux du port.

– Salut Micke. Je me disais bien que je connaissais le bonhomme. Tu sais, j'y serais allé au moteur, si seulement j'avais réussi à le démarrer. Cette saloperie a rendu l'âme il y a deux jours du côté de Rödöga.

Ils se serrèrent la main par-dessus la filière.

Une éternité auparavant, au lycée de Kungsholmen dans les années 1970, Mikael Blomkvist et Robert Lindberg avaient été copains, très bons amis même. Comme ça arrive souvent entre vieux camarades d'école, l'amitié avait cessé après le bac. Chacun avait poursuivi son chemin et ils ne s'étaient guère revus plus d'une demi-douzaine de fois en vingt ans. Leur dernière rencontre avant celle-ci, inattendue, à l'appontement d'Arholma remontait à sept ou huit ans. A présent, ils s'examinaient mutuellement avec curiosité. Robert était bronzé, ses cheveux étaient tout emmêlés et il avait une barbe de quinze jours.

D'un coup, le moral de Mikael avait été regonflé. Quand le consultant et sa bande d'imbéciles étaient partis danser autour du mât de la Saint-Jean dressé devant l'épicerie de l'autre côté de l'île, il était resté dans le cockpit du M-30 pour bavarder avec son vieux pote de lycée autour du traditionnel hareng arrosé d'aquavit.

A UN MOMENT DE LA SOIREE, après un nombre conséquent de verres et après qu'ils avaient abandonné la lutte contre les tristement célèbres moustiques d'Arholma pour se réfugier dans le carré, la conversation s'était transformée en une chamaillerie amicale sur le thème de la moralité et de l'éthique dans le monde des affaires. Tous deux avaient choisi des carrières qui d'une façon ou d'une autre étaient focalisées sur les finances du pays. Robert Lindberg était passé du lycée aux études de commerce puis dans le monde des banques. Mikael Blomkvist s'était retrouvé à l'Ecole de journalisme et avait consacré une grande partie de sa vie à dénoncer des affaires douteuses dans le monde des banques et des affaires justement. La conversation tournait autour de l'immoralité de quelques parachutes dorés apparus au cours des années 1990. Après avoir vaillamment pris la défense de certains des plus spectaculaires, Lindberg avait posé son verre et admis à contrecœur qu'il existait probablement quelques enfoirés corrompus dissimulés dans le monde des affaires. Brusquement sérieux, il avait regardé Mikael droit dans les yeux.

– Toi qui es journaliste investigateur et qui débusques les délits économiques, pourquoi tu n'écris rien sur Hans-Erik Wennerström ?

– Je ne savais pas qu'il y avait quoi que ce soit à écrire sur lui.

– Fouine. Fouine, nom de Dieu. Qu'est-ce que tu connais du programme CSI ?

– Eh bien, que c'était une sorte de programme de soutien dans les années 1990 pour aider l'industrie dans les anciens pays de l'Est à se remettre sur pied. Il a été supprimé il y a quelques années. Je n'ai jamais rien écrit là-dessus.

– Oui, CSI, le Comité pour le soutien industriel, le projet avait l'aval du gouvernement et le truc était géré par des représentants d'une dizaine de grandes entreprises suédoises. Le CSI avait obtenu des garanties de l'Etat pour une suite de projets décidés en accord avec les gouvernements de la Pologne et des pays baltes. La Confédération ouvrière était partie prenante, pour garantir que le mouvement ouvrier des pays de l'Est serait renforcé grâce au modèle suédois. Théoriquement, le projet signifiait un soutien basé sur le principe d'aide au développement, et il était censé donner aux régimes de l'Est une possibilité d'assainir leur économie. Dans la pratique, cela revenait à octroyer des subventions de l'Etat à des entreprises suédoises pour qu'elles s'établissent en partenariat dans des entreprises de l'Est. Ce connard de ministre chrétien, tu te souviens, était un chaud partisan du CSI. On parlait de construire une usine à papier à Cracovie, de rétablir l'industrie métallurgique à Riga, de monter une cimenterie à Tallinn et j'en passe. L'argent était réparti par le bureau du CSI, exclusivement constitué des poids lourds du monde de la finance et de l'industrie.

– L'argent du contribuable, autrement dit ?

– Environ cinquante pour cent était des subventions de l'Etat, le reste venait des banques et de l'industrie. Mais on ne peut pas vraiment parler d'une activité désintéressée. Les banques et les entreprises comptaient sur un bénéfice consistant. Sans ça, elles n'en auraient rien eu à foutre.

– Il s'agissait de sommes de quel ordre ?

– Attends une minute, écoute-moi. Le CSI était principalement constitué de sociétés suédoises solides désireuses de s’introduire sur le marché de l’Est. Des entreprises de poids, comme ABB, Skanska et autres de ce genre. Pas des demi-portions, si tu vois ce que je veux dire.

– Tu prétends que Skanska ne trempe pas dans les spéculations ? Et qu’est-ce que tu fais de leur PDG qui a été viré après avoir laissé un de ses gars perdre un demi-milliard en spéculant sur des coups à brève échéance ? Et leurs histoires immobilières hystériques à Londres et à Oslo, tu veux rire !

– Oui, c’est sûr, il y a des crétins dans toutes les entreprises du monde, mais tu sais ce que je veux dire. Il s’agit d’entreprises qui produisent quelque chose, en tout cas. La colonne vertébrale de l’industrie suédoise et tout ça.

– Et Wennerström, où est-ce que tu le places dans le schéma ?

– Wennerström est le joker de l’histoire. C’est-à-dire un gars surgi de nulle part, qui n’a aucun passé dans l’industrie lourde et qui en réalité n’a rien à faire dans ce milieu. Mais il a amassé une fortune colossale à la Bourse et investi dans des entreprises stables. Il est pour ainsi dire entré par la porte de service.

Mikael remplit son verre de Reimersholms Aquavit et se pencha en arrière dans le carré, réfléchissant à ce qu’il savait sur Wennerström. C’était maigre. Né quelque part dans le Norrland où il avait démarré une boîte d’investissement dans les années 1970, l’homme avait amassé une petite somme et avait emménagé à Stockholm, où il avait fait une carrière fulgurante dans les glorieuses années 1980. Il avait créé le groupe Wennerström, rebaptisé Wennerstroem Group quand avaient été ouverts des bureaux à Londres et à New York et que dans les journaux l'entreprise commençait à être mentionnée sur le même plan que Beijer. Jonglant avec les actions, les prises de participation et les coups rapides, il avait fait son entrée dans la presse people comme l'un des nombreux nouveaux milliardaires de Suède, propriétaire d'un loft dans Strandvägen, d'une somptueuse résidence d'été à Värmdö et d'un yacht de vingt-trois mètres racheté à une ex-star du tennis tombée en déconfiture. Un calculateur roublard, certes, mais les années 1980 étaient somme toute la décennie des calculateurs et des spéculateurs immobiliers, et Wennerström ne s'était pas démarqué plus qu'un autre. Plutôt le contraire ; il était en quelque sorte resté dans l'ombre des Grosses Pointures. Il n'avait pas le bagout d'un Stenbeck et ne s'exhibait pas à poil dans la presse comme Barnevik. Dédaignant le foncier, il s'était focalisé sur des investissements massifs dans l'ancien bloc de l'Est. Quand, dans les années 1990, la bulle s'était dégonflée et que les patrons, les uns après les autres, avaient été obligés de déployer leurs parachutes dorés, les entreprises de Wennerström s'en étaient vraiment bien sorties. Pas l'ombre d'un scandale. *A Swedish success story*, c'est ainsi que l'avait résumé le *Financial Times*, rien que ça.

– C'est en 1992 que Wennerström a soudain fait appel au CSI, il avait besoin d'une aide financière. Il a présenté un projet, apparemment bien ficelé au niveau des intéressés en Pologne, il s'agissait d'établir un secteur de fabrication d'emballages pour l'industrie alimentaire.

– Une usine de boîtes de conserve, autrement dit.

– Pas exactement, mais quelque chose dans ce style. Je n'ai pas la moindre idée des gens qu'il connaissait au CSI, mais il est sorti de chez eux avec 60 millions de couronnes dans la poche, sans problème.

– Ton histoire commence à m'intéresser. Laisse-moi deviner que plus personne n'a jamais revu cet argent-là.

– Pas du tout, fit Robert Lindberg.

Il afficha un sourire d'initié avant de se remonter avec quelques gouttes d'aquavit.

– Ce qui s'est passé ensuite n'est que du classique en matière de bilan financier. Wennerström a réellement établi une usine d'emballages en Pologne, plus exactement à Łódź. L'entreprise s'appelait Minos. Le CSI a reçu quelques rapports enthousiastes en 1993. Puis, en 1994, Minos a brusquement fait faillite.

ROBERT LINDBERG POSA LE VERRE à schnaps vide d'un coup sec pour souligner à quel point l'entreprise s'était effondrée.

– Le problème avec le CSI, c'est qu'il n'y avait pas de procédures véritablement définies pour l'établissement des rapports sur les projets. Souviens-toi de l'esprit du temps. Tout le monde était béat d'optimisme quand le mur de Berlin est tombé. On allait introduire la démocratie, la menace d'une guerre nucléaire n'existait plus et les bolcheviks allaient devenir de vrais capitalistes en une nuit. Le gouvernement voulait ancrer la démocratie à l'Est. Tous les capitalistes voulaient être de la partie pour contribuer à la construction de la nouvelle Europe.

– Je ne savais pas les capitalistes enclins à la bienfaisance.

– Crois-moi, c'était le rêve torride de tout capitaliste. La Russie et les pays de l'Est sont les plus grands marchés qui restent au monde après la Chine. Les industriels ne renâclaient pas à aider le gouvernement, surtout quand les entreprises ne devaient aligner qu'une partie infime des dépenses. En tout et pour tout, le CSI a englouti plus de 30 milliards de couronnes du contribuable. L'argent allait revenir sous forme de gains futurs. Sur le papier, le CSI était une initiative du gouvernement, mais l'influence de l'industrie était si grande que, dans la pratique, le bureau du CSI avait toute latitude d'agir.

– Je comprends. Mais y a-t-il matière à un article là-dedans aussi ?

– Patience. Quand les projets ont démarré, le financement ne posait pas de problèmes. La Suède n'avait pas encore connu le choc des taux d'intérêt. Le gouvernement était satisfait de pouvoir invoquer, *via* le CSI, une contribution suédoise importante en faveur de la démocratie à l'Est.

– Ceci se passait donc sous le gouvernement de droite.

– Ne mêle pas la politique à ça. Il s'agit d'argent et on s'en fout de savoir si ce sont les socialistes ou les modérés qui désignent les ministres. Donc, en avant plein pot, puis sont arrivés les problèmes des devises, et ensuite ces imbéciles de nouveaux démocrates – tu te souviens de Nouvelle Démocratie ? – qui ont commencé à se lamenter, ils trouvaient que les activités du CSI manquaient de transparence. L'un de leurs bouffons avait confondu le CSI avec la Swedish International Development Authority, il s'était imaginé un foutu projet de développement bien pensant dans le style bonnes œuvres et aide à la Tanzanie. Au printemps 1994, une commission fut chargée d'examiner le CSI. A ce stade, des critiques étaient déjà formulées sur plusieurs projets, mais l'un des premiers à être vérifiés fut Minos.

– Et Wennerström n'a pas réussi à justifier l'utilisation des fonds.

– Au contraire. Wennerström a présenté un excellent rapport financier, qui montrait que plus de 54 millions de couronnes avaient été investis dans Minos. Mais on s'était rendu compte que dans ce pays à la traîne qu'est la Pologne, les problèmes structurels étaient beaucoup trop grands pour qu'une usine d'emballages moderne puisse fonctionner, et sur place leur usine d'emballages avait été concurrencée par un projet allemand similaire. Les Allemands étaient en train d'acheter tout le bloc de l'Est.

– Tu as dit qu'il avait obtenu 60 millions de couronnes.

– Tout à fait. L'argent du CSI fonctionnait sous forme d'emprunts à taux zéro. L'idée était évidemment que les entreprises remboursent une partie pendant un certain nombre d'années. Mais Minos a fait faillite et le projet a capoté, on ne pouvait pas blâmer Wennerström pour ça. C'est ici que sont intervenues les garanties de l'Etat, et l'ardoise de Wennerström a été effacée. Il n'a tout simplement pas eu à rembourser l'argent perdu dans la faillite de Minos, et il pouvait effectivement démontrer qu'il avait perdu la même somme de sa propre bourse.

– Voyons voir si j'ai bien compris toute l'histoire. Le gouvernement fournissait des milliards du contribuable et offrait en prime des diplomates qui ouvraient des portes. L'industrie recevait l'argent et l'utilisait pour investir dans des joint ventures qui lui permettaient ensuite de ramasser un profit record. A peu près la routine habituelle, quoi. Certains s'en mettent plein les poches quand d'autres paient les factures et nous connaissons bien les acteurs de la pièce.

– Mon Dieu que tu es cynique ! Les emprunts devaient être remboursés à l'Etat.

– Tu as dit qu'ils étaient sans intérêts. Cela signifie donc que les contribuables n'ont eu aucun dividende pour avoir aligné la thune. Wennerström a reçu 60 millions dont

54 ont été investis. Qu'est-il advenu des 6 millions restants ?

– Au moment où il est devenu évident que les projets du CSI allaient subir un contrôle, Wennerström a envoyé un chèque de 6 millions au CSI, pour rembourser la différence. Ainsi l'affaire était réglée d'un point de vue juridique.

ROBERT LINDBERG SE TUT et jeta un regard pressant à Mikael.

– Wennerström a manifestement égaré un peu d'argent au détriment du CSI, mais, comparé au demi-milliard qui a disparu de Skanska ou à l'histoire du parachute doré de un milliard de ce PDG d'ABB – ces affaires qui ont vraiment révolté les gens –, ça ne me semble pas vraiment digne d'un article, constata Mikael. Les lecteurs d'aujourd'hui sont déjà gavés de textes sur les gagnants du jackpot en Bourse, même s'il s'agit du fric du contribuable. Il y a autre chose, dans ton histoire ?

– Elle ne fait que commencer.

– Comment est-ce que tu sais tout des affaires de Wennerström en Pologne ?

– J'ai travaillé à la Banque du commerce dans les années 1990. Devine qui a mené les enquêtes en tant que représentant de la banque au CSI.

– Je vois. Continue.

– Donc… je résume. Le CSI a reçu une explication de la part de Wennerström. Des papiers ont été rédigés. L'argent manquant a été remboursé. Ce retour des 6 millions, c'était malin. Si quelqu'un débarque chez toi avec un sac de pognon qu'il tient à te donner, tu te dis qu'il est franc du collier, non ?

– Viens-en au fait.

– Mais mon vieux, s'il te plaît, c'est bien ça qui est le fait. Le CSI était satisfait du rapport de Wennerström. L'investissement avait cafouillé, mais il n'y avait rien à redire sur la façon dont il avait été mené. Nous avons examiné des factures et des transferts et un tas de paperasses. Tout était très minutieusement justifié. J'y ai cru. Mon chef y a cru. Le CSI y a cru et le gouvernement n'a rien eu à y ajouter.

– C'est où que ça cloche ?

– L'histoire entre maintenant dans sa phase sensible, dit Lindberg et il eut soudain l'air étonnamment sobre. Compte tenu que tu es journaliste, ce que je te dis est *off the record.*

– Arrête. Tu ne peux pas commencer par me raconter des trucs et ensuite venir me dire que je ne dois pas le répéter.

– Bien sûr que je le peux. Ce que j'ai raconté jusqu'ici est totalement de notoriété publique. Tu peux même aller consulter le rapport si tu y tiens. Je veux bien que tu écrives sur le reste de l'histoire – que je ne t'ai pas encore raconté – mais tu dois me considérer comme une source anonyme.

– Ah, j'aime mieux ça, parce que dans le vocabulaire habituel, *off the record* signifie que j'ai appris quelque chose en confidence mais que je n'ai pas le droit d'écrire là-dessus.

– Je m'en fous du vocabulaire. Ecris ce qui te chante, moi, je suis ta source anonyme. Sommes-nous d'accord ?

– Bien entendu, répondit Mikael.

Considérée après coup, sa réponse était naturellement une erreur.

– Bon. Cette affaire de Minos s'est donc déroulée il y a dix ans, juste après la chute du Mur et quand les bolcheviks ont commencé à devenir des capitalistes fréquentables. J'étais de ceux qui enquêtaient sur Wennerström, et j'avais en permanence une putain d'impression que toute l'histoire était louche.

– Pourquoi n'as-tu rien dit alors ?

– J'en ai discuté avec mon chef. Le hic était qu'il n'y avait rien de solide. Tous les papiers étaient en ordre. Je n'avais qu'à apposer ma signature en bas du rapport. Mais ensuite, chaque fois que je suis tombé sur le nom de Wennerström dans la presse, Minos m'est revenu à l'esprit.

– Tiens donc.

– Il se trouve que quelques années plus tard, vers le milieu des années 1990, ma banque a mené quelques affaires avec Wennerström. D'assez grosses affaires, en fait. Ça ne s'est pas très bien passé.

– Il vous a arnaqués ?

– Non, je n'irais pas jusque-là. Nous avons tous les deux fait des profits. C'était plutôt que… je ne sais pas très bien comment l'expliquer. Là, je suis en train de parler de mon propre employeur et ça, je n'en ai pas envie. Mais ce qui m'a frappé – l'impression globale et durable, comme on dit – n'était pas positif. Dans les médias, Wennerström est présenté comme un oracle économique de taille. C'est de ça qu'il vit. C'est son capital de confiance.

– Je comprends ce que tu veux dire.

– J'avais l'impression que l'homme était un bluff, tout simplement. Il n'était pas spécialement doué pour la finance. Au contraire, je l'ai trouvé d'une bêtise insondable en certains domaines. Il s'était entouré de quelques jeunes requins vraiment futés comme conseillers, mais lui personnellement, je l'ai cordialement détesté.

– Bon.

– Il y a un an environ, je suis allé en Pologne pour une tout autre raison. Notre délégation a dîné avec quelques investisseurs de Łódź et je me suis trouvé à la table du maire. Nous avons discuté à quel point il était difficile de remettre l'économie de la Pologne sur des rails et tutti quanti… toujours est-il que j'ai mentionné le projet Minos. Le maire m'a semblé totalement perplexe pendant un instant – comme s'il n'avait jamais entendu parler de Minos –

puis il s'est rappelé que c'était une petite affaire de merde qui n'avait jamais rien donné. Il a expédié le sujet avec un petit rire en disant que – je cite exactement ses mots – si c'est là tout ce que les investisseurs suédois étaient capables de faire, notre pays ferait rapidement faillite. Tu me suis ?

– Cette déclaration révèle que le maire de Łódź est un homme sensé, mais continue.

– Cette déclaration, comme tu dis, n'a pas cessé de me turlupiner. Le lendemain, j'avais une réunion dans la matinée, mais le reste de la journée était à ma disposition. Rien que pour foutre la merde, j'ai fait le trajet pour aller voir près de Łódź l'usine désaffectée de Minos, dans un petit village, avec un troquet dans une grange et les chiottes dans la cour. La grande usine de Minos était un bazar délabré prêt à s'écrouler. Un vieux hangar de stockage en tôle ondulée monté par l'Armée rouge dans les années 1950. J'ai rencontré un gardien dans l'enceinte qui parlait quelques mots d'allemand, et j'ai appris qu'un de ses cousins avait travaillé chez Minos. Le cousin habitait juste à côté et nous sommes allés chez lui. Le gardien a servi d'interprète. Ça t'intéresse d'entendre ce qu'il a dit ?

– Ça me démange carrément.

– Minos a démarré à l'automne 1992. Il y avait quinze employés, au mieux, pour la plupart des vieilles bonnes femmes. Le salaire était de 150 balles par mois. Au début il n'y avait pas de machines, les employés s'occupaient en faisant le ménage dans le local. Début octobre sont arrivées trois machines à carton achetées au Portugal. Elles étaient vieilles et usées et totalement dépassées. Au poids, la ferraille ne devait pas valoir plus que quelques billets de 1 000. Elles fonctionnaient, d'accord, mais tombaient tout le temps en panne. Il n'y avait évidemment pas de pièces de rechange, si bien que Minos était frappé d'arrêts de production perpétuels. En général, c'était un employé qui réparait les machines comme il pouvait.

– Maintenant ça commence à ressembler à de la matière valable, reconnut Mikael. Qu'est-ce qu'on fabriquait réellement chez Minos ?

– En 1992 et la première moitié de 1993, ils ont produit des emballages classiques pour de la lessive, des boîtes à œufs et des choses comme ça. Ensuite ils ont fabriqué des sacs en papier. Mais l'usine manquait sans arrêt de matière première et la production n'a jamais atteint de sommets.

– Voilà qui ne ressemble pas exactement à un investissement gigantesque.

– J'ai fait les comptes. Le coût du loyer total pour deux ans était de 15 000 balles. Les salaires ont pu s'élever à 150 000 au grand maximum – et je suis généreux. Achat de machines et de moyens de transport… un fourgon qui livrait les boîtes à œufs… je dirais dans les 250 000. Ajoute des frais pour établir les autorisations, quelques frais de transport – apparemment une seule personne est venue de Suède rendre visite au village à quelques reprises.

Disons que toute l'affaire a coûté moins de 1 million. Un jour de l'été 1993, le contremaître est venu à l'usine, il a dit qu'elle était désormais fermée et, quelque temps plus tard, un camion hongrois est venu embarquer tout le parc de machines. *Exit* Minos.

DURANT LE PROCES, Mikael avait souvent réfléchi à ce soir de la Saint-Jean. La conversation s'était dans l'ensemble déroulée comme une discussion entre deux copains, sur un ton de chamaillerie amicale, exactement comme du temps des années lycée. Adolescents, ils avaient partagé les fardeaux qu'on trimballe à cet âge. Adultes, ils étaient en réalité des étrangers l'un à l'autre, des êtres totalement différents. Au cours de la soirée, Mikael s'était fait la réflexion qu'il n'arrivait pas vraiment à se rappeler ce qui les avait rapprochés au lycée. Il se souvenait de Robert comme d'un garçon taciturne et réservé, incroyablement timide devant les filles. Adulte, il était un… eh bien, un grimpeur talentueux dans l'univers bancaire. Pour Mikael, il ne faisait aucun doute que son camarade avait des opinions diamétralement opposées à sa propre conception du monde.

Mikael buvait rarement au point de s'enivrer, mais cette rencontre fortuite avait transformé une croisière ratée en une soirée agréable, où le niveau de la bouteille d'aquavit s'approchait doucement du fond. Justement parce que la conversation avait gardé ce ton lycéen, il n'avait tout d'abord pas pris au sérieux le récit de Robert au sujet de Wennerström mais, à la fin, ses instincts journalistiques s'étaient réveillés. Tout à coup il avait écouté attentivement l'histoire de Robert et les objections logiques avaient surgi.

– Attends une seconde, demanda Mikael. Wennerström est une star parmi les boursicoteurs. Si je ne me trompe pas complètement, il doit être milliardaire…

– A vue de nez, le capital de Wennerstroem Group est de quelque 200 milliards. Tu es sur le point de demander pourquoi un milliardaire irait escroquer des gens pour 50 malheureux millions, à peine de l'argent de poche.

– Ben, plutôt pourquoi il irait tout mettre en péril avec une escroquerie trop évidente.

– Je ne sais pas si on peut dire qu'il s'agit d'une escroquerie vraiment évidente ; un bureau du CSI unanime, et les représentants des banques, le gouvernement et les experts-comptables du Parlement qui ont accepté les comptes présentés par Wennerström.

– Il s'agit quand même d'une somme ridicule.

– Certes. Mais réfléchis ; Wennerstroem Group est une boîte spécialisée dans l'investissement, qui traite avec tout ce qui peut rapporter des bénéfices à court terme – immobilier, titres, options, devises… et j'en passe. Wennerström a pris contact avec le CSI en 1992, au moment où le marché était sur le point d'atteindre le fond. Tu te souviens de l'automne 1992 ?

– Tu parles si je m'en souviens. J'avais des emprunts à taux variable pour mon appartement quand les intérêts de la banque de Suède ont grimpé de cinq cents pour cent en octobre. J'ai dû me coltiner des intérêts à dix-neuf pour cent pendant un an.

– Mmm, le pied ! sourit Robert. Moi aussi j'ai creusé de sacrés trous cette année-là. Et Hans-Erik Wennerström – comme tous les autres sur le marché – se démenait avec les mêmes problèmes. L'entreprise avait des milliards coincés en contrats de différentes sortes, mais très peu de liquidités. Et là, toc, impossible d'emprunter de nouvelles sommes fantaisistes. En général dans une telle situation, on bazarde quelques immeubles et on lèche ses plaies – sauf qu'en 1992 il n'y avait plus personne pour acheter des immeubles.

– *Cash-flow problem*.

– Exactement. Et Wennerström n'était pas le seul à avoir ce genre de problèmes. N'importe quel homme d'affaires…

– Ne dis pas homme d'affaires. Appelle-les comme tu veux, mais les qualifier d'hommes d'affaires, c'est une injure à une catégorie professionnelle sérieuse.

– … n'importe quel boursicoteur, alors, avait des *cash-flow problems*… Considère les choses comme ceci : Wennerström a obtenu 60 millions de couronnes. Il en a remboursé 6, mais seulement au bout de trois ans. Les dépenses pour Minos n'ont pas dû dépasser de beaucoup le million. Rien que les intérêts de 60 millions pendant trois ans représentent une belle somme. Selon la façon dont il a investi l'argent, il a pu doubler l'argent du CSI, ou le multiplier par dix. Alors là, ce n'est plus de broutilles qu'on parle. A la tienne !

2

Vendredi 20 décembre

DRAGAN ARMANSKIJ AVAIT cinquante-six ans, il était né en Croatie. Son père était un Juif arménien de Biélorussie. Sa mère était une musulmane bosniaque d'ascendance grecque. C'était elle qui s'était chargée de son éducation culturelle, avec pour conséquence qu'à l'âge adulte il se trouvait dans le grand groupe hétérogène que les médias définissaient comme les musulmans. Bizarrement, les services de l'immigration l'avaient enregistré comme serbe. Son passeport établissait qu'il était citoyen suédois et la photo montrait un visage carré aux mâchoires puissantes, un fond de barbe sombre et des tempes grises. On l'appelait souvent l'Arabe, alors qu'il n'y avait pas la moindre goutte de sang arabe dans son passé. Par contre, il était un authentique croisement du genre que les fous de biologie raciale décriraient sans aucune hésitation comme de la matière humaine inférieure.

Son visage rappelait vaguement le stéréotype du sous-fifre local dans un film de gangsters américain. En réalité, il n'était ni trafiquant de drogue ni coupe-jarret pour la mafia. C'était un économiste talentueux qui avait commencé comme assistant à l'entreprise de sécurité Milton Security au début des années 1970 et qui, trois décennies plus tard, se retrouvait PDG et à la tête des opérations.

L'intérêt pour les questions de sécurité avait grandi peu à peu et s'était mué en fascination. C'était comme un jeu de stratégie – identifier des situations de menace, développer des contre-stratégies et sans cesse avoir un temps d'avance sur les espions industriels, les maîtres chanteurs et les arnaqueurs. Cela avait commencé quand il avait découvert la manière dont une habile escroquerie envers un client avait été réalisée à l'aide d'une comptabilité subtilement conçue. Il avait pu déterminer qui, dans un groupe d'une douzaine de personnes, se trouvait derrière la manipulation, et aujourd'hui, trente ans plus tard, il se souvenait de sa propre surprise quand il avait compris que le détournement avait pu se faire parce que la société en question avait omis de couvrir quelques trous dans les processus de sécurité. Il passa dès lors de simple comptable à joueur à part entière dans le développement de son entreprise, puis expert en escroqueries financières. Cinq ans plus tard, il se retrouvait dans la direction, et dix ans plus tard devenait – non sans réticences – PDG. A présent, la réticence s'était depuis longtemps calmée. Durant ses années dans la boîte, il avait transformé Milton Security en une des boîtes de sécurité les plus compétentes et les plus consultées en Suède.

Milton Security disposait de trois cent quatre-vingts collaborateurs à plein temps et plus de trois cents free-lances à toute épreuve, rémunérés à la mission. Une petite entreprise, donc, en comparaison de Falck ou de Svensk Bevakningstjänst. Quand Armanskij était entré dans l'entreprise, elle s'appelait encore Société de surveillance générale Johan Fredrik Milton, et sa clientèle était constituée de centres commerciaux qui avaient besoin de contrôleurs et de vigiles musclés. Sous sa direction, l'entreprise avait changé de nom pour devenir Milton Security, plus valable dans un contexte international, et elle avait misé sur une technologie de pointe. Le personnel avait été renouvelé ; gardiens de nuit en bout de course, fétichistes de l'uniforme et lycéens essayant de gagner trois sous avaient été remplacés par des personnes dotées de compétences sérieuses. Armanskij avait engagé d'ex-policiers d'un certain âge comme chefs des opérations, des diplômés en science politique spécialistes du terrorisme international, de la protection rapprochée et de l'espionnage industriel, et surtout des techniciens en télécommunications et des experts en informatique. L'entreprise avait quitté Solna et la banlieue pour s'installer dans des locaux plus prestigieux près de Slussen, au centre de Stockholm.

Au début des années 1990, Milton Security était armée pour offrir un tout nouveau type de sécurité à un cercle exclusif de clients, principalement des entreprises de taille moyenne affichant un chiffre d'affaires extrêmement élevé, et des particuliers aisés – stars du rock croulant sous les billets, joueurs en Bourse et patrons de start-up. Une grande partie de l'activité était centrée sur l'offre de gardes du corps et de solutions de sécurité pour des entreprises suédoises à l'étranger, surtout au Moyen-Orient. Cette partie de l'activité représentait actuellement près de soixante-dix pour cent du chiffre d'affaires. Au cours du règne d'Armanskij, le chiffre d'affaires était passé de 40 millions de couronnes à près de 2 milliards. Vendre de la sécurité était une branche extrêmement lucrative.

L'activité était répartie sur trois domaines principaux : *les consultations de sécurité*, qui consistaient en l'identification de dangers possibles ou imaginés ; *les mesures préventives*, qui en général consistaient en l'installation de caméras de surveillance coûteuses, d'alarmes effraction ou incendie, en systèmes électroniques de verrouillage et en équipements informatiques ; et pour finir *une protection rapprochée* des particuliers ou des entreprises qui s'estimaient victimes de menaces, qu'elles soient réelles ou imaginées. Ce dernier marché avait plus que quadruplé en dix ans et, les dernières années, un nouveau type de clientèle était apparu sous forme de femmes passablement friquées qui cherchaient à se protéger d'un ex-petit ami ou mari ou de harceleurs inconnus qui les auraient vues à la télé et auraient fait une fixation sur leur pull moulant ou la couleur de leur rouge à lèvres. De plus, Milton Security travaillait en partenariat avec des entreprises jouissant de la même bonne réputation qu'elle dans d'autres pays européens et aux Etats-Unis, et se chargeait de la sécurité de personnalités internationales en visite en Suède ; telle cette célèbre actrice américaine en tournage pendant deux mois à Trollhättan et dont l'agent estimait que son statut exigeait qu'elle soit accompagnée de gardes du corps lors de ses rarissimes promenades autour de l'hôtel.

Un quatrième domaine, beaucoup plus restreint, qui n'occupait que quelques collaborateurs de temps en temps, était constitué par ce qu'on appelait les ESP, c'est-à-dire les enquêtes sur la personne. Armanskij n'était pas un adepte inconditionnel de ce secteur de l'activité. Il était moins lucratif et c'était une branche délicate qui faisait plus appel au jugement et à la compétence du collaborateur qu'à une connaissance en technique de télécommunications ou en installation discrète d'appareils de surveillance. Les enquêtes sur la personne étaient acceptables lorsqu'il s'agissait de simples renseignements sur la solvabilité de quelqu'un, de vérifier le CV d'un futur collaborateur ou les agissements d'un employé qu'on soupçonnait de laisser fuir des informations sur son entreprise ou de s'adonner à une activité criminelle. Dans de tels cas, les ESP s'inscrivaient dans le domaine opératoire.

Mais à tout bout de champ ses clients venaient lui soumettre des problèmes d'ordre privé qui avaient tendance à induire des conséquences malvenues. *Je veux savoir qui est ce voyou avec qui ma fille sort... Je crois que ma femme me trompe... Le fiston est OK, mais c'est les copains qu'il fréquente... On me fait chanter...* Le plus souvent, Armanskij opposait un non catégorique. Si la fille était majeure, elle avait le droit de fréquenter tous les voyous qu'elle voulait, et il était d'avis que l'infidélité devait se régler entre époux. Dissimulés dans toutes ces demandes, il y avait des pièges qui potentiellement pouvaient mener à des scandales et causer des soucis juridiques pour Milton Security, raison pour laquelle Dragan Armanskij exerçait un contrôle strict sur ces missions, qui d'ailleurs ne généraient que de l'argent de poche dans le chiffre d'affaires total de l'entreprise.

LE SUJET DE CE MATIN était malheureusement justement une enquête sur la personne et Dragan Armanskij arrangea les plis de son pantalon avant de se pencher en arrière dans son fauteuil de bureau confortable. Avec scepticisme, il contempla Lisbeth Salander, sa collaboratrice de trente-deux ans sa cadette, et constata pour la millième fois que personne ne pouvait paraître plus mal placé qu'elle dans une entreprise de sécurité prestigieuse. Son scepticisme était à la fois réfléchi et irrationnel. Aux yeux d'Armanskij, Lisbeth Salander était sans conteste le *researcher* le plus compétent qu'il ait rencontré au cours de toutes ses années dans la branche. Durant les quatre années qu'elle avait travaillé pour lui, elle n'avait foiré aucune mission, ni rendu un seul rapport médiocre.

Au contraire – ce qu'elle produisait était à classer hors catégorie. Armanskij était persuadé que Lisbeth Salander possédait un don unique. N'importe qui pouvait sortir des renseignements bancaires ou effectuer un contrôle à la perception, mais Salander avait de l'imagination et revenait toujours avec tout autre chose que ce qu'on attendait. Il n'avait jamais vraiment compris comment elle se débrouillait, parfois sa capacité à trouver des informations semblait relever de la magie pure. Extrêmement familière des archives administratives, elle savait dénicher les renseignements les plus obscurs. Elle avait surtout la capacité de se glisser dans la peau de la personne sur qui elle enquêtait. S'il y avait une merde à mettre au jour, elle zoomait dessus tel un missile de croisière programmé.

Incontestablement, elle avait le don.

Ses rapports pouvaient constituer une véritable catastrophe pour la personne qui s'était fait coincer par son radar. Armanskij avait encore la sueur qui perlait quand il se rappelait la fois où il lui avait donné pour mission de faire un contrôle de routine sur un chercheur en pharmaceutique avant la cession d'une entreprise. Le boulot devait prendre une semaine, mais se prolongeait. Après quatre semaines de silence et plusieurs rappels à l'ordre qu'elle avait ignorés, elle était revenue avec un rapport spécifiant que l'objet de la recherche était pédophile. A deux reprises au moins le gars avait eu recours à une prostituée de treize ans à Tallinn, et certains signes indiquaient qu'il témoignait un intérêt malsain à la fille de sa compagne.

Salander avait des qualités qui par moments poussaient Armanskij au bord du désespoir. Quand elle avait découvert que l'homme était pédophile, elle n'avait pas pris le téléphone pour avertir Armanskij, elle ne s'était pas précipitée dans son bureau pour un entretien. Au contraire – sans indiquer par le moindre mot que le rapport contenait des informations explosives de proportions quasi nucléaires, elle l'avait posé sur son bureau un soir, alors qu'Armanskij était sur le point d'éteindre et de rentrer chez lui. Il avait emporté le rapport et ne l'avait ouvert que plus tard dans la soirée, au moment où, enfin décontracté, il partageait une bouteille de vin avec sa femme devant la télé dans le séjour de sa villa à Lidingö.

Le rapport était comme toujours d'une minutie quasi scientifique avec des notes en bas de page, des citations et des indications exactes des sources. Les premières pages retraçaient le passé de l'objet, sa formation, sa carrière et sa situation économique. Ce n'était qu'à la page 24, dans un paragraphe intermédiaire, que Salander lâchait la bombe des escapades à Tallinn, sur le même ton objectif qu'elle utilisait pour dire qu'il habitait une villa à Sollentuna et qu'il conduisait une Volvo bleu marine. Pour étayer ses affirmations, elle renvoyait à une annexe volumineuse, avec des photographies de la fille mineure en compagnie de l'objet. La photo avait été prise dans le couloir d'un hôtel à Tallinn et il avait la main glissée sous le pull de la fille. Et, d'une manière ou d'une autre, Lisbeth Salander avait en plus réussi à retrouver la fille et l'avait persuadée de livrer un témoignage détaillé enregistré sur cassette.

Le rapport avait déclenché exactement le chaos qu'Armanskij voulait éviter. Pour commencer, il avait été obligé d'avaler deux comprimés que son médecin lui avait prescrits contre l'ulcère à l'estomac. Ensuite, il avait convoqué le commanditaire pour un entretien sinistre et des plus brefs. Pour finir – et malgré la réticence spontanée du commanditaire – il avait été obligé de transmettre immédiatement les données à la police. Ce qui signifiait que Milton Security risquait d'être entraînée dans un enchevêtrement d'accusations et de contre-accusations. Si le dossier ne tenait pas la route ou si l'homme était relaxé, l'entreprise risquait une action judiciaire pour diffamation. La tuile totale !

CE N'ETAIT POURTANT PAS le surprenant manque d'émotion chez Lisbeth Salander qui le dérangeait le plus. L'époque voulait qu'on mise sur l'image, et l'image de Milton était celle de la stabilité conservatrice. Et Lisbeth Salander, elle, était tout aussi crédible sur cette image qu'une pelle mécanique dans un salon nautique.

Armanskij avait du mal à s'habituer au fait que son plus fin limier soit une fille pâle, d'une maigreur anorexique, avec des cheveux coupés archicourt et des piercings dans le nez et les sourcils. Elle avait un tatouage d'une guêpe de deux centimètres sur le cou et un cordon tatoué autour du biceps gauche. Les quelques fois où elle portait un débardeur, Armanskij avait pu constater qu'elle avait aussi un tatouage plus grand sur l'omoplate, représentant un dragon. Rousse à l'origine, elle s'était teint les cheveux en noir aile de corbeau. Elle avait toujours l'air d'émerger d'une semaine de bringue en compagnie d'une bande de hardrockers.

Elle ne souffrait pas de troubles nutritionnels – Armanskij en était convaincu –, au contraire, elle semblait consommer toute sorte de mauvaise-bouffe. Elle était simplement née maigre, avec une ossature fine qui la rendait frêle et délicate comme une petite fille, avec de petites mains, des chevilles fines et des seins qu'on distinguait à peine sous ses vêtements. Elle avait vingt-quatre ans mais on lui en donnait quatorze.

Sa bouche était large, son nez petit et ses pommettes hautes, ce qui lui conférait un vague air d'Orientale. Ses mouvements étaient rapides et arachnéens et, quand elle travaillait à l'ordinateur, ses doigts volaient d'une façon presque surexcitée sur les touches. Son corps était voué à l'échec pour une carrière de mannequin, mais avec un maquillage adéquat, un gros plan sur son visage n'aurait déparé aucun panneau publicitaire. Sous le maquillage – parfois elle arborait un répugnant rouge à lèvres noir –, les tatouages et les piercings elle était… disons… attirante. D'une manière totalement incompréhensible.

Le fait que Lisbeth Salander travaille pour Dragan Armanskij était en soi stupéfiant. Elle n'était pas le genre de femmes qu'il croisait habituellement, encore moins à qui il envisageait d'offrir du boulot.

Il lui avait donné un emploi de fille de bureau après que Holger Palmgren, un avocat en préretraite qui s'était occupé des affaires personnelles du vieux J. F. Milton, les avait informés que Lisbeth Salander était une *jeune fille perspicace malgré un comportement un peu perturbé.* Palmgren avait fait appel à Armanskij pour qu'il donne une chance à la fille, ce qu'Armanskij avait promis, à contre-cœur. Palmgren était de ces hommes qu'un non pousse à redoubler d'efforts, si bien qu'il était plus simple de dire oui tout de suite. Armanskij savait que Palmgren s'occupait d'enfants à problèmes et de ce genre de fadaises sociales, mais qu'il avait malgré tout un bon jugement.

Il avait regretté à l'instant même où il avait vu Lisbeth Salander.

Non seulement elle paraissait perturbée – à ses yeux elle était carrément synonyme du concept –, mais elle avait aussi loupé le collège, n'avait jamais mis un pied au lycée et manquait de toute forme d'études supérieures.

Les premiers mois, elle avait travaillé à temps plein, disons pratiquement temps plein, elle avait en tout cas surgi de temps à autre sur son lieu de travail. Elle préparait le café, s'occupait du courrier et faisait des photocopies. Le problème était qu'elle se foutait des horaires normaux de bureau ou des méthodes de travail.

Elle avait en revanche une grande capacité à irriter les collaborateurs. On l'appelait *la fille aux deux cellules cérébrales*, une pour respirer et une pour se tenir debout. Elle ne parlait jamais d'elle-même. Les collègues qui essayaient d'entamer une conversation obtenaient rarement une réponse et ils abandonnèrent vite. Les tentatives de plaisanter avec elle tombaient toujours à côté de la plaque – soit elle contemplait le plaisantin avec de grands yeux inexpressifs, soit elle réagissait avec une irritation manifeste.

Elle eut vite la réputation d'être très soupe au lait, de changer dramatiquement d'humeur si elle se mettait en tête que quelqu'un se moquait d'elle, comportement plutôt général dans les bureaux. Son attitude n'encourageait ni aux confidences ni à l'amitié et elle devint rapidement un phénomène occasionnel qui rôdait tel un chat perdu dans les couloirs de Milton. On la considérait comme totalement irrécupérable.

Après un mois d'emmerdes ininterrompues, Armanskij l'avait convoquée dans son bureau avec l'intention de la renvoyer. Passivement, elle l'avait écouté énumérer ses torts, sans objections et sans même lever un sourcil. Il avait fini par dire qu'elle n'avait pas la *bonne attitude* et il était sur le point d'expliquer qu'elle ferait mieux de chercher un autre boulot, où on saurait *tirer profit de sa compétence*, quand elle l'avait interrompu au milieu d'une phrase. Pour la première fois elle parla autrement qu'avec des mots épars.

– Dites, si c'est un larbin que vous voulez, allez chercher quelqu'un à l'ANPE. Moi je sais trouver n'importe quoi sur n'importe qui, et si vous vous contentez de me mettre à trier le courrier, c'est que vous êtes un imbécile.

Armanskij se souvenait encore à quel point il était resté muet de colère et de surprise tandis qu'elle continuait sans prêter attention à lui.

– Il y a dans votre boîte un branque qui a consacré trois semaines à écrire un rapport total nul sur ce yuppie qu'ils ont l'intention de recruter comme président du conseil d'administration de l'autre start-up, vous voyez ce que je veux dire. Son rapport de merde, je l'ai photocopié hier soir et, sauf erreur, c'est celui que vous avez là.

Le regard d'Armanskij s'était posé sur le rapport et, une fois n'est pas coutume, il avait élevé la voix.

– Tu n'es pas supposée lire des rapports confidentiels.

– Probablement pas, mais les routines de sécurité dans votre boîte laissent un peu à désirer. Selon vos directives, il doit copier ces choses-là lui-même, mais il m'a balancé le rapport avant de filer au resto hier. Sans oublier que son rapport précédent traînait à la cantine il y a quelques semaines.

– Comment ça, traînait ? s'était exclamé Armanskij, choqué.

– Du calme. Je l'ai enfermé dans son coffre-fort.

– Il t'a donné la combinaison de son coffre personnel ? avait suffoqué Armanskij.

– Non, pas exactement. Mais il l'a notée sur un bout de papier qu'il laisse sur son bureau avec le mot de passe de son ordi. Mais là où je veux en venir, c'est que l'ESP qu'il a faite, votre détective privé à la mords-moi-le-nœud, elle n'a pas la moindre valeur. Il a loupé que le mec a des dettes de jeu monumentales, qu'il sniffe de la coke pire qu'un aspirateur et que sa copine s'est réfugiée à SOS-Femmes en détresse parce qu'il l'avait tabassée.

Puis le silence. Armanskij n'avait rien dit pendant quelques minutes, tout occupé à feuilleter le rapport en question. Celui-ci était présenté avec compétence, écrit dans une prose compréhensible et bourré de références, de sources et de déclarations d'amis et de connaissances de l'objet. Finalement il avait levé les yeux et prononcé deux mots :

– Prouve-le.

– Combien de temps vous me donnez ?

– Trois jours. Si tu n'arrives pas à prouver tes affirmations vendredi après-midi, tu es virée.

TROIS JOURS PLUS TARD elle avait remis un rapport avec des références de sources tout aussi explicites qui avaient transformé l'agréable jeune yuppie en un fumier douteux. Armanskij avait lu son rapport plusieurs fois pendant le week-end et passé une partie du lundi à une contrevérification peu enthousiaste de quelques-unes de ses affirmations. Avant même de commencer le contrôle, il savait que ses informations se révéleraient exactes.

Armanskij était perplexe et irrité contre lui-même de l'avoir manifestement mal jugée. Il l'avait crue bouchée, peut-être même un peu débile. Il ne s'était pas attendu à ce qu'une fille qui avait tellement séché les cours qu'elle n'avait même pas eu de notes en fin de collège puisse écrire un rapport qui non seulement était correct du point de vue linguistique mais qui, en outre, contenait des observations et des informations dont il se demandait comment elle avait pu les obtenir.

Il savait pertinemment que personne d'autre à Milton Security n'aurait pu sortir un extrait du journal confidentiel d'un médecin de SOS-Femmes en détresse. Quand il lui demanda comment elle s'y était prise, il n'obtint qu'une réponse évasive. Elle n'avait pas l'intention de griller ses sources, dit-elle. Peu à peu, il devint clair pour Armanskij que Lisbeth Salander n'avait en aucune façon l'intention de discuter de ses méthodes de travail, ni avec lui ni avec qui que ce soit d'autre. Cela l'inquiétait – mais pas suffisamment pour qu'il résiste à la tentation de la tester.

Il réfléchit à la chose pendant quelques jours.

Il se rappela les mots de Holger Palmgren quand il la lui avait envoyée. *Tout le monde doit avoir sa chance.* Il pensa à sa propre éducation musulmane qui lui avait appris que son devoir envers Dieu était d'aider les exclus. Il ne croyait certes pas en Dieu et n'avait pas mis les pieds dans une mosquée depuis l'adolescence, mais il avait l'impression que Lisbeth Salander était quelqu'un qui avait besoin d'une aide et d'un soutien solides. Il n'avait vraiment pas accompli beaucoup d'actions de ce genre dans sa vie.

AU LIEU DE LA VIRER, il convoqua Lisbeth Salander pour un entretien privé, où il essaya de comprendre comment était réellement fichue cette fille compliquée. Sa conviction qu'elle souffrait d'un dérangement sérieux en fut renforcée, mais il découvrit aussi que derrière son profil d'emmerdeuse se dissimulait une personne intelligente. Il la voyait frêle et dérangeante mais commençait aussi – non sans étonnement – à bien l'aimer.

Au cours des mois suivants, Armanskij prit Lisbeth Salander sous son aile. S'il avait été sincère avec lui-même, il aurait dit qu'il se chargeait d'elle comme d'un petit projet social. Il lui donnait des tâches de recherche simples et essayait de la tuyauter sur la meilleure façon de procéder. Elle écoutait patiemment, s'en allait et réalisait la mission totalement à sa façon à elle. Il demanda au responsable des services techniques de Milton de lui donner un cours d'informatique de base ; Salander resta sans moufter sur sa chaise pendant tout un après-midi avant que le responsable, un peu éberlué, vienne rapporter qu'elle semblait déjà posséder davantage de connaissances en informatique que la plupart des collaborateurs de l'entreprise.

Armanskij s'aperçut rapidement que, malgré des entretiens de plan de carrière, d'offres de formation interne et d'autres moyens de persuasion, Lisbeth Salander n'avait pas l'intention de s'adapter aux routines de bureau chez Milton. Cela le mit face à un dilemme compliqué.

Elle était toujours un élément d'irritation pour les collègues. Armanskij avait conscience qu'il n'aurait pas accepté d'un autre collaborateur de tels horaires aléatoires, et qu'en temps normal il aurait bientôt posé un ultimatum exigeant un changement. Il devinait aussi que s'il mettait Lisbeth Salander face à un ultimatum ou s'il la menaçait d'un licenciement, elle ne ferait que hausser les épaules. Par conséquent, soit il lui faudrait se séparer d'elle, soit il devrait accepter qu'elle ne fonctionnait pas comme les gens normaux.

LE PLUS GROS PROBLEME CEPENDANT pour Armanskij était qu'il n'arrivait pas à déterminer ses propres sentiments pour la jeune femme. Elle était comme une démangeaison inconfortable, elle était repoussante et en même temps attirante. Il ne s'agissait pas d'une attirance sexuelle, en tout cas pas qu'Armanskij voulait s'avouer. Les femmes qu'il reluquait d'ordinaire étaient blondes et opulentes, avec des lèvres pulpeuses qui titillaient son imagination. De plus il était marié depuis vingt ans avec une Finlandaise prénommée Ritva qui, à cinquante ans passés, remplissait encore plus que bien toutes ces exigences. Il n'avait jamais été infidèle, mettons qu'il avait peut-être vécu quelques rares moments que sa femme aurait pu mal interpréter si elle avait été au courant, mais son mariage était heureux et il avait deux filles de l'âge de Salander. Quoi qu'il en soit, il ne s'intéressait pas aux filles sans poitrine que de loin on pouvait confondre avec des garçons maigrelets. Ce n'était pas son style.

Malgré cela, il avait commencé à se prendre en flagrant délit de rêves mal placés sur Lisbeth Salander, et il avouait qu'il n'était pas totalement indifférent à sa présence. Mais l'attirance, se disait Armanskij, venait du fait que Salander était pour lui un être exotique. Il aurait tout aussi bien pu s'amouracher d'un tableau représentant une nymphe grecque. Salander représentait une vie irréelle, qui le fascinait mais qu'il ne pouvait pas partager – et que de toute façon elle lui interdisait de partager.

Un jour, Armanskij se trouvait à une terrasse de café sur Stortorget, dans la vieille ville, quand Lisbeth Salander était arrivée et s'était installée à une table à l'autre bout de la terrasse. Elle était accompagnée de trois filles et d'un garçon, tous habillés de façon semblable. Armanskij l'avait observée avec curiosité. Elle semblait aussi réservée qu'au bureau, mais elle avait tout de même souri à quelque chose que racontait une fille aux cheveux pourpres.

Armanskij se demandait comment Salander réagirait s'il arrivait au bureau les cheveux verts, avec un jean usé et un blouson de cuir clouté et peinturluré. L'accepterait-elle comme un des siens ? Peut-être – elle semblait accepter tout ce qui l'entourait avec un air de *j'm'en tape, c'est pas mon problème*. Mais le plus probable était qu'elle se foutrait de lui.

Elle lui tournait le dos et n'avait pas regardé une seule fois de son côté, elle ignorait apparemment totalement qu'il se trouvait là. Il se sentit bizarrement dérangé par sa présence et quand, au bout d'un moment, il se leva pour s'esquiver en douce, elle tourna la tête et le regarda droit dans les yeux, comme si elle avait tout le temps su qu'il était là et qu'elle l'avait eu dans son collimateur. Son regard l'atteignit si brusquement qu'il le ressentit comme une attaque, et il fit semblant de ne pas la voir et quitta la terrasse d'un pas rapide. Elle ne l'appela pas, mais le suivit des yeux, et son regard n'avait cessé de lui brûler le dos jusqu'à ce qu'il tourne au coin de la rue.

Elle riait rarement ou jamais. Armanskij avait pourtant l'impression d'avoir noté un assouplissement de sa part. Elle avait un humour sec, qu'accompagnait éventuellement un petit sourire en coin ironique.

Parfois, Armanskij se sentait tellement provoqué par le manque de répondant émotionnel de Lisbeth Salander qu'il avait envie de la secouer et de se frayer un passage sous sa carapace pour gagner son amitié ou au minimum son respect.

En une seule occasion, alors qu'elle travaillait pour lui depuis neuf mois, il avait essayé de discuter ces sentiments avec elle. C'était au cours de la fête de Noël de Milton Security, un soir de décembre, et, pour une fois, il avait trop bu. Rien d'inconvenant ne s'était passé – il avait seulement essayé de lui dire qu'il l'aimait bien. Surtout, il avait voulu expliquer qu'il ressentait un instinct de protection et que, si elle avait besoin de quoi que ce soit, elle pouvait venir le voir en toute confiance. Il avait même essayé de la serrer dans ses bras, amicalement, cela va de soi.

Elle s'était dégagée de son étreinte maladroite et avait quitté la fête. Elle ne s'était plus montrée au bureau et n'avait pas répondu au portable. Dragan Armanskij avait vécu son absence comme une torture – presque comme une punition personnelle. Il n'avait personne avec qui parler de ses émotions et, pour la première fois, il avait réalisé, avec une lucidité terrifiante, quel pouvoir dévastateur Lisbeth Salander avait pris sur lui.

TROIS SEMAINES PLUS TARD, un soir de janvier, alors qu'Armanskij faisait des heures sup pour vérifier le bilan de l'année, Salander était revenue. Elle entra dans son bureau aussi doucement qu'un fantôme et il réalisa soudain qu'elle avait franchi la porte et l'observait depuis la pénombre. Il n'avait pas la moindre idée de combien de temps elle était restée là.

– Tu veux du café ? demanda-t-elle, en lui tendant un gobelet de la machine à espressos de la cantine.

Sans un mot il prit le gobelet, et il ressentit à la fois du soulagement et de la crainte quand elle ferma la porte du bout du pied et qu'elle s'installa dans le fauteuil des visiteurs et le regarda droit dans les yeux. Ensuite, elle posa la question taboue d'une telle façon qu'il ne pouvait ni l'expédier avec une plaisanterie, ni la contourner.

– Dragan, est-ce que je te fais bander ?

Armanskij était resté comme paralysé en réfléchissant comme un fou à la réponse qu'il allait donner. Sa première impulsion fut de tout nier d'un air offensé. Puis il vit son regard et comprit que, pour la première fois, elle posait une question. Une question sérieuse, et s'il essayait de s'en sortir avec une plaisanterie, elle prendrait ça comme une injure personnelle. Elle voulait parler avec lui et il se demandait depuis combien de temps elle mobilisait du courage pour poser cette question. Il repoussa lentement son stylo et s'inclina dans le fauteuil. Il finit par se détendre.

– Qu'est-ce qui te fait croire ça ? demanda-t-il.

– La façon dont tu me regardes, et la façon dont tu ne me regardes pas. Et les fois où tu as été sur le point de tendre la main pour me toucher et tu t'es retenu.

Il lui sourit tout à coup.

– J'ai le sentiment que tu me mordrais la main si je posais un doigt sur toi.

Elle ne sourit pas. Elle attendait.

– Lisbeth, je suis ton chef et même si j'étais attiré par toi, je ne ferais jamais un geste.

Elle attendait toujours.

– Entre nous, oui, il y a eu des moments où je me suis senti attiré par toi. Je n'arrive pas à l'expliquer, mais c'est comme ça. Pour une raison que je ne comprends pas moi-même, je t'aime énormément. Mais tu ne me fais pas bander.

– Tant mieux. Parce que ça ne se fera jamais.

Armanskij éclata de rire. Même si c'était pour lui fournir le renseignement le plus négatif qu'un homme pouvait recevoir, Salander venait d'une certaine manière de lui parler en confiance. Il chercha les mots appropriés.

– Lisbeth, je comprends que tu ne sois pas intéressée par un vieux qui a plus de cinquante ans.

– Je ne suis pas intéressée par un vieux qui a plus de cinquante ans qui est mon chef. Elle leva une main. Attends, laisse-moi parler. Parfois tu es coincé et gonflant avec tes manières de bureaucrate mais il se trouve que tu es aussi un homme attirant et que… moi aussi je peux me sentir… Mais tu es mon chef et j'ai rencontré ta femme et je veux conserver ce boulot chez toi et le truc le plus débile que je pourrais faire, ce serait d'avoir une histoire avec toi.

Armanskij garda le silence, il osait à peine respirer.

– Je suis parfaitement consciente de ce que tu as fait pour moi et je ne manque pas de gratitude. J'apprécie sincèrement que tu sois passé par-dessus tes préjugés et que tu m'aies donné une chance ici. Mais je ne te veux pas pour amant et tu n'es pas mon père.

Elle se tut. Après un moment, Armanskij soupira, désemparé.

– Qu'est-ce que tu veux de moi alors ?

– Je veux continuer à bosser pour toi. Si ça te convient.

Il hocha la tête et lui répondit ensuite avec autant de franchise qu'il pouvait.

– J'ai vraiment très envie que tu travailles pour moi. Mais je veux aussi que tu ressentes une forme d'amitié et de confiance pour moi.

Elle fit oui de la tête.

– Tu n'es pas quelqu'un qui incite à l'amitié, lança-t-il soudain. Elle se rembrunit un peu mais il poursuivit, inexorable. J'ai compris que tu ne veux pas qu'on se mêle de ta vie et je vais essayer de ne pas le faire. Mais ça te va si je continue à bien t'aimer ?

Salander réfléchit un long moment. Puis elle répondit en se levant, elle contourna la table et lui fit un petit câlin. Il fut totalement pris de court. Seulement quand elle le lâcha, il saisit sa main.

– On peut être amis ? demanda-t-il.

Elle hocha la tête encore une fois.

C'était la seule fois où elle lui avait témoigné de la tendresse, et la seule fois où elle l'avait touché. Un instant dont Armanskij se souvenait avec chaleur.

Quatre années s'étaient écoulées maintenant et elle n'avait toujours quasiment rien révélé à Armanskij sur sa vie privée ou sur son passé. Une fois, il avait appliqué ses propres compétences dans l'art de l'ESP sur elle. Il avait aussi eu une longue conversation avec Holger Palmgren – qui ne parut pas étonné de le voir – et ce qu'il avait fini par apprendre ne contribuait pas à augmenter sa confiance. Il n'avait jamais discuté la chose avec elle, pas fait la moindre allusion, ni ne l'avait laissée comprendre qu'il avait fouillé dans sa vie privée. Au lieu de cela, il cachait son inquiétude et renforçait sa vigilance.

AVANT QUE CETTE SOIREE MEMORABLE ne soit finie, Salander et Armanskij avaient conclu un marché. A l'avenir, elle effectuerait pour lui des missions en free-lance. On lui verserait un petit revenu mensuel garanti, qu'elle réalise des missions ou pas ; elle tirerait ses véritables revenus des factures qu'elle lui présenterait pour chaque mission. Elle travaillerait comme elle l'entendrait, en contrepartie elle s'engagerait à ne jamais faire quoi que ce soit qui pourrait le gêner ou mettre Milton Security en difficulté.

Pour Armanskij, c'était une solution pratique qui profitait à l'entreprise, à lui-même et à Salander. Il put restreindre le pénible service des ESP à un seul employé fixe, un collaborateur plus tout jeune qui faisait des boulots routiniers corrects et qui s'occupait des renseignements sur la solvabilité. Toutes les missions compliquées et douteuses, il les laissa à Salander et à quelques autres free-lances qui – si les choses tournaient mal – étaient leurs propres patrons et dont Milton Security n'avait pas à répondre. Comme il lui confiait souvent des missions, elle bénéficia d'un revenu confortable. Revenu qui aurait pu être considérablement plus élevé, mais elle travaillait seulement quand elle en avait envie selon le principe que si cela ne plaisait pas à Armanskij, il n'avait qu'à la virer.

Armanskij l'accepta telle qu'elle était, à la condition qu'elle ne devait pas rencontrer les clients. Les exceptions à cette règle étaient rares et l'affaire qui se présentait aujourd'hui en était malheureusement une.

CE JOUR-LA, LISBETH SALANDER était vêtue d'un tee-shirt noir avec une image d'E.T. exhibant des crocs de fauve, souligné d'un *I am also an alien*. Elle portait une jupe noire dont l'ourlet était défait, un court blouson de cuir noir râpé, ceinture cloutée, de grosses Doc Martens et des chaussettes aux rayures transversales rouges et vertes, montant jusqu'aux genoux. Son maquillage indiquait qu'elle était peut-être daltonienne. Autrement dit, elle était extrêmement soignée.

Armanskij soupira et posa son regard sur la troisième personne présente dans la pièce – un visiteur d'allure vieux jeu affublé de lunettes aux verres épais. L'avocat Dirch Frode avait soixante-huit ans et il avait insisté pour rencontrer personnellement le collaborateur auteur du rapport pour lui poser des questions. Armanskij avait essayé d'empêcher la rencontre au moyen de faux-fuyants, disant que Salander était grippée, qu'elle était en déplacement et accaparée par d'autres boulots. Frode avait répondu avec insouciance que ce n'était pas grave – l'affaire n'était pas urgente et il pouvait sans problème attendre quelques jours. Armanskij avait juré tout bas mais, au bout du compte, il n'avait pas trouvé d'autre solution que de les réunir, et à présent maître Frode observait Lisbeth Salander avec une fascination manifeste. Salander répondit avec un regard furibond, sa mine indiquant clairement qu'elle n'avait aucune sympathie pour lui.

Armanskij soupira encore une fois et regarda le dossier qu'elle avait posé sur son bureau, barré du titre CARL MIKAEL BLOMKVIST. Le nom était suivi d'un numéro de sécu, méticuleusement écrit sur la couverture. Il prononça le nom à voix haute. Cela sortit maître Frode de son envoûtement et il tourna les yeux vers Armanskij.

– Eh bien, que pouvez-vous me dire sur Mikael Blomkvist ? demanda-t-il.

– Voici donc Mlle Salander qui a rédigé le rapport. Armanskij hésita une seconde et poursuivit ensuite avec un sourire destiné à mettre Frode en confiance mais qui véhiculait surtout des excuses désemparées : Ne soyez pas étonné par sa jeunesse. Elle est incontestablement notre meilleur limier.

– J'en suis persuadé, répondit Frode d'une voix sèche qui sous-tendait le contraire. Racontez-moi ce qu'elle a trouvé.

Manifestement, maître Frode n'avait pas la moindre idée du comportement à adopter avec Lisbeth Salander et il cherchait à fouler un terrain plus sûr en posant la question à Armanskij, comme si elle ne se trouvait pas dans la pièce. Salander saisit l'occasion et fit une grosse bulle avec son chewing-gum. Avant qu'Armanskij n'ait eu le temps de répondre, elle se tourna vers son chef comme si Frode n'existait pas.

– Peux-tu vérifier avec le client s'il désire la version longue ou courte ?

Maître Frode réalisa sur-le-champ qu'il avait gaffé. S'ensuivit un bref silence pénible, puis il se tourna vers Lisbeth Salander et essaya de réparer les dégâts en adoptant un ton gentiment paternel.

– Je vous serais très reconnaissant, mademoiselle, si vous pouviez me résumer de vive voix ce que vous avez trouvé.

Salander avait l'air d'un cruel fauve des savanes envisageant de croquer Dirch Frode pour son déjeuner. Son regard était empli d'une haine si intense et si inattendue que

Frode en eut des frissons dans le dos. Tout aussi rapidement, son visage s'adoucit. Frode se demanda s'il avait imaginé le regard. Quand elle se mit à parler, son ton était celui d'un fonctionnaire de l'Etat.

– Permettez-moi donc de dire pour commencer que cette mission n'a pas été spécialement compliquée, mis à part le fait que la description des tâches à accomplir était assez vague. Vous vouliez qu'on aille fouiner partout pour trouver un max sur lui, mais vous avez omis d'indiquer si vous cherchiez quelque chose en particulier. Raison pour laquelle nous en sommes arrivés à une sorte d'échantillon de sa vie. Le rapport comporte cent quatre-vingt-treize pages, mais cent vingt ne sont en fait que des copies d'articles qu'il a écrits ou des coupures de presse dans lesquelles il figure. Blomkvist est un personnage public avec peu de secrets et il n'a pas grand-chose à cacher.

– Mais il a donc des secrets ? demanda Frode.

– Tout le monde a des secrets, répondit-elle imperturbable. Il s'agit simplement de découvrir lesquels.

– Je vous écoute.

– Mikael Blomkvist est né le 18 janvier 1960, ce qui lui fait bientôt quarante-trois ans. Il est né à Borlänge, mais n'y a jamais habité. Ses parents, Kurt et Anita Blomkvist, avaient dans les trente-cinq ans quand ils l'ont eu, aujourd'hui ils sont décédés tous les deux. Son père était installateur de machines et devait se déplacer pas mal. Sa mère n'a jamais été que femme au foyer, pour autant que j'ai pu comprendre. La famille a déménagé à Stockholm quand Mikael a commencé l'école. Il a une sœur de trois ans sa cadette, elle s'appelle Annika et elle est avocate. Il a aussi quelques oncles et cousins. Il vient, ce café ?

Cette dernière réplique était destinée à Armanskij, qui sans tarder ouvrit le thermos qu'il avait commandé pour la réunion. D'un geste, il invita Salander à continuer.

– En 1966, donc, la famille a déménagé pour Stockholm. Ils habitaient Lilla Essingen. Blomkvist a suivi l'école primaire et secondaire à Bromma, puis il est allé au lycée à Kungsholmen. Ses notes au bac étaient excellentes, vous trouverez des copies dans le dossier. Du temps où il était au lycée, il faisait de la musique, il jouait de la basse dans un groupe de rock, les Bootstrap, qui a même sorti un single qui passait à la radio au cours de l'été 1979. Après le lycée, il a travaillé comme vigile dans le métro, a mis de l'argent de côté pour voyager à l'étranger. Il est parti un an et semble s'être surtout baladé en Asie – l'Inde, la Thaïlande et un petit tour en Australie. Il a commencé ses études de journalisme à Stockholm quand il avait vingt et un ans, mais les a interrompues au bout d'un an pour faire son service militaire dans le corps des chasseurs légers à Kiruna. Une sorte d'unité macho dont il est sorti avec 10-9-9, ce qui est une bonne notation. Après le service militaire, il a terminé sa formation de journaliste et il travaille depuis. Vous voulez que je pousse les détails jusqu'où ?

– Racontez tout ce qui vous semble essentiel.

– Entendu. Il serait plutôt genre premier de la classe. Jusqu'à aujourd'hui, il a été un journaliste talentueux. Dans les années 1980, il faisait un tas de remplacements comme pigiste, d'abord dans la presse régionale et ensuite à Stockholm. La liste est dans le dossier. Il a véritablement percé avec l'histoire des Frères Rapetout – cette bande de braqueurs qu'il a aidé à coincer.

– Super Blomkvist.

– Il déteste ce surnom, ce qui est compréhensible. Si je me voyais qualifiée de Fifi Brindacier sur un gros titre, quelqu'un se retrouverait avec un œil au beurre noir.

Elle jeta un regard sombre sur Armanskij, qui déglutit. Plus d'une fois, justement, il avait pensé à Lisbeth Salander en Fifi Brindacier, et il se félicita de ne jamais avoir essayé de plaisanter là-dessus. Il lui fit signe de poursuivre en agitant son index en l'air.

– Une source indique que jusque-là il voulait devenir reporter criminel – et il a fait un remplacement comme tel dans un journal du soir – mais ce qui l'a rendu célèbre, c'est son boulot comme investigateur politique et économique. Il a principalement travaillé en free-lance, il n'a eu qu'un seul emploi fixe dans un journal du soir vers la fin des années 1980. Il a donné sa démission en 1990, quand il a participé à la fondation du mensuel *Millénium*. La revue a commencé en pur outsider, sans un éditeur de poids pour la soutenir. Le tirage a augmenté, il tourne aujourd'hui autour de vingt et un mille exemplaires. La rédaction est installée dans Götgatan, à quelques rues d'ici.

– Une publication de gauche.

– Tout dépend de comment on définit la gauche. *Millénium* est généralement perçu comme s'attaquant aux dérives de la société, mais quelque chose me dit que les anarchistes le considèrent comme un journal de merde petit-bourgeois de la même veine qu'*Arena* ou *Ordfront*, alors que l'Union des étudiants modérés pense probablement que la rédaction est composée de bolcheviks. Rien n'indique que Blomkvist ait eu une activité politique, même durant la vague gauchiste quand il était au lycée. Quand il était à l'Ecole de journalisme, il vivait avec une militante des Syndicalistes qui siège aujourd'hui au Parlement pour le Parti de la gauche. Il semblerait que son étiquette de gauchiste vienne surtout du fait qu'en tant que journaliste économique, il s'est spécialisé dans les reportages révélateurs sur la corruption et sur des affaires louches dans le monde des entreprises. Il a commis quelques portraits dévastateurs de patrons et de politiciens – sans aucun doute bien mérités – et il est à l'origine d'un certain nombre de démissions et de suites judiciaires. La plus connue est l'affaire d'Arboga, qui eut pour résultat la démission forcée d'un politicien conservateur et qu'un ancien trésorier municipal écopa d'un an de prison pour détournement de fonds. Révéler des délits peut cependant difficilement être considéré comme une attitude gauchiste.

– Je vois ce que vous voulez dire. Quoi d'autre ?

– Il a écrit deux livres. Un sur l'affaire d'Arboga et un sur le journalisme économique intitulé *Les Templiers*, paru il y a trois ans. Je ne l'ai pas lu, mais à en juger par les critiques, le bouquin est assez controversé et il a suscité pas mal de débats dans les médias.

– Côté argent ?

– Il n'est pas riche, mais il n'est pas à plaindre. Ses déclarations de revenus sont jointes au dossier. Il a un peu plus de 250 000 couronnes à la banque, placées d'une part sur un plan de retraite, d'autre part sur un fonds d'épargne. Il dispose d'un compte crédité d'environ 100 000 couronnes où il puise ses dépenses courantes, les voyages, etc. Il possède un appartement en copropriété coopérative qu'il a fini de payer – soixante-cinq mètres carrés dans Bellmansgatan – et il n'a ni emprunts ni dettes en cours.

Salander brandit un doigt.

– Il a encore un autre bien – une propriété foncière à Sandhamn. C'est une cabane de vingt-cinq mètres carrés, aménagée en maison de vacances, située au bord de l'eau, dans la partie la plus attractive du village. Apparemment, un de ses oncles avait acheté ça dans les années 1940, quand le commun des mortels pouvait encore s'offrir ce genre de choses, et c'est par le biais des héritages que la cabane est revenue à Blomkvist. Avec sa sœur, ils se sont partagé les biens. Elle a pris l'appartement des parents à Lilla Essingen et Mikael Blomkvist la cabane. Je ne sais pas combien elle vaut aujourd'hui – certainement quelques millions – mais, d'un autre côté, il ne semble pas vouloir vendre, et il s'y rend assez souvent.

– Ses revenus ?

– Il est donc copropriétaire de *Millénium* mais il ne s'octroie que 12 000 couronnes de salaire mensuel. Il compense avec des activités en free-lance – au final la somme est variable. Il est passé par un pic il y a trois ans quand un tas de médias ont fait appel à lui, ce qui lui a valu près de 450 000 couronnes sur l'année. L'année dernière, ses honoraires n'en ont fait rentrer que 120 000.

– Il va lui falloir payer 150 000 de dommages et intérêts plus les frais d'avocat et ce genre de choses, constata Frode. On peut raisonnablement se dire que l'addition sera élevée, sans oublier qu'il n'aura pas de revenus quand il purgera sa peine de prison.

– Ce qui signifie qu'il en sortira plutôt fauché, nota Salander.

– Est-il honnête ? demanda Dirch Frode.

– C'est pour ainsi dire son capital de confiance. Il tient à se présenter en solide gardien de la morale face au monde des entreprises et il est assez souvent invité par la télé pour commenter diverses affaires.

– Il ne restera sans doute pas grand-chose de ce capital après le jugement d'aujourd'hui, fit Dirch Frode d'un air réfléchi.

– Je ne peux pas dire que je sois très au courant de ce qu'on exige d'un journaliste, mais après cette baffe, de l'eau coulera sûrement sous les ponts avant que Super Blomkvist reçoive le Grand Prix du journalisme. Il s'est magistralement grillé, constata Salander avec lucidité. Mais si vous me permettez une réflexion personnelle…

Armanskij ouvrit de grands yeux. Au cours des années où Lisbeth Salander avait travaillé pour lui, jamais auparavant elle n'avait émis la moindre réflexion personnelle dans une enquête sur un individu. Pour elle, seuls comptaient les faits bruts, mais aujourd'hui, elle se laissait aller.

– Il n'appartenait pas à ma mission d'examiner l'affaire Wennerström, mais j'ai suivi le procès et je dois avouer que j'en suis restée assez perplexe. Toute l'affaire semble biaisée et c'est totalement… ça ne ressemble pas du tout à Mikael Blomkvist de publier quelque chose à ce point tiré par les cheveux.

Salander se gratta le menton. Frode prit un air patient. Armanskij se demanda s'il se trompait ou si Salander ne savait réellement pas comment poursuivre. La Salander qu'il connaissait n'était jamais incertaine ni hésitante. Finalement, elle se décida.

– Ça restera en dehors du procès-verbal donc… je ne me suis pas vraiment plongée dans l'affaire Wennerström, mais je crois que Super Blomkvist… pardon, Mikael Blomkvist s'est fait avoir en beauté. Je crois qu'il y a tout autre chose dans cette histoire que ce qu'indique le verdict.

Cette fois, ce fut au tour de Dirch Frode de se redresser brusquement dans son fauteuil. L'avocat scruta Salander et Armanskij nota que pour la première fois depuis le début de son exposé, le commanditaire montrait un intérêt dépassant la simple politesse. Il se dit que l'affaire Wennerström représentait apparemment quelque chose de bien précis pour Frode. *Plus exactement*, pensa Armanskij dans la foulée, *l'affaire Wennerström n'intéresse pas Frode – c'est seulement quand Salander a insinué que Blomkvist s'est fait avoir que Frode a réagi.*

– Qu'est-ce que vous entendez par là ?

– Simple spéculation de ma part, mais je suis persuadée que quelqu'un l'a roulé dans la farine.

– Et qu'est-ce qui vous fait croire ça ?

– Tout dans le passé de Blomkvist indique qu'il est un journaliste très prudent. Toutes les révélations controversables qu'il a faites ont toujours été très bien documentées. J'ai assisté une journée au procès. Il n'a pas fourni d'arguments contradictoires, il a semblé abandonner sans la moindre lutte. Cela s'accorde très mal avec son caractère. S'il faut en croire le tribunal, il a fabriqué une histoire sur Wennerström sans l'ombre d'une preuve et l'a publiée comme pour jouer le journaliste kamikaze – ce n'est tout simplement pas le style de Blomkvist.

– Que s'est-il passé, d'après vous ?

– Je ne peux que spéculer. Blomkvist a cru en son histoire, mais quelque chose s'est passé en cours de route et l'information s'est révélée fausse. Cela veut dire que la source était quelqu'un en qui il avait confiance ou que quelqu'un lui a sciemment fourni des informations erronées – ce qui me paraît compliqué et invraisemblable. L'alternative peut être qu'il a été exposé à une menace tellement grave qu'il a jeté l'éponge et a préféré passer pour un imbécile incompétent plutôt qu'engager la lutte. Mais, comme je l'ai dit, ce ne sont que des spéculations.

SALANDER S'APPRETAIT à poursuivre son compte rendu, quand Dirch Frode l'interrompit d'un geste. Il resta un moment silencieux à tambouriner du bout des doigts sur l'accoudoir avant de se tourner de nouveau vers elle avec une certaine hésitation.

– Si nous désirions vous engager pour démêler l'affaire Wennerström… quelles seraient vos chances de découvrir quelque chose ?

– Je ne peux pas répondre. Il n'y a peut-être rien à découvrir.

– Mais est-ce que vous accepteriez de faire un essai ?

Elle haussa les épaules.

– Ce n'est pas à moi de le déterminer. Je bosse pour Dragan Armanskij et c'est lui qui décide des boulots qu'il veut m'attribuer. Ensuite ça dépend de quel type d'information vous voulez trouver.

– Laissez-moi dire les choses ainsi… Je présume que cet entretien est confidentiel ? Armanskij hocha la tête. Je ne sais rien sur cette affaire, mais je sais de façon incontestable que Wennerström a été malhonnête dans d'autres contextes. Cette affaire a eu un impact colossal sur la vie de Mikael Blomkvist et j'aimerais savoir si vos spéculations pourraient mener quelque part.

L'entretien avait pris une tournure inattendue et Armanskij fut immédiatement sur ses gardes. Ce que Dirch Frode demandait était que Milton Security accepte de creuser une affaire judiciaire déjà jugée, dans laquelle était peut-être intervenue une forme de menace illicite envers Mikael Blomkvist, et où Milton risquait potentiellement d'entrer en collision avec l'armée d'avocats de Wennerström. Armanskij n'était pas le moins du monde tenté par l'idée de lâcher Lisbeth Salander tel un missile de croisière incontrôlable dans un contexte pareil.

Il ne s'agissait pas uniquement d'une question de sollicitude pour son entreprise. Salander avait soigneusement marqué qu'elle ne voulait pas qu'Armanskij joue le rôle du père adoptif angoissé, et après leur accord il s'était bien gardé de se comporter comme tel, mais intérieurement il ne cesserait jamais de se faire du souci pour elle. Parfois il se surprenait à comparer Salander à ses propres filles. Il se considérait comme un bon père qui ne se mêlait pas inutilement de la vie de ses filles, mais il savait que jamais il n'accepterait qu'elles se comportent comme Lisbeth Salander ou qu'elles vivent comme elle.

Dans le fond de son cœur croate – ou bosniaque peut-être ou arménien –, il n'avait jamais réussi à se libérer d'une conviction que la vie de Salander était une course vers la catastrophe. A ses yeux, elle s'offrait en victime idéale pour quelqu'un qui lui voudrait du mal et il redoutait le matin où il serait réveillé en apprenant que quelqu'un lui avait fait du mal.

– Le coût d'une telle enquête peut vite grimper, dit Armanskij prudemment pour sonder le sérieux de la demande de Frode.

– Nous n'avons qu'à fixer un plafond, répliqua Frode lucidement. Je ne demande pas l'impossible, mais il est évident que votre collaboratrice, comme vous l'avez affirmé, est compétente.

– Salander ? fit Armanskij en levant un sourcil vers elle.

– Je n'ai rien d'autre en cours.

– OK. Mais je voudrais qu'on se mette d'accord sur les formes. Résume-nous le reste de ton rapport.

– Il n'y a pas beaucoup plus que des détails sur sa vie privée. En 1986, il s'est marié avec une certaine Monica Abrahamsson, et la même année ils ont eu une fille nommée Pernilla. Elle a seize ans aujourd'hui. Le mariage n'a pas duré longtemps ; ils ont divorcé en 1991. Abrahamsson s'est remariée, mais apparemment ils restent en bons termes. La fille habite avec sa mère et ne voit pas Blomkvist très souvent.

FRODE DEMANDA une deuxième tasse de café et se tourna de nouveau vers Salander.

– Tout à l'heure, vous avez laissé entendre que tout le monde a des secrets. Vous en avez trouvé ?

– Je voulais dire que les gens ont tous des choses qu'ils considèrent comme privées et dont ils ne font pas précisément étalage. Blomkvist, apparemment, apprécie la fréquentation des femmes. Il a eu plusieurs histoires d'amour et beaucoup de liaisons occasionnelles. Bref, il a une vie sexuelle intense. Il y a cependant une personne qui est présente dans sa vie depuis de nombreuses années et leur relation est assez inhabituelle.

– En quel sens ?

– Il a une relation sexuelle avec Erika Berger, directrice de la publication de *Millénium* ; fille de la haute société, maman suédoise, papa belge domicilié en Suède. Berger et Blomkvist se sont connus à l'Ecole de journalisme et ils ont une liaison plus ou moins permanente depuis.

– Ce n'est peut-être pas si inhabituel, constata Frode.

– Non, sans doute pas. Mais Erika Berger est en même temps mariée avec le plasticien Lars Beckman – un gars vaguement célèbre qui a pondu un tas d'horreurs installées dans des lieux publics.

– Autrement dit, elle est infidèle.

– Non. Beckman est au courant de leur relation. C'est un ménage à trois, apparemment accepté par toutes les parties concernées. Parfois elle dort chez Blomkvist et parfois chez son mari. Je ne sais pas exactement comment ça fonctionne, mais c'est sans doute ce qui a fait éclater le mariage de Blomkvist et de Monica Abrahamsson.

3

Vendredi 20 décembre – samedi 21 décembre

ERIKA BERGER LEVA les sourcils lorsqu'un Mikael Blomkvist manifestement transi arriva à la rédaction tard dans l'après-midi. Les bureaux de *Millénium* se trouvaient dans Götgatan, dans la partie haute de la rue, un étage au-dessus des locaux de Greenpeace. Le loyer était à vrai dire un peu supérieur aux moyens du journal, mais Erika, Mikael et Christer estimaient tous trois qu'il leur fallait conserver ce local.

Elle jeta un coup d'œil à sa montre. 17 h 10 et la nuit était depuis longtemps tombée sur Stockholm. Pensant qu'il allait revenir plus vite, elle l'avait attendu pour manger.

– Excuse-moi, fit-il en guise de salut avant qu'elle n'ait eu le temps de dire quoi que ce soit. Je voulais cogiter seul, je n'avais pas envie de parler. Je me suis baladé pour réfléchir.

– J'ai entendu le verdict à la radio. Une fille de TV4 a appelé, elle voulait un commentaire de ma part.

– Qu'est-ce que tu as dit ?

– A peu près ce qu'on avait décidé, que nous allons étudier le verdict en détail avant de nous prononcer. C'est-à-dire que je n'ai rien dit. Et mon opinion reste la même – je crois que c'est une mauvaise stratégie. Nous apparaissons en position de faiblesse et nous perdons l'appui des médias. On peut s'attendre à un sujet à la télé ce soir.

Blomkvist hocha la tête d'un air morne.

– Tu te sens comment ?

Mikael Blomkvist haussa les épaules et se laissa tomber dans son fauteuil préféré devant la fenêtre du bureau d'Erika. La pièce était chichement meublée d'une table de travail, d'une bibliothèque fonctionnelle et de meubles de bureau bon marché. L'ensemble venait de chez Ikea, à part les deux fauteuils confortables et extravagants et une petite table basse – une concession à mon éducation, plaisantait-elle souvent. En général elle s'installait pour lire dans l'un des fauteuils, les pieds remontés, quand elle voulait faire une pause. Mikael regarda par la fenêtre. En bas, dans la pénombre, des gens pressés galopaient dans Götgatan. L'hystérie des achats de Noël arrivait dans sa dernière ligne droite.

– Je suppose que ça va passer, dit-il. Mais en ce moment, c'est comme si je venais de me ramasser une raclée monumentale.

– Oui, c'est à peu près ça, c'est valable pour nous tous. Janne Dahlman est parti tôt aujourd'hui.

– J'imagine que le verdict ne l'a pas enchanté.

– Ce n'est pas exactement l'homme le plus positif qu'on puisse trouver.

Mikael secoua la tête. Janne Dahlman était secrétaire de rédaction à *Millénium* depuis neuf mois. Il venait de commencer quand l'affaire Wennerström avait débuté et il s'était retrouvé dans une rédaction en crise. Mikael essaya de se souvenir du raisonnement qu'ils avaient eu, lui et Erika, quand ils avaient pris la décision de l'engager. Il était compétent, son passage à TT l'avait familiarisé avec les agences de presse et il avait effectué des remplacements dans les quotidiens du soir et à la radio. Mais il n'était manifestement pas prêt à affronter les tempêtes. Au cours de l'année qui se terminait, Mikael avait souvent regretté en silence d'avoir engagé Dahlman, qui avait une tendance profondément agaçante à tout voir dans les termes les plus négatifs possible.

– Tu as eu des nouvelles de Christer ? demanda Mikael sans lâcher la rue du regard.

Christer Malm s'occupait de l'icono et de la mise en pages à *Millénium*, il était copropriétaire du journal avec Erika et Mikael, et actuellement en voyage à l'étranger avec son petit ami.

– Il a appelé. Il te passe le bonjour.

– Il faut qu'il prenne ma place comme gérant.

– Arrête, Micke, tu devrais savoir qu'en tant que gérant responsable, tu prendras toujours des gnons. Ça fait partie du boulot.

– Oui, je sais. Mais il se trouve que c'est moi qui ai rédigé ce texte qui a été publié dans un journal dont je suis rédac-chef ou, plus exactement, gérant responsable de la publication. Ça change tout. Ça s'appelle une erreur de jugement.

Erika Berger sentit que l'inquiétude qu'elle avait trimballée toute la journée était en train de s'épanouir pleinement. Avant le procès, ces dernières semaines, Mikael Blomkvist avait été d'humeur morose, mais elle ne l'avait pas senti aussi sombre et résigné qu'il semblait l'être maintenant à l'heure de la défaite. Elle contourna la table de travail, s'assit à califourchon sur ses genoux et passa les bras autour de son cou.

– Mikael, écoute-moi. On sait très bien comment tout cela est arrivé. Je suis aussi responsable que toi. Nous devons affronter cette tempête.

– Il n'y a pas de tempête à affronter. Ce verdict signifie que j'ai pris une balle dans la nuque, je suis mort d'un point de vue médiatique. Je ne peux pas rester gérant de *Millénium*. La crédibilité de notre journal est en jeu. Il faut limiter les dégâts. Tu le sais aussi bien que moi.

– Si tu crois que j'ai l'intention de te laisser endosser la faute à toi tout seul, c'est qu'au bout de toutes ces années tu n'as toujours pas compris comment je fonctionne.

– Je sais exactement comment tu fonctionnes, Ricky. Tu es d'une loyauté bornée envers tes collègues. Si tu avais le choix, tu te battrais contre les avocats de Wennerström jusqu'à ce que ta crédibilité s'envole aussi. Il faut qu'on soit plus futés que ça.

– Et tu trouves futé de quitter le navire en faisant comme si je t'avais viré ?

– On a déjà parlé de ça des centaines de fois. Si *Millénium* doit survivre, c'est à toi de jouer. Christer est un type super, un bon petit gars qui s'y connaît en photo et en maquettes, mais affronter des milliardaires n'est pas son truc. Je dois disparaître de *Millénium* pendant quelque temps, en tant que gérant, journaliste et membre du bureau ; tu reprends ma part. Wennerström sait que je suis au fait de ses agissements et je suis persuadé que tant que je me trouverai à proximité du journal, il s'emploiera à le briser. On ne peut pas se le permettre.

– Mais alors pourquoi ne pas révéler ce qui s'est passé – ça passe ou ça casse !

– Parce qu'on ne peut pas prouver le moindre truc et parce qu'en ce moment je n'ai aucune crédibilité. Wennerström a gagné ce round. C'est fini. Laisse tomber.

– D'accord, je te vire. Et qu'est-ce que tu vas faire à la place ?

– J'ai besoin d'une pause, tout simplement. Je me sens totalement épuisé, je suis en train d'aller droit dans le mur, comme on dit. Je vais m'occuper de moi pendant quelque temps. Ensuite on verra.

Erika serra fort Mikael dans ses bras, lui plaquant la tête contre sa poitrine. Ils gardèrent le silence pendant plusieurs minutes.

– Tu veux de la compagnie ce soir ? demanda-t-elle.

Mikael Blomkvist hocha la tête.

– Bien. J'ai déjà prévenu Lars que je dormais chez toi cette nuit.

LA SEULE SOURCE DE LUMIERE de la chambre était l'éclairage public qui entrait par la fenêtre. Erika s'était endormie peu après 2 heures du matin et Mikael, resté éveillé, observait son profil dans la pénombre. La couverture s'arrêtait à sa taille et il regarda ses seins se soulever et s'abaisser sur un rythme lent. Il était apaisé et la boule d'angoisse dans l'estomac avait lâché. Erika avait cet effet-là sur lui. Elle l'avait toujours eu. Et il savait qu'il avait exactement le même effet sur elle.

Vingt ans, pensa-t-il. Ça faisait vingt ans que lui et Erika entretenaient une liaison. Et il espérait bien qu'ils continueraient à faire l'amour ensemble pendant encore vingt ans. Au moins. Ils n'avaient jamais sérieusement essayé de cacher leur relation, même quand elle avait engendré des situations quelque peu ambiguës dans leurs rapports aux autres. Il savait qu'on parlait d'eux dans leur entourage et que les gens se posaient des questions, auxquelles Erika tout comme lui apportaient des réponses évasives sans se soucier des commentaires.

Ils s'étaient rencontrés à une fête chez des amis communs. Ils étaient tous deux en deuxième année à l'Ecole de journalisme et chacun avait à l'époque un partenaire attitré. Au début, ils s'étaient dragués plutôt pour le fun, si ses souvenirs étaient exacts. Puis ils avaient poussé plus loin le jeu de la séduction mutuelle et, avant de se séparer, ils avaient échangé leurs numéros de téléphone. Ils savaient tous les deux qu'ils allaient se retrouver dans le même lit, et moins d'une semaine plus tard, ils avaient réalisé ce projet à l'insu de leurs partenaires respectifs.

Mikael était sûr qu'il ne s'agissait pas d'amour – en tout cas pas d'amour au sens traditionnel qui mène à un domicile commun, avec emprunts sur le dos, sapin de Noël et gamins. A quelques reprises dans les années 1980, quand ils n'avaient pas de relations parallèles à ménager, ils avaient envisagé de prendre un appartement ensemble. Mikael aurait bien aimé. Mais Erika s'était toujours défilée au dernier moment, arguant que ça ne fonctionnerait pas et qu'ils ne devaient pas risquer de détruire leur relation en tombant amoureux l'un de l'autre.

Ils savaient que leur relation était basée sur le sexe et Mikael s'était souvent demandé s'il était possible d'éprouver davantage de désir frénétique d'une femme que ce qu'il ressentait pour Erika. Leur relation fonctionnait comme une véritable drogue.

Parfois ils se voyaient si souvent qu'ils avaient l'impression de former un couple, parfois des semaines, voire des mois pouvaient s'écouler entre chaque rencontre. Mais, tout comme les alcooliques sont attirés par le rayon de spiritueux après une période d'abstinence, ils retournaient toujours l'un vers l'autre pour en redemander.

Ça ne marchait évidemment pas. Une telle relation était forcément source de douleur. Erika et lui avaient sans égards semé sur leur route des promesses non tenues et des liaisons déçues – son propre mariage avait capoté parce qu'il n'avait pas su rester éloigné d'Erika. Il n'avait jamais menti à sa femme au sujet de ses relations avec Erika, mais elle s'était dit que ça se terminerait avec leur mariage et la naissance de leur fille. En outre, pratiquement à la même époque, Erika avait épousé Lars Beckman. Mikael se l'était dit aussi et, durant les premières années de son mariage, il n'avait vu Erika que sur des bases de travail. Puis ils avaient démarré Millénium et, moins d'une semaine après, toutes leurs résolutions s'étaient écroulées quand, tard en fin de journée, ils avaient fait l'amour sauvagement sur la table de travail d'Erika. S'était ensuivie une période difficile, où Mikael voulait vivre avec sa famille et voir sa fille grandir alors qu'en même temps il était malgré lui attiré vers Erika comme s'il n'arrivait plus à contrôler ses actes. Ce qui n'était bien évidemment qu'une question de degré de volonté. Lisbeth Salander avait vu juste : c'était sa perpétuelle infidélité qui avait décidé Monica à rompre.

Fait étrange, Lars Beckman semblait totalement accepter leur liaison. Erika avait toujours été claire sur sa relation avec Mikael et elle avait immédiatement informé son mari quand ils l'avaient reprise. Peut-être fallait-il une âme d'artiste pour supporter cela, un artiste si occupé par sa création, ou peut-être seulement si occupé par lui-même, qu'il ne réagissait pas quand sa femme dormait chez un autre homme et scindait même ses vacances pour pouvoir passer une semaine avec son amant dans sa cabane à Sandhamn. Mikael n'aimait pas particulièrement Lars et n'avait jamais compris pourquoi Erika en pinçait pour lui. Mais il appréciait bien sûr que Lars accepte qu'elle puisse aimer deux hommes à la fois.

Il soupçonnait même Lars de considérer la liaison de sa femme comme un piment supplémentaire dans son couple. Il n'avait cependant jamais abordé le sujet avec Erika.

MIKAEL N'ARRIVAIT PAS à dormir et vers 4 heures il abandonna. Il s'installa dans la cuisine et parcourut encore une fois le verdict du début à la fin. La lecture du dossier lui permettait d'y voir plus clair et il se rendait compte à quel point la rencontre à Arholma relevait du destin. Il n'avait jamais réussi à élucider si Robert Lindberg avait révélé l'escroquerie de Wennerström dans la foulée d'une bonne discussion entre deux verres, ou si son intention réelle avait été qu'elle soit balancée sur la voie publique.

Spontanément, Mikael penchait pour la première possibilité, mais on pouvait tout aussi bien imaginer que Robert, pour des raisons hautement privées ou professionnelles, désirait atteindre Wennerström et avait saisi l'occasion d'avoir un journaliste prêt à l'écouter dans le huis clos du carré. Robert avait peut-être bu pas mal, n'empêche qu'il avait su river ses yeux sur Mikael à l'instant décisif du récit pour lui faire prononcer les mots magiques qui le faisaient passer de pipelette à source anonyme. Du coup, Robert était assuré que Mikael pouvait raconter tout ce qu'il voulait ; mais ne s'autoriserait jamais à révéler qui était son informateur.

Mikael était quand même certain d'une chose : si la rencontre à Arholma avait été organisée par un conspirateur dans le but d'attirer son attention, la prestation de Robert avait été parfaite. Sauf que la rencontre à Arholma avait été totalement fortuite.

Robert n'avait aucune conscience de l'étendue du mépris de Mikael pour des gens comme Hans-Erik Wennerström. Après de nombreuses années d'observation du sujet, Mikael était persuadé qu'il n'existait pas un seul directeur de banque ou chef d'entreprise célèbre qui ne soit pas aussi un ripou.

Mikael n'avait jamais entendu parler de Lisbeth Salander et il était dans une ignorance béate du compte rendu qu'elle avait fait plus tôt dans la journée, mais s'il avait pu l'entendre il aurait hoché la tête pour acquiescer quand elle affirmait que son aversion prononcée pour les requins de la finance n'était pas un accès de radicalisme de gauche. Mikael ne se désintéressait pas de la politique, mais il considérait les *ismes* politiques avec la plus grande méfiance. Lors du seul scrutin où il était allé voter – les législatives de 1982 –, il avait choisi les sociaux-démocrates, peu convaincu, simplement parce qu'à ses yeux rien ne pouvait être pire que trois années de plus avec un modéré comme Gösta Bohman aux finances, un centriste comme Thorbjörn Fälldin, ou à la rigueur un libéral comme Ola Ullsten, à la tête du gouvernement. Il avait donc voté pour Olof Palme sans grand enthousiasme, et s'était retrouvé avec un assassinat de Premier ministre, le scandale de la vente d'armes de Bofors à Oman et les manigances sordides d'Ebbe Carlsson dans l'enquête sur l'assassinat d'Olof Palme.

Le mépris de Mikael pour les journalistes économiques tenait à quelque chose d'aussi bête à ses yeux que la morale. Selon lui, l'équation était simple. Un directeur de banque qui égare quelques centaines de millions dans des spéculations écervelées ne devrait pas pouvoir rester à son poste. Un chef d'entreprise qui monte des sociétés-écrans pour ses affaires personnelles devrait être mis au trou. Un propriétaire foncier qui oblige des jeunes à payer des dessous-de-table pour un studio avec WC dans la cour devrait être pendu par les pieds et mis au pilori.

Mikael Blomkvist était d'avis que la mission du journaliste économique était d'enquêter et de démasquer les requins de la finance capables de monter des crises d'intérêts pour spéculer sur des start-up fantaisistes avec l'argent des petits porteurs. Il était d'avis que la vraie mission journalistique était d'examiner les chefs d'entreprise avec le même zèle impitoyable que les journalistes politiques surveillent le moindre faux pas chez les ministres et les parlementaires. Il ne viendrait jamais à l'idée d'un journaliste politique de donner à un chef de parti un statut d'icône, et Mikael avait du mal à comprendre pourquoi tant de journalistes économiques au sein des médias les plus importants du pays étaient si prompts à élever de médiocres jeunes loups de la finance en vedettes du showbiz.

CETTE ATTITUDE QUELQUE PEU ATYPIQUE dans le monde du journalisme économique l'avait plus d'une fois mené aux conflits ouverts avec des collègues, parmi lesquels William Borg, devenu un ennemi acharné. Mikael avait redressé la tête et critiqué ses collègues en les accusant de faillir à leur mission et de faire le jeu des jeunes loups de la finance. Le rôle de critique de la société avait certes donné à Mikael un certain statut et l'avait transformé en mouche du coche devant les caméras de télé – c'était lui qu'on invitait pour donner son avis quand on apprenait qu'un patron se retirait des affaires avec un parachute valant des milliards – mais cela l'avait aussi gratifié d'un cercle fidèle d'ennemis jurés.

Mikael n'avait aucun mal à s'imaginer qu'on avait débouché le champagne dans certaines rédactions au cours de la soirée.

Erika avait la même attitude que lui quant au rôle du journaliste, et ensemble, dès leur formation, ils s'étaient amusés à créer un journal imaginaire avec ce profil.

Mikael n'aurait pu imaginer meilleur patron qu'Erika. Parfaite organisatrice, elle savait mener ses collaborateurs avec chaleur et confiance mais en même temps ne craignait pas la confrontation et elle savait se montrer intraitable quand nécessaire. Elle avait surtout une sensibilité exacerbée quand il s'agissait de prendre des décisions sur le contenu du numéro en préparation. Elle et Mikael étaient souvent d'avis contraires et il leur arrivait de se disputer franchement, mais ils avaient aussi une confiance inébranlable l'un dans l'autre et ils formaient une équipe imbattable. Lui était le manœuvre qui trouvait le sujet, elle mettait en boîte et le vendait.

Millénium était leur création commune, mais qui jamais n'aurait pu voir le jour sans la capacité d'Erika à trouver un financement. Le fils d'ouvrier et la fille de bourgeois réunis. Erika avait hérité d'une belle somme. Elle avait personnellement mis la main au portefeuille au départ et elle avait persuadé son père et des amis d'investir des sommes considérables dans le projet.

Mikael s'était souvent demandé pourquoi Erika avait misé sur *Millénium.* Certes, elle était actionnaire – majoritaire même – et directrice de son propre journal, ce qui lui procurait un prestige et une liberté de publication qu'elle n'aurait guère eus sur un autre lieu de travail. Contrairement à Mikael, elle s'était orientée vers la télé après l'Ecole de journalisme. Elle avait du culot, elle présentait plus que bien à l'écran et elle savait s'affirmer dans la concurrence. Sans compter qu'elle avait des contacts dans le service public. Si elle avait continué, elle aurait de toute évidence atteint un poste de cadre à la télévision avec un salaire bien supérieur. Elle avait préféré abandonner et miser sur *Millénium*, un projet à haut risque qui avait démarré dans une cave exiguë et défraîchie à Midsommarkransen, mais qui avait suffisamment bien réussi pour pouvoir s'installer quelques années plus tard dans des locaux plus vastes et plus agréables à Götgatan dans Södermalm, à deux pas du centre-ville.

Erika avait aussi persuadé Christer Malm de devenir associé du journal ; une célébrité du monde gay, exhibitionniste à ses heures, qui s'affichait de temps en temps dans les magazines avec son copain et qui figurait souvent dans les pages people. L'intérêt des médias s'était porté sur lui quand il s'était mis en ménage avec Arnold Magnusson, dit Arn, un comédien connu du Dramateur mais qui n'avait véritablement percé que lorsqu'il avait joué son propre rôle dans une sitcom. La vie de Christer et Arn s'était par la suite transformée en feuilleton dans les médias.

A trente-six ans, Christer Malm, photographe professionnel et designer très demandé, savait donner à *Millénium* une forme graphique moderne et attirante. Il possédait sa propre entreprise avec des bureaux au même étage que la rédaction de *Millénium*, et s'occupait de la mise en pages à temps partiel, une semaine par mois.

A part eux trois, *Millénium* consistait en deux collaborateurs à plein temps, trois personnes à temps partiel et un intérimaire. C'était le genre de périodique dont les comptes sont toujours dans le rouge, mais très prestigieux et où les collaborateurs adoraient travailler.

Millénium n'était pas une affaire lucrative mais le journal avait su faire face à ses dépenses, et le tirage comme les recettes publicitaires n'avaient cessé d'augmenter. Jusqu'à la situation actuelle, le mensuel avait eu l'image d'un diseur de vérité insolent et fiable.

Les choses allaient vraisemblablement changer maintenant. Mikael lisait le bref communiqué que lui et Erika avaient formulé plus tôt dans la soirée et qui s'était vite transformé en une dépêche de l'agence de presse TT déjà en ligne sur les pages Web d'*Aftonbladet.*

CONDAMNE EN JUSTICE, MIKAEL BLOMKVIST ABANDONNE *MILLENIUM*

Stockholm (TT). Le journaliste Mikael Blomkvist quitte le poste de gérant responsable de la publication du mensuel *Millénium*, annonce Erika Berger, directrice et actionnaire majoritaire.

Mikael Blomkvist quitte *Millénium* de son propre gré. Epuisé après la période dramatique qu'il vient de vivre, il a besoin de faire un break, dit Erika Berger qui reprend le rôle de gérante responsable de la publication.

Mikael Blomkvist fut l'un des fondateurs du mensuel *Millénium* en 1990. Erika Berger estime pour sa part que la prétendue affaire Wennerström ne devrait pas influer sur l'avenir du journal.

"La revue paraîtra normalement le mois prochain, ajoute Erika Berger. Mikael Blomkvist a beaucoup compté pour son développement, maintenant nous allons tourner la page.

Je considère l'affaire Wennerström comme une suite de circonstances malheureuses, et je déplore le désagrément causé à Hans-Erik Wennerström."

Nous n'avons pu joindre Mikael Blomkvist pour obtenir son commentaire.

– Je trouve ça terrifiant, avait dit Erika après avoir envoyé par mail le communiqué de presse. La plupart des gens vont en tirer la conclusion que tu n'es qu'un crétin incompétent et moi une abominable salope qui saisit l'occasion de te tirer une balle dans le dos.

– Vu toutes les autres rumeurs en circulation, nos amis auront en tout cas quelque chose de nouveau à se mettre sous la dent, essaya de plaisanter Mikael. Ce qui ne fit pas rire Erika.

– Je n'ai pas de plan B, mais je crois qu'on est en train de commettre une erreur.

– C'est la seule solution, répliqua Mikael. Si le journal se casse la figure, tous nos efforts n'auront aucun sens. Tu sais que dès maintenant nous avons perdu de grosses recettes. Qu'est-ce que ça a donné, d'ailleurs, cette société informatique ?

Elle soupira.

– Tu parles. Ils nous ont annoncé ce matin qu'ils ne souhaitent pas mettre de pub dans le numéro de janvier.

– Et Wennerström est détenteur de pas mal de parts dans cette société-là. Il n'y a pas de hasard.

– Non, mais on peut courtiser d'autres annonceurs. Wennerström a beau être un grand ponte de la finance, il ne possède pas tout dans ce monde et nous aussi, nous avons des contacts.

Mikael serra Erika contre lui.

– Un jour, on épinglera Hans-Erik Wennerström à en faire trembler Wall Street. Mais pas aujourd'hui. *Millénium* doit sortir du champ de mines. Nous ne pouvons pas courir le risque de perdre la confiance que certains nous accordent.

– Je sais tout ça, mais moi j'apparais comme la sorcière de service et toi tu vas te retrouver dans une situation détestable si nous laissons croire qu'il y a rupture entre toi et moi.

– Ricky, tant que toi et moi, nous avons confiance l'un dans l'autre, nous avons une chance. Il nous faut naviguer à vue, et en ce moment l'heure a sonné de me retirer.

Elle reconnut, à contrecœur, qu'il y avait une triste logique dans ses conclusions.

4

Lundi 23 décembre – jeudi 26 décembre

ERIKA ETAIT RESTEE chez Mikael Blomkvist pendant le week-end. Ils n'avaient pratiquement quitté le lit que pour aller aux toilettes et pour manger un morceau, mais ils n'avaient pas non plus passé leur temps à faire l'amour ; ils étaient aussi restés des heures l'un contre l'autre à discuter l'avenir et à peser des conséquences, des possibilités et des probabilités. A l'aube du lundi matin – on était à deux jours de Noël –, Erika avait embrassé Mikael, dit au revoir, "à un de ces jours", et était rentrée chez son mari.

Mikael commença son lundi en faisant la vaisselle et en mettant un peu d'ordre dans l'appartement, puis il se rendit à pied à la rédaction pour faire le ménage dans son bureau. Il n'avait aucunement l'intention de rompre avec le journal, mais il avait fini par convaincre Erika que pendant quelque temps il était important de séparer Mikael Blomkvist de *Millénium.* A partir de maintenant, il travaillerait depuis son appartement de Bellmansgatan.

Il était seul à la rédaction. On avait fermé pour Noël et les collaborateurs s'étaient envolés. Il était en train de trier des papiers et des bouquins pour remplir un carton quand le téléphone sonna.

– Je cherche à joindre Mikael Blomkvist, fit une voix inconnue mais pleine d'espoir à l'autre bout du fil.

– Moi-même.

– Je suis désolé de vous déranger à la veille de Noël. Je m'appelle Dirch Frode. Instinctivement, Mikael nota le nom et l'heure. Je suis avocat et je représente un client qui aimerait avoir un entretien avec vous.

– Eh bien, dites à votre client de m'appeler directement.

– Je veux dire, il voudrait vous rencontrer.

– OK, fixez un rendez-vous et envoyez-le-moi au bureau. Mais dépêchez-vous ; je suis en train de le vider, mon bureau.

– Mon client aimerait beaucoup que vous vous rendiez chez lui. Il habite à Hedestad – il faut trois petites heures en train.

Mikael arrêta de trier ses papiers. Les médias ont une capacité d'attirer les gens les plus fêlés, détenteurs des tuyaux les plus farfelus. Toutes les rédactions du monde reçoivent des appels de fanas d'ovnis, de graphologues, de scientologues, de paranoïaques et autres théoriciens du grand complot.

Un jour, Mikael avait écouté une conférence de l'écrivain Karl Alvar Nilsson organisée par l'Université populaire, c'était à l'occasion de l'anniversaire de l'assassinat d'Olof Palme. La conférence était parfaitement sérieuse et dans le public se trouvaient Lennart Bodström et d'autres vieux amis de Palme. Mais un tas de gens ordinaires étaient venus aussi. Et, parmi eux, une femme d'une quarantaine d'années qui s'était emparée du micro quand était venu l'instant incontournable des questions. Elle avait baissé la voix en un tout petit chuchotement. Rien que cela laissait augurer une suite intéressante et personne n'avait été spécialement surpris quand la femme commença son intervention en annonçant : *"Je sais qui a tué Olof Palme."* Les intervenants sur l'estrade répondirent avec un soupçon d'ironie que, si madame possédait cette information hautement dramatique, il serait du plus grand intérêt qu'elle la communique à la commission d'enquête. Ce à quoi elle avait vivement répliqué dans un souffle à peine audible : *"Je ne peux pas – c'est trop dangereux !"*

Mikael se demanda si ce Dirch Frode était aussi de ces prophètes qui entendaient révéler l'existence d'un hôpital psychiatrique top secret où la Säpo procédait à des expériences de contrôle mental.

– Je n'effectue pas de visites à domicile, répondit-il sèchement.

– Dans ce cas, j'espère bien pouvoir vous convaincre de faire une exception. Mon client a plus de quatre-vingts ans et se rendre à Stockholm représente pour lui un voyage éprouvant. Si vous insistez, je suppose qu'on pourra trouver un arrangement, mais pour être tout à fait franc, il serait préférable que vous ayez la gentillesse de…

– C'est qui, votre client ?

– Quelqu'un dont j'imagine que vous avez entendu parler de par votre profession. Henrik Vanger.

Mikael se laissa aller en arrière de surprise. Henrik Vanger – bien sûr qu'il avait entendu parler de lui. Gros industriel et ancien PDG du groupe Vanger, un empire qui regroupait des scieries, des forêts, des mines, des aciéries, des usines métallurgiques et textiles, fabrication et exportation. Henrik Vanger avait été l'un des très grands en son temps, avec la réputation d'un honnête patriarche à l'ancienne qui ne ployait pas quand soufflait la tempête. Il faisait partie des fondements de la vie économique suédoise, un brave élan de la vieille école, à ranger dans la catégorie des Matts Carlgren de MoDo et Hans Werthén de l'ancien Electrolux. La colonne vertébrale de l'industrie démocratique de la maison Suède, pour ainsi dire.

Le groupe Vanger, aujourd'hui encore entreprise familiale, avait été bouleversé ces vingt-cinq dernières années par des restructurations, des catastrophes boursières, des crises d'intérêts, la concurrence venue d'Asie, l'exportation qui flanche et autres tuiles qui, additionnées, avaient relégué Vanger dans le peloton de queue. L'entreprise était aujourd'hui dirigée par Martin Vanger, dont Mikael associait le nom à un homme grassouillet aux cheveux bouffants qu'il avait vu passer sur l'écran de télévision, mais qu'il ne connaissait pas vraiment. Cela faisait bien vingt ans que Henrik Vanger était hors circuit et Mikael ignorait même qu'il était toujours en vie.

– Pourquoi Henrik Vanger veut-il me rencontrer ?

– Je suis désolé. Je suis l'avocat de Henrik Vanger depuis de nombreuses années, mais c'est à lui de raconter ce qu'il attendrait de vous. En revanche, je peux vous dire que Henrik Vanger aimerait discuter avec vous d'un travail éventuel.

– Un travail ? Je n'ai aucune intention de me mettre à travailler pour les entreprises Vanger. Vous avez besoin d'un attaché de presse ?

– Il ne s'agit pas tout à fait de ce genre de travail. Je ne sais pas comment m'exprimer, sauf pour dire que Henrik Vanger est particulièrement désireux de vous voir et de vous consulter dans une affaire privée.

– Vous êtes vraiment très vague.

– Je vous prie de m'en excuser. Mais dites-moi, y a-t-il la moindre possibilité pour vous de faire une visite à Hedestad ? Nous vous rembourserons bien sûr le déplacement et vous dédommagerons de manière raisonnable.

– Votre coup de fil tombe un peu mal. Je suis assez occupé… et je suppose que vous avez vu les rubriques me concernant ces derniers jours.

– L'affaire Wennerström ? Dirch Frode laissa soudain entendre un petit rire roucoulant à l'autre bout du fil. Oui, elle a eu le mérite d'être assez divertissante. Mais, pour dire la vérité, c'est justement le battage autour du procès qui a attiré l'attention de Henrik Vanger sur vous.

– Ah bon ? Et quand est-ce que Henrik Vanger voudrait que je vienne lui rendre visite ? voulut savoir Mikael.

– Dès que possible. Demain soir, c'est le réveillon de Noël, et je suppose que vous tenez à votre liberté. Que diriez-vous du 26 décembre ? Ou un des jours suivants ?

– Vraiment urgent, donc. Je suis désolé, mais si vous ne me donnez pas un indice acceptable quant à la finalité de ma visite, eh bien…

– Je vous assure, cette invitation est tout ce qu'il y a de sérieux. Henrik Vanger voudrait vous consulter, vous et pas quelqu'un d'autre. Il voudrait vous proposer un travail en free-lance si cela vous intéresse. Moi, je ne suis qu'un intermédiaire. C'est à lui d'expliquer de quoi il s'agit.

– Voilà un des appels les plus absurdes que j'aie reçus depuis longtemps. Je vais y réfléchir. Comment puis-je vous joindre ?

UNE FOIS LE TELEPHONE RACCROCHE, Mikael resta à contempler le fatras sur son bureau. Il avait du mal à comprendre pourquoi Henrik Vanger voudrait le rencontrer. Un voyage à Hedestad n'avait rien de particulièrement enthousiasmant, mais maître Frode avait réussi à éveiller sa curiosité.

Il alluma son ordinateur, se connecta sur www.google.com et pianota "entreprises Vanger". Des centaines de pages étaient disponibles – le groupe Vanger avait beau être à la traîne, il figurait pratiquement tous les jours dans les médias. Il sauvegarda une douzaine d'articles d'analyse du groupe et passa ensuite aux recherches sur Dirch Frode, Henrik Vanger et Martin Vanger.

Martin Vanger figurait très fréquemment en sa qualité de dirigeant actuel du groupe. Maître Dirch Frode restait plutôt en retrait, il était membre du bureau de l'Association de golf de Hedestad et son nom était associé au Rotary. Henrik Vanger ne figurait que dans des textes liés au groupe Vanger, à une exception près. Deux ans plus tôt, *Hedestads-Kuriren*, le journal local, avait célébré le quatre-vingtième anniversaire de l'ancien magnat de l'industrie, et le journaliste avait dressé un portrait express. Mikael imprima certains des textes qui semblaient contenir du solide et constitua ainsi un dossier d'une cinquantaine de pages. Puis il finit de ranger son bureau, remplit les cartons et rentra chez lui. Il ne savait pas quand ni même s'il allait revenir.

LISBETH SALANDER PASSAIT le réveillon de Noël à la maison de santé d'Äppelviken à Upplands-Väsby. Elle avait apporté comme cadeaux un flacon d'eau de toilette Dior et un pudding anglais de chez Åhléns. Elle contemplait la femme de quarante-cinq ans qui de ses doigts malhabiles essayait de défaire le nœud du paquet. Il y avait de la tendresse dans les yeux de Salander, même si elle ne cessait jamais de s'étonner que cette femme étrangère en face d'elle PUISSE être sa mère. Elle avait beau essayer, elle n'arrivait pas à distinguer la moindre ressemblance dans l'aspect physique ou dans la personnalité.

Pour finir, sa mère abandonna ses efforts et regarda le paquet d'un air désemparé. Elle n'était pas dans un de ses bons jours. Lisbeth Salander avança les ciseaux qui sans cesse étaient restés bien en vue sur la table, et sa mère s'illumina comme si soudain elle se réveillait.

– Tu dois me trouver stupide.

– Non, maman. Tu n'es pas stupide. Mais la vie est injuste.

– Est-ce que tu as vu ta sœur ?

– Ça fait un moment.

– Elle ne vient jamais me voir.

– Je le sais, maman. Elle ne vient pas me voir non plus.

– Tu travailles ?

– Oui, maman. Je m'en sors bien.

– Tu habites où ? Je ne sais même pas où tu habites.

– J'habite notre ancien appartement de Lundagatan. Ça fait plusieurs années que j'y habite. J'ai pu reprendre le bail.

– Cet été, je pourrais peut-être venir te voir.

– Bien sûr. Cet été.

Sa mère finit par ouvrir le paquet et huma le parfum avec ravissement.

– Merci, Camilla, fit-elle.

– Lisbeth. Je suis Lisbeth. Camilla, c'est ma sœur.

Sa mère eut l'air gênée. Lisbeth Salander proposa qu'elles aillent dans le salon télé.

LES PROGRAMMES DISNEY de Noël battaient leur plein à la télé, quand Mikael Blomkvist passa voir sa fille Pernilla chez son ex-femme Monica et le nouveau mari de celle-ci dans leur villa à Sollentuna. Il avait apporté des cadeaux pour Pernilla ; après en avoir discuté avec Monica, ils s'étaient mis d'accord pour offrir à leur fille un truc assez coûteux, pas plus grand qu'une boîte d'allumettes, capable de contenir toute sa volumineuse collection de disques.

Père et fille passèrent une heure ensemble dans la chambre de Pernilla à l'étage. Mikael et la mère de Pernilla avaient divorcé quand elle n'avait que cinq ans et deux ans plus tard elle avait eu un nouveau père. Mikael n'avait absolument pas évité le contact ; Pernilla venait le voir quelques fois par mois et chaque année elle faisait plusieurs séjours d'une semaine dans la cabane de Sandhamn pendant les vacances. Monica n'avait pas cherché à les empêcher de se rencontrer et Pernilla n'avait rien contre le fait de se retrouver avec son papa – au contraire, les journées qu'ils passaient ensemble étaient en général de bons moments. Cela dit, Mikael avait laissé à sa fille le soin de décider dans quelle mesure elle souhaitait le voir, surtout depuis que Monica s'était remariée. Il y avait eu quelques années au début de l'adolescence où le contact avait pratiquement cessé et Pernilla n'avait demandé à le voir plus souvent que depuis deux ans.

Sa fille avait suivi son procès avec la conviction absolue que ce que Mikael affirmait était vrai ; il était innocent mais ne pouvait pas le prouver.

Elle parla d'un éventuel petit copain au lycée, et elle le surprit en révélant qu'elle était devenue membre d'une Eglise locale et se considérait comme croyante. Mikael s'abstint de tout commentaire.

On l'invita à rester dîner, mais il déclina l'offre ; il s'était déjà mis d'accord avec sa sœur pour passer le réveillon de Noël avec elle et sa famille dans la villa de la réserve à yuppies de Stäket.

Dans la matinée, il avait aussi été convié à fêter Noël avec Erika et son mari à Saltsjöbaden. Il avait poliment décliné l'invitation, certain qu'il y avait forcément une limite à l'attitude favorable de Lars pour les drames triangulaires et il n'avait aucune envie d'explorer où se trouvait cette limite. Erika avait protesté que c'était justement son mari qui avait proposé de l'inviter et elle l'avait taquiné sur sa frilosité à se prêter aux jeux d'un trio. Mikael avait ri – Erika savait qu'il était un hétérosexuel borné et que l'offre n'était pas vraiment sérieuse – mais la décision de ne pas passer le réveillon en compagnie du mari de sa maîtresse était irrévocable.

Il venait donc frapper à la porte de sa sœur Annika Blomkvist, épouse Giannini. Son mari d'origine italienne, leurs deux enfants et un tas d'autres membres de la famille du mari étaient en train de découper le jambon de Noël. Annika avait fait son droit les doigts dans le nez, puis avait travaillé quelques années comme stagiaire au tribunal d'instance puis comme substitut du procureur avant d'ouvrir son propre cabinet d'avocats, associée à quelques amis et installée dans des bureaux avec vue sur Kungsholmen. Elle s'était spécialisée en droit de la famille et, sans que Mikael s'en rende vraiment compte, sa petite sœur avait commencé à apparaître sur les pages des magazines et dans des débats à la télé comme féministe célèbre et avocate des droits de la femme. Elle représentait souvent des femmes menacées ou harcelées par leurs maris ou ex-petits amis.

Quand Mikael l'aida à sortir les tasses pour le café, elle posa la main sur son bras et lui demanda comment il allait.

– Comme un vrai sac de merde, si tu veux savoir.

– Engage donc un véritable avocat la prochaine fois, dit-elle.

– Dans cette affaire, je pense que le meilleur avocat au monde n'aurait rien changé.

– Qu'est-ce qu'il s'est réellement passé ?

– Une autre fois, petite sœur.

Elle le serra tendrement contre elle et lui planta une bise sur la joue avant qu'ils rejoignent les autres avec le gâteau et le café.

Vers 19 heures, Mikael s'excusa et demanda s'il pouvait utiliser le téléphone dans la cuisine. Il appela Dirch Frode et l'obtint au bout du fil, avec un brouhaha de voix dans le fond.

– Joyeux Noël, salua Frode. Vous vous êtes décidé ?

– Je n'ai rien de spécial à faire et vous avez réussi à éveiller ma curiosité. Je viendrai le 26, si ça vous convient.

– C'est parfait. Si vous saviez combien votre décision m'enchante. Excusez-moi, mais je suis entouré d'enfants et de petits-enfants et j'ai du mal à entendre ce que vous dites. Puis-je vous appeler demain pour fixer une heure ?

MIKAEL BLOMKVIST REGRETTA sa décision avant la fin de la soirée, mais à ce stade cela lui paraissait trop compliqué de revenir sur sa parole et, le matin du 26, il s'installait dans le train en partance pour le Nord. Mikael avait le permis de conduire mais ne s'était jamais donné la peine d'acheter une voiture.

Frode avait raison, le voyage était de courte durée. Il passa Uppsala, puis ce fut le collier clairsemé de petites villes industrielles le long de la côte. Hedestad était l'une des plus petites, à un peu plus d'une heure au nord de Gävle.

Dans la nuit, il y avait eu de violentes chutes de neige, mais le ciel s'était dégagé et l'air était glacial quand il descendit à la gare. Mikael réalisa immédiatement que ses vêtements n'étaient pas adaptés à l'hiver rigoureux du

Norrland. Dirch Frode l'identifia cependant immédiatement, le cueillit avec bonhomie sur le quai et le fit rapidement entrer dans la chaleur d'une Mercedes. En ville, le déblayage de la neige battait son plein, et Frode slaloma prudemment entre les grandes pelles des chasse-neige. La neige formait un contraste exotique avec Stockholm, on se serait dit dans un autre pays, alors qu'on n'était qu'à un peu plus de trois heures de la capitale et de ses marchés de Noël dans la vieille ville. Mikael regardait l'avocat à la dérobée ; un visage anguleux, des cheveux blancs coupés très court et d'épaisses lunettes sur un gros nez.

– Votre première visite à Hedestad ? demanda Frode.

Mikael hocha la tête.

– C'est un vieux bourg industriel. Pas bien grand, il n'y a que vingt-quatre mille habitants. Mais les gens s'y plaisent. Henrik habite à Hedeby, la partie ancienne, le Village, comme on l'appelle – c'est juste à l'entrée sud de la ville.

– Vous habitez ici aussi ? demanda Mikael.

– Ça s'est fait tout seul. Je suis né en Scanie, mais j'ai commencé à travailler pour Vanger tout de suite après mon diplôme en 1962. Je suis spécialisé en droit des sociétés et, les années aidant, Henrik et moi sommes devenus des amis. Aujourd'hui, je suis à la retraite, mais Henrik reste encore mon client, le seul. Lui aussi est à la retraite et il n'a pas besoin de mes services très souvent.

– Seulement pour débaucher des journalistes de mauvaise réputation.

– Ne vous mésestimez pas. Vous n'êtes pas le seul à avoir perdu un match contre Hans-Erik Wennerström.

Mikael lorgna Frode, ne sachant pas très bien comment interpréter sa remarque.

– Parce que cette invitation a un rapport avec Wennerström ? demanda-t-il.

– Non, répondit Frode. Mais Henrik Vanger ne fait pas exactement partie du cercle des amis de Wennerström et il a suivi le procès avec un grand intérêt. C'est néanmoins pour une tout autre affaire qu'il veut vous voir.

– Affaire dont vous ne voulez pas me parler.

– Dont il ne m'appartient pas de parler. Nous avons fait en sorte que vous puissiez passer la nuit chez Henrik Vanger. Si cela ne vous convient pas, nous pouvons faire une réservation au Grand Hôtel en ville.

– Ben, je retournerai peut-être à Stockholm avec le train de ce soir.

A l'entrée de Hedeby, le Village donc, le chasse-neige n'était pas encore passé, et Frode força la voiture à avancer dans d'anciennes traces de roues gelées. Il y avait là un petit noyau de vieilles maisons en bois dans le style des anciennes agglomérations minières le long du golfe de Botnie. Alentour, on voyait des villas modernes plus grandes. Le Village commençait sur la terre ferme et se poursuivait au-delà d'un pont sur une île – Hedebyön – au relief accidenté. Côté continent, une petite église en pierre peinte en blanc se dressait tout près du pont et en face scintillait un panneau lumineux vieillot qui annonçait *Pains et pâtisseries. Café Susanne.* Une fois le pont franchi, Frode continua tout droit sur une centaine de mètres et s'engagea sur une esplanade dégagée devant un bâtiment en pierre. Le lieu était trop petit pour être qualifié de manoir, mais considérablement plus grand que les autres constructions, et il s'agissait de toute évidence du domaine du maître.

– Voici la maison Vanger, fit Dirch Frode. Autrefois l'animation y régnait, mais aujourd'hui seuls Henrik et une gouvernante habitent là. Ce ne sont pas les chambres d'amis qui manquent.

Ils descendirent de la voiture. Frode pointa le doigt vers le nord.

– La tradition veut que celui qui dirige le groupe Vanger habite ici, mais Martin Vanger – le petit-neveu de Henrik – voulait quelque chose de plus moderne et il s'est fait construire une villa au bout du promontoire.

Mikael regarda autour de lui et se demanda à quelle folie il avait succombé en acceptant l'invitation de maître Frode. Il se promit d'essayer à tout prix de retourner à Stockholm le soir même. Un escalier en pierre montait vers l'entrée et, avant qu'ils aient eu le temps d'y arriver, la porte s'ouvrit. Mikael reconnut immédiatement Henrik Vanger dont il avait vu des photos sur Internet.

Les photos le présentaient plus jeune, mais il avait l'air étonnamment vigoureux pour ses quatre-vingt-deux ans ; un corps musculeux, un visage bourru et buriné et des cheveux gris fournis, coiffés en arrière, qui prouvaient que ses gènes ne le destinaient pas à la calvitie. Il portait un pantalon sombre, soigneusement repassé, une chemise blanche et un tricot marron et usé. Il avait une fine moustache et des lunettes cerclées d'acier.

– Je suis Henrik Vanger, salua-t-il. Merci d'avoir accepté de venir me voir.

– Bonjour. J'avoue avoir trouvé l'invitation surprenante.

– Entrez au chaud. J'ai fait préparer une chambre d'amis ; vous voulez peut-être vous rafraîchir un peu ? On passera à table plus tard. Voici Anna Nygren qui s'occupe de moi.

Mikael serra brièvement la main d'une petite femme d'une soixantaine d'années qui prit son manteau qu'elle rangea dans une penderie. Elle proposa à Mikael des chaussons pour protéger ses pieds des courants d'air au sol.

Mikael la remercia, puis se tourna vers Henrik Vanger :

– Je ne suis pas sûr de rester jusqu'au repas. Ça dépend un peu du but de ce petit jeu.

Henrik Vanger échangea un regard avec Dirch Frode. Il y avait entre les deux hommes une connivence que Mikael n'arrivait pas à interpréter.

– Bon, j'en profite pour vous laisser, dit Dirch Frode. Il faut que je rentre chez moi sévir un peu avant que mes petits-enfants démolissent toute la maison.

Il se tourna vers Mikael.

– J'habite à droite de l'autre côté du pont. Vous y êtes en cinq minutes à pied ; c'est après la pâtisserie, la troisième villa côté plage. Si vous avez besoin de moi, passez-moi un coup de fil.

Mikael glissa la main dans sa poche et enclencha un magnétophone. *Parano, moi ?* Il n'avait aucune idée de ce que voulait Henrik Vanger, mais après le pétrin de l'année passée avec Hans-Erik Wennerström, il tenait à garder un témoignage précis de toutes les choses bizarres qui se passaient dans son entourage, et cette soudaine invitation à Hedestad appartenait définitivement à cette catégorie.

L'ancien industriel tapota l'épaule de Dirch Frode en guise d'au revoir et ferma la porte d'entrée, avant de reporter son intérêt sur Mikael.

– Dans ce cas je ne vais pas y aller par quatre chemins. Ce n'est pas un jeu. Je voudrais parler avec vous, mais ce que j'ai à dire exige un long entretien. Je vous demande d'écouter ce que j'ai à dire et de ne vous décider qu'ensuite. Vous êtes journaliste et je voudrais vous engager pour une mission. Anna a servi le café dans mon cabinet de travail à l'étage.

HENRIK VANGER MONTRA le chemin et Mikael le suivit. Ils entrèrent dans un cabinet de travail tout en longueur, de près de quarante mètres carrés, situé au bout de la maison. Un des murs était dominé par des rayonnages de livres de dix mètres de long, du sol au plafond, un mélange incroyable de romans, biographies, livres d'histoire, manuels de commerce et de pêche et dossiers A4. Les livres étaient rangés sans classement visible mais apparemment consultés régulièrement, et Mikael en tira la conclusion que Henrik Vanger était un homme qui lisait. Le mur en face était occupé par un bureau en chêne sombre, placé de façon que son utilisateur soit tourné vers la pièce. Au mur était accrochée une importante collection de fleurs pressées disposée en alignements méticuleux.

Par la fenêtre sur le petit côté, Henrik Vanger pouvait observer le pont et l'église. Il y avait un canapé et des fauteuils, avec une table basse sur laquelle Anna avait disposé des tasses, un thermos et des pâtisseries maison.

Henrik Vanger fit un geste pour inviter Mikael à s'asseoir, geste que Mikael fit semblant de ne pas voir, ce qui lui permit de faire un petit tour des lieux. Il observa d'abord la bibliothèque puis le mur avec les encadrements. Le bureau était rangé, à part quelques papiers empilés. Au bout du plateau il y avait une photographie encadrée d'une jeune et belle fille brune au regard espiègle ; *une demoiselle qui fera des dégâts*, pensa Mikael. C'était manifestement une photo de première communion, décolorée, qui donnait l'impression d'être là depuis de nombreuses années. Mikael se rendit soudain compte que Henrik Vanger l'observait.

– Tu te souviens d'elle, Mikael ? demanda-t-il.

– Comment ça ? Mikael leva les sourcils.

– Oui, tu l'as rencontrée. Tu t'es même déjà trouvé dans cette pièce.

Mikael regarda autour de lui et secoua la tête.

– Non, comment pourrais-tu t'en souvenir ? J'ai connu ton père. J'ai engagé Kurt Blomkvist à plusieurs occasions dans les années 1950 et 1960 pour installer des machines et s'occuper de leur entretien. C'était un homme doué. J'ai essayé de le persuader de poursuivre ses études et de devenir ingénieur. Toi, tu étais ici au cours de l'été 1963, quand nous avons changé le parc de machines dans l'usine à papier ici, à Hedestad. On avait du mal à trouver un logement pour ta famille et nous avons solutionné le problème en vous installant dans la petite maison en bois de l'autre côté de la route. Tu peux la voir de la fenêtre.

Henrik Vanger s'approcha du bureau et saisit le portrait.

– C'est Harriet Vanger, la petite-fille de mon frère Richard. Elle t'a gardé plus d'une fois cet été-là. Tu approchais de tes trois ans. Ou peut-être que tu les avais déjà – je ne m'en souviens pas. Elle en avait douze à l'époque.

– Il faut me pardonner, mais je n'ai aucun souvenir de ce que vous me racontez, de ce que tu me racontes, si tu me permets de te tutoyer aussi.

– Bien sûr. Je comprends que tu ne t'en souviennes pas, mais moi je me souviens de toi. Tu courais dans tous les coins, avec Harriet sur les talons. Je t'entendais crier dès que tu trébuchais sur quelque chose. Je me rappelle t'avoir fait cadeau d'un jouet, un tracteur en tôle jaune que j'avais eu moi-même quand j'étais gosse, et que tu as adopté avec un enthousiasme incroyable. Je crois que c'était à cause de la couleur.

Mikael se sentit devenir glacé. Il se souvenait effectivement du tracteur jaune. Quand il était plus grand, le tracteur avait orné une étagère dans sa chambre.

– Tu t'en souviens ? Tu te souviens de ce jouet ?

– Je m'en souviens. Et ça va peut-être t'amuser d'apprendre que ce tracteur existe encore, au musée du Jouet à Stockholm. J'en ai fait don quand ils recherchaient de vieux jouets d'origine il y a dix ans de cela.

– Vraiment ? Henrik Vanger gloussa, ravi. Laisse-moi te montrer…

Le vieil homme alla chercher un album de photos dans les rayons bas de la bibliothèque. Mikael nota qu'il avait manifestement du mal à se pencher, et qu'il fut obligé de prendre appui sur le rayon pour se redresser. Henrik Vanger fit signe à Mikael de s'installer dans le canapé tout en feuilletant l'album. Il savait apparemment ce qu'il cherchait et, dès qu'il eut trouvé, il posa l'album sur la table basse. Il montra une photo d'amateur en noir et blanc au bas de laquelle on apercevait l'ombre du photographe. Au premier plan, un petit garçon blond en culotte courte fixait l'objectif d'un air troublé et un peu inquiet.

– C'est toi cet été-là. Tes parents sont là dans le fond, sur les chaises de jardin. Harriet est un peu masquée par ta mère et le garçon à gauche de ton père est le frère de Harriet, Martin Vanger, qui dirige le groupe aujourd'hui.

Mikael n'avait aucun mal à reconnaître ses parents. Sa mère était visiblement enceinte – la sœur de Mikael était en route, donc. Il contempla la photo, ne sachant pas trop que penser, tandis que Henrik Vanger servait le café et avançait l'assiette avec les gâteaux.

– Je sais que ton père est mort. Et ta mère, vit-elle encore ?

– Non, fit Mikael. Elle est morte il y a trois ans.

– C'était une femme agréable. Je me souviens très bien d'elle.

– Mais je suis persuadé que tu ne m'as pas fait venir ici pour parler de mes parents et du bon vieux temps.

– Tu as entièrement raison. Ça fait plusieurs jours que je prépare ce que je vais te dire, mais maintenant que tu es enfin là devant moi, je ne sais pas vraiment par quel bout commencer. J'imagine que tu t'es renseigné sur moi avant de venir. Alors tu sais qu'il fut un temps où j'avais une grande influence sur l'industrie suédoise et sur le marché du travail. Aujourd'hui je suis un vieux schnock qui ne devrait pas tarder à mourir, et la mort est peut-être un point de départ tout à fait convenable pour cet entretien.

Mikael prit une gorgée de café. Authentique café bouilli et amer du Norrland, pensa-t-il en se demandant où tout cela allait mener.

– J'ai mal à la hanche, je n'arrive plus à faire de longues promenades. Un jour, toi aussi tu t'apercevras que la force vient à manquer aux vieux bonshommes, mais je ne suis ni hypocondriaque ni sénile. Je ne suis pas obsédé par la mort non plus, mais je me trouve à l'âge où je dois accepter que mon temps tire sur sa fin. Arrive un moment où l'on a envie de faire le bilan et de démêler ce qui est inachevé. Tu comprends ce que je veux dire ?

Mikael hocha la tête. Henrik Vanger parlait d'une voix distincte et stable, et Mikael était déjà arrivé à la conclusion que le vieux n'était ni sénile ni irrationnel.

– Ce qui m'intrigue, c'est la raison pour laquelle je suis ici, répéta-t-il.

– Je t'ai demandé de venir parce que je voudrais te demander de l'aide pour ce bilan dont je parlais. J'ai quelques affaires qui restent à régler.

– Pourquoi moi ? Je veux dire… qu'est-ce qui te fait croire que je pourrais t'aider ?

– Parce qu'au moment où j'envisageais d'engager quelqu'un, ton nom a commencé à s'afficher dans l'affaire Wennerström. Je savais qui tu étais. Et peut-être aussi parce que tu es monté sur mes genoux quand tu étais tout gamin.

Il agita la main comme pour effacer ses paroles.

– Ne me comprends pas de travers. Je n'espère pas que tu vas m'aider pour des raisons sentimentales. J'explique seulement pourquoi j'ai eu l'impulsion de te contacter.

Mikael rit gentiment.

– Eh bien, je n'ai pas le moindre souvenir de ces genoux-là. Mais comment as-tu su qui j'étais ? Je veux dire, ça, c'était au début des années 1960.

– Pardon, tu m'as mal compris. Vous avez déménagé à Stockholm quand ton père a obtenu ce poste de chef d'atelier chez Zarinder. C'était l'une des nombreuses entreprises du groupe Vanger, et c'est moi qui lui ai trouvé ce travail. Il manquait de diplômes, mais je savais ce qu'il valait. J'ai rencontré ton père plusieurs fois quand j'avais à faire chez Zarinder. Nous n'étions peut-être pas des amis proches, mais nous prenions toujours le temps de discuter un peu. La dernière fois que je l'ai vu, c'était l'année avant sa mort et il m'a dit que tu avais été accepté à l'Ecole de journalisme. Il était plus que fier. Puis tu es devenu célèbre dans tout le pays avec cette histoire de braqueurs – Super Blomkvist et tout ça. J'ai suivi ta carrière et j'ai lu beaucoup de tes articles au fil des ans. Il se trouve même que je lis *Millénium* assez souvent.

– OK, je comprends. Mais qu'est-ce que tu veux très exactement que je fasse ?

HENRIK VANGER EXAMINA ses mains un bref instant et sirota ensuite un peu de café comme s'il avait besoin d'une petite pause avant de pouvoir enfin en venir au fait.

– Mikael, avant d'entrer dans les détails, je voudrais qu'on se mette d'accord. Je voudrais que tu fasses deux choses pour moi. L'une est un prétexte et l'autre est ma véritable requête.

– Quelle sorte d'accord ?

– Je vais te raconter une histoire en deux parties. Une partie qui parle de la famille Vanger. C'est le prétexte. C'est une histoire longue et sombre, mais je vais essayer de m'en tenir à la stricte vérité. L'autre partie de l'histoire traite de ma véritable requête. Je crois que par moments tu vas interpréter mon récit comme… de la folie. Ce que je veux, c'est que tu écoutes mon histoire jusqu'au bout – ma demande et mon offre – avant de prendre la décision d'accepter le boulot ou pas.

Mikael soupira. De toute évidence Henrik Vanger n'avait pas l'intention d'exposer sa requête de façon brève et concise pour le laisser attraper le train de l'après-midi. Mikael était certain que s'il appelait Dirch Frode et lui demandait de le conduire à la gare, la voiture refuserait de démarrer à cause du froid.

Le vieil homme avait dû consacrer beaucoup de temps à réfléchir aux moyens de le ferrer. Mikael eut le sentiment que tout ce qui s'était passé depuis qu'il avait franchi le seuil était une mise en scène ; à commencer par la surprise d'apprendre qu'il avait rencontré Henrik Vanger quand il était enfant, la photo de ses parents dans l'album et l'accent mis sur le fait que le père de Mikael et Henrik Vanger avaient été amis, puis le vieux qui le flattait en racontant qu'il avait suivi sa carrière à distance tout au long des années… l'ensemble avait sans doute un fond de vérité, mais il s'agissait aussi de psychologie assez élémentaire. Autrement dit, Henrik Vanger était un bon manipulateur, habitué depuis des années aux personnes nettement plus endurcies derrière les portes closes des cabinets de négociation. Ce n'était pas par hasard qu'il était devenu l'un des magnats de l'industrie les plus éminents de Suède.

La conclusion de Mikael était que Henrik Vanger voulait qu'il fasse quelque chose qu'il n'avait sans doute pas la moindre envie de faire. Restait à découvrir ce dont il s'agissait et ensuite dire non. Et éventuellement avoir le temps d'attraper le train de l'après-midi.

– Désolé, pas d'accord, répondit Mikael. Il regarda l'heure. Je suis ici depuis vingt minutes. Je te donne exactement trente minutes pour raconter ce que tu veux. Ensuite j'appelle un taxi et je rentre chez moi.

Pendant un instant, Henrik Vanger sortit de son rôle de patriarche bienveillant, et Mikael entrevit le chef d'entreprise terrifiant au temps de sa toute-puissances qui venait de subir un revers ou qui était obligé de s'occuper d'un cadre récalcitrant. Sa bouche se courba rapidement en un sourire sévère.

– Je comprends.

– C'est très simple, tout cela. Tu n'as pas besoin de prendre des détours. Dis ce que tu veux que je fasse, et je serai sans aucun doute capable de juger si je veux le faire ou pas.

– Tu veux dire que si je n'arrive pas à te convaincre en trente minutes, je n'y arriverai pas non plus en trente jours.

– Quelque chose dans ce goût-là.

– Mais il se trouve que mon récit est long et compliqué.

– Abrège et simplifie. C'est ce que nous faisons dans le journalisme. Vingt-neuf minutes.

Henrik Vanger leva une main.

– Ça suffit. J'ai compris. Mais n'exagère pas non plus, s'il te plaît. J'ai donc besoin de quelqu'un qui sache faire des recherches et doté d'un esprit critique, mais qui soit également intègre. Je crois que tu l'es, et ce n'est pas un compliment. Un bon journaliste doit raisonnablement posséder ces qualités, et j'ai lu ton livre *Les Templiers* avec grand intérêt. Je suis parfaitement honnête quand je dis que je t'ai choisi parce que j'ai connu ton père et parce que je sais qui tu es. Si j'ai bien compris, tu as été licencié de ton journal après l'affaire Wennerström – ou alors tu l'as quitté de ton plein gré. Cela signifie que pour l'instant tu es sans emploi et on n'a pas besoin d'être un crack pour comprendre que tu es probablement à court d'argent.

– Ce qui te permet de saisir l'occasion pour tirer profit de ma situation, tu veux dire ?

– Peut-être. Mais, Mikael, je n'ai pas l'intention de te mentir ni d'inventer de faux prétextes. Je suis trop vieux pour ce genre de choses. Si tu n'aimes pas ce que je dis, tu n'as qu'à me demander d'aller me faire voir. Alors je n'aurai qu'à chercher quelqu'un d'autre qui voudra bien travailler pour moi.

– OK, ça consiste en quoi, le boulot que tu veux m'offrir ?

– Qu'est-ce que tu sais sur la famille Vanger ?

Mikael écarta les mains.

– Ben, à peu près ce que j'ai eu le temps de lire sur le Net depuis le coup de fil de Frode lundi dernier. De ton temps, le groupe Vanger était un des groupes industriels les plus importants de Suède, aujourd'hui l'entreprise est considérablement diminuée. Martin Vanger est PDG. D'accord, je sais deux, trois autres choses aussi, mais où veux-tu en venir ?

– Martin… c'est quelqu'un de bien, mais dans le fond, il n'aime naviguer que par faible vent. Il est tout à fait insuffisant comme PDG pour un groupe en crise. Il veut moderniser et spécialiser – ce qui est bien vu – mais il a du mal à faire passer ses idées et encore plus de mal à les financer. Il y a vingt-cinq ans, le groupe Vanger était un concurrent sérieux de l'empire Wallenberg. Nous avions environ 40 000 employés en Suède. Nous procurions de l'emploi et des revenus au pays entier. Aujourd'hui la plupart de ces emplois ont été délocalisés en Corée ou au Brésil. Actuellement, il y a un peu plus de 10 000 employés et dans un an ou deux – si Martin n'arrive pas à décoller – nous descendrons à 5 000 employés, essentiellement dans de petites manufactures. Autrement dit, le groupe Vanger est sur le point d'être relégué au dépotoir de l'histoire.

Mikael hocha la tête. Ce que racontait Henrik Vanger était à peu près ses propres conclusions après le moment passé devant son ordinateur.

– Le groupe Vanger est toujours l'une des rares entreprises purement familiales de ce pays, avec une trentaine de membres de la famille comme actionnaires plus ou moins minoritaires. Cela a toujours été la force du groupe, mais aussi notre plus grande faiblesse.

Henrik Vanger fit une pause oratoire puis se remit à parler avec beaucoup d'intensité dans la voix.

– Mikael, tu poseras des questions après, mais je voudrais que tu me croies sur parole quand je dis que je déteste la plupart des membres de ma famille. Elle est principalement composée de filous, de rapaces, de frimeurs et d'incapables. J'ai dirigé le groupe pendant trente-cinq ans – pratiquement sans cesse empêtré dans des luttes implacables avec les autres membres de la famille. C'étaient eux mes pires ennemis, et pas les concurrents.

Il fit une pause.

– J'ai dit que je veux t'engager pour faire deux choses. Je voudrais que tu écrives une chronique ou une biographie de la famille Vanger. Pour simplifier, disons mon autobiographie. Le résultat ne sera pas un texte à lire dans une église, mais une histoire de haine, de disputes familiales et de cupidité incommensurable. Je mets à ta disposition tous mes journaux intimes et mes archives. Tu auras libre accès à mes pensées les plus secrètes et tu pourras publier exactement toute la merde que tu trouveras, sans restriction. Je crois que cette histoire-là fera de Shakespeare un agréable divertisseur pour tout public.

– Et ceci dans quel but ?

– Pourquoi je veux publier une histoire à scandale sur la famille Vanger ? Ou quelle est ma motivation pour te demander d'écrire cette histoire ?

– Les deux, je suppose.

– Très sincèrement, je me fiche de savoir si le livre sera publié ou pas. Mais je trouve que cette histoire mérite d'être écrite, ne serait-ce qu'en un seul exemplaire que tu transmettras à la Bibliothèque royale. Je veux que mon histoire soit accessible à la postérité quand je serai mort. Ma motivation est la plus simple qu'on puisse imaginer – la vengeance.

– De qui veux-tu te venger ?

– Tu n'es pas obligé de me croire, mais j'ai essayé d'être un homme honnête, même en tant que capitaliste et dirigeant industriel. Je suis fier que mon nom évoque un homme qui a tenu sa parole et rempli ses promesses. Je n'ai jamais joué de jeux politiques. Je n'ai jamais eu de problèmes pour négocier avec les syndicats. Et même un social-démocrate invétéré comme Tage Erlander avait du respect pour moi. A mon sens, c'était une question d'éthique ; j'étais responsable du gagne-pain de milliers de personnes et je prenais soin de mes employés. C'est amusant, mais Martin a la même attitude, même s'il est un tout autre genre d'homme. Lui aussi a essayé d'agir pour le mieux. Nous n'avons peut-être pas toujours réussi, mais globalement, il y a peu de choses dont j'aie honte.

Malheureusement, Martin et moi sommes des exceptions rares dans notre famille, poursuivit Henrik Vanger. Il y a de nombreuses raisons qui expliquent pourquoi le groupe Vanger, frôle aujourd'hui la banqueroute, mais l'une des plus importantes est l'avidité à brève échéance qui anime beaucoup des membres de ma famille. Si tu acceptes la mission, je t'expliquerai exactement comment ils s'y sont pris pour saborder le groupe.

Mikael réfléchit un instant.

– OK. Moi non plus, je ne vais pas te mentir. Ecrire un tel livre demandera des mois. Je n'ai ni l'envie ni la force de le faire.

– Je pense pouvoir te convaincre.

– J'en doute. Mais tu disais qu'il y a deux choses que tu veux que je fasse. Tu viens donc de me donner le prétexte. Quel est ton but réel ?

HENRIK VANGER SE LEVA, péniblement encore une fois, et alla chercher sur le bureau la photographie de Harriet Vanger. Il la plaça en face de Mikael.

– Si je souhaite que tu écrives une biographie de la famille Vanger, c'est parce que je veux que tu dresses un panorama des individus avec les yeux d'un journaliste. Cela te donne aussi un alibi pour fouiller dans l'histoire de la famille. Ce que je veux réellement, c'est que tu résolves une énigme. La voilà, ta mission.

– Une énigme ?

– Harriet était donc la petite-fille de mon frère Richard, la fille de son fils. Nous étions cinq frères. Richard était l'aîné, né en 1907. J'étais le cadet, né en 1920. Je ne comprends pas comment Dieu a pu produire une telle fratrie qui…

Pendant quelques secondes, Henrik Vanger perdit le fil et parut plongé dans ses propres pensées. Puis il se tourna vers Mikael avec une nouvelle résolution dans la voix.

– Laisse-moi te parler de mon frère Richard Vanger. C'est aussi un échantillon de la chronique que je veux que tu écrives.

Il se versa du café et proposa une deuxième tasse à Mikael.

– En 1924, à l'âge de dix-sept ans, Richard était un nationaliste fanatique. Antisémite notoire, il a adhéré à la Ligue national-socialiste suédoise pour la liberté, l'un des tout premiers groupes nazis suédois. Fascinant, non, comme les nazis réussissent toujours à placer le mot “liberté” dans leur propagande ?

Henrik Vanger sortit un autre album de photos et feuilleta pour trouver la bonne page.

– Voici Richard en compagnie de Birger Furugård, un vétérinaire qui est rapidement devenu le leader du Mouvement de Furugård, le grand mouvement nazi du début des années 1930. Mais Richard n'est pas resté auprès de lui. Un an plus tard seulement, il a adhéré à l'Organisation de lutte fasciste suédoise, la SFKO. Il y a fait la connaissance de Per Engdahl et d'autres individus qui au fil des années allaient devenir la honte de la politique de la nation.

Il tourna une page de l'album. Richard Vanger en uniforme.

– En 1927, il s'est engagé dans l'armée – contre la volonté de notre père – et durant les années 1930 il a adhéré à la plupart des groupes nazis du pays. Tu peux être sûr de retrouver son nom dans la liste des membres du moindre groupe de conspiration malsain. En 1933 fut fondé le Mouvement de Lindholm, c'est-à-dire le Parti ouvrier national-socialiste. Es-tu un tant soit peu familier de l'histoire du nazisme suédois ?

– Je ne suis pas historien, mais j'ai lu quelques livres.

– La Seconde Guerre mondiale a donc commencé en 1939, et la guerre d'Hiver de Finlande en 1940. Un grand nombre d'activistes du Mouvement de Lindholm se sont engagés comme volontaires pour la Finlande. Richard était l'un d'eux ; il était alors capitaine dans l'armée suédoise. Il est tombé en février 1940, peu avant l'accord de paix avec l'Union soviétique. Le mouvement nazi en a fait un martyr, et son nom a été donné à un groupe de lutte. Aujourd'hui encore, un certain nombre de fêlés se rassemblent dans un cimetière à Stockholm au jour anniversaire de la mort de Richard Vanger pour lui rendre hommage.

– Je vois.

– En 1926, quand il avait dix-neuf ans, il fréquentait une certaine Margareta, fille d'un professeur de Falun. Ils se voyaient dans des contextes politiques et entretenaient une liaison dont est né un fils, Gottfried, en 1927. Richard a épousé Margareta à la naissance de leur fils. Pendant la première moitié des années 1930, mon frère avait installé sa femme et son enfant ici à Hedestad alors que lui-même était en poste au régiment de Gävle. Il employait son temps libre à faire des tournées de propagande pour le nazisme. En 1936, il a eu une sérieuse prise de bec avec mon père, avec pour résultat que mon père a retiré tout soutien économique à Richard. Il lui a fallu ensuite se débrouiller par ses propres moyens. Il a déménagé pour Stockholm avec sa famille, où ils ont vécu dans une pauvreté relative.

– Il n'avait pas d'argent à lui ?

– La part qu'il détenait dans le groupe était bloquée. Il ne pouvait pas vendre en dehors de la famille. Il faut dire aussi que chez lui Richard était un tyran brutal, sans grandes qualités pour le racheter. Il battait sa femme et il maltraitait son fils. Gottfried était un enfant soumis et brimé. Il avait treize ans quand Richard est mort à la guerre ; je crois que ce fut le jour le plus heureux de la vie de Gottfried. Mon père a eu pitié de la veuve et de l'enfant et les a fait venir ici à Hedestad, il les a logés dans un appartement et a veillé à ce que Margareta ait une existence décente.

Si Richard avait représenté le côté sombre et fanatique de la famille, Gottfried en représentait le côté paresseux. Quand il a eu dix-huit ans, je l'ai pris en charge – il était malgré tout le fils de mon frère décédé – même si la différence d'âge entre nous n'était pas grande. Je n'avais que sept ans de plus que mon neveu. Je siégeais déjà dans la direction du groupe, et il était évident que j'allais reprendre le flambeau après mon père, alors que Gottfried était pratiquement considéré comme un intrus dans la famille.

Henrik Vanger réfléchit un moment.

– Mon père ne savait pas très bien comment se comporter avec son petit-fils et c'est moi qui ai insisté pour qu'on s'occupe de lui. Je lui ai donné du travail au sein du groupe. Cela se passait après la guerre. Il a sans doute essayé de s'acquitter honnêtement de sa tâche, mais il avait du mal à se concentrer. C'était un tête en l'air, un charmeur et un fêtard, il plaisait aux femmes, et il y avait des périodes où il buvait trop. J'ai du mal à préciser mes sentiments pour lui… ce n'était pas un incapable, mais il était loin d'être fiable et il m'a souvent cruellement déçu. Avec les années, il est devenu alcoolique et, en 1965, il est mort noyé par accident. Ça s'est passé ici sur l'île, à l'autre bout, où il avait fait construire une cabane ; il se retirait souvent là-bas pour boire.

– C'est donc lui le père de Harriet et de Martin ? demanda Mikael en montrant le portrait sur la table basse. A contrecœur, il dut reconnaître que le récit du vieux l'intéressait.

– Exactement. A la fin des années 1940, Gottfried a rencontré une femme qui s'appelait Isabella Koenig, une jeune Allemande arrivée en Suède après la guerre. Il se trouve qu'Isabella était une vraie beauté – je veux dire belle comme Greta Garbo ou comme Ingrid Bergman. Harriet a sans conteste reçu ses gènes plus d'Isabella que de Gottfried. Comme tu peux le voir sur la photo, elle était déjà très belle quand elle n'avait que quatorze ans.

Imitant Henrik Vanger, Mikael contempla la photo.

– Mais je poursuis. Isabella est née en 1928, elle vit toujours. Elle avait onze ans quand la guerre a éclaté, et tu peux imaginer ce que c'était que d'être adolescent à Berlin quand les bombardiers alliés déchargeaient leurs cargaisons. Je suppose que quand elle a débarqué en Suède, elle a eu l'impression d'arriver au paradis sur terre. Malheureusement, elle partageait bon nombre des vices de Gottfried ; elle était dépensière et elle faisait tout le temps la fête, elle et Gottfried ressemblaient parfois plus à des camarades de beuverie qu'à un couple marié. Elle voyageait sans arrêt, en Suède et à l'étranger, et d'une manière générale elle n'avait pas le moindre sens des responsabilités. Les enfants en ont évidemment pâti. Martin est né en 1948 et Harriet en 1950. Leur enfance a été chaotique, avec une mère qui les abandonnait sans cesse et un père qui sombrait dans l'alcoolisme.

Je suis intervenu en 1958. Gottfried et Isabella habitaient alors à Hedestad – je les ai forcés à déménager ici sur l'île. Je commençais à en avoir assez et j'avais décidé d'essayer de rompre le cercle infernal. Martin et Harriet étaient maintenant plus ou moins laissés à l'abandon.

Henrik Vanger regarda sa montre.

– Mes trente minutes sont bientôt finies, mais j'approche de la fin de mon récit. Tu m'accordes un répit ?

Mikael fit oui de la tête.

– Continue.

– Brièvement, donc. J'étais sans enfants – un contraste dramatique avec les autres frères et membres de la famille, qui semblaient obsédés par un besoin imbécile de perpétuer la lignée. Gottfried et Isabella sont venus habiter ici, mais leur mariage prenait l'eau. Au bout d'un an à peine, Gottfried s'est installé dans sa cabane. Il y vivait tout seul pendant de longues périodes, et emménageait chez Isabella quand il avait trop froid. Pour ma part, je me suis chargé de Martin et de Harriet, et en plus d'un point ils sont devenus les enfants que je n'ai jamais eus.

Martin était… pour dire la vérité il y eut un moment dans sa jeunesse où j'ai craint qu'il suive les traces de son père. Il était mou, introverti et hypocondriaque, mais il pouvait aussi être charmant et enthousiaste. Il a eu quelques années difficiles dans l'adolescence, mais il s'est redressé quand il a commencé à l'université. Il est… eh bien, il est malgré tout le PDG de ce qui reste du groupe Vanger, ce qu'il faut considérer comme un bilan passable.

– Et Harriet ? demanda Mikael.

– Harriet est devenue la prunelle de mes yeux. J'ai essayé de lui procurer la sécurité et, partant de là, la confiance en soi, et tous les deux nous nous sommes compris. Je l'ai considérée comme ma fille, et elle en est venue à être plus proche de moi que de ses propres parents. Comprends-moi, Harriet était très spéciale. Elle était introvertie – comme son frère – et adolescente elle avait une attirance romantique pour la religion, ce qui la distinguait de tous les autres membres de la famille. Mais elle avait des dons évidents et elle était d'une intelligence rare. Un grand sens moral et une grande droiture. Quand elle avait quatorze, quinze ans, j'étais persuadé que c'était elle – plus que son frère et tous les cousins et neveux autour de moi – qui un jour serait appelée à diriger le groupe Vanger ou au moins à y jouer un rôle central.

– Que s'est-il passé ?

– Nous en sommes maintenant à la raison véritable pour laquelle je voudrais t'engager. Je veux que tu trouves qui, dans la famille, a assassiné Harriet Vanger et qui a ensuite passé bientôt quarante ans à essayer de me faire sombrer dans la folie.

5

Jeudi 26 décembre

POUR LA PREMIERE FOIS depuis que Henrik Vanger avait entamé son monologue, le vieil homme avait réussi à surprendre Mikael, qui le pria même de répéter pour être sûr d'avoir bien entendu. Rien dans les coupures qu'il avait lues n'avait indiqué qu'un meurtre se fût déroulé au sein de la famille Vanger.

– C'était le 22 septembre 1966. Harriet avait seize ans et elle venait d'entrer en première au lycée. C'était un samedi, et ce fut la pire journée de ma vie. J'ai reconstitué le déroulement des événements tant de fois que je pense être en mesure de détailler minute par minute ce qui s'est passé ce jour-là – sauf le plus important.

Il balaya l'air de la main.

– Une grande partie de ma famille était rassemblée ici, dans cette maison. C'était un de ces affreux repas de famille annuels, quand des associés du groupe Vanger se retrouvaient pour discuter des affaires. En son temps, mon grand-père avait introduit cette tradition et le résultat était la plupart du temps des réunions plus ou moins détestables. La tradition a cessé dans les années 1980, quand Martin a décidé purement et simplement que toutes les discussions concernant l'entreprise auraient lieu lors de réunions et d'assemblées régulières. C'est la meilleure décision qu'il ait jamais prise. Ça fait maintenant vingt ans que la famille ne s'est pas retrouvée pour ce genre de rassemblement.

– Tu disais que Harriet a été assassinée…

– Attends. Laisse-moi raconter ce qui s'est passé. C'était donc un samedi. C'était aussi la fête des Enfants, avec un défilé organisé par le club d'athlétisme de Hedestad. Harriet était allée en ville dans la journée pour assister au défilé avec quelques camarades du lycée. Elle est revenue ici sur l'île un peu après 14 heures ; le dîner était prévu pour 17 heures et elle était attendue, comme tous les autres jeunes de la famille.

Henrik Vanger se leva et s'approcha de la fenêtre. Il fit signe à Mikael de le rejoindre et pointa un doigt :

– A 14 h 15, quelques minutes après le retour de Harriet à la maison, un accident dramatique s'est produit sur le pont. Un certain Gustav Aronsson, frère d'un fermier d'Östergården – une ferme d'ici sur l'île –, s'est engagé sur le pont et a percuté de plein fouet un camion-citerne qui venait sur l'île pour livrer du fuel domestique. On n'a jamais vraiment pu établir comment l'accident s'est produit – la vue est bien dégagée dans les deux sens – mais tous deux roulaient trop vite, et ce qui aurait dû rester un accident mineur s'est transformé en catastrophe. Le conducteur du camion-citerne a essayé d'éviter la collision en braquant instinctivement. Le camion-citerne a percuté la rambarde du pont et s'est renversé, couché en travers du pont avec l'arrière qui dépassait largement du bord… Un poteau en métal a percé la citerne et le fuel inflammable a commencé à gicler. Pendant ce temps, Gustav Aronsson, coincé dans sa voiture et souffrant terriblement, hurlait sans discontinuer. Le conducteur du camion-citerne était blessé, lui aussi, mais il a réussi à se dégager tout seul.

Le vieil homme fit une pause de réflexion, et se rassit.

– En fait, l'accident n'avait aucun rapport avec Harriet. Mais à sa manière il a joué un rôle. Car le chaos a été total quand les gens se sont précipités pour donner un coup de main. La menace d'incendie était permanente et l'alerte a été donnée. La police, une ambulance, les premiers secours, les pompiers, des journalistes et des curieux sont arrivés dans le plus grand désordre sur les lieux. Tout le monde s'agglutinait évidemment côté continent ; tandis qu'ici sur l'île nous faisions notre possible pour sortir Aronsson de l'épave, ce qui s'est révélé une tâche diaboliquement difficile. Il était vraiment coincé et sérieusement blessé.

Nous avons essayé de le dégager à la force de nos mains, mais ça n'a pas marché. Il fallait utiliser une scie. Le problème était que nous ne pouvions rien faire qui risquait d'envoyer des étincelles, nous étions au milieu d'une mare de fuel à côté d'un camion-citerne renversé. S'il explosait, nous aurions cessé d'exister. Il a fallu un bon moment avant qu'on reçoive du renfort du continent ; le camion-citerne était couché de toute sa longueur en travers du pont, et passer par-dessus la citerne équivalait à grimper sur une bombe.

Mikael avait toujours l'impression que le vieil homme racontait une histoire minutieusement répétée et mesurée, dans l'intention de capter son intérêt. Et il devait admettre que Henrik Vanger était un excellent conteur, sachant captiver son auditeur. En revanche, il n'avait toujours aucune idée d'où l'histoire finirait par mener.

– Ce qui est important avec cet accident, c'est que le pont est resté fermé durant les vingt-quatre heures suivantes. Ce n'est que tard le dimanche soir qu'on a réussi à pomper le carburant restant, qu'on a pu enlever le camion et rouvrir le pont à la circulation. Durant ces vingt-quatre heures, l'île était coupée du monde. La seule façon de rejoindre le continent était au moyen d'un canot des pompiers qui avait été mobilisé pour transporter les gens du port de plaisance ici sur l'île jusqu'au vieux port en bas de l'église. Pendant plusieurs heures, le bateau n'a été utilisé que par le personnel de secours – ce n'est qu'assez tard le samedi soir qu'on a commencé à transporter des particuliers. Tu comprends ce que cela signifie ?

Mikael hocha la tête :

– Je suppose que quelque chose est arrivé à Harriet ici sur l'île et que le nombre de suspects se limite aux personnes qui s'y trouvaient. Une sorte de mystère de la chambre close, version insulaire ?

Henrik Vanger eut un sourire ironique.

– Mikael, tu ne sais pas à quel point tu as raison. Moi aussi j'ai lu ma Dorothy Sayers. Voici les faits établis : Harriet est arrivée ici à peu près à 14 h 10. Si nous comptons aussi les enfants et les couples non mariés, en tout et pour tout près de quarante personnes étaient arrivées au cours de la journée. En comptant le personnel et les habitants fixes, il y avait soixante-quatre personnes ici ou autour de la maison. Certains – ceux qui prévoyaient de rester la nuit – étaient en train de s'installer dans des maisons d'hôtes ou des chambres d'amis.

Auparavant, Harriet avait habité une maison de l'autre côté de la route mais, comme je l'ai déjà raconté, ni son père Gottfried, ni sa mère Isabella n'étaient très stables et je voyais bien à quel point Harriet était tourmentée. Elle n'arrivait pas à se concentrer sur ses études, et en 1964, quand elle a eu quatorze ans, je l'ai fait venir s'installer ici dans ma maison. Isabella a sans doute trouvé commode d'être débarrassée du souci que représentait sa fille. Harriet avait une chambre à l'étage, et nous avons passé deux ans ensemble. C'est donc ici qu'elle est arrivée ce jour-là. Nous savons qu'elle a échangé quelques mots avec Harald Vanger dans la cour – il s'agit d'un de mes frères. Ensuite elle a monté l'escalier jusqu'ici, dans cette pièce, pour me dire bonjour. Elle a dit qu'elle voulait me parler de quelque chose. D'autres membres de la famille s'y trouvaient avec moi à ce moment et je n'avais pas le temps de l'écouter.

Mais elle semblait si préoccupée que je lui ai promis de la rejoindre dans sa chambre sans tarder. Elle a hoché la tête et elle est sortie par cette porte, là. C'est la dernière fois que je l'ai vue. Une minute plus tard, ça a pété sur le pont et le chaos qui s'est ensuivi a bouleversé tous les autres projets de la journée.

– Comment est-elle morte ?

– Attends. C'est plus compliqué que ça et je dois raconter l'histoire dans l'ordre chronologique. Quand la collision a eu lieu, les gens ont laissé tomber toutes leurs occupations et se sont précipités sur les lieux de l'accident. J'étais… disons que j'ai pris la direction des opérations, et j'ai été totalement accaparé durant les heures suivantes. Nous savons que Harriet aussi est descendue au pont peu après la collision – plusieurs personnes l'ont vue – mais le risque d'explosion m'a poussé à donner l'ordre de se retirer à tous ceux qui n'aidaient pas à dégager Aronsson de l'épave. Nous n'étions plus que cinq personnes sur le lieu de l'accident. Moi-même et mon frère Harald. Un certain Magnus Nilsson, employé chez moi comme homme à tout faire. Un ouvrier de la scierie nommé Sixten Nordlander et qui possédait un cabanon au port de plaisance. Et un jeune nommé Jerker Aronsson. Il n'avait que seize ans et j'aurais dû le renvoyer, mais c'était le neveu d'Aronsson coincé dans la voiture et il était arrivé à vélo pour aller en ville une minute ou deux après l'accident.

Vers 14 h 40, Harriet était dans la cuisine ici dans la maison. Elle a bu un verre de lait et échangé quelques mots avec une certaine Astrid qui était cuisinière. Ensemble, elles ont regardé par la fenêtre ce qui se passait sur le pont.

A 14 h 55, Harriet a traversé la cour. Elle a été vue entre autres par sa mère, Isabella, mais elles ne se sont pas parlé. Une minute plus tard, elle a croisé Otto Falk, le pasteur de Hedeby. A cette époque-là, le presbytère se trouvait là où Martin Vanger a sa villa aujourd'hui, le pasteur habitait donc de ce côté-ci du pont. Le pasteur, enrhumé, faisait une sieste quand la collision a eu lieu ; il n'avait pas assisté au drame, on venait de le mettre au courant et il se dirigeait vers le pont. Harriet l'a arrêté sur le chemin, elle voulait lui parler mais il l'a interrompue d'un geste de la main et a poursuivi sa route. Otto Falk est la dernière personne qui l'ait vue vivante.

– Comment est-elle morte ? répéta Mikael.

– Je ne sais pas, répondit Henrik Vanger, le regard tourmenté. Nous n'avons réussi à dégager Aronsson de la voiture que vers 17 heures – il a survécu, d'ailleurs, même s'il était très amoché – et vers 18 heures, la menace d'incendie était considérée comme levée. L'île restait coupée mais les choses ont commencé à se calmer. Nous ne nous sommes rendu compte de l'absence de Harriet qu'au moment où nous passions à table pour un dîner tardif vers 20 heures. J'ai envoyé l'une de ses cousines la chercher dans sa chambre, mais elle est revenue en disant qu'elle ne la trouvait pas. Cela ne m'a pas inquiété outre mesure ; j'ai dû croire qu'elle était allée faire un tour ou qu'elle n'avait pas été informée que le dîner était servi. Et au cours de la soirée j'ai été occupé par diverses querelles familiales. Ce n'est que le lendemain matin, parce qu'Isabella la cherchait, que nous avons réalisé que personne ne savait où elle était et que personne ne l'avait vue depuis la veille.

Il écarta grands les bras.

– Depuis ce jour-là, Harriet Vanger reste disparue sans la moindre trace.

– Disparue ? fit Mikael en écho.

– Depuis toutes ces années, nous n'avons pas réussi à trouver ne fût-ce qu'un fragment microscopique d'elle.

– Mais si elle a disparu, rien ne te dit que quelqu'un l'a assassinée.

– Je comprends ton objection. Mes pensées ont pris les mêmes chemins. Quand quelqu'un disparaît sans laisser de traces, quatre choses ont pu se passer. La personne a pu disparaître de son plein gré et se cache. Elle a pu avoir un accident mortel. Elle a pu se suicider. Et, finalement, elle peut avoir été victime d'un crime. J'ai pesé toutes ces possibilités.

– Et tu penses donc que quelqu'un lui a ôté la vie. Pourquoi ?

– Parce que c'est la seule conclusion plausible. Henrik Vanger leva un doigt. Depuis le début j'espérais qu'elle avait fait une fugue. Mais les jours passaient et nous avons tous compris que tel n'était pas le cas. Je veux dire, une jeune fille de seize ans d'un milieu relativement protégé, même si elle est futée, comment pourrait-elle se débrouiller, se cacher et rester cachée sans être découverte ? Où trouverait-elle de l'argent ? Et même si elle avait un boulot quelque part, elle aurait besoin d'être immatriculée et d'avoir une adresse.

Il leva deux doigts.

– Ma seconde pensée a évidemment été qu'elle avait été victime d'un accident quelconque. Rends-moi un service – va ouvrir le tiroir d'en haut de mon bureau. Tu y trouveras un plan.

Mikael fit ce qu'on lui demandait, puis déplia la carte sur la table basse. Hedebyön – l'île était une masse de terre irrégulière d'environ trois kilomètres de long et d'un kilomètre et demi dans sa plus grande largeur. Une partie importante de l'île était constituée de forêt. Les habitations étaient concentrées autour du pont et du côté du port de plaisance ; à l'autre bout de l'île se trouvait une ferme, Östergården, d'où le malheureux Aronsson avait démarré son trajet en voiture.

– Souviens-toi qu'elle n'a pas pu quitter l'île, souligna Henrik Vanger. Ici sur Hedebyön on peut mourir d'accident comme n'importe où. On peut être foudroyé – mais il n'y avait pas d'orage ce jour-là. On peut être piétiné par un cheval, tomber dans un puits ou dans une crevasse. Il y a sûrement des centaines de façons d'être victime d'un accident par ici. J'ai réfléchi à tout cela.

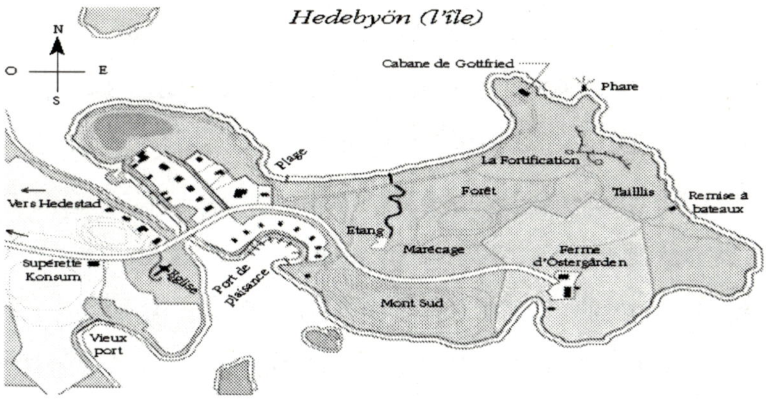

Il pointa un troisième doigt.

– Reste un problème, et valable aussi pour la troisième possibilité : que contre toute attente elle se serait suicidée. Le corps devrait alors se trouver quelque part sur cette surface limitée.

Henrik Vanger abattit la main au milieu de la carte.

– Les jours suivant sa disparition, nous avons organisé une battue, dans un sens, puis dans l'autre. Les hommes ont ratissé le moindre fossé, le moindre bout de champ, tout ce qui ressemblait à une crevasse et à un tas de terre. Nous avons fouillé chaque bâtiment, chaque cheminée, chaque puits, chaque grange, chaque grenier.

Le vieil homme détourna ses yeux de Mikael et regarda l'obscurité dehors. Sa voix se fit plus basse et plus intime.

– Au cours de l'automne je l'ai cherchée, même une fois la battue terminée et alors que les gens avaient abandonné. Dès que je n'étais pas obligé de me consacrer à mon travail, je parcourais l'île en long et en large. L'hiver est arrivé sans que nous ayons trouvé la moindre trace d'elle. Au printemps j'ai continué jusqu'à ce que je comprenne ce que ma quête avait d'absurde. Quand l'été est venu, j'ai engagé trois forestiers compétents qui ont repris les recherches avec des chiens. Ils ont systématiquement passé au peigne fin chaque mètre carré de l'île. J'avais commencé à envisager que quelqu'un avait pu lui faire du mal. Ils cherchaient donc une sorte de tombe où quelqu'un l'aurait cachée. Ils ont cherché pendant trois mois. Nous n'avons pas trouvé la moindre trace de Harriet. C'est comme si elle s'était évaporée.

– Moi, je vois pas mal de possibilités, objecta Mikael.

– Je t'écoute.

– Elle a pu se noyer, par accident ou volontairement. On est sur une île et l'eau peut cacher beaucoup de choses.

– C'est vrai. Mais ce n'est pas très vraisemblable. Ecoute-moi : si Harriet avait eu un accident et s'était noyée, cela aurait logiquement dû se passer tout près du hameau. Rappelle-toi que le remue-ménage sur le pont était le plus grand drame qu'avait connu Hedebyön depuis des décennies, et je vois mal une fille de seize ans choisir ce moment pour aller se promener de l'autre côté de l'île.

Mais plus important encore, poursuivit-il, c'est qu'il n'y a pas beaucoup de courant ici, et à cette époque-là de l'année, les vents étaient orientés au nord ou au nord-est. Quelque chose tombant dans l'eau aurait été rejeté sur la plage côté terre ferme, et là, c'est construit pratiquement tout du long. Tu imagines bien que nous y avons pensé ; nous avons évidemment inspecté tous les endroits où elle aurait pu tomber dans l'eau. J'ai aussi engagé des jeunes d'un club de plongée de Hedestad. Ils ont employé cet été-là à passer au peigne fin le fond du chenal et le long des plages… aucune trace. Je suis convaincu qu'elle ne se trouve pas dans la mer ; nous l'aurions trouvée.

– Mais elle a peut-être eu un accident ailleurs ? Le pont était fermé, certes, mais la distance entre l'île et le continent n'est pas très grande. Elle a pu traverser à la nage, ou en barque.

– C'était tard en septembre, l'eau était très froide et Harriet n'a sûrement pas pu aller se baigner au milieu de tout l'affolement général. Nous étions des douzaines d'yeux sur le pont et, côté terre ferme, il y avait deux ou trois cents personnes au bord de l'eau qui regardaient le spectacle.

– Une barque ?

– Non. Ce jour-là, il y avait exactement treize bateaux à Hedebyön. La plupart des bateaux de plaisance avaient déjà été mis à sec. Dans le port de plaisance avec les cabanons, il n'y avait que deux Pettersson encore dans l'eau. Il y avait sept barques, dont cinq étaient tirées sur la plage. En bas du presbytère, il y avait une barque tirée à terre et une dans l'eau. Du côté d'Östergården ils avaient un bateau à moteur et une barque. Tous ces bateaux sont répertoriés et ils se trouvaient bel et bien à leurs emplacements respectifs. Si elle avait traversé à la rame pour partir, elle aurait évidemment été obligée de laisser l'embarcation de l'autre côté.

Henrik Vanger leva un quatrième doigt.

– Ne reste qu'une seule possibilité vraisemblable, en l'occurrence que Harriet a disparu contre son gré. Quelqu'un lui a fait du mal et s'est débarrassé du corps.

LISBETH SALANDER PASSA le matin du jour de Noël à lire le livre controversé de Mikael Blomkvist sur le journalisme économique. Le livre comportait deux cent dix pages, il était intitulé *Les Templiers* et sous-titré *Le journalisme économique en question.* La couverture, au design très tendance, signée Christer Malm, représentait la Bourse de Stockholm. Christer Malm avait travaillé sur Photoshop et il fallait un moment à l'observateur pour se rendre compte que le bâtiment flottait librement dans l'air. Il n'y avait pas de fond. On pouvait difficilement imaginer couverture plus explicite et efficace pour donner le ton de ce qui allait suivre.

Salander constata que Blomkvist était un excellent styliste. Le livre était écrit d'une manière directe et engageante, et même des gens non informés des dédales du journalisme économique pouvaient le lire et en tirer bénéfice. Le ton était mordant et sarcastique, mais surtout convaincant.

Le premier chapitre était une sorte de déclaration de guerre où Blomkvist ne mâchait pas ses mots. Les analystes économiques suédois étaient ces dernières années devenus une équipe de larbins incompétents, imbus de leur propre importance et totalement incapables de la moindre pensée critique. Mikael tirait cette dernière conclusion en montrant à quel point tant de journalistes économiques se contentaient tout le temps et sans la moindre objection de reproduire les affirmations livrées par les directeurs de société et par des spéculateurs en Bourse – même quand ces affirmations étaient manifestement fallacieuses et erronées. De tels journalistes étaient donc soit si naïfs et crédules qu'il aurait fallu les virer de leurs postes, soit, pire encore, des gens qui trahissaient sciemment leur mission journalistique en omettant de procéder à des examens critiques et de fournir au public une information correcte. Blomkvist écrivait qu'il avait souvent honte d'être qualifié de journaliste économique, puisqu'il risquait d'être confondu avec des personnes qu'il ne considérait même pas comme des journalistes.

Blomkvist comparait les contributions des analystes économiques au travail des journalistes chargés des affaires criminelles ou des correspondants à l'étranger. Il dressait un tableau des protestations qui s'élèveraient si un journaliste juridique d'un grand quotidien se mettait à citer sans la moindre critique les affirmations du procureur, les donnant pour automatiquement véridiques, par exemple dans le procès d'un assassinat, sans se procurer de l'information du côté de la défense et sans interroger la famille de la victime pour se faire une idée de ce qui était plausible et non plausible. Il disait que les mêmes règles devaient s'appliquer aux journalistes économiques.

Le reste du livre constituait la chaîne de preuves renforçant le discours d'introduction. Un long chapitre passait au crible le rapport sur une start-up dans six quotidiens majeurs ainsi que dans *Finanstidningen*, *Dagens Industri* et à *A-ekonomi* à la télé. Il citait et additionnait ce que les reporters avaient dit et écrit avant de comparer avec la situation réelle. Décrivant le développement de l'entreprise, il citait plusieurs fois des questions simples qu'un *journaliste sérieux* aurait posées mais que la troupe réunie des spécialistes de l'économie avait omis de poser. *Bien joué !*

Un autre chapitre parlait du lancement de la privatisation de Telia – c'était la partie la plus railleuse et ironique du livre, où quelques correspondants économiques nommément cités étaient littéralement taillés en pièces, parmi eux un certain William Borg, contre qui Mikael semblait particulièrement remonté. Un autre chapitre, vers la fin du livre, comparait le niveau de compétence des journalistes économiques suédois et étrangers. Blomkvist décrivait comment des *journalistes sérieux* du *Financial Times*, de l'*Economist* et de quelques journaux économiques allemands avaient rapporté les mêmes sujets dans leurs pays. La comparaison n'était pas à l'avantage des journalistes suédois. Le dernier chapitre contenait une esquisse de proposition pour redresser cette situation lamentable. La conclusion du livre renvoyait à l'introduction :

> Si un reporter au Parlement s'acquittait de sa tâche de la même façon, en soutenant sans la moindre critique chaque motion adoptée, fût-elle totalement insensée, ou si un journaliste politique devait faillir en son jugement d'une façon semblable, alors ce journaliste serait licencié ou au moins muté dans un service où il ou elle ne pourrait pas nuire autant. Dans le monde des journalistes économiques, ce n'est cependant pas la mission journalistique normale qui a cours, à savoir procéder à des examens critiques et faire un rapport objectif des résultats aux lecteurs. Non, ici on célèbre l'escroc qui a le plus réussi. Et c'est ici également qu'est créée la Suède du futur et qu'on sape la dernière confiance qu'on éprouve encore pour les journalistes en tant que corps de métier.

On était loin des boniments. Le ton était âpre et Salander n'avait aucune difficulté à comprendre le débat houleux qui avait suivi aussi bien dans *Journalisten*, l'organe de la branche, dans certains journaux d'économie et dans les articles de fond et d'économie des quotidiens. Même si seul un nombre restreint de journalistes économiques étaient nommés dans le livre, Lisbeth Salander supposait que la branche était suffisamment petite pour que tout le monde comprenne exactement qui était visé quand les différents journaux étaient cités. Blomkvist s'était fait de sérieux ennemis, ce qui se reflétait aussi dans des douzaines de commentaires qui se réjouissaient méchamment du verdict dans l'affaire Wennerström.

Elle referma le livre et regarda la photo de l'auteur en quatrième de couverture. Mikael Blomkvist était photographié de trois quarts. La frange châtain clair balayait négligemment son front, comme si un souffle de vent était passé juste quand le photographe avait appuyé sur le bouton, ou comme si (plus probable) le graphiste Christer Malm l'avait relooké. Il fixait l'objectif avec un sourire ironique et un regard qui se voulait sans doute charmeur et polisson. *Assez bel homme, le gars. Barré pour trois mois de prison.*

– Salut, Super Blomkvist, dit-elle à haute voix. On dirait que tu te la joues un peu, non ?

VERS MIDI, LISBETH LALANDER alluma son iBook et ouvrit le programme de courriel Eudora. Elle ne tapa qu'une seule ligne éloquente :

[T'as le temps ?]

Elle signa Wasp et envoya son mail à l'adresse Plague_xyz_666@hotmail.com. Par précaution, elle passa par le programme de cryptage PGP.

Ensuite, elle enfila un jean noir, de grosses chaussures d'hiver, un col roulé chaud, un parka de marin sombre et des gants, un bonnet et un foulard du même jaune pâle. Elle ôta les anneaux de ses sourcils et de la narine, mit un rouge à lèvres rose pâle et s'examina dans le miroir de la salle de bains. Elle ressemblait à n'importe quel promeneur du dimanche et elle estimait que sa tenue était un camouflage de combat honnête pour une expédition derrière les lignes ennemies. Elle prit le métro de Zinkensdamm à Östermalmstorg, puis se dirigea à pied vers Strandvägen. Elle marcha dans l'allée centrale tout en lisant les numéros sur les immeubles. Presque arrivée au pont de Djurgården, elle s'arrêta et contempla la porte qu'elle cherchait. Elle traversa la rue et attendit à quelques mètres de l'entrée.

Elle constata que la plupart des gens qui se promenaient par ce temps frais du lendemain de Noël marchaient sur le quai, et que seules quelques rares personnes utilisaient le trottoir devant les immeubles.

Elle dut patienter près d'une demi-heure avant qu'une femme âgée avec une canne s'approche, venant de Djurgården. La femme s'arrêta et jeta un regard méfiant sur Salander, qui sourit aimablement et salua d'un mouvement poli de la nuque. La dame avec la canne lui rendit son bonjour et eut l'air d'essayer de se souvenir de la jeune femme. Salander lui tourna le dos et fit quelques pas pour s'éloigner de la porte, un peu comme si elle attendait quelqu'un en faisant les cent pas. Quand elle se retourna de nouveau, la dame avait atteint la porte et elle était en train de composer le code avec beaucoup d'application. Salander n'eut aucun mal à la voir taper 1260.

Salander attendit cinq minutes avant d'approcher de la porte. Quand elle eut pianoté le code, la serrure émit un clic. Elle ouvrit et regarda la cage d'escalier. Dans le hall d'entrée, il y avait une caméra de surveillance, elle y jeta un coup d'œil puis l'ignora ; le modèle, vendu par Milton Security, n'était activé qu'en cas d'alerte d'effraction ou d'attaque dans l'immeuble. Au fond, à gauche derrière un ascenseur antique, il y avait une autre porte avec un digicode ; elle testa 1260 et constata que la combinaison valable pour la porte d'entrée l'était aussi pour la porte d'accès à la cave et au local des poubelles. *Quelle négligence !* Elle consacra exactement trois minutes à examiner la cave, où elle repéra une buanderie non fermée à clé et un local de tri des déchets. Ensuite elle utilisa un jeu de passes qu'elle avait "emprunté" à l'expert serrurier de Milton pour ouvrir une porte fermée à clé qui donnait sur ce qui semblait être un local pour des réunions de la copropriété. Tout au fond de la cave, il y avait un local de bricolage. Finalement elle trouva ce qu'elle cherchait – un réduit qui faisait office de central électrique de l'immeuble. Elle examina les compteurs, les boîtiers de fusibles et les boîtes de dérivation, puis elle sortit un appareil photo digital, un Canon, de la taille d'un paquet de cigarettes. Elle prit trois photos de ce qui l'intéressait.

En sortant, elle donna au tableau près de l'ascenseur un coup d'œil furtif et lut le nom du dernier étage. *Wennerström.*

Puis elle quitta l'immeuble et marcha d'un pas vif jusqu'au Musée national, où elle entra dans la cafétéria pour se réchauffer et boire un café. Une demi-heure plus tard, elle retourna à Söder et monta dans son appartement.

Elle avait reçu une réponse de Plague_xyz_666@hotmail.com. Elle la décrypta en PGP, la réponse laconique formait simplement le nombre 20.

6

Jeudi 26 décembre

LE DELAI DE TRENTE MINUTES fixé par Mikael Blomkvist était déjà largement dépassé. Il était 16 h 30 et il ne fallait plus songer au train de l'après-midi. Par contre, Mikael avait encore la possibilité d'attraper le train du soir à 21 h 30. Debout devant la fenêtre, il se massait la nuque tout en contemplant la façade éclairée de l'église de l'autre côté du pont. Henrik Vanger lui avait montré un album de coupures de presse, avec des articles sur l'événement aussi bien dans les journaux locaux que dans les médias nationaux. L'intérêt des médias avait été relativement fort pendant un moment – la fille d'une célèbre famille industrielle disparue sans laisser de traces, ça marquait. Mais comme on n'avait pas trouvé de corps et que les investigations semblaient patiner, l'intérêt avait fini par décroître peu à peu. Bien qu'une illustre famille industrielle y soit associée, le cas Harriet Vanger était une histoire oubliée plus de trente-six ans plus tard. La théorie prépondérante dans les articles de la fin des années 1960 semblait être qu'elle s'était noyée et avait été entraînée au large – une tragédie, mais qui pouvait frapper n'importe quelle famille.

Fort curieusement, Mikael avait été fasciné par le récit du vieil homme, mais lorsque Henrik Vanger avait demandé une pause pour se rendre aux toilettes, Mikael avait retrouvé son scepticisme. Le vieil homme n'était cependant pas encore arrivé au bout de son histoire, et Mikael avait fini par promettre de l'écouter jusqu'au bout.

– Et qu'est-ce qu'il lui est arrivé d'après toi ? demanda Mikael quand Henrik Vanger revint dans la pièce.

– Normalement, environ vingt-cinq personnes ont leur domicile permanent ici, mais à cause du rassemblement familial, il y avait une soixantaine de personnes sur l'île ce jour-là. Parmi elles, on peut plus ou moins en exclure entre vingt et vingt-cinq. Je crois que l'un de ceux qui restent – et de toute vraisemblance quelqu'un de la famille – a tué Harriet et s'est débarrassé du corps.

– J'ai une douzaine d'objections.

– Je t'écoute.

– Eh bien, l'une est évidemment que même si quelqu'un avait caché son corps, on aurait dû le retrouver si les recherches ont été aussi minutieuses que tu sembles le dire.

– Pour dire la vérité, les recherches ont été encore plus importantes que ce que j'ai raconté. Ce n'est que quand j'ai commencé à penser à Harriet comme une victime d'assassinat que j'ai réalisé que son corps avait pu disparaître d'autres façons. Je ne peux pas prouver ce que je vais dire, mais on reste dans les limites de ce qui est possible.

– D'accord, raconte.

– Harriet a disparu autour de 15 heures. Vers 14 h 55, le pasteur Otto Falk l'a vue, alors qu'il se précipitait sur les lieux de l'accident. A peu près au même moment est arrivé un photographe du journal local, qui dans l'heure qui suivit prit un grand nombre de photos du drame. Nous – c'est-à-dire la police – avons examiné les pellicules et nous avons constaté que Harriet n'apparaissait sur aucune photo ; en revanche on pouvait voir toutes les autres personnes du hameau sur au moins une photo, à part de tout jeunes enfants.

Henrik Vanger alla chercher un autre album qu'il posa sur la table devant Mikael.

– Ce sont des photos de ce jour-là. La première est prise à Hedestad pendant le défilé des enfants. C'est le même photographe. Elle a été prise à environ 13 h 15 et on y aperçoit Harriet.

La photo était prise du premier étage d'une maison et on y voyait une rue où passait le défilé – des camions avec des clowns et des filles en maillot de bain. Des spectateurs se bousculaient sur le trottoir. Henrik Vanger montra une personne dans la foule.

– Voilà Harriet. C'est à peu près deux heures avant sa disparition, et elle est en ville avec quelques copines de sa classe. C'est la dernière photo d'elle. Mais il y a une autre photo intéressante.

Henrik Vanger feuilleta quelques pages. Le reste de l'album contenait un peu plus de cent quatre-vingts photos

– six pellicules – de la catastrophe sur le pont. Après en avoir entendu le récit, c'était presque incommodant de voir soudain cela sous forme de photos contrastées en noir et blanc. Le photographe qui avait immortalisé le chaos de l'accident était un bon professionnel. Un grand nombre d'images focalisaient sur les activités autour du camion-citerne renversé. Mikael n'eut aucune difficulté à distinguer un Henrik Vanger de quarante-six ans gesticulant, couvert de fuel.

– Ça, c'est mon frère Harald. Henrik Vanger indiqua un homme en veston à moitié penché en avant qui pointait un doigt sur quelque chose dans l'épave où Aronsson était coincé. Mon frère Harald est un homme désagréable, mais je pense qu'on peut le rayer de la liste des suspects. Exception faite d'un très court moment, quand il a été obligé de courir jusqu'à la maison ici pour changer de chaussures, il s'est trouvé sur le pont en permanence.

Les photos se succédèrent. Gros plan sur le camion-citerne. Gros plan sur des spectateurs au bord de l'eau. Gros plan sur l'épave d'Aronsson. Vues d'ensemble. Photos indiscrètes au téléobjectif.

– Voici la photo intéressante, dit Henrik Vanger. Pour autant que nous avons pu l'établir, elle a été prise vers 15 h 40-15 h 45, donc environ quarante-cinq minutes après que Harriet a rencontré le pasteur Falk. Si tu regardes notre maison, la fenêtre du milieu au premier étage. C'est la chambre de Harriet. Sur la photo précédente, la fenêtre est fermée. Ici, elle est ouverte.

– Quelqu'un se trouvait dans la chambre de Harriet à ce moment-là.

– J'ai posé la question à tout le monde ; personne ne veut reconnaître qu'il ou elle a ouvert la fenêtre.

– Ce qui veut dire que soit c'est Harriet elle-même, et donc qu'elle était en vie à ce moment-là, soit quelqu'un te ment. Mais pourquoi est-ce qu'un assassin entrerait dans sa chambre pour ouvrir la fenêtre ? Et pourquoi quelqu'un mentirait-il ?

Henrik Vanger secoua la tête. Il n'avait pas de réponse.

– Harriet a disparu vers 15 heures, ou un peu plus tard. Ces photos donnent une idée de l'endroit où les gens se trouvaient à cette heure. C'est pourquoi je peux rayer certaines personnes de la liste des suspects. Pour la même raison, je peux relever qu'un certain nombre de personnes qui ne sont pas sur les photos à l'heure en question doivent être ajoutées aux suspects.

– Tu n'as pas répondu à ma question : comment penses-tu que le corps a disparu ? Je sais déjà que tu as une réponse. Un bon vieux truc d'illusionniste.

– Il y a effectivement plusieurs manières tout à fait réalistes pour le faire. Aux alentours de 15 heures, l'assassin opère. Il ou elle n'a probablement pas utilisé d'arme – dans ce cas nous aurions dû trouver des traces de sang. Je suppose que Harriet a été étranglée et je suppose que ça s'est passé ici – derrière la clôture de la cour ; un endroit que le photographe ne peut pas voir et qui forme un angle mort avec la maison. Il y a là un raccourci bien dissimulé pour qui veut revenir à pied à la maison du presbytère – dernier endroit où elle a été vue. Aujourd'hui il y a une petite plantation et un gazon à cet endroit-là, mais dans les années 1960, c'était un terrain gravillonné qu'on utilisait comme parking pour les voitures. Tout ce que l'assassin avait à faire, c'était ouvrir le coffre de la voiture et y fourrer Harriet. Quand nous avons commencé la battue le lendemain, personne n'imaginait qu'un crime avait été commis – nous nous sommes concentrés sur les plages, les bâtiments et la partie boisée la plus proche du hameau.

– Donc, personne n'a contrôlé les coffres des voitures.

– Et le lendemain soir, l'assassin était libre de prendre sa voiture, de traverser le pont et d'aller cacher le corps ailleurs.

Mikael hocha la tête.

– Au nez et à la barbe de tous ceux qui participaient à la battue. Si ça s'est passé comme ça, nous avons à faire à un salopard qui ne manque pas de sang-froid.

Henrik Vanger laissa échapper un rire amer.

– Tu viens de donner une description frappante d'un grand nombre des membres de la famille Vanger.

ILS CONTINUERENT LA DISCUSSION pendant le dîner à 18 heures. Anna servit du lièvre rôti avec des pommes de terre et de la gelée de groseille. Henrik Vanger avait ouvert un vin rouge bien charpenté. Mikael avait encore largement le temps d'attraper le dernier train. Il envisageait de clore la soirée.

– Je reconnais que tu m'as raconté une histoire fascinante. Mais je n'arrive pas vraiment à saisir pourquoi tu me l'as racontée.

– Je te l'ai déjà dit. Je veux trouver l'ordure qui a tué ma jeune nièce. Et c'est pour ça que je veux t'engager.

– Comment ?

Henrik Vanger posa ses couverts.

– Mikael, ça fait bientôt trente-sept ans que je me ronge à réfléchir à ce qui est arrivé à Harriet. Au fil des ans, j'en suis venu à utiliser de plus en plus de mon temps libre à la chercher.

Il se tut et enleva ses lunettes, contempla une tache invisible sur le verre. Puis il leva les yeux et regarda Mikael.

– Pour être tout à fait honnête, la disparition de Harriet est la raison qui m'a poussé à abandonner progressivement la barre du groupe. L'envie n'y était plus. Je savais qu'il y avait un assassin dans mon entourage, et les spéculations et la recherche de la vérité sont devenues un poids pour mon travail. Le pire est que le fardeau ne s'est pas allégé avec le temps – au contraire. Vers 1970, j'ai eu une période où je voulais surtout qu'on me fiche la paix. A cette époque-là, Martin était entré au conseil d'administration et il a dû se charger de plus en plus de mon travail. En 1976, je me suis retiré et Martin est devenu PDG. J'ai toujours une place au conseil d'administration, mais je n'ai pas fait grand-chose depuis mes cinquante ans. Ces derniers trente-six ans, il n'y a pas eu un jour où je n'aie pas émis des hypothèses sur la disparition de Harriet. Tu te dis peut-être que cela frise l'obsession – en tout cas, la plupart des membres de la famille le pensent. Et ils ont probablement raison.

– Ce qui s'est passé était terrible.

– Plus que ça. Ça a gâché ma vie. J'en ai pris de plus en plus conscience à mesure que le temps passait. Crois-tu, toi, bien te connaître ?

– Ben, j'ose le penser.

– Moi aussi. Je n'arrive pas à lâcher ce qui s'est passé. Mais mes motivations ont changé avec les années. Au début, il était peut-être question de chagrin. Je voulais la retrouver et au moins pouvoir l'enterrer. Il s'agissait de réhabiliter Harriet.

– Qu'est-ce qui a changé, alors ?

– Aujourd'hui il s'agit plutôt de trouver cet ignoble salopard. Mais ce qui est étrange, c'est que plus je vieillis, plus c'est devenu une sorte de hobby qui m'absorbe.

– Un hobby ?

– Oui, le mot convient. Quand l'enquête de la police s'est terminée en eau de boudin, j'ai continué. J'ai essayé de procéder de façon systématique et scientifique. J'ai collecté toutes les informations qu'il était possible de trouver – les photographies que tu as vues, l'enquête de police, j'ai noté tout ce que les gens m'ont affirmé avoir fait ce jour-là. Autrement dit, j'ai consacré presque la moitié de ma vie à collecter des informations concernant un seul jour.

– Tu as conscience que trente-six ans plus tard, l'assassin lui-même est peut-être mort et enterré ?

– Je ne le crois pas.

Mikael leva les sourcils devant cette déclaration catégorique.

– Terminons le repas avant de remonter dans mon cabinet de travail. Il reste un détail avant que mon histoire soit complète. Et c'est le plus confondant.

LISBETH SALANDER GARA la Corolla automatique à la gare de banlieue de Sundbyberg. Elle avait emprunté la Toyota dans le parc de véhicules de Milton Security. Elle n'avait pas exactement demandé la permission, mais Armanskij ne lui avait pas non plus formellement interdit d'utiliser les voitures de Milton. Tôt ou tard, pensa-t-elle, il faudra que je me trouve une voiture. Si elle n'avait pas de voiture, elle possédait par contre une moto – une Kawasaki 125 achetée d'occasion, qu'elle utilisait en été. Durant l'hiver, la bécane se trouvait enfermée dans sa cave.

Elle marcha jusqu'à Högklintavägen et sonna à l'interphone à 18 heures pile. La porte s'ouvrit après quelques secondes et elle monta les escaliers jusqu'au premier étage et sonna à la porte sur laquelle était indiqué le nom banal de Svensson. Elle n'avait pas la moindre idée de qui était Svensson, ni même si une telle personne existait dans l'appartement.

– Salut Plague, salua-t-elle.

– *Wasp*. Tu ne viens que quand tu as besoin de quelque chose.

L'homme, qui avait trois ans de plus que Lisbeth Salander, mesurait 1,89 mètre et pesait 152 kilos. Elle-même mesurait 1,54 mètre et pesait 42 kilos, et elle s'était toujours sentie naine à côté de Plague. Comme d'habitude, son appartement était sombre ; la lueur d'une seule lampe allumée filtrait par l'entrée de la chambre qu'il utilisait comme bureau. Ça sentait le renfermé.

– C'est parce que tu ne te laves jamais et que ça pue le singe chez toi qu'on t'appelle Plague ? Si un jour tu te décides à sortir, je te dirai où on trouve du savon noir.

Il afficha un pâle sourire mais ne répondit pas et lui fit signe de le suivre dans la cuisine. Il s'installa à la table sans allumer. Le seul éclairage était la lumière d'un réverbère dehors devant la fenêtre.

– Je veux dire, je ne suis pas particulièrement fée du logis, mais quand les vieux cartons de lait commencent à sentir les asticots, je les ramasse et je les balance.

– Je reçois une pension pour invalidité, dit-il. Je suis socialement incompétent.

– C'est pour ça que l'Etat t'a donné un logement et qu'il a vite fait de t'oublier. T'as pas peur que les voisins se plaignent et t'envoient la DDASS pour inspection ? C'est un coup à se retrouver chez les fous.

– Tu as quelque chose pour moi ?

Lisbeth Salander ouvrit la fermeture éclair de la poche de son blouson et en sortit 5 000 couronnes.

– C'est tout ce que je peux te donner. Je les sors de mes fonds perso, et j'aurais du mal à te faire passer en frais professionnels.

– Qu'est-ce que tu veux ?

– Le manchon dont tu m'as parlé il y a deux mois. Tu as pu le faire ?

Il sourit et plaça un objet sur la table devant elle.

– Dis-moi comment ça fonctionne.

Durant l'heure qui suivit, elle écouta attentivement. Puis elle testa le manchon. Plague était peut-être socialement incompétent. Mais il était incontestablement un génie.

HENRIK VANGER S'ARRETA devant son bureau et attendit d'avoir de nouveau l'attention de Mikael. Celui-ci consulta sa montre.

– Tu m'as parlé d'un détail confondant ?

Henrik Vanger hocha la tête.

– Je suis né un 1er novembre. Quand Harriet avait huit ans, elle m'a fait un cadeau d'anniversaire, un tableau. Une fleur pressée sous verre dans un cadre banal.

Henrik Vanger fit le tour du bureau et montra la première fleur. *Campanule.* Mise sous cadre d'une main maladroite.

– C'était le premier tableau. Je l'ai reçu en 1958.

Il montra le tableau suivant.

– 1959. *Renoncule.* 1960. *Marguerite.* C'est devenu une tradition. Elle fabriquait le tableau pendant l'été et le gardait pour mon anniversaire. Je les accrochais toujours ici sur le mur. En 1966, elle a disparu, et la tradition a été rompue.

Henrik Vanger se tut et montra un trou dans l'alignement de tableaux. Mikael sentit soudain les cheveux se hérisser sur sa nuque. Le mur entier était couvert de fleurs pressées.

– En 1967, un an après sa disparition, j'ai reçu cette fleur pour mon anniversaire. C'est une violette.

– Tu l'as reçue comment ? demanda Mikael à voix basse.

– Dans un paquet cadeau glissé dans une enveloppe bulle envoyée par la poste. Postée à Stockholm. Pas d'expéditeur. Pas de message.

– Tu veux dire que… Mikael fit un grand geste de la main.

– Exactement. Pour mon anniversaire, chaque année, nom de Dieu ! Tu comprends ce que je ressens ? C'est dirigé contre moi, comme si l'assassin voulait me torturer. Je me suis détruit en spéculations, me disant que Harriet a peut-être été éliminée parce que quelqu'un voulait m'atteindre, moi. Nul n'ignorait que Harriet et moi entretenions une relation privilégiée et que je la considérais comme ma propre fille.

– Qu'est-ce que tu veux que je fasse ? demanda Mikael, et sa voix était soudain devenue dure.

QUAND LISBETH SALANDER eut laissé la Corolla dans le garage au sous-sol de Milton Security, elle profita de l'occasion pour monter aux bureaux histoire d'utiliser les toilettes. Elle se servit de son passe et monta directement au deuxième étage pour éviter d'avoir à franchir l'entrée principale au premier, où travaillaient ceux qui étaient de garde. Après être allée aux toilettes, elle prit un café dans la machine à espressos que Dragan Armanskij s'était résolu à acheter quand il avait fini par comprendre que Lisbeth ne préparerait jamais le café comme on l'attendait d'elle. Puis elle rejoignit son bureau et étendit son blouson de cuir sur le dossier d'une chaise.

Son espace de travail était un cube de deux mètres sur trois derrière une cloison de verre. Il y avait un bureau avec un ordinateur Dell assez ancien, une chaise de bureau, une corbeille à papier, un téléphone et une bibliothèque abritant une série d'annuaires du téléphone et trois blocs-notes vides. Les deux tiroirs du bureau contenaient quelques stylos bille usagés, des trombones et un bloc-notes. Sur le rebord de la fenêtre il y avait une plante verte fanée, aux feuilles brunes et sèches. Lisbeth Salander examina la plante d'un air pensif, comme si c'était la première fois qu'elle la voyait. Un moment plus tard, elle la fourra résolument dans la corbeille à papier.

Elle avait rarement à faire dans sa pièce de travail et elle y passait peut-être une demi-douzaine de fois par an, avant tout quand elle avait besoin de rester seule et de travailler sur un rapport avant de le remettre. Dragan Armanskij avait insisté pour qu'elle dispose d'un lieu, estimant qu'elle devait se sentir comme appartenant à l'entreprise même si elle travaillait comme free-lance. Pour sa part, Lisbeth soupçonnait Armanskij d'espérer ainsi garder un œil sur elle et se mêler de ses affaires. Au début, elle avait été installée plus bas dans le couloir, dans une pièce plus grande qu'elle était censée partager avec un collègue, mais comme elle n'y était jamais, Armanskij avait fini par la déplacer dans ce réduit du couloir qui ne servait à personne.

Lisbeth Salander sortit le manchon ramené de chez Plague. Elle posa l'objet devant elle sur le bureau et le contempla, tout en réfléchissant et en se mordant la lèvre inférieure.

Il était plus de 23 heures, et elle était seule à l'étage. Elle se sentit soudain très lasse.

Quelques minutes plus tard, elle se leva et alla tout au bout du couloir où elle vérifia la porte du bureau de Dragan Armanskij. Fermée à clé. Elle regarda autour d'elle. La probabilité que quelqu'un surgisse dans le couloir à minuit le 26 décembre était quasi nulle. Elle ouvrit la porte avec un double du passe principal de l'entreprise, qu'elle avait piraté plusieurs années auparavant.

La pièce de travail d'Armanskij était vaste, avec bureau, chaises pour les visiteurs et une petite table de conférence pour huit personnes dans un coin. Propreté impeccable. Ça faisait longtemps qu'elle n'avait pas fouillé chez lui, et maintenant que de toute façon elle était dans les locaux… Elle passa une heure au bureau et collecta les derniers éléments d'un dossier concernant un probable espion industriel, d'un autre sur des taupes placées dans une entreprise où sévissaient des voleurs bien organisés, et apprit les mesures secrètes qui avaient été prises pour protéger une cliente qui craignait que son enfant soit kidnappé par son père.

Pour finir, elle replaça tous les papiers exactement à leur place, ferma à clé la porte du bureau d'Armanskij et rentra à pied chez elle dans Lundagatan. Elle était satisfaite de sa journée.

MIKAEL BLOMKVIST SECOUA de nouveau la tête. Henrik Vanger s'était installé derrière son bureau et contemplait Mikael de ses yeux calmes, comme s'il était déjà préparé à toutes ses objections.

– Je ne sais pas si nous saurons la vérité un jour, mais je ne voudrais pas descendre dans la tombe sans faire au moins une dernière tentative, dit le vieil homme. Je voudrais t'engager pour que tu parcoures une dernière fois tout le matériel rassemblé dans cette enquête.

– C'est absolument insensé, constata Mikael.

– Pourquoi insensé ?

– J'en ai assez entendu, Henrik, je comprends ton chagrin, mais je vais rester franc. Ce que tu me demandes de faire est un gaspillage de temps et d'argent. Tu me demandes de trouver comme par magie la solution d'un mystère qui a posé une colle pendant des années à la police criminelle et aux investigateurs professionnels disposant de moyens considérablement plus importants. Tu me demandes de résoudre un crime presque quarante ans après qu'il a été commis. Comment pourrais-je y arriver ?

– Nous n'avons pas discuté de tes honoraires, répliqua Henrik Vanger.

– Ce n'est pas la peine.

– Si tu dis non, je ne pourrai pas te forcer. Mais écoute ce que j'offre. Dirch Frode a déjà établi un contrat. Nous pouvons discuter des détails, mais le contrat est simple et la seule chose qui manque est ta signature.

– Henrik, ceci ne sert à rien. Je ne peux pas résoudre l'énigme de la disparition de Harriet.

– Le contrat ne stipule pas que tu le dois. Tout ce que je demande, c'est que tu fasses de ton mieux. Si tu échoues, ça sera la volonté de Dieu ou – si tu ne crois pas en lui – du destin.

Mikael soupira. Il commençait à se sentir de plus en plus mal à l'aise et il voulait mettre un terme à sa visite à Hedeby, mais il céda quand même.

– Dis toujours.

– Je veux que pendant un an tu habites et travailles ici à Hedeby. Je veux que tu parcoures toute l'enquête sur la disparition de Harriet, document après document. Je veux que tu examines tout avec des yeux neufs, totalement neufs. Je veux que tu remettes en question toutes les anciennes conclusions comme doit le faire un journaliste d'investigation. Je veux que tu cherches ce que moi-même, la police et d'autres enquêteurs avons pu louper.

– Tu me demandes d'abandonner toute ma vie et ma carrière pour me consacrer pendant un an à quelque chose qui sera un total gaspillage de temps ?

Henrik Vanger sourit tout à coup.

– Pour ce qui concerne ta carrière, tu m'accorderas, je pense, que pour l'instant elle est assez tiède.

Mikael n'avait rien à répliquer.

– Je veux acheter un an de ta vie. Un boulot. Le salaire est supérieur à celui de n'importe quelle autre offre que jamais tu auras. Je payerai 200 000 couronnes par mois, c'est-à-dire 2,4 millions de couronnes si tu acceptes et restes une année.

Mikael demeura muet de saisissement.

– Je ne me fais aucune illusion. Je sais que la probabilité que tu réussisses est minime, mais si contre toute attente tu résolvais l'énigme, j'offre un bonus – émoluments doublés, c'est-à-dire 4,8 millions de couronnes. Soyons généreux et disons 5 millions tout rond.

Henrik Vanger se laissa aller en arrière et inclina la tête sur le côté.

– Je peux verser l'argent sur n'importe quel compte en banque de ton choix, n'importe où dans le monde. Tu peux aussi recevoir l'argent en liquide dans une valise, ensuite c'est à toi de voir si tu veux déclarer la somme au fisc.

– Ce n'est pas… sain, bégaya Mikael.

– Et pourquoi ? demanda Henrik Vanger calmement. J'ai plus de quatre-vingts ans et j'ai toujours toute ma tête. J'ai une immense fortune personnelle dont je dispose à ma guise. Je n'ai pas d'enfants, et je n'ai pas la moindre envie de donner de l'argent à des parents que je déteste. Mon testament stipule que la plus grande partie de mon argent ira au WWF. Quelques rares personnes qui me sont proches vont recevoir des sommes conséquentes – entre autres Anna, à l'étage du dessous.

Mikael Blomkvist secoua la tête.

– Essaie de me comprendre. Je suis âgé et je vais bientôt mourir. Il n'y a qu'une seule chose au monde que je désire : une réponse à la question qui me tourmente depuis bientôt quatre décennies. Je ne pense pas que je connaîtrai la réponse, mais j'ai suffisamment de moyens pour lancer une dernière tentative. Dis-moi ce qu'il y a d'extravagant à utiliser une partie de ma fortune à cette fin. Je dois cela à Harriet. Et je me le dois aussi à moi-même.

– Tu paierais plusieurs millions de couronnes pour rien. Tout ce que j'ai à faire, c'est de signer le contrat puis me la couler douce pendant un an.

– Tu n'en feras rien. Au contraire – tu travailleras plus dur que tu ne l'as jamais fait de toute ta vie.

– Comment peux-tu en être si sûr ?

– Parce que je peux t'offrir quelque chose que tu ne peux pas acheter pour de l'argent mais que tu désires plus que n'importe quoi au monde.

– Et de quoi s'agit-il ?

Les yeux de Henrik Vanger se rétrécirent.

– Je peux te livrer Hans-Erik Wennerström. Je peux prouver qu'il est un escroc. Il a commencé sa carrière chez moi il y a trente-cinq ans et je peux t'offrir sa tête sur un plateau. Résous l'énigme, et tu pourras faire de ta défaite au tribunal le reportage de l'année.

7

Vendredi 3 janvier

ERIKA TOURNAIT LE DOS à Mikael. Plantée devant la fenêtre de chez lui, elle regardait la vieille ville. On était le 3 janvier et il était 9 heures du matin. Toute la neige était partie avec la pluie tombée durant les fêtes de fin d'année.

– J'ai toujours aimé la vue de chez toi, dit-elle. Seul un appartement comme celui-ci pourrait me faire abandonner Saltsjöbaden.

– Tu as les clés. Aucune objection à ce que tu quittes ta réserve de bourges pour venir habiter ici, fit Mikael. Il ferma sa valise et la posa dans l'entrée. Erika se retourna et le regarda d'un air incrédule.

– Tu n'es pas sérieux tout de même ! dit-elle. Nous baignons dans la pire des crises et toi, tu remplis deux valises et tu pars t'installer à pétaouchnok.

– Hedestad. Quelques heures de train. Et je n'y vais pas pour l'éternité.

– Ça aurait tout aussi bien pu être Oulan-Bator. Tu ne comprends donc pas que ça donnera l'impression que tu te sauves, la queue entre les jambes ?

– C'est exactement ce que je fais. Sans oublier que je vais avoir aussi une peine de prison à purger cette année.

Christer Malm était assis dans le canapé de Mikael. Il se sentait mal à l'aise. Depuis qu'ils avaient démarré *Millénium*, c'était la première fois qu'il voyait Mikael et Erika à ce point en désaccord. Au fil des ans, ces deux êtres étaient devenus inséparables. S'il leur était certes arrivé de s'affronter dans de furieuses disputes, celles-ci avaient toujours concerné des affaires dont le point litigieux avait été gommé avant qu'ils tombent dans les bras l'un de l'autre et partent manger un morceau. Ou aillent au lit. L'automne dernier n'avait pas été folichon, et maintenant c'était comme si un abîme s'était ouvert. Christer Malm se demanda s'il assistait au début de la fin de *Millénium*.

– Je n'ai pas le choix, fit Mikael. *Nous* n'avons pas le choix.

Mikael traversa la pièce pour aller s'asseoir à la table de cuisine. Erika secoua la tête et s'assit en face de lui.

– Qu'est-ce que tu en penses, toi, Christer ? demanda-t-elle.

Christer Malm écarta les mains. Il s'était attendu à la question, craignant l'instant où il serait obligé de prendre position. Il était le troisième associé, mais tous trois savaient que *Millénium* était Mikael et Erika. Ils ne lui demandaient conseil que quand ils étaient vraiment en désaccord.

– Très franchement, répondit Christer, vous savez tous les deux que ce que je pense n'a aucune importance.

Il se tut. Il adorait créer des images. Il adorait travailler avec des formes graphiques. Il ne s'était jamais considéré comme artiste, mais il savait qu'il était un designer béni des dieux. Par contre, il était absolument nul en intrigues et en décisions sur des politiques à suivre.

Erika et Mikael se regardèrent. Elle chargée d'une colère froide. Lui en réfléchissant.

Je n'assiste pas à une dispute, pensa Christer Malm. *Mais à un divorce.* Ce fut Mikael qui rompit le silence.

– Bon, laissez-moi vous exposer les arguments une dernière fois. Il fixa Erika. Ceci ne signifie *pas* que j'abandonne *Millénium*. Nous y avons travaillé trop dur pour ça.

– Mais tu ne seras pas à la rédaction – ça sera à Christer et moi de porter le fardeau. Est-ce que tu comprends que tu te mets en exil toi-même ?

– Ça, c'est l'autre aspect. Je dois faire une pause, Erika. Je suis hors service. Complètement vanné. Des vacances rémunérées à Hedestad, voilà peut-être exactement ce qu'il me faut.

– Toute cette histoire sent mauvais, Mikael. Tu pourrais tout aussi bien commencer à bosser dans un ovni.

– Je le sais. Mais on me donne 2,4 millions pour avoir les fesses sur une chaise pendant un an, et je ne resterai pas inactif. C'est le troisième aspect. Le premier round contre Wennerström est terminé et il a gagné par KO. Le deuxième round est déjà en train de se dérouler – il va essayer de couler *Millénium*, définitivement puisqu'il sait que tant que le journal existe, il y a des gens à la rédaction qui savent pour quoi il roule.

– Je le sais. Ça fait six mois que je le vois aux recettes publicitaires à la fin de chaque mois.

– Exactement. C'est pour ça qu'il *faut* que je m'éloigne de la rédaction. Pour lui, je suis un chiffon rouge. Il est paranoïaque en ce qui me concerne. Tant que je resterai, il poursuivra la campagne. A présent, nous devons nous préparer au troisième round. Si nous voulons avoir la moindre chance face à Wennerström, il nous faut faire marche arrière et élaborer une nouvelle stratégie. Il nous faut trouver quelque chose pour frapper fort. Ça sera mon boulot pendant l'année qui vient.

– Je comprends tout ça, répliqua Erika. Prends tes vacances. Va-t'en à l'étranger, dore-toi la pilule sur une plage pendant un mois. Enquête sur la vie amoureuse des femmes espagnoles. Détends-toi. Pose-toi à Sandhamn et contemple les vagues.

– Et quand je reviendrai, rien n'aura changé. Wennerström va écraser *Millénium.* Tu le sais. La seule chose qui pourra l'en empêcher, c'est que nous trouvions quelque chose sur lui à utiliser pour le démolir.

– Et tu crois que tu trouveras ça à Hedestad.

– J'ai vérifié les coupures de presse. Wennerström a travaillé pour le groupe Vanger de 1969 à 1972. Il siégeait à l'état-major, responsable des placements stratégiques. Il est parti très précipitamment. Nous ne pouvons pas exclure la possibilité que Henrik Vanger détienne effectivement quelque chose sur lui.

– Mais s'il a commis un délit il y a trente ans, ça peut difficilement être prouvable aujourd'hui.

– Henrik Vanger a promis de se prêter à une interview et de raconter tout ce qu'il sait. Il est obsédé par sa nièce disparue – on dirait que c'est la seule chose qui l'intéresse, et si cela implique qu'il doit brûler Wennerström, je pense qu'il y a une grande chance qu'il le fasse. Nous ne pouvons en tout cas pas nous permettre de louper cette chance-là – il est le premier qui se dit prêt à déballer officiellement des merdes sur Wennerström.

– Même si tu revenais avec des éléments prouvant que Wennerström a étranglé la fille, nous ne pourrions pas les utiliser. Pas après tant de temps. Il nous descendrait en flammes au procès.

– J'ai pensé à ça aussi, mais – désolé – il bûchait à l'Ecole supérieure de commerce quand elle a disparu et il n'avait aucun lien avec le groupe Vanger. Mikael fit une pause. Erika, je ne vais pas quitter *Millénium*, mais il est important que les gens en aient l'impression. Toi et Christer, vous devez continuer à faire marcher le journal. Si vous pouvez… si vous avez une possibilité de conclure un accord de paix avec Wennerström, faites-le. Et vous ne pouvez pas le faire si je suis à la rédaction.

– D'accord, la situation est pourrie mais je crois que tu t'agrippes à des fétus de paille en allant à Hedestad.

– Tu as une meilleure idée à me proposer ?

Erika haussa les épaules.

– Nous devrions nous mettre en quête d'informateurs maintenant. Reprendre l'enquête depuis le début. Et le faire comme il faut cette fois-ci.

– Oublie ça, Ricky – le sujet est mort.

Erika laissa tomber sa tête contre ses mains sur la table en un geste d'abandon. Quand elle reprit la parole, elle eut du mal au début à croiser le regard de Mikael.

– Tu me fous vraiment en rogne contre toi. Ce n'est pas que ton sujet n'était pas bon – moi aussi, je me suis fait avoir. Et ce n'est pas que tu quittes ton boulot de gérant – la décision est sage dans la situation actuelle. Je peux accepter qu'on s'y prenne de façon que les gens aient l'impression qu'il y a un clash ou une lutte de pouvoir entre toi et moi – je comprends la logique de faire croire à Wennerström que je ne suis qu'une potiche inoffensive et que c'est toi qui es la menace.

Elle fit une pause et le regarda droit dans les yeux, les dents serrées.

– Mais je crois que tu te trompes. Wennerström ne mordra pas à l'hameçon. Il continuera à essayer de couler *Millénium*. La seule différence est qu'à partir de maintenant, je suis seule à devoir l'affronter et tu sais qu'on a foutrement besoin de toi ici à la rédaction. D'accord, je veux bien faire la guerre à Wennerström mais ce qui me fout en pétard, c'est que tu quittes le navire comme ça. Tu nous laisses tomber en pleine tempête.

Mikael tendit la main et lui caressa les cheveux.

– Tu n'es pas seule. Tu as Christer et le reste de la rédaction derrière toi.

– Pas Janne Dahlman. Soit dit en passant, je crois que c'était une erreur de l'engager. Il est compétent mais il fait plus de mal que de bien. Je n'ai pas confiance en lui. Tout l'automne, il s'est baladé avec ce sourire fourbe aux lèvres. Je ne sais pas s'il espère reprendre ton rôle ou s'il y a simplement incompatibilité d'humeur entre lui et le reste de la rédaction.

– Je crains que tu aies raison, répondit Mikael.

– Et qu'est-ce que je dois faire alors ? Le virer ?

– Erika, tu es la directrice et la principale actionnaire de *Millénium*. Si tu dois le virer, tu le fais.

– Nous n'avons jamais viré personne auparavant, Micke. Et maintenant tu te décharges aussi sur moi pour cette décision. Ça ne m'amuse plus de partir au boulot le matin.

Ce fut l'instant que choisit Christer Malm pour se lever tout à coup.

– Si tu veux attraper le train, il faut y aller. Erika commença à protester, mais il leva une main. Attends, Erika, tu m'as demandé ce que j'en pensais. Je trouve que c'est une putain de situation de merde. Mais si ce que dit Mikael est vrai – à savoir qu'il est en train d'aller droit dans le mur –, il faut qu'il s'en aille, ne serait-ce que pour lui-même. Nous lui devons ça.

Aussi surpris l'un que l'autre, Mikael et Erika regardèrent Christer, tandis qu'il jetait un regard gêné sur Mikael.

– Vous savez tous les deux que *Millénium*, c'est vous. Je suis associé, et vous avez toujours été réglo avec moi, et j'adore ce journal et tout ça, mais vous pourriez sans problème me remplacer par n'importe quel autre D.A. Mais vous m'avez demandé ce que j'en pense. Je vous l'ai dit. En ce qui concerne Janne Dahlman, je suis de votre avis. Et si tu as besoin de le virer, Erika, je peux le faire à ta place. Il nous faut seulement une raison valable.

Il fit une pause avant de continuer.

– Je suis d'accord avec toi, ça tombe vraiment mal que Mikael disparaisse maintenant justement. Mais je ne crois pas que nous ayons beaucoup le choix. Il regarda Mikael. Je t'accompagne à la gare. Erika et moi, nous tiendrons les positions jusqu'à ton retour.

Mikael hocha lentement la tête.

– Ce que je crains, c'est que Mikael ne revienne pas, dit Erika Berger à voix basse.

DRAGAN ARMANSKIJ REVEILLA Lisbeth Salander quand il l'appela à 13 h 30.

– Queskeçai ? demanda-t-elle à peine réveillée. Sa bouchc avait un goût de goudron.

– L'histoire Mikael Blomkvist. Je viens de parler avec notre commanditaire, maître Frode.

– Ah oui ?

– Il a appelé pour dire que nous pouvons laisser tomber l'enquête sur Wennerström.

– Laisser tomber ? Mais j'ai déjà commencé à bosser dessus.

– Je comprends, mais Frode n'est plus intéressé.

– Comme ça, simplement ?

– C'est lui qui décide. S'il ne veut pas continuer, c'est comme ça.

– Nous étions d'accord sur une rémunération.

– Tu y as passé combien de temps ?

Lisbeth Salander réfléchit.

– Un peu plus de trois jours pleins.

– Nous étions d'accord pour un plafond de 40 000 couronnes. Je vais faire une facture de 10 000 couronnes ; tu prendras la moitié, ce qui est acceptable pour trois jours de temps gaspillé. C'est le prix qu'il aura à payer pour avoir démarré tout ça.

– Qu'est-ce que je fais du matériel que j'ai trouvé ?

– Est-ce que ça détone ?

Elle réfléchit encore un peu.

– Non.

– Frode n'a pas demandé de rapport. Mets tout ça au chaud quelque part, des fois que ça le reprendrait. Sinon, tu n'as qu'à le jeter. J'ai un nouveau boulot pour toi la semaine prochaine.

Lisbeth Salander resta un moment avec le combiné à la main après qu'Armanskij avait raccroché. Elle alla au coin bureau dans la pièce à vivre et regarda les notes qu'elle avait épinglées sur le mur et le tas de papiers qu'elle avait amassés sur le bureau. Sa récolte était surtout composée de coupures de presse et de textes téléchargés sur Internet. Elle prit les papiers et les fourra dans un tiroir du bureau.

Elle fronça les sourcils. L'étrange comportement de Mikael Blomkvist dans la salle du tribunal lui avait semblé un challenge intéressant et Lisbeth Salander n'aimait pas interrompre ce qu'elle avait commencé. *Tout le monde a des secrets. Il s'agit simplement de découvrir lesquels.*

II

ANALYSES DES CONSEQUENCES

3 janvier au 17 mars

En Suède, 46 % des femmes ont été exposées à la violence d'un homme.

8

Vendredi 3 janvier – dimanche 5 janvier

QUAND MIKAEL BLOMKVIST descendit du train à Hedestad pour la deuxième fois, le ciel était bleu pastel et l'air glacial. Un thermomètre sur la façade de la gare indiquait moins dix-huit degrés. Il était toujours chaussé de souliers de ville peu adaptés. Contrairement à sa visite précédente, ce cher maître Frode n'était pas venu l'attendre avec une voiture chauffée. Mikael avait seulement dit quel jour il arriverait, sans préciser par quel train. Il supposa qu'il y aurait bien un bus pour le Village, mais il n'avait pas envie de se trimballer deux lourdes valises et une sacoche, à la recherche d'un arrêt de bus. Il se dirigea vers la station de taxis de l'autre côté de l'esplanade devant la gare.

Entre Noël et le Nouvel An, les chutes de neige avaient été violentes, et les congères laissées par les chasse-neige et les montagnes de neige amoncelées prouvaient que le service de la voirie à Hedestad avait travaillé d'arrache-pied. Le chauffeur de taxi, qui selon sa plaque d'identification sur le pare-brise s'appelait Hussein, hocha la tête quand Mikael demanda si le temps avait posé de gros problèmes. Il raconta avec le plus pur accent du Norrland que ç'avait été la pire tempête de neige depuis des décennies et qu'il se mordait les doigts de ne pas avoir pris des vacances d'hiver pour passer Noël en Grèce.

Mikael indiqua le chemin au taxi jusqu'à la cour déblayée devant la maison de Henrik Vanger puis, ses valises montées sur le perron, il regarda la voiture disparaître en direction de Hedestad. Il se sentit tout à coup très seul et indécis. Erika avait peut-être raison de dire que tout ce projet était insensé.

Il entendit la porte derrière lui s'ouvrir et il se retourna. Henrik Vanger était là, couvert d'un épais manteau de cuir, chaussé de grosses bottines et coiffé d'une casquette à oreillettes. Mikael ne portait qu'un jean et un mince blouson de cuir.

– Si tu dois habiter ici, il faut que tu apprennes à mieux t'habiller à cette époque de l'année. Ils se serrèrent la main. Tu es sûr que tu ne veux pas loger dans la grande maison ? Non ? Alors, commençons par t'installer dans ta nouvelle demeure.

Mikael hocha la tête. L'une des exigences dans les négociations avec Henrik Vanger et Dirch Frode avait été que Mikael puisse habiter un endroit où il serait indépendant et pourrait aller et venir à sa guise. Henrik Vanger guida Mikael du côté du pont et ouvrit la grille d'une courette récemment déblayée devant une petite maison en bois. Ce n'était pas fermé à clé et le vieil homme ouvrit la porte. Ils entrèrent dans un petit vestibule où Mikael posa ses valises avec un soupir de soulagement.

– Voici ce que nous appelons la maison des invités, c'est ici que nous logeons les gens qui restent un certain temps. C'est ici que tu as habité avec tes parents en 1963. C'est l'un des bâtiments les plus anciens du hameau, quoique modernisé. J'ai veillé à ce que Gunnar Nilsson – mon homme à tout faire – mette en route le chauffage ce matin.

La maison consistait en une grande cuisine et deux petites chambres, en tout environ cinquante mètres carrés. La cuisine occupait la moitié de la surface, elle était moderne avec une cuisinière électrique, un petit réfrigérateur et l'eau courante, mais contre le mur donnant sur le vestibule, il y avait aussi un vieux poêle en fonte dans lequel brûlait un bon feu.

– Tu n'auras pas besoin d'utiliser le poêle sauf s'il fait un froid de canard. Il y a un coffre à bois dans le vestibule et une remise à bois à l'arrière de la maison. C'est resté inoccupé depuis l'automne dernier, et nous avons allumé ce matin pour réchauffer les murs. Ensuite, les radiateurs électriques devraient suffire dans la journée. Evite seulement de poser des vêtements dessus, ça pourrait mettre le feu.

Mikael hocha la tête et regarda autour de lui. Il y avait des fenêtres sur trois côtés ; de la table de cuisine, la vue donnait sur le pont à environ trente mètres de là. Outre la table, la cuisine était équipée de deux meubles de rangement, de chaises, d'une ancienne banquette en bois et d'une étagère avec des journaux. Un numéro de *Se* datant de 1967 coiffait la pile. Dans le coin près de la table, une desserte pouvait servir de bureau.

La porte d'entrée de la cuisine était d'un côté du poêle en fonte. De l'autre côté, deux portes étroites menaient à deux petites pièces. Celle de gauche, la plus proche du mur extérieur, était plutôt un réduit meublé avec un petit bureau, une chaise et une étagère alignés le long du mur, et servait de pièce de travail. L'autre pièce, entre le vestibule et la pièce de travail, était une chambre relativement petite, meublée d'un lit double assez étroit, d'une table de chevet et d'une armoire. Sur les murs, on avait accroché quelques tableaux avec des scènes de nature. Les meubles et les papiers peints de la maison étaient vieux et décolorés, mais ça sentait bon le propre. Quelqu'un s'était attaqué au parquet avec une bonne dose de savon noir. Dans la chambre, une petite porte menait directement dans le vestibule, où un vieux cagibi avait été aménagé en WC avec douche.

– L'eau peut devenir un problème, dit Henrik Vanger. Nous avons contrôlé que ça marchait ce matin, mais les tuyaux sont trop en surface et si le froid persiste, ils peuvent geler. Il y a un seau dans le vestibule ; tu viendras chercher de l'eau chez nous si nécessaire.

– J'aurai besoin d'un téléphone, dit Mikael.

– J'ai déjà fait la demande. Ils viendront l'installer après-demain. Bon, qu'est-ce que tu en dis ? Si tu changes d'avis, tu pourras venir habiter dans la grande maison quand tu voudras.

– Ça ira parfaitement, répondit Mikael, loin d'être persuadé que la situation dans laquelle il s'était fourré était raisonnable.

– Tant mieux. Nous avons encore une heure de jour. On peut faire un tour pour que tu voies le hameau. Je te propose de mettre des bottes et de grosses chaussettes. Il y en a dans l'armoire du vestibule.

Mikael obtempéra mais décida d'aller dès le lendemain courir les magasins pour s'acheter des caleçons longs et de grosses chaussures d'hiver.

LE VIEIL HOMME commença la visite en expliquant que le voisin de Mikael de l'autre côté de la route était Gunnar Nilsson, l'employé de Henrik Vanger qu'il insistait pour appeler son “homme à tout faire”, mais Mikael comprit vite que celui-ci entretenait l'ensemble des bâtiments sur l'île, et qu'il administrait aussi plusieurs immeubles à Hedestad.

– Son père donc était Magnus Nilsson, qui travaillait de la même manière chez moi dans les années 1960, un de ceux qui apportèrent leur aide lors de l'accident sur le pont. Magnus vit toujours, mais il est à la retraite et il habite à Hedestad. Gunnar habite cette maison avec sa femme ; elle s'appelle Helen. Leurs enfants sont partis vivre leur vie.

Henrik Vanger fit une pause et réfléchit un instant avant de reprendre la parole.

– Mikael, l'explication officielle de ta présence ici est que tu vas m'aider à rédiger mon autobiographie. Cela te permettra d'aller fouiller dans tous les coins sombres et de poser des questions aux gens. Ta véritable mission est une affaire entre toi et moi et Dirch Frode. Nous trois sommes les seuls à la connaître.

– Je comprends. Et je répète ce que j'ai déjà dit : c'est du gaspillage de temps. Je ne vais pas pouvoir résoudre l'énigme.

– Tout ce que je demande, c'est que tu essaies. Nous devons cependant faire attention à ce que nous disons quand il y a des gens dans les parages.

– D'accord.

– Gunnar a cinquante-six ans maintenant, il en avait donc dix-neuf quand Harriet a disparu. Il y a une question à laquelle je n'ai jamais eu de réponse – Harriet et Gunnar étaient bons amis et je crois qu'une sorte de flirt d'adolescents s'était établi entre eux, en tout cas elle l'intéressait beaucoup. Le jour de sa disparition, il était cependant à Hedestad, il est de ceux qui restèrent coincés sur la terre ferme quand le pont a été bloqué. Compte tenu de leur relation, il a évidemment été considéré avec soin. Il a mal vécu cela, mais la police a contrôlé son alibi et il est solide. Il a passé toute la journée avec des copains et il n'est revenu ici que tard dans la soirée.

– J'imagine que tu as une liste complète de qui se trouvait sur l'île et qui faisait quoi pendant la journée.

– C'est exact. On continue ?

Ils s'arrêtèrent dans la montée à la croisée des chemins devant la maison Vanger, et Henrik Vanger indiqua le port de plaisance.

– Toute l'île de Hedeby appartient à la famille Vanger, ou plus exactement à moi. Exception faite de la ferme d'Östergården et de quelques maisons particulières ici au hameau. Les cabanons en bas dans ce qui autrefois était le port de pêche sont des propriétés privées, mais ils servent de maisons de campagne et ils restent d'une manière générale inhabités en hiver. La seule exception est la maison tout au bout – tu vois que la cheminée fume.

Mikael hocha la tête. Il était déjà gelé jusqu'aux os.

– La bicoque misérable est pleine de courants d'air, mais elle sert d'habitation tout au long de l'année. C'est Eugen Norman qui habite là. Il a soixante-dix-sept ans, c'est une sorte d'artiste peintre. Moi, j'appelle ça un peintre du dimanche, mais il est assez connu pour ses paysages. Il fait un peu fonction de l'obligatoire original du village.

Henrik Vanger guida les pas de Mikael le long de la route vers le promontoire en indiquant chacune des maisons qu'ils dépassaient. Le hameau comportait six maisons côté ouest de la route et quatre maisons côté est. La première, tout près de la maison des invités où allait loger Mikael et face à la maison Vanger, appartenait au frère de Henrik Vanger, Harald. C'était une bâtisse carrée en pierre, à un étage, à première vue abandonnée ; les rideaux étaient tirés aux fenêtres et le chemin qui montait vers la maison n'avait pas été déblayé, il y avait bien cinquante centimètres de neige. A regarder de plus près, des traces de pas révélaient que quelqu'un avait pataugé dans la neige entre la route et la porte.

– Harald est un solitaire. On ne s'est jamais bien entendus, lui et moi. A part des querelles concernant les entreprises – il est actionnaire –, nous nous sommes à peine parlé depuis soixante ans. Il est plus âgé que moi, quatre-vingt-douze ans, et c'est le seul de mes cinq frères qui soit encore en vie. Je te raconterai les détails plus tard, mais il a fait des études de médecine, il a surtout travaillé à Uppsala. Il est revenu ici sur Hedebyön quand il a eu soixante-dix ans.

– J'ai compris que vous ne vous appréciez pas. Pourtant vous êtes voisins.

– Je le trouve détestable et j'aurais préféré qu'il reste à Uppsala, mais la maison lui appartient. Je parle comme un vrai salaud, non ?

– Tu parles comme quelqu'un qui n'aime pas son frère.

– J'ai passé les premières vingt-cinq, trente années de ma vie à excuser des gens comme Harald seulement parce que nous étions de la même famille. Ensuite j'ai découvert que la parenté n'est pas une garantie d'amour et que j'avais très peu de raisons de prendre la défense de Harald.

La maison suivante appartenait à Isabella, la mère de Harriet Vanger.

– Elle aura soixante-quinze ans cette année, elle a toujours de l'allure et prend de grands airs. Elle est aussi la seule dans le hameau qui parle avec Harald et lui rende visite de temps à autre, mais ils n'ont pas grand-chose en commun.

– Quels étaient les rapports entre elle et Harriet ?

– Bonne question. Les femmes aussi doivent entrer dans le cercle des suspects. Je t'ai dit que souvent elle laissait les enfants se débrouiller tout seuls. Je ne sais pas trop, je crois qu'elle aurait bien voulu mais qu'elle était incapable de prendre ses responsabilités. Harriet et elle n'étaient pas proches l'une de l'autre, mais elles n'étaient jamais fâchées. Isabella peut se montrer coriace, parfois elle est un peu décalée aussi. Tu comprendras ce que je veux dire quand tu la verras.

La voisine d'Isabella était une Cécilia Vanger, fille de Harald Vanger.

– Auparavant elle était mariée et habitait à Hedestad, mais elle s'est séparée de son mari il y a un peu plus de vingt ans. La maison m'appartient et je lui ai proposé de venir s'installer ici. Cécilia est professeur et elle est tout le contraire de son père en plus d'un aspect. Je peux ajouter qu'elle et son père eux aussi ne se parlent pas plus que nécessaire.

– Quel âge a-t-elle ?

Le Hameau

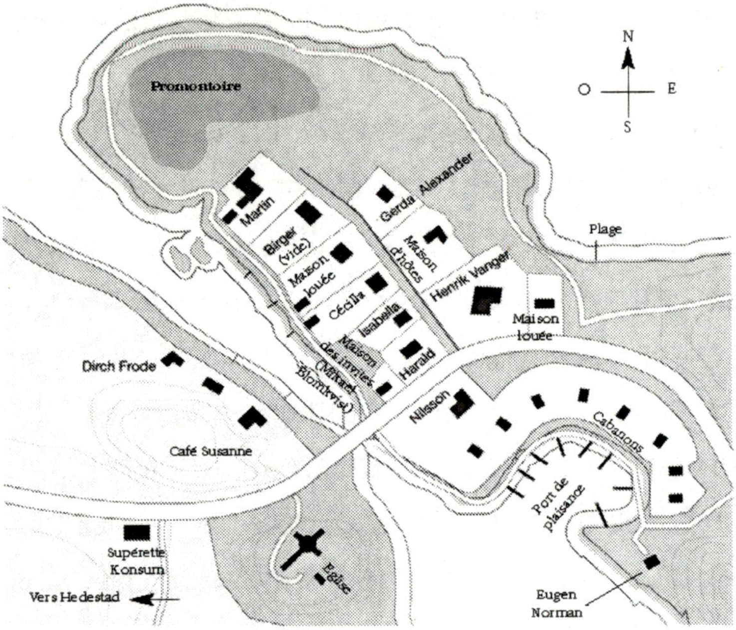

– Elle est née en 1946. Elle avait donc vingt ans quand Harriet a disparu. Et, oui, elle était l'une des invitées sur l'île ce jour-là.

Il réfléchit un moment.

– Cécilia peut sembler fofolle, mais en réalité elle est plus futée que beaucoup d'autres. Ne la sous-estime pas. Si quelqu'un découvre ce que tu fabriques réellement ici, ce sera elle. Je dirais qu'elle est l'un des membres de ma famille que j'apprécie le plus.

– Est-ce que cela signifie que tu ne la soupçonnes pas ?

– Je n'irai pas jusque-là. Je voudrais que tu considères l'affaire sans la moindre restriction, indépendamment de ce que je pense ou crois.

La maison qui jouxtait celle de Cécilia appartenait à Henrik Vanger mais elle était louée à un couple âgé qui avait travaillé dans la direction du groupe Vanger. Venus habiter sur l'île dans les années 1980, ils n'avaient donc rien à voir avec la disparition de Harriet. La maison suivante appartenait à Birger Vanger, le frère de Cécilia Vanger. Elle était vide depuis plusieurs années, depuis que Birger Vanger s'était installé dans une villa moderne à Hedestad même.

La plupart des bâtisses le long de la route étaient de solides maisons en pierre datant du début du siècle précédent. La dernière cependant était d'un type différent, c'était une villa d'architecte moderne en brique blanche, aux huisseries sombres. Elle était joliment située, Mikael pouvait deviner que la vue de l'étage devait être magnifique, vers la mer à l'est et vers Hedestad au nord.

– C'est ici qu'habite Martin Vanger, le frère de Harriet et actuel PDG du groupe Vanger. Le presbytère était situé ici autrefois, mais il a été partiellement détruit par un incendie dans les années 1970 et Martin a fait construire cette villa quand il a repris les rênes.

Tout au fond, côté est de la route, habitait Gerda Vanger, veuve de Greger, un autre frère de Henrik, et son fils Alexander Vanger.

– Gerda est invalide, elle souffre de rhumatismes. Alexander a une petite part dans le groupe Vanger mais il possède également quelques affaires personnelles, entre autres des restaurants. Il passe en général plusieurs mois par an à la Barbade aux Antilles, il y a investi un peu d'argent dans le tourisme.

Entre la maison de Gerda et celle de Henrik Vanger se trouvaient deux petites maisons vides, utilisées pour loger différents membres de la famille en visite. De l'autre côté de la maison de Henrik, il y en avait une autre, qu'un ancien employé du groupe, à la retraite désormais, et son épouse avaient rachetée, mais le couple passait l'hiver en Espagne et la maison restait inhabitée.

Ils étaient maintenant revenus à la croisée des chemins et le petit tour était terminé. Le jour déclinait déjà. Mikael prit l'initiative.

– Henrik, je ne peux que répéter que nous nous lançons dans une entreprise qui ne donnera aucun résultat, mais je vais faire ce pour quoi j'ai été engagé. J'écrirai ton autobiographie et, comme tu me l'as demandé, je lirai tout le matériau sur Harriet Vanger avec autant de soin et d'attention que j'en serai capable. Je veux simplement que tu comprennes que je ne suis pas un détective privé, pour que tu ne places pas en moi des espoirs inconsidérés.

– Je ne m'attends à rien. Je te l'ai dit, je veux seulement que soit faite une dernière tentative pour trouver la vérité.

– Alors c'est parfait.

– Je me couche tôt, expliqua Henrik Vanger. Tu pourras me trouver à partir de l'heure du petit-déjeuner et tout au long de la journée. Je vais aménager une pièce de travail ici dont tu disposeras comme tu l'entends.

– Non merci. J'ai déjà une pièce de travail dans la maison des invités et c'est là que j'ai l'intention de travailler.

– Comme tu voudras.

– Quand j'aurai besoin de parler avec toi, nous le ferons dans ton cabinet de travail, mais je ne vais pas t'assommer de questions dès ce soir.

– Je comprends. Le vieil homme semblait d'une timidité trompeuse.

– Il va me falloir quelques semaines pour lire tous les dossiers. Nous travaillerons sur deux fronts. Nous nous verrons quelques heures par jour quand je t'interrogerai pour collecter du matériau pour ta biographie. Quand j'aurai des questions au sujet de Harriet que je voudrais discuter, je viendrai les discuter avec toi.

– Ça me semble raisonnable.

– Je vais travailler assez librement, je n'aurai pas d'horaires fixes.

– Tu t'organises comme tu veux.

– Tu n'as pas oublié que, dans quelques mois, je dois purger une peine de prison. Je ne sais pas encore quand j'y aurai droit, mais je ne vais pas faire appel. Ce qui signifie que ça se passera en cours d'année.

Henrik Vanger fronça les sourcils.

– C’est malencontreux. Il faudra qu’on trouve une solution l’heure venue. Tu pourrais demander un sursis.

– Si tout va bien et que j’aie suffisamment d’éléments concernant ta famille, je pourrai travailler en prison. Mais oublions ça pour l’instant. Autre chose : je suis toujours associé à *Millénium* et en ce moment c’est un journal en crise. S’il arrive quoi que ce soit qui exige ma présence à Stockholm, je serai obligé de lâcher ce que j’ai en cours ici pour m’y rendre.

– Je ne t’ai pas engagé comme esclave. Je veux que tu travailles de façon rationnelle et continue sur le boulot que je t’ai donné, mais il est évident que tu t’organises comme tu veux, tu travailles selon tes propres méthodes. Si tu as besoin de te libérer, tu le fais, mais si je me rends compte que tu négliges le travail, je considérerai que tu as rompu le contrat.

Mikael hocha la tête. Henrik Vanger regardait en direction du pont. L’homme était maigre et Mikael trouva tout à coup qu’il ressemblait à un épouvantail.

– Pour ce qui est de *Millénium*, nous devrions avoir un entretien au sujet de la crise pour voir si je peux être utile en quoi que ce soit.

– Le meilleur moyen que tu aies de m’être utile, c’est de me donner la tête de Wennerström dès aujourd’hui.

– Oh non, ce n’est pas dans mes intentions. Le vieil homme lança un regard sévère à Mikael. La seule raison pour laquelle tu as accepté ce travail, c’est parce que je t’ai promis de démasquer Wennerström. Si je te le livrais maintenant, tu pourrais être tenté de laisser tomber mon boulot. L'information, tu l'auras dans un an.

– Henrik, pardonne-moi de te le dire crûment, mais rien ne me dit que tu seras en vie dans un an.

Henrik Vanger soupira et regarda en direction du port de plaisance d'un air soucieux.

– Je comprends. Je vais parler avec Dirch Frode et nous verrons comment on peut arranger ça. Mais en ce qui concerne *Millénium*, je pourrais peut-être intervenir autrement. J'ai compris que le problème est celui des annonceurs qui se retirent.

Mikael hocha lentement la tête avant de répondre :

– Les annonceurs sont un problème immédiat, mais la crise est plus profonde. C'est un problème de confiance. Peu importe le nombre d'annonceurs que nous avons si les gens ne veulent pas acheter le journal.

– Je comprends bien. Mais moi, je suis toujours membre du conseil d'administration d'un groupe assez important, même s'il s'agit d'un membre passif. Nous aussi nous avons besoin de passer nos communications quelque part. Nous en discuterons plus tard. Veux-tu manger un morceau… ?

– Non. Je vais m'installer chez moi, faire quelques courses et me familiariser avec les lieux. Demain j'irai à Hedestad acheter des vêtements d'hiver.

– Bonne idée.

– Je voudrais que tu déplaces les archives concernant Harriet chez moi.

– A manipuler…

– Avec la plus grande prudence – je m'en doute.

MIKAEL RETOURNA A LA MAISON des invités et il claquait des dents quand il fut à l'intérieur. Devant la fenêtre, un thermomètre indiquait moins quinze degrés, et il ne se souvenait pas d'avoir jamais été aussi frigorifié qu'après cette promenade d'à peine une demi-heure.

Il consacra l'heure suivante à son installation dans ce qui allait être son logis pour l'année à venir. Il sortit les vêtements de sa valise et les rangea dans l'armoire de la chambre. Articles de toilette dans le meuble de la salle de bains. Son deuxième bagage était une grosse valise sur roulettes ; il en sortit des livres, des CD et un lecteur de CD, des carnets de notes, un petit dictaphone Sanyo, un appareil photo numérique Minolta et divers autres objets qu'il avait jugés indispensables pour un exil d'un an.

Il rangea les livres et les CD dans la bibliothèque de la pièce de travail, à côté de deux classeurs contenant des documents relatifs à son enquête sur Hans-Erik Wennerström. Le matériau n'avait aucune valeur, mais il n'arrivait pas à s'en débarrasser. Ces deux classeurs, il fallait que d'une manière ou d'une autre ils se transforment en éléments déterminants pour la poursuite de sa carrière.

Pour finir, il ouvrit la sacoche et en sortit son iBook qu'il posa sur la table de travail. Puis il s'arrêta soudain et regarda partout dans la pièce, une expression de stupidité peinte sur la figure. *De l'avantage de la vie à la campagne !* Il venait de se rendre compte qu'il n'y avait pas de prise pour le câble. Il n'avait même pas de prise téléphonique pour brancher un vieux modem.

Mikael retourna dans la cuisine et appela Telia à partir de son portable. Après avoir insisté un peu, il réussit à persuader quelqu'un de sortir la commande qu'avait faite Henrik Vanger pour la maison des invités. Il demanda si la ligne avait la capacité de l'ADSL, et on lui répondit que c'était possible *via* un relais à Hedeby. Ça prendrait quelques jours.

IL ETAIT UN PEU PLUS DE 16 HEURES quand Mikael eut terminé ses rangements. Il mit les grosses chaussettes et les bottes, et passa un pull supplémentaire. Il s'arrêta net à la porte d'entrée ; on ne lui avait pas donné de clés pour la maison et ses instincts d'habitant de Stockholm se révoltaient à l'idée de laisser la porte d'entrée ouverte. Il retourna dans la cuisine et fouilla dans les tiroirs. Il finit par trouver la clé sur un clou dans le garde-manger.

Le thermomètre était descendu à moins dix-sept. Mikael traversa le pont d'un pas vif et monta la côte devant l'église. La supérette Konsum n'était qu'à trois cents mètres de là. Il remplit deux sacs en papier de produits de base qu'il traîna à la maison avant de traverser le pont une nouvelle fois. Là, il s'arrêta au café Susanne. La femme derrière le comptoir avait la cinquantaine. Il lui demanda si elle était la Susanne de l'enseigne et se présenta en disant qu'il allait probablement venir régulièrement pendant un certain temps. Il était le seul client et Susanne offrit le café pour accompagner le sandwich qu'il venait de commander. Il acheta aussi du pain et des viennoiseries. Il prit *Hedestads-Kuriren* du présentoir à journaux et s'installa à une table où il avait vue sur le pont et sur l'église dont la façade était éclairée. Dans l'obscurité, ça ressemblait à une carte de Noël. Quatre ou cinq minutes suffisaient pour lire le journal. La seule information d'intérêt était un court article expliquant qu'un élu de la commune du nom de Birger Vanger (libéral) entendait miser sur IT TechCent – un centre de développement technologique à Hedestad. Il resta là une demi-heure, jusqu'à la fermeture du café à 18 heures.

A 19 H 30, MIKAEL appela Erika, mais il n'obtint pour toute réponse qu'une voix lui expliquant que l'abonnée ne pouvait pas être jointe. Il s'assit sur la banquette de la cuisine et essaya de lire un roman, qui au dire de la quatrième de couverture était le début sensationnel d'une adolescente féministe. Le roman racontait les tentatives de l'auteur pour mettre de l'ordre dans sa vie sexuelle pendant un voyage à Paris, et Mikael se demanda si on l'appellerait féministe si lui-même écrivait un roman avec un vocabulaire de lycéen sur sa propre vie sexuelle. Probablement pas. Une des raisons qui avaient poussé Mikael à acheter le livre était que l'éditeur décrivait la débutante comme "une nouvelle Carina Rydberg". Il constata bientôt qu'il n'en était rien, ni côté style, ni côté contenu. Il reposa le livre et se mit à lire une nouvelle sur Hopalong Cassidy dans un *Rekordmagasinet* des années 1950.

Chaque demi-heure était ponctuée par une brève sonnerie sourde de la cloche de l'église. Les fenêtres de chez Gunnar Nilsson, l'homme à tout faire de l'autre côté de la route, étaient éclairées, mais Mikael ne distinguait personne à l'intérieur. La maison de Harald Vanger était plongée dans le noir. Vers 21 heures, une voiture traversa le pont et disparut vers le promontoire. Vers minuit, l'éclairage de la façade de l'église s'éteignit. C'était apparemment l'ensemble des réjouissances qu'offrait Hedeby un vendredi soir début janvier. Le silence était impressionnant.

Il fit une nouvelle tentative d'appeler Erika, et tomba sur son répondeur qui lui dit de laisser un message. Ce qu'il fit, puis il éteignit et alla se coucher. Sa dernière pensée avant de s'endormir fut que le danger était grand et imminent que l'isolement le rende fou.

SE REVEILLER DANS UN SILENCE total lui était complètement inhabituel. Mikael passa d'un sommeil profond à un état d'éveil absolu en une fraction de seconde, et resta ensuite tranquille à écouter. Le froid régnait dans la pièce. Il tourna la tête et regarda la montre qu'il avait posée sur un tabouret à côté du lit. 7 h 08 – il n'avait jamais été un lève-tôt et il lui fallait deux salves de sonnerie pour émerger. Mais là, réveillé sans alarme, il se sentait reposé.

Il mit de l'eau à chauffer pour le café avant de passer sous la douche où il fut soudain envahi de la sensation jouissive de l'autocontemplation. *Super Blomkvist – explorateur des causes perdues.*

Au moindre frôlement, le mitigeur passait d'une eau brûlante à l'eau glacée. Le journal du matin n'était pas au rendez-vous pour le petit-déjeuner. Le beurre était congelé. Il n'y avait pas de raclette pour le fromage dans le tiroir des couverts. Dehors la nuit était totale. Le thermomètre indiquait moins vingt et un degrés. On était samedi.

L'ARRET DE BUS à Hedeby-Village était situé en face de Konsum, et Mikael entama son exil par une tournée shopping. A Hedestad, il descendit en face de la gare et rejoignit le centre-ville pour y acheter de grosses chaussures d'hiver, deux paires de caleçons longs, quelques chemises chaudes en flanelle, un épais trois-quarts, un bonnet chaud et des gants fourrés. A Teknikbutiken, il trouva un petit poste de télévision portable avec antenne télescopique. Le vendeur lui assura qu'au Village, il réussirait au moins à capter la chaîne nationale et Mikael lui fit promettre un remboursement si ça se révélait faux.

Il passa s'inscrire à la bibliothèque et emprunta deux romans policiers d'Elizabeth George. Dans une papeterie, il se trouva des stylos et des blocs-notes. Il acheta aussi un sac de sport pour porter ses nouvelles acquisitions.

Pour finir, il se paya un paquet de cigarettes ; il avait arrêté de fumer dix ans auparavant, mais il faisait des rechutes épisodiques et il ressentait un besoin soudain de nicotine. Il fourra le paquet dans la poche de sa veste sans l'ouvrir. La dernière visite fut chez un opticien où il se procura du liquide de rinçage et commanda de nouvelles lentilles de contact.

Vers 14 heures, de retour sur l'île, il était en train d'enlever les étiquettes des vêtements quand il entendit la porte d'entrée s'ouvrir. Une femme blonde d'une cinquantaine d'années frappa sur le chambranle de la porte de la cuisine tout en entrant. Elle portait un gâteau de Savoie sur un plat.

– Bonjour, je viens vous souhaiter la bienvenue. Je m'appelle Helen Nilsson, j'habite de l'autre côté de la route. Nous sommes voisins maintenant.

Mikael lui serra la main et se présenta.

– Oui, je vous ai vu à la télé. C'est agréable de voir la lumière allumée le soir dans la maison des invités.

Mikael prépara du café – elle commença par refuser mais finit par s'asseoir à la table de cuisine. Elle regarda par la fenêtre.

– Voilà Henrik qui arrive avec mon mari. C'est des cartons pour vous, je crois.

Henrik Vanger et Gunnar Nilsson s'arrêtèrent devant la maison avec un diable et Mikael sortit vite saluer les deux hommes et aider à porter quatre gros cartons. Ils les posèrent par terre à côté du poêle. Mikael ajouta des tasses et coupa le gâteau de Helen en tranches.

Gunnar et Helen Nilsson étaient des gens sympathiques. Ils ne semblaient pas très curieux de savoir pourquoi Mikael se trouvait à Hedestad – qu'il travaille pour Henrik Vanger semblait suffisant comme explication. Mikael constata que les Nilsson et Henrik Vanger se comportaient de manière très naturelle entre eux, sans distinction entre patron et employés. Ils bavardaient du Village et de qui avait construit la maison où habitait Mikael. Les époux Nilsson corrigeaient Vanger lorsque sa mémoire faisait défaut et, pour sa part, il raconta avec humour la fois où Gunnar Nilsson était rentré tard un soir et avait découvert le demeuré local en train d'essayer d'entrer par la fenêtre de la maison des invités. Nilsson était alors allé demander au cambrioleur pas très futé pourquoi il ne passait pas par la porte qui n'était pas fermée à clé. Gunnar Nilsson observa avec scepticisme le petit poste de télévision et offrit à

Mikael de venir chez eux le soir s'il y avait un programme qu'il voulait regarder. Ils avaient une parabole.

Henrik Vanger s'attarda un petit moment après que les Nilsson furent rentrés chez eux. Le vieil homme expliqua qu'il préférait laisser Mikael trier lui-même les archives. A lui de passer le voir s'il rencontrait un problème. Mikael le remercia, certain que ça irait très bien comme ça.

Quand il fut seul de nouveau, Mikael porta les cartons dans la pièce de travail et commença à en parcourir le contenu.

LES INVESTIGATIONS PERSONNELLES de Henrik Vanger sur la disparition de sa jeune nièce s'étaient poursuivies pendant trente-six ans. Mikael avait du mal à déterminer si l'intérêt relevait d'une obsession malsaine ou bien s'il s'était transformé au fil du temps en un jeu intellectuel. De toute évidence, le vieux patriarche avait mis la main à la pâte avec l'application d'un archéologue amateur – les dossiers couvraient presque sept mètres linéaires.

Vingt-six classeurs formaient la base de l'enquête policière sur la disparition de Harriet Vanger. Mikael avait du mal à imaginer qu'une disparition "normale" ait un résultat aussi étoffé. Henrik Vanger avait vraisemblablement été suffisamment influent pour que la police de Hedestad suive toutes les pistes, les plausibles comme les inconcevables.

En plus de l'enquête de la police, il y avait des dossiers rassemblant des coupures de presse, des albums de photos, des plans, des objets souvenirs, des articles de journaux sur Hedestad et les entreprises Vanger, le journal intime de Harriet Vanger (relativement mince), des livres d'école, des certificats de santé, etc. Il y avait aussi une bonne quinzaine de volumes reliés au format A4 de cent pages chacun, qu'on pouvait définir comme le journal de bord personnel des investigations de Henrik Vanger. Dans ces carnets, le patriarche avait noté, d'une écriture appliquée, ses propres réflexions, ses idées, ses pistes en cul-de-sac et ses observations. Mikael feuilleta un peu au hasard. Le texte était d'une bonne tenue d'écriture et il eut le sentiment que ces volumes étaient des copies au propre de douzaines de carnets plus anciens. Pour finir, il y avait une dizaine de classeurs avec du matériel sur différentes personnes de la famille Vanger ; les pages étaient écrites à la machine et elles avaient manifestement été rédigées sur une longue période.

Henrik Vanger avait mené l'enquête contre sa propre famille.

VERS 19 HEURES, Mikael entendit un miaulement volontaire et il ouvrit la porte d'entrée. Un chat roux se faufila devant lui dans la chaleur.

– Je te comprends, dit Mikael.

Le chat passa un moment à flairer partout dans la maison. Mikael versa un peu de lait dans une soucoupe, que son invité ne tarda pas à laper. Ensuite le chat sauta sur la banquette et se roula en boule, bien décidé à ne pas quitter les lieux.

IL ETAIT 22 HEURES PASSEES avant que Mikael ait réussi à avoir une idée claire du matériau et qu'il ait tout rangé sur les étagères dans un ordre compréhensible. Il alla dans la cuisine, mit de l'eau à chauffer pour le café et se prépara deux sandwiches. Il offrit un peu de saucisson et de pâté de foie au chat. Il n'avait pas mangé convenablement de toute la journée, mais se sentait bizarrement peu concerné par la nourriture. Après avoir cassé la croûte, il sortit le paquet de cigarettes de la poche de sa veste et l'ouvrit.

Il écouta la messagerie de son portable ; Erika n'avait pas appelé et il essaya de la joindre. De nouveau, il n'obtint que son répondeur.

L'une des premières mesures de Mikael dans son investigation privée fut de scanner le plan de Hedebyön. Pendant qu'il avait encore tous les noms en tête après la visite guidée par Henrik, il porta sur chaque maison le nom de ses habitants. Il réalisa rapidement que le clan Vanger offrait une galerie de personnages si vaste qu'il lui faudrait du temps pour se familiariser avec chacun.

UN PEU AVANT MINUIT, il enfila des vêtements chauds et ses chaussures neuves et sortit se promener de l'autre côté du pont. Il tourna sur la route qui longeait le chenal en bas de l'église. La glace recouvrait le chenal et le vieux port, mais au loin il pouvait voir une bande plus sombre d'eau libre. L'éclairage de la façade de l'église s'éteignit tandis qu'il se tenait là, et il fut entouré d'obscurité. Le froid était vif et le ciel étoilé.

Soudain, Mikael se sentit très découragé. Il n'arrivait pas à comprendre comment il avait pu se laisser convaincre d'accepter cette mission insensée. Erika avait raison, c'était gaspiller son temps. Il aurait dû se trouver à Stockholm en ce moment – dans le lit d'Erika par exemple – en train de préparer les hostilités contre Hans-Erik Wennerström. Mais il n'avait même pas le cœur à cela, et il n'avait pas le moindre soupçon du début d'une stratégie d'attaque.

S'il avait fait jour à cet instant, il serait allé voir Henrik Vanger pour rompre le contrat et rentrer chez lui. Mais du haut de la butte de l'église, il pouvait constater que la maison Vanger était déjà éteinte et silencieuse. De l'église, il voyait toutes les habitations de l'île. La maison de Harald aussi était éteinte, mais il y avait de la lumière chez Cécilia, tout comme dans la villa de Martin au bout du promontoire, et une lampe était allumée dans la maison louée. Côté port de plaisance, c'était allumé chez Eugen Norman, le peintre dans la maison des courants d'air, dont la cheminée crachait un beau panache d'escarbilles. C'était éclairé aussi à l'étage au-dessus du salon de thé et Mikael se demanda si Susanne habitait là et dans ce cas si elle vivait seule.

MIKAEL DORMIT LONGTEMPS le dimanche matin et fut réveillé, affolé, par un vacarme irréel qui emplit toute la maison. Il lui fallut une seconde pour trouver ses repères et comprendre qu'il s'agissait des cloches appelant à l'office et qu'il devait donc être un peu moins de 11 heures. Il resta un moment au lit, sans volonté. Quand il entendit un miaulement exigeant devant la porte, il se leva et fit sortir le chat.

Vers midi, il s'était douché et avait pris le petit-déjeuner. Il entra résolument dans la pièce de travail et prit le premier classeur de l'enquête policière. Puis il hésita. De la fenêtre sur le petit côté de la maison, il vit le panneau du café Susanne et il glissa le classeur dans sa sacoche et enfila son manteau. En arrivant au salon, il découvrit que c'était bondé et il eut tout à coup la réponse à une question qui était restée tapie dans son cerveau : comment un salon de thé pouvait survivre dans un trou comme le village de Hedeby. Susanne comptait sur les fidèles se rendant à l'église, et sur les collations après les enterrements et autres cérémonies.

Il opta pour une promenade. Konsum étant fermé le dimanche, il poursuivit encore quelques centaines de mètres sur la route de Hedestad, où il acheta des journaux dans une station-service ouverte. Il consacra une heure à faire le tour du village à pied et à se familiariser avec les environs côté terre ferme. La zone la plus proche de l'église et devant Konsum en formait le noyau avec des bâtiments anciens, des maisons en pierre à un étage que Mikael estima construites dans les années 1910 ou 1920, alignées pour former une courte rue. Au début de la voie d'accès se dressaient de petits immeubles bien entretenus pour familles avec enfants et, plus loin, sur la berge et côté sud de Konsum, quelques villas. Hedeby-Village était sans conteste le lieu de résidence des gens aisés de Hedestad.

Quand il revint près du pont, l'assaut du café Susanne s'était calmé, mais la patronne était encore occupée à débarrasser les tables.

– Le rush du dimanche ? lança-t-il en entrant.

Elle hocha la tête et glissa une mèche de cheveux derrière l'oreille.

– Bonjour, monsieur Mikael.

– Vous vous souvenez de mon prénom ?

– Difficile de faire autrement, répondit-elle. Je vous ai vu à la télé au procès avant Noël.

Mikael fut soudain gêné.

– Il faut bien qu'ils remplissent les infos avec quelque chose, murmura-t-il, en se hâtant vers la table du coin d'où il avait vue sur le pont. Quand son regard croisa celui de Susanne, elle souriait.

A 15 HEURES, SUSANNE ANNONÇA qu'elle allait fermer pour la journée. Depuis l'affluence d'après l'office, quelques rares clients étaient passés. Mikael avait lu un peu plus d'un cinquième du premier classeur de l'enquête policière sur la disparition de Harriet Vanger. Il le referma, rangea son bloc-notes dans la sacoche et traversa le pont d'un pas rapide pour rentrer chez lui.

Le chat attendait sur le perron et Mikael regarda autour de lui en se demandant à qui ce chat appartenait. Il le fit néanmoins entrer, c'était quand même une forme de compagnie.

Il essaya à nouveau de joindre Erika mais n'obtint encore que le répondeur de son portable. Elle était manifestement furieuse contre lui. Il aurait pu essayer son numéro direct à la rédaction ou à son domicile, mais, buté comme il l'était, il décida de ne pas le faire. Il avait déjà laissé suffisamment de messages comme ça. Il se prépara du café, poussa le chat sur la banquette de la cuisine et ouvrit le classeur sur la table.

Il lisait lentement en se concentrant pour ne pas rater de détails. Lorsqu'il referma le classeur tard le soir, il avait rempli plusieurs pages de son bloc-notes – aussi bien des points de repère que des questions dont il espérait trouver la réponse dans les classeurs suivants. Tout était rangé par ordre chronologique ; il ne savait pas trop si c'était Henrik Vanger qui l'avait classé ou si c'était le système de la police dans les années 1960.

La première feuille était une photocopie d'un formulaire de déclaration rempli au stylo à la permanence de la police de Hedestad. L'agent qui avait pris l'appel avait signé Ag Ryttinger, ce que Mikael interpréta comme "agent de garde". Henrik Vanger était désigné comme le déclarant, son adresse et son numéro de téléphone étaient notés. Le rapport était daté du dimanche 23 septembre 1966, 11 h 14. Le texte était bref et sec :

Appel de Hrk Vanger décl. que sa nièce (?) Harriet Ulrika VANGER, née le 15 janv. 1950 (seize ans) a disparu de son domicile sur Hedeby-île depuis samedi a.-m. Le décl. exprime une grande inquiétude.

A 11 h 20, une note établissait que P-014 (policier ? patrouille ? péniche ? papillon ?) avait été dépêché sur les lieux.

A 11 h 35, une autre écriture, plus difficile à interpréter que celle de Ryttinger, avait ajouté que *Magnusson, art. p. rapp. pont Hedeby-île tjrs fermé. Trnsp. par barque.* Dans la marge, la signature était illisible.

A 12 h 14, Ryttinger de nouveau : *Appel tél. Magnusson à H-by rapp. que Harriet Vanger, seize ans, est absente depuis début d'a.-m. samedi. Fam. exprime grande inquiétude. N'a apparemment pas dormi dans son lit. N'a pas pu quitter l'île à cause d'accident sur le pont. Aucun des membres de la famille ne sait où HV se trouve.*

A 12 h 19 : *G. M. inform. de l'affaire au tél.*

La dernière information était notée à 13 h 42 : *G. M. arrivé à H-by ; se charge de l'affaire.*

LA FEUILLE SUIVANTE révéla que les mystérieuses initiales G. M. étaient pour Gustaf Morell, un inspecteur de police arrivé par bateau sur l'île de Hedeby où il avait pris la direction des opérations et fait une déclaration formelle sur la disparition de Harriet Vanger. Contrairement aux notes préliminaires avec leurs abréviations, les rapports de Morell étaient écrits à la machine et dans une prose lisible. Dans les pages suivantes, il rendait compte des mesures qui avaient été prises avec une objectivité et un luxe de détails qui surprirent Mikael.

Morell avait opéré de façon systématique. Il avait d'abord interrogé Henrik Vanger en compagnie d'Isabella Vanger, la maman de Harriet. Ensuite il avait successivement parlé avec Ulrika Vanger, Harald Vanger, Greger Vanger, le frère de Harriet : Martin Vanger, puis Anita Vanger. Mikael tira la conclusion que ces personnes avaient été interrogées selon une sorte d'échelle d'importance décroissante.

Ulrika Vanger était la mère de Henrik, et elle avait apparemment le statut proche d'une reine mère. Ulrika Vanger habitait la maison Vanger et elle ne pouvait donner aucun renseignement. Elle était allée se coucher tôt la veille au soir et elle n'avait pas vu Harriet depuis plusieurs jours. Elle n'avait en fait insisté pour rencontrer l'inspecteur Morell que pour exprimer son opinion, à savoir que la police devait réagir immédiatement.

Harald Vanger était le frère de Henrik, et numéro deux sur la liste des membres de la famille influents. Il expliquait qu'il avait rencontré Harriet très rapidement quand elle revenait du défilé de Hedestad, mais qu'il *"ne l'avait pas vue depuis que l'accident avait eu lieu sur le pont, et qu'il ne savait pas où elle se trouvait à l'heure actuelle"*.

Greger Vanger, frère de Henrik et Harald, déclarait qu'il avait rencontré la jeune fille disparue quand elle était venue dans le cabinet de travail de Henrik pour demander un entretien avec son grand-oncle après sa visite à Hedestad plus tôt dans la journée. Greger Vanger déclarait qu'il n'avait pas personnellement parlé avec elle, à part un bref bonjour. Il ne savait pas où elle pouvait se trouver, mais exprimait l'opinion qu'elle était sans doute allée chez une copine sans avoir pensé à le dire et qu'elle n'allait sûrement pas tarder à resurgir. A la question de savoir comment elle aurait quitté l'île dans ce cas, il n'avait pas su répondre.

Martin Vanger était interrogé à la va-vite. Elève de terminale dans un lycée à Uppsala, il logeait là-bas chez Harald Vanger. Il n'y avait pas eu de place pour lui dans la voiture de Harald et il avait pris le train pour Hedeby. Il était arrivé tellement tard qu'il s'était retrouvé du mauvais côté du pont après l'accident et n'avait pu rejoindre l'île en barque que tard dans la soirée. Il était interrogé dans l'espoir que sa sœur se serait confiée à lui et lui aurait peut-être avoué qu'elle avait l'intention de faire une fugue. La question avait été accueillie avec les protestations de la mère de Harriet, mais l'inspecteur Morell estimait à cet instant qu'une fugue représentait plutôt un espoir. Martin n'avait cependant pas parlé avec sa sœur depuis les dernières grandes vacances et il n'avait aucun renseignement digne d'intérêt à donner.

Anita Vanger, la fille de Harald, était annoncée, de façon erronée, comme “cousine” de Harriet – en réalité Harriet était la fille de son cousin. Elle était en première année de fac à Stockholm, elle avait passé l'été à Hedeby. Elle avait presque le même âge que Harriet, et elles étaient très proches. Elle déclarait qu'elle était arrivée sur l'île avec son père le samedi, qu'elle se réjouissait de revoir Harriet, mais qu'elle n'en avait pas eu le temps. Anita Vanger se déclarait inquiète parce que ça ne ressemblait pas à Harriet de disparaître sans rien dire à sa famille. En cela, elle était suivie par Henrik autant que par Isabella Vanger.

Tandis que l'inspecteur Morell interrogeait les membres de la famille, il avait donné l'ordre aux agents de police Magnusson et Bergman – la patrouille 014 ! – d'organiser une première battue pendant qu'il faisait encore jour. Le pont étant toujours fermé, il était difficile de faire venir du renfort du continent ; la première battue était constituée d'une trentaine de personnes disponibles de sexes et d'âges divers. Furent fouillés au cours de l'après-midi les cabanons inhabités dans le port de plaisance, les plages du promontoire et les berges du chenal, la partie boisée près du hameau ainsi que le mont Sud au-dessus du port de plaisance, cela depuis que quelqu'un avait avancé la théorie que Harriet aurait pu y monter pour avoir une bonne vue d'ensemble de l'accident sur le pont. Des patrouilles furent également envoyées à Östergården et à la maisonnette de Gottfried de l'autre côté de l'île, où Harriet se rendait parfois.

Les recherches n'avaient cependant donné aucun résultat et avaient été interrompues vers 22 heures, bien après la nuit venue. Dans la nuit, la température était tombée à zéro degré.

Au cours de l'après-midi, l'inspecteur Morell avait établi son QG dans un salon que Henrik Vanger avait mis à sa disposition au rez-de-chaussée de la maison Vanger. Il avait pris une série de mesures.

Accompagné d'Isabella Vanger, il avait inspecté la chambre de Harriet pour essayer de déterminer s'il manquait quelque chose, des vêtements, un sac ou autre bagage pouvant indiquer que Harriet Vanger avait fugué. Isabella Vanger, peu coopérative, ne semblait pas avoir la moindre idée de la garde-robe de sa fille. *Elle était souvent en jean, mais ils se ressemblent tous.* Le sac à main de Harriet avait été retrouvé sur son bureau. Il contenait sa carte d'identité, un portefeuille avec 9 couronnes et 50 *öre*, un peigne, un miroir de poche et un mouchoir. Après l'inspection, la chambre de Harriet avait été mise sous scellés.

Morell avait convoqué d'autres personnes pour interrogatoire, membres de la famille comme employés. Tous les interrogatoires étaient minutieusement consignés.

Les participants de la première battue revenant progressivement avec des informations décevantes, le commissaire avait pris la décision de lancer des recherches plus systématiques. Au cours de la soirée et de la nuit, des renforts avaient été appelés ; Morell avait entre autres pris contact avec le président du Club d'orientation de Hedestad pour lui demander de convoquer ses membres pour une battue. Vers minuit, il lui avait été répondu que cinquante-trois athlètes actifs, surtout de la section junior, seraient à la maison Vanger à 7 heures pile le lendemain matin. Henrik Vanger avait contribué en convoquant purement et simplement toute l'équipe du matin, cinquante hommes, de l'usine de papeterie Vanger locale. Henrik Vanger avait aussi prévu la restauration de tous ces gens.

Mikael Blomkvist n'avait aucun mal à s'imaginer les scènes qui avaient dû se dérouler à la maison Vanger durant ces journées riches en événements. Il ressortait nettement que l'accident sur le pont avait contribué à la confusion durant les premières heures ; d'une part en compliquant la possibilité d'obtenir des renforts efficaces de la terre ferme, d'autre part parce que tout le monde estimait que deux événements aussi dramatiques au même endroit et au même moment avaient forcément un lien. Une fois le camion-citerne retiré du pont, et en dépit de toute vraisemblance, l'inspecteur Morell était même allé s'assurer que Harriet Vanger ne se trouvait pas sous l'épave. C'était la seule action irrationnelle que Mikael arrivait à distinguer dans les agissements de l'inspecteur, puisque la jeune fille disparue avait été vue sur l'île après que l'accident avait eu lieu, preuve à l'appui. Pourtant, sans arriver à se l'expliquer, le responsable des investigations avait eu du mal à se défaire de la pensée qu'un des événements avait d'une façon ou d'une autre causé l'autre.

LES PREMIERES VINGT-QUATRE HEURES virent les espoirs de dénouement rapide et heureux de l'affaire s'amenuiser pour être graduellement remplacés par deux spéculations. Malgré les difficultés évidentes à pouvoir quitter l'île sans se faire remarquer, Morell ne voulait pas exclure la possibilité que Harriet ait fait une fugue. Il décida d'élargir les recherches et donna ordre aux policiers patrouillant dans Hedestad d'ouvrir les yeux. Il donna également pour mission à un collègue de la division criminelle d'interroger les chauffeurs de car et le personnel des chemins de fer au cas où quelqu'un l'aurait vue.

Plus les réponses négatives arrivaient, et plus il sembla probable que Harriet Vanger avait été victime d'un accident. Cette hypothèse allait dominer l'organisation des recherches pour les jours suivants.

La grande battue deux jours après sa disparition avait été réalisée – pour autant que Mikael Blomkvist put en juger – avec une très grande compétence. Des policiers et des pompiers ayant l'expérience d'affaires similaires avaient organisé les recherches. Il existait certes sur l'île quelques zones où le terrain était difficile d'accès, mais la superficie était malgré tout limitée et l'île entière fut passée au peigne fin dans la journée. Un bateau de la police et deux bateaux de plaisanciers volontaires sondèrent de leur mieux les eaux autour de l'île.

Le lendemain, les recherches avaient repris en équipe réduite. Cette fois-ci, des patrouilles furent envoyées pour une deuxième battue dans des zones plus difficiles d'accès, ainsi que dans une zone appelée "la Fortification" – un ensemble de bunkers abandonnés établis par la défense côtière durant la Seconde Guerre mondiale. Furent aussi examinés ce jour-là tous les petits réduits, puits, caves en terre, remises et greniers du hameau.

On pouvait lire une certaine frustration dans une note de service annonçant que les recherches étaient interrompues au troisième jour après la disparition. Gustaf Morell n'en avait naturellement pas conscience, mais à cet instant-là il était en réalité arrivé aussi loin dans ses recherches qu'il arriverait jamais. Plongé dans la plus grande perplexité, il avait du mal à indiquer la prochaine étape logique ou un endroit où les recherches devraient reprendre. Harriet Vanger s'était apparemment volatilisée et le calvaire de Henrik Vanger, qui allait se poursuivre sur bientôt quarante ans, avait commencé.

9

Lundi 6 janvier – mercredi 8 janvier

MIKAEL AVAIT CONTINUE à lire jusqu'au petit matin, puis s'était levé tard le jour des Rois. Une Volvo bleu marine, dernier modèle, était garée devant la maison de Henrik Vanger. Au moment où Mikael posait la main sur la poignée de la porte d'entrée, celle-ci s'ouvrit et un homme d'une cinquantaine d'années sortit. Ils faillirent entrer en collision. L'homme semblait pressé.

– Oui ? Puis-je vous aider ?

– Je viens voir Henrik Vanger, répondit Mikael.

Le regard de l'homme s'adoucit. Il sourit et tendit la main.

– Vous devez être Mikael Blomkvist, l'homme qui va aider Henrik à réaliser la chronique familiale ?

Mikael hocha la tête et serra la main. Henrik Vanger avait apparemment commencé à répandre l'histoire censée expliquer la présence de Mikael à Hedestad. L'homme était en surcharge pondérale – résultat de nombreuses années de stress dans des bureaux et des salles de réunion – mais Mikael remarqua immédiatement sur son visage des traits qui rappelaient Harriet Vanger.

– Je m'appelle Martin Vanger, confirma-t-il. Soyez le bienvenu à Hedestad.

– Merci.

– Je vous ai vu à la télé il y a quelque temps de cela.

– J'ai l'impression que tout le monde m'a vu à la télé.

– Wennerström n'est pas… très populaire dans cette maison.

– C'est ce que m'a dit Henrik. J'attends la suite des événements.

– Il m'a expliqué l'autre jour qu'il vous avait engagé. Martin Vanger éclata de rire. Il m'a dit que c'était probablement à cause de Wennerström que vous aviez accepté ce boulot.

Mikael hésita une seconde avant de se décider à parler franc.

– J'avoue que c'est une des raisons. Mais pour tout dire, j'avais besoin de m'éloigner de Stockholm, et Hedestad est apparu au bon moment. Je crois. Je ne peux pas faire comme si le procès n'avait jamais eu lieu. Il va falloir que j'aille en prison.

Martin Vanger hocha la tête, soudain sérieux.

– Vous avez la possibilité de faire appel ?

– Dans mon cas, ça ne changera rien.

Martin Vanger consulta sa montre.

– Je dois être à Stockholm ce soir, je me dépêche. Je serai de retour dans quelques jours. Il faudra que vous passiez dîner. J'ai très envie d'entendre ce qui s'est réellement passé au cours de ce procès.

Ils se serrèrent la main avant que Martin Vanger descende et ouvre la portière de la Volvo. Il se retourna et lança à Mikael :

– Henrik est à l'étage. Allez-y.

HENRIK VANGER ETAIT ASSIS dans le canapé de son cabinet de travail avec *Hedestads-Kuriren*, *Dagens Industri*, *Svenska Dagbladet* et les deux journaux du soir sur la table devant lui.

– J'ai croisé Martin sur le perron.

– Le voilà parti au secours de l'empire, répondit Henrik Vanger en brandissant le thermos. Café ?

– Volontiers, répondit Mikael. Il s'assit en se demandant pourquoi Henrik Vanger avait l'air de s'amuser tant.

– Je vois qu'on parle de toi dans le journal.

Henrik Vanger poussa l'un des journaux du soir, ouvert sur le titre "Court-circuit journalistique". L'article était écrit par un ancien chroniqueur du *Finansmagasinet Monopol*, connu comme le parfait insipide en costard-cravate, expert en l'art de dénigrer avec mépris tous ceux qui s'étaient engagés pour une cause ou qui avaient relevé la tête. Avec lui, féministes, antiracistes et militants de l'environnement étaient assurés d'en prendre pour leur grade. Le bonhomme n'était cependant pas connu pour émettre lui-même la moindre opinion controversable.

Maintenant il s'était apparemment converti en critique ; plusieurs semaines après le procès de l'affaire Wennerström, il focalisait son énergie sur Mikael Blomkvist, qu'il décrivait, en le nommant, comme un véritable imbécile. Erika Berger était dépeinte comme une potiche des médias parfaitement incompétente :

> La rumeur court que *Millénium* est en train de sombrer, bien que sa directrice soit une féministe en minijupe et qu'elle nous fasse des mines à la télé. Le journal a survécu plusieurs années durant sur l'image que la rédaction a réussi à vendre – celle de jeunes reporters avides d'enquêtes et démasquant les forbans du monde des affaires. La ficelle commerciale marche peut-être auprès de jeunes anarchistes désireux d'entendre ce message, mais elle ne fonctionne pas au tribunal. Et Super Blomkvist vient d'en faire l'expérience.

Mikael vérifia sur son portable s'il avait eu un appel d'Erika. Il n'y en avait pas. Henrik Vanger attendait, silencieux ; Mikael réalisa soudain que le vieil homme avait l'intention de lui laisser le soin de rompre le silence.

– C'est un crétin, dit Mikael.

Henrik Vanger rit, mais ajouta un commentaire dépourvu de tout sentimentalisme :

– Possible. Mais ce n'est pas lui qui a été condamné par la justice.

– C’est vrai. Et il ne le sera jamais non plus. Il n’est pas du genre à lever des lapins, il prend toujours le train en marche et jette la dernière pierre dans les termes les plus dégradants possible.

– Des comme lui, j’en ai vu plein dans ma vie. Un bon conseil – si tu veux bien en accepter un de moi –, ignore-le quand il s’excite, n’oublie jamais rien et rends-lui la monnaie de sa pièce quand tu en auras l’occasion. Mais pas maintenant qu’il attaque en position de force.

Mikael l’interrogea du regard.

– J’ai eu de nombreux ennemis au fil des ans. J’ai appris une chose, et c’est de ne pas accepter un combat quand tu es sûr de le perdre. Par contre, ne laisse jamais s’en tirer quelqu’un qui t’a démoli. Sois patient et riposte quand tu seras en position de force – même si tu n’as plus besoin de riposter.

– Merci pour ce cours de philosophie. Maintenant j’aimerais que tu me parles de ta famille. Mikael posa un magnétophone sur la table entre eux et appuya sur les boutons d’enregistrement.

– Qu’est-ce que tu veux savoir ?

– J’ai lu le premier classeur ; sur la disparition de Harriet et les recherches des premiers jours. Mais il y a tellement de Vanger que je n’arrive pas à les distinguer les uns des autres.

IMMOBILE DANS LA CAGE D'ESCALIER VIDE, Lisbeth Salander resta le regard fixé sur la plaque de laiton annonçant *Maître N. E. Bjurman, avocat* pendant près de dix minutes avant de sonner. La serrure de la porte émit son petit clic.

On était mardi. C'était la deuxième rencontre et elle avait de mauvais pressentiments.

Elle n'avait pas peur de maître Bjurman – Lisbeth Salander avait rarement peur des gens ou des choses. Elle ressentait par contre un profond malaise devant ce nouveau tuteur. Le prédécesseur de Bjurman, maître Holger Palmgren, avait été d'une tout autre trempe ; correct, poli et aimable. Leur relation avait brutalement pris fin trois mois auparavant, Palmgren ayant été frappé d'une attaque cérébrale. Du coup, Nils Erik Bjurman avait hérité d'elle selon une logique hiérarchique qui lui échappait.

Durant les douze années où Lisbeth Salander avait été l'objet de soins sociaux et psychiatriques, dont deux passées dans une clinique pédiatrique, elle n'avait jamais – pas une seule fois – répondu ne fût-ce qu'à la simple question "comment tu te sens aujourd'hui ?"

Lisbeth Salander avait treize ans quand le tribunal de première instance, selon la loi sur la protection des mineurs, avait décidé qu'elle serait internée à la clinique pédopsychiatrique Sankt Stefan à Uppsala. La décision s'appuyait principalement sur une note disant qu'elle présentait des troubles psychiatriques et qu'on la considérait comme potentiellement dangereuse pour ses camarades de classe et éventuellement pour elle-même.

Cette supposition était fondée sur des jugements empiriques plus que sur une analyse soigneusement établie. Chaque tentative des médecins ou d'une quelconque autorité pour engager une conversation sur ses sentiments, ses pensées ou son état de santé avait été accueillie, à leur grande frustration, par un silence compact et obtus, et un regard obstinément dirigé vers le sol, le plafond ou les murs. Elle avait systématiquement croisé les bras et refusé de participer aux tests psychologiques. Sa totale résistance à toutes les tentatives pour la mesurer, peser, cartographier, analyser et pour l'éduquer s'appliquait aussi au travail à l'école – les autorités pouvaient la transporter dans une salle de classe et l'enchaîner au banc, mais elles ne pouvaient pas l'empêcher de fermer les oreilles et de refuser de prendre un stylo en main lors des tests. Elle avait quitté le collège sans carnet de notes.

Le simple établissement d'un diagnostic sur ses contre-performances mentales s'était par conséquent avéré déjà des plus compliqués. Lisbeth Salander, en bref, était tout sauf maniable.

Elle était âgée de treize ans quand la décision avait été prise aussi de lui attribuer un administrateur ad hoc pour veiller sur ses intérêts et ses biens jusqu'à sa majorité. L'administrateur ainsi désigné était maître Holger Palmgren, qui malgré un début relativement compliqué avait réussi là où les psychiatres et les médecins avaient échoué. Petit à petit, il avait gagné non seulement une certaine confiance mais aussi une once de chaleur de la part de cette fille compliquée.

Pour ses quinze ans, les médecins s'étaient plus ou moins mis d'accord sur le fait qu'elle n'était pas violente et dangereuse pour l'entourage et qu'elle ne constituait pas un danger pour elle-même. Sa famille ayant été déclarée incompétente et comme elle n'avait personne d'autre qui pouvait se porter garant pour son bien-être, la décision avait été prise que Lisbeth Salander allait pouvoir quitter la clinique pédopsychiatrique d'Uppsala et rejoindre la société par l'intermédiaire d'une famille d'accueil.

L'opération ne fut pas simple. Elle fugua de chez sa première famille d'accueil dès la deuxième semaine. Les familles n° 2 et n° 3 passèrent rapidement à la trappe. Puis Palmgren eut un entretien sérieux avec elle et lui expliqua que si elle continuait sur le chemin qu'elle avait choisi, elle allait immanquablement se retrouver de nouveau dans une institution. La menace déguisée eut pour effet qu'elle accepta la famille d'accueil n° 4 – un couple âgé habitant Midsommarkransen.

cela ne signifiait pas que son comportement était irréprochable. A dix-sept ans, Lisbeth Salander avait été arrêtée par la police à quatre reprises, deux fois dans un état d'ébriété si avancé qu'on dut la conduire aux soins intensifs, et une fois manifestement sous l'emprise de drogues. A l'une de ces occasions, on l'avait trouvée ivre morte et les vêtements en désordre sur la banquette arrière d'une voiture garée à Söder Mälarstrand. Elle était en compagnie d'un homme également ivre et considérablement plus âgé qu'elle.

La dernière intervention eut lieu trois semaines avant ses dix-huit ans, quand elle avait balancé un coup de pied dans la tête d'un passager à la station de métro de Gamla Stan. Elle était parfaitement sobre. L'incident eut pour conséquence une mise en examen pour coups et blessures. Salander expliqua son geste en disant que l'homme l'avait tripotée, et son apparence physique étant telle qu'on lui donnait plutôt douze ans que dix-huit, elle avait considéré que le tripoteur avait des penchants pédophiles. Dans la mesure où elle avait expliqué quoi que ce soit, s'entend. Ses déclarations furent cependant étayées par des témoins, et le procureur classa l'affaire.

Pourtant, fort des informations sur son passé, le tribunal avait ordonné un examen psychiatrique. Fidèle à ses habitudes, elle avait refusé de répondre aux questions et de participer aux examens, et les médecins consultés par la direction de la Santé et des Affaires sociales avaient fini par donner un avis basé sur "leurs observations de la patiente". Savoir exactement ce qu'on pouvait observer quand il s'agissait d'une jeune femme muette, assise sur une chaise les bras croisés et faisant la moue était un peu flou. Il fut seulement établi qu'elle souffrait de troubles psychiques, de nature telle que des mesures s'imposaient. Le rapport médicolégal préconisait un internement d'office en clinique psychiatrique. Parallèlement, un sous-directeur de la commission des Affaires sociales fit un rapport où il se rangeait aux conclusions de l'expertise psychiatrique.

Se référant au palmarès de Lisbeth Salander, le rapport constatait qu'il y avait un *gros risque d'abus d'alcool ou de drogue*, et que manifestement elle *manquait d'instinct de conservation*. Son dossier était plein de termes catégoriques du genre : *introvertie*, *socialement limitée*, *manque d'empathie*, *égocentrique*, *comportement psychopathe* et *asociale*, *difficultés de collaboration* et *incapacité d'assimiler un enseignement*. Une personne lisant son dossier pouvait très facilement être amenée à tirer la conclusion qu'elle était gravement arriérée. Un autre fait lui portait également préjudice : l'équipe d'intervention des services sociaux l'avait à plusieurs reprises observée en compagnie de différents hommes aux environs de Mariatorget. Une fois, elle avait aussi été interpellée à Tantolunden, de nouveau en compagnie d'un homme considérablement plus âgé qu'elle. On supposait que Lisbeth Salander pratiquait ou risquait de commencer à pratiquer la prostitution sous une forme ou une autre.

Le jour où le tribunal de première instance – la juridiction qui devait déterminer son avenir – se réunit pour prendre une décision sur la question, l'issue semblait déterminée d'avance. Elle était manifestement une enfant à problèmes et il était peu vraisemblable que les magistrats suivent une autre voie que les recommandations données par l'enquête sociale et l'enquête de psychiatrie légale.

Au matin du jour où devait siéger le tribunal, on vint chercher Lisbeth Salander à la clinique pédopsychiatrique où elle était restée enfermée depuis l'incident à la station Gamla Stan. Elle se sentait comme un bœuf à l'abattoir et n'avait aucun espoir de survivre à la journée. La première personne qu'elle vit dans la salle d'audience fut Holger Palmgren et il lui fallut un moment avant de comprendre qu'il n'était pas là en sa qualité d'administrateur mais qu'il était son avocat et conseiller juridique. Elle découvrit alors un tout nouvel aspect de cet homme.

A sa grande surprise, Palmgren se trouvait manifestement dans son coin du ring et il avait vigoureusement plaidé contre la proposition d'internement. Elle ne manifesta aucune surprise, ne fût-ce qu'en levant un sourcil, mais elle écouta intensément chaque mot prononcé. Palmgren se révéla brillant pendant les deux heures où il interrogea le docteur Jesper H. Löderman, le médecin qui avait apposé sa signature sous la recommandation d'enfermer Salander dans une institution. Chaque observation du rapport fut passée au crible et le médecin fut prié d'expliquer le fondement scientifique de chaque affirmation. Peu à peu il devint évident que, puisque la patiente avait refusé de faire le moindre test, les conclusions des médecins n'étaient fondées que sur des suppositions et non pas sur une certitude.

Vers la fin des délibérations du tribunal, Palmgren laissa entendre que, selon toute vraisemblance, un internement coercitif non seulement s'opposait aux décisions du Parlement en matière d'affaires de ce genre, mais dans le cas présent pouvait aussi devenir un cheval de bataille pour les politiques et les médias. Il était donc dans l'intérêt de tous de trouver une solution alternative convenable. Un tel langage était inhabituel lors des délibérations dans ce type d'affaire et les membres du tribunal avaient manifesté une certaine inquiétude.

La solution fut effectivement un compromis. Le tribunal de première instance établit que Lisbeth Salander relevait de la maladie mentale, mais que sa folie ne nécessitait pas forcément un internement. En revanche, on prit en considération la recommandation du directeur des Affaires sociales concernant une mise sous tutelle. Sur quoi le président du tribunal se tourna avec un sourire venimeux vers Holger Palmgren, qui jusque-là avait été son administrateur ad hoc, lui demandant s'il voulait bien assumer ce rôle. Le président s'attendait de toute évidence à ce que Holger Palmgren fasse marche arrière et essaie de se décharger de la responsabilité sur quelqu'un d'autre, mais Palmgren déclara au contraire avec bonhomie qu'il se chargerait avec plaisir de la tâche d'être le tuteur de Mlle Salander – à une condition.

“Cela suppose évidemment que Mlle Salander ait confiance en moi et qu’elle m’accepte comme tuteur.”

Il s’était tourné directement vers elle. Lisbeth Salander était un peu perplexe après les échanges de répliques qui avaient fusé au-dessus de sa tête tout au long de la journée. Jusque-là, personne n’avait demandé son avis. Elle avait longuement regardé Holger Palmgren puis hoché la tête une fois.

PALMGREN ETAIT UN MELANGE étrange de juriste et de travailleur social de la vieille école. A ses débuts, il avait été délégué à la commission des Affaires sociales et il avait consacré presque toute sa vie à manier des gamins difficiles. Un respect à contrecœur, à la limite de l’amitié, s’était établi entre l’avocat et sa protégée incomparablement la plus difficile.

Leur relation avait duré en tout et pour tout onze ans, depuis l’année où Lisbeth avait eu treize ans jusqu’à l’année passée, lorsqu’elle s’était rendue chez Palmgren quelques semaines avant Noël, alors qu’il n’était pas venu à l’un de leurs rendez-vous fixes. Il n’avait pas ouvert la porte, alors qu’elle entendait des bruits dans l’appartement, et elle était entrée en escaladant une gouttière jusqu’au balcon du deuxième étage. Elle l’avait trouvé par terre dans le vestibule, conscient mais incapable de parler et de bouger après une attaque cérébrale. Il n’avait que soixante-quatre ans. Elle avait appelé l’ambulance et l’avait accompagné à l'hôpital avec une sensation grandissante de panique dans le ventre. Pendant trois jours et trois nuits, elle n'avait pratiquement pas quitté le couloir des soins intensifs. Tel un chien de garde fidèle, elle avait surveillé chaque pas des médecins et des infirmières qui passaient la porte dans un sens ou dans l'autre. Elle avait arpenté le couloir en long et en large et braqué ses yeux sur chaque médecin qui s'approchait d'elle. Finalement, un médecin, dont elle n'avait jamais su le nom, l'avait introduite dans une pièce et lui avait expliqué la gravité de la situation. L'état de Holger Palmgren était critique après une hémorragie cérébrale sévère. Il ne se réveillerait probablement pas. Elle n'avait ni pleuré, ni affiché le moindre sentiment. Elle s'était levée, avait quitté l'hôpital et n'y était jamais retournée.

Cinq semaines plus tard, la commission des Tutelles avait convoqué Lisbeth Salander pour une première rencontre avec son nouveau tuteur. Sa première impulsion avait été d'ignorer la convocation, mais Holger Palmgren avait soigneusement inculqué dans sa conscience que tout acte entraîne des conséquences. A ce stade, elle avait appris à analyser les conséquences avant d'agir, et en y réfléchissant elle était arrivée à la conclusion que l'issue la plus indolore du dilemme était de satisfaire la commission des Tutelles en se comportant comme si elle se souciait réellement de ce qu'ils disaient.

Elle s'était donc docilement présentée en décembre – une courte pause dans son enquête sur Mikael Blomkvist –

au cabinet de Bjurman à Sankt Eriksplan, où une femme d'un certain âge, représentante de la commission, avait tendu le dossier volumineux à maître Bjurman. La dame lui avait gentiment demandé comment elle allait et avait semblé satisfaite de la réponse que constituait son silence obstiné. Au bout d'une demi-heure, elle avait laissé Salander aux bons soins de l'avocat.

Lisbeth Salander avait détesté maître Bjurman cinq secondes après lui avoir serré la main.

Elle l'avait regardé à la dérobée pendant qu'il lisait son dossier. Un peu plus de cinquante ans. Corps athlétique ; tennis les mardis et vendredis. Blond. Cheveux fins. Petite fossette au menton. After-shave Boss. Costume bleu. Cravate rouge avec épingle en or et des boutons de manchette fantaisie portant les initiales N.E.B. Lunettes cerclées d'acier. Yeux gris. A en juger par les magazines sur une table basse, il s'intéressait à la chasse et au tir au fusil.

Au cours des dix années où elle avait régulièrement rencontré Palmgren, il lui offrait du café et bavardait avec elle. Même ses pires fugues des familles d'accueil ou ses absences systématiques à l'école n'avaient pas réussi à le déstabiliser. La seule fois où Palmgren avait été véritablement hors de lui, c'était quand elle avait été mise en examen pour coups et blessures sur le gros dégueulasse qui l'avait tripotée dans le métro. *Est-ce que tu comprends ce que tu as fait ? Tu as blessé un homme, Lisbeth.* On aurait dit un vieux professeur et elle avait patiemment ignoré chaque mot de l'engueulade.

Bjurman n'était pas pour le bavardage. Il avait d'emblée constaté qu'il y avait incompatibilité entre les devoirs de Holger Palmgren selon le règlement des tutelles et le fait qu'il avait apparemment laissé Lisbeth Salander gérer elle-même son appartement et son budget. Il avait entrepris une sorte d'interrogatoire. *Combien tu gagnes ? Je veux une copie de ta comptabilité. Qui est-ce que tu fréquentes ? Est-ce que tu paies ton loyer à temps ? Est-ce que tu bois ? Est-ce que Palmgren était d'accord pour ces anneaux que tu as sur la figure ? Est-ce que tu t'en sors question hygiène ?*

Va te faire foutre.

Palmgren était devenu son administrateur ad hoc peu après que Tout Le Mal était arrivé. Il avait insisté pour la rencontrer au moins une fois par mois lors de rendez-vous fixes, parfois plus souvent. Depuis qu'elle était revenue à Lundagatan, ils étaient pratiquement voisins ; Palmgren habitait Hornsgatan à quelques pâtés de maisons de chez elle, et ils s'étaient régulièrement croisés et étaient allés prendre un café chez Giffy ou ailleurs dans le quartier. Palmgren n'avait jamais été importun, mais il était passé la voir quelques fois, avec un petit cadeau pour son anniversaire par exemple. Elle avait une invitation permanente pour venir le voir à n'importe quel moment, un privilège dont elle se servait rarement, mais ces dernières années elle avait passé les réveillons de Noël chez lui après la visite chez sa mère. Ils mangeaient du jambon de Noël et jouaient aux échecs. Ce jeu ne l'intéressait absolument pas, mais depuis qu'elle avait appris les règles, elle n'avait jamais perdu une partie. Palmgren était veuf et Lisbeth Salander avait considéré comme un devoir d'avoir pitié de lui et de sa solitude en ces jours de fête.

Elle estimait lui devoir ça, et elle payait toujours ses dettes.

C'était Palmgren qui avait sous-loué l'appartement de sa mère dans Lundagatan jusqu'à ce que Lisbeth ait besoin d'un logement personnel. L'appartement de quarante-neuf mètres carrés était décrépit et crasseux, mais ça lui faisait un toit.

Maintenant Palmgren était hors jeu, et un autre lien avec la société normale venait d'être coupé. Nils Bjurman était d'un autre genre. Elle n'avait pas l'intention de passer un réveillon chez lui. La toute première mesure du bonhomme avait été d'établir de nouvelles règles concernant l'accès à son compte en banque sur lequel était versé son salaire. Palmgren avait gentiment fermé l'œil sur le régime des tutelles et l'avait laissée gérer elle-même son budget. Elle payait ses factures et elle pouvait utiliser son épargne quand ça lui chantait.

Elle s'était préparée pour la rencontre avec Bjurman la semaine avant Noël, et une fois face à lui elle avait essayé d'expliquer que son prédécesseur lui avait fait confiance et qu'elle ne l'avait jamais déçu. Palmgren l'avait laissée mener sa barque sans se mêler de sa vie privée.

– C'est justement là un des problèmes, répondit Bjurman en tapotant son dossier.

Puis il lui sortit un long discours sur les règles et les décrets administratifs concernant les tutelles, avant de l'informer qu'un nouvel ordre allait entrer en vigueur.

– Il t'a laissée agir à ta guise, n'est-ce pas ? Je me demande comment il s'est débrouillé pour ne pas se faire taper sur les doigts.

Parce que ça faisait quarante ans que le vieux s'occupait de gosses à problèmes, ducon !

– Je ne suis plus un enfant, dit Lisbeth Salander, comme si cela suffisait comme explication.

– Non, tu n'es pas un enfant. Mais j'ai été désigné pour être ton tuteur et, en tant que tel, je suis juridiquement et économiquement responsable de toi.

La première mesure de Bjurman fut d'ouvrir un nouveau compte en banque à son nom à lui, qu'elle devait indiquer à la compta chez Milton et qu'ils devraient dorénavant utiliser. Salander comprit qu'elle avait mangé son pain blanc ; désormais maître Bjurman allait régler ses factures et elle recevrait une somme fixe comme argent de poche chaque mois. Il attendait d'elle qu'elle lui fournisse les reçus de ses dépenses. Il avait décidé qu'elle recevrait 1 400 couronnes par semaine – “pour la nourriture, les vêtements, les séances de cinéma et des trucs comme ça".

Selon qu'elle choisissait de travailler beaucoup ou peu, Lisbeth Salander pouvait gagner pas loin de 160 000 couronnes par an. Elle aurait facilement pu doubler la somme en travaillant à plein temps et en acceptant toutes les missions que Dragan Armanskij proposait. Par ailleurs, elle avait peu de frais et ne dépensait pas beaucoup. L'appartement lui coûtait 2 000 couronnes par mois et, malgré ses revenus modestes, elle avait 90 000 couronnes sur son compte d'épargne. Dont elle ne disposait donc plus librement.

– C'est moi qui suis responsable de ton argent, expliqua-t-il. Il faut que tu mettes de l'argent de côté pour ton avenir. Mais ne t'inquiète pas ; je me chargerai de tout ça.

Je me suis chargée de moi-même depuis que j'ai dix ans, espèce de connard !

– Tu t'en sors suffisamment bien d'un point de vue social pour qu'on n'ait pas besoin de t'interner, mais la société est responsable de toi.

Il l'avait minutieusement questionnée sur ses tâches chez Milton Security. Instinctivement, elle avait menti sur son travail. La réponse qu'elle avait fournie était une description de ses toutes premières semaines au boulot. Maître Bjurman eut donc l'impression qu'elle préparait le café et triait le courrier – occupations adaptées à un individu un peu bas de plafond. Il parut satisfait de ses réponses.

Elle ne savait pas pourquoi elle avait menti, mais elle était persuadée qu'elle avait bien fait. Même si maître Bjurman avait figuré sur une liste d'espèces d'insectes menacées d'extinction, elle n'aurait pas beaucoup hésité à l'écraser sous son talon.

MIKAEL BLOMKVIST AVAIT PASSE cinq heures en compagnie de Henrik Vanger et il consacra une grande partie de la nuit et tout le mardi à mettre au propre ses notes et à assembler le puzzle de la généalogie des Vanger. L'histoire familiale qui ressortait des entretiens avec Henrik Vanger était une version franchement différente de celle donnée dans le portrait officiel de la famille. Mikael savait très bien que toutes les familles ont des squelettes dans le placard. La famille Vanger avait un cimetière entier.

A ce stade, Mikael fut obligé de se rappeler que sa mission réelle n'était pas d'écrire une biographie sur la famille Vanger, mais de percer à jour ce qui était arrivé à Harriet Vanger. Il avait accepté le boulot convaincu qu'en réalité il resterait à gaspiller une année le cul sur une chaise, et que tout le travail qu'il ferait pour Henrik Vanger ne rimait à rien. Au bout d'un an, il toucherait son salaire extravagant – le contrat que Dirch Frode avait rédigé avait été signé. Le salaire véritable, espérait-il, serait l'information sur Hans-Erik Wennerström, que Henrik Vanger affirmait posséder.

Depuis son entretien avec Henrik Vanger, il commençait à se dire que l'année ne serait pas nécessairement perdue. Un livre sur la famille Vanger avait une valeur en soi – c'était tout simplement un bon sujet.

Qu'il puisse trouver l'assassin de Harriet Vanger ne lui venait pas à l'esprit une seule seconde – si toutefois elle avait réellement été assassinée et qu'elle n'ait pas été victime d'un accident absurde ou n'ait pas disparu d'une autre manière. Mikael était d'accord avec Henrik sur la quasi-invraisemblance qu'une fille de seize ans puisse disparaître de son plein gré et réussir à rester cachée de tous les systèmes de surveillance officiels pendant trente-six ans. En revanche, Mikael ne voulait pas exclure que Harriet Vanger ait fait une fugue, qu'elle ait peut-être rejoint Stockholm, et que quelque chose se soit passé en route – la drogue, la prostitution, une agression ou tout simplement un accident.

De son côté, Henrik Vanger était persuadé que Harriet avait été assassinée et qu'un membre de la famille était responsable – peut-être en collaboration avec un autre. La force de son raisonnement reposait sur le fait que Harriet avait disparu durant les heures dramatiques d'isolement de l'île alors que tous les yeux étaient braqués sur l'accident.

Erika l'avait bien signifié à Mikael : sa mission était plus qu'insensée si le but était de résoudre l'énigme d'un meurtre, mais il commençait à comprendre que le sort de Harriet Vanger avait joué un rôle central dans la famille et surtout pour Henrik Vanger. Qu'il ait tort ou raison, les accusations de Henrik Vanger portées contre ses proches étaient d'une grande importance pour l'histoire de cette famille. L'accusation était ouvertement formulée de sa part depuis plus de trente ans, et elle avait marqué les réunions de famille et créé des oppositions enflammées qui avaient contribué à déstabiliser le groupe. Un examen de la disparition de Harriet remplirait par conséquent une fonction sous forme de chapitre indépendant, et même comme fil rouge dans l'histoire de la famille – et les sources étaient abondantes. Un point de départ logique serait d'établir une galerie des personnages, que Harriet Vanger soit sa mission première ou qu'il se contente d'écrire une chronique familiale. C'était de cela qu'avait traité son entretien avec Henrik Vanger dans la journée.

La famille Vanger comportait une centaine de personnes, en comptant les enfants de cousins et les arrière-cousins de toutes les branches. La famille était si nombreuse que Mikael fut obligé de créer une base de données dans son iBook. Il utilisa le programme NotePad (www.ibrium.se), un de ces produits complets que deux gars de KTH à Stockholm avaient créés et qu'ils proposaient en shareware pour trois fois rien sur Internet. Rares étaient les programmes aussi indispensables à un journaliste investigateur, estimait Mikael. Chaque membre de la famille eut droit à sa propre fiche.

L'arbre généalogique pouvait être reconstitué avec certitude jusqu'au début du XVIe siècle, époque où le nom était Vangeersad. Selon Henrik Vanger, le nom était peut-être issu du hollandais Van Geerstad ; si tel était le cas, on pouvait encore remonter l'arbre généalogique jusqu'au XIIe siècle.

A une époque plus récente, la famille était établie dans le Nord de la France, et elle était arrivée en Suède avec Jean- Baptiste Bernadotte au début du XIXe siècle. Alexandre Vangeersad ne connaissait pas personnellement le roi, mais il s'était fait remarquer comme chef de garnison capable et, en 1818, il reçut le domaine de Hedeby en remerciement de longs et fidèles services. Alexandre Vangeersad était aussi pourvu d'une fortune personnelle qu'il avait utilisée pour acheter des étendues forestières non négligeables dans le Norrland. Son fils Adrian était né en France mais, à la demande du père, celui-ci vint habiter le coin perdu de Hedeby dans le Norrland, loin des salons parisiens, pour administrer le domaine. Exploitant les terres et les forêts selon de nouvelles méthodes importées du continent, il fonda l'usine de pâte à papier autour de laquelle Hedestad s'était développée.

Le petit-fils d'Alexandre s'appelait Henrik et il raccourcit le nom en Vanger. Il développa un réseau commercial avec la Russie et créa une petite flotte de goélettes marchandes assurant la liaison avec les pays baltes, l'Allemagne et l'Angleterre des aciéries au milieu du XIXe. Henrik Vanger l'Ancien diversifia l'entreprise familiale et démarra une modeste exploitation minière et les premières industries métallurgiques du Norrland. Il laissa deux fils, Birger et Gottfried, les deux fondateurs des activités financières de la famille Vanger.

– Tu as une idée des anciennes lois sur l'héritage ? avait demandé Henrik Vanger.

– Ça n'entre pas particulièrement dans mes domaines de compétence.

– Je te comprends. Moi aussi, ça me laisse perplexe. Selon la tradition familiale, Birger et Gottfried étaient comme chien et chat – des concurrents légendaires pour le pouvoir et l'influence dans l'entreprise familiale. Cette lutte de pouvoir est devenue un poids menaçant la survie de l'entreprise, et leur père a décidé – peu avant sa mort – de créer un système où chaque membre de la famille aurait une part d'héritage dans l'entreprise. Cela partait probablement d'un bon sentiment, mais il en est résulté une situation intenable. Plutôt que de faire venir des gens compétents et des partenaires possibles de l'extérieur, nous nous retrouvons avec une direction composée de membres de la famille avec chacun un ou deux pour cent de droit de vote.

– La règle est valable encore aujourd'hui ?

– Tout à fait. Si un membre de la famille veut vendre sa part, ça doit se faire au sein de la famille. L'assemblée générale annuelle réunit aujourd'hui une cinquantaine de membres de la famille. Martin possède un peu plus de dix pour cent des actions. Moi, j'en ai cinq pour cent puisque j'en ai vendu entre autres à Martin. Mon frère Harald possède sept pour cent, mais la plupart de ceux qui viennent aux AG n'ont que un ou un demi pour cent.

– Je l'ignorais totalement. Ça fait très Moyen Age.

– C'est complètement insensé. Ça signifie que si Martin veut mener une certaine politique aujourd'hui, il est obligé de faire du lobbying à grande échelle pour s'assurer le soutien d'au moins vingt à vingt-cinq pour cent des copropriétaires. C'est un patchwork d'alliances, de divisions et d'intrigues.

Henrik Vanger poursuivit :

– Gottfried Vanger est mort sans enfants en 1901. Ou, pardon, il était père de quatre filles, mais à cette époque-là les femmes ne comptaient pas. Elles possédaient des parts, mais c'étaient les hommes de la famille qui touchaient les intérêts. Ce n'est que quand le droit de vote a été introduit, au milieu du XXe siècle, que les femmes ont pu assister à l'assemblée générale.

– Oh, en voilà, de bons radicaux !

– Ne te moque pas. L'époque n'était pas la même. Quoi qu'il en soit, le frère de Gottfried, Birger, avait trois fils – Johan, Fredrik et Gideon Vanger, tous nés à la fin du XIXe. On peut éliminer Gideon ; il a vendu sa part pour émigrer en Amérique, où nous avons toujours une branche. Mais Johan et Fredrik ont fait de l'entreprise le groupe Vanger moderne.

Henrik Vanger avait sorti un album de photos et montrait des clichés des personnages tout en racontant. Les photos du début du siècle dernier présentaient deux hommes aux mentons solides et aux cheveux bien plaqués sur le crâne, fixant l'objectif sans l'ombre d'un sourire. Puis il reprit :

– Johan Vanger était le génie de la famille, il fit des études d'ingénieur et développa l'industrie mécanique avec plusieurs nouvelles inventions qu'il fit breveter. L'acier et le fer devinrent la base du groupe, mais la société étendit ses activités à d'autres domaines, comme le textile. Johan Vanger mourut en 1956 et il avait alors trois filles – Sofia, Märit et Ingrid – qui furent les premières femmes à avoir automatiquement accès à l'assemblée générale du groupe.

L'autre frère, Fredrik Vanger, était mon père. L'homme d'affaires, le patron d'industrie qui transforma les inventions de Johan en revenus, c'était lui. Mon père n'est mort qu'en 1964. Il participa activement à la direction jusqu'à sa mort, même si, dès les années 1950, il m'avait abandonné la direction au quotidien.

Johan Vanger, contrairement à la génération précédente, n'a eu que des filles. Henrik Vanger montra des photos de femmes aux poitrines généreuses, arborant ombrelles et chapeaux à larges bords. Et Fredrik – mon père – n'a eu que des fils. Nous étions cinq frères en tout. Richard, Harald, Greger, Gustav et moi.

POUR ESSAYER DE S'Y RETROUVER dans tous les membres de la famille, Mikael dessina un arbre généalogique sur quelques feuilles A4 scotchées. Il inscrivit en gras le nom des membres présents sur l'île de Hedeby pour la réunion de famille en 1966, et qui donc, au moins théoriquement, pouvaient être liés à la disparition de Harriet Vanger.

Mikael laissa de côté les enfants de moins de douze ans – il partait du principe que quel qu'ait été le sort de Harriet Vanger, il était obligé de mettre une limite à ce qui était plausible. Sans trop se poser de questions, il barra aussi Henrik Vanger – si le patriarche était impliqué dans la disparition de la petite-fille de son frère, ses agissements depuis les dernières trente-six années tenaient de la psychopathologie. La mère de Henrik Vanger, qui en 1966 avait l'âge honorable de quatre-vingt-un ans, pouvait raisonnablement être biffée aussi. Restaient vingt-deux membres de la famille qui, selon Henrik Vanger, devaient entrer dans le groupe des “suspects”. Sept étaient morts depuis et certains avaient atteint des âges respectables.

Mikael n’était cependant pas prêt à avaler sans autre forme de procès la conviction de Henrik Vanger selon laquelle un membre de la famille était responsable de la disparition de Harriet. Il fallait ajouter à la liste des suspects une série d’autres personnes.

Dirch Frode avait commencé à travailler comme avocat de Henrik Vanger au printemps 1962. Et quand Harriet avait disparu, “l’homme à tout faire” actuel, Gunnar Nilsson – qu’il ait un alibi ou pas –, avait dix-neuf ans, et de même que son père, Magnus Nilsson, était particulièrement présent sur l’île de Hedeby, tout comme l’artiste peintre Eugen Norman et le pasteur Otto Falk. Ce Falk, était-il marié ? Le fermier d’Östergården, Martin Aronsson, de même que son fils Jerker Aronsson, s’étaient trouvés sur l’île et à proximité de Harriet Vanger tout au long de son enfance – quelles étaient leurs relations ? Martin Aronsson, était-il marié ? Y avait-il d’autres personnes à la ferme ?

Quand Mikael eut inscrit tous les noms, le groupe en était arrivé à une quarantaine de personnes. Il finit par rejeter le marqueur d’un geste frustré. Il était déjà 3 h 30 du matin et le thermomètre indiquait toujours moins vingt et un degrés. La vague de froid semblait vouloir s'installer. Il aurait voulu se trouver dans son lit à Bellmansgatan.

FREDRIK VANGER
(1886-1964)
ép. **Ulrika**
(1885-1969)

Richard (1907-1940)
ép. Margareta
(1906-1959)

Gottfried
(1927-1965)
ép. **Isabella** (1928-)

Martin (1948-)
Harriet (1950-)

Harald (1911-)
ép. **Ingrid**
(1925-1992)

Birger (1939-)
Cécilia (1946-)
Anita (1948-)

Greger (1912-1974)
ép. **Gerda** (1922-)

Alexander (1946-)

Gustav (1918-1955)
pas marié, sans enfants

Henrik (1920-)
ép. Edith (1921-1958)
sans enfants

JOHAN VANGER
(1884-1956)
ép. Gerda
(1888-1960)

Sofia (1909-1977)
ép. **Åke Sjögren**
(1906-1967)

Magnus Sjögren
(1929-1994)
Sara Sjögren (1931-)
Erik Sjögren (1951-)
Håkan Sjögren (1955-)

Märit (1911-1988)
ép. **Algot Günther**
(1904-1987)

Ossian Günther (1930-)
ép. **Agnes** (1933-)
Jakob Günther (1952-)

Ingrid (1916-1990)
ép. **Harry Karlman**
(1912-1984)

Gunnar Karlman (1942-)
Maria Karlman (1944-)

MIKAEL BLOMKVIST SE REVEILLA à 9 heures le mercredi matin quand le technicien de Telia frappa à la porte pour installer la prise téléphonique et le modem ADSL. A 11 heures il pouvait se connecter et ne se sentait plus totalement handicapé d'un point de vue professionnel. Le téléphone, par contre, restait silencieux. Erika n'avait pas répondu à ses appels depuis une semaine. Elle devait vraiment être fâchée. Il commençait aussi à se sentir tête de lard et refusait de l'appeler au bureau ; tant qu'il l'appelait sur son portable, elle pouvait voir que c'était lui et choisir si elle voulait répondre ou pas. C'était donc qu'elle ne voulait pas.

Quoi qu'il en soit, il ouvrit sa boîte aux lettres et passa en revue les trois cent cinquante mails qui lui avaient été adressés pendant la semaine passée. Il en conserva une douzaine, le reste était des spams ou des mailings auxquels il était abonné. Le premier mail qu'il ouvrit était de demokrat88@yahoo.com et disait : J'ESPERE QU'AU TROU ON TE FERA SUCER DES BITES SALOPARD DE COMMUNISTE. Mikael archiva le mail dans un dossier intitulé *Critique intelligente*.

Il écrivit un court message à
erika.berger@millenium.se.

[Salut Ricky. Je suppose que tu m'en veux à mort puisque tu ne me rappelles pas. Je voudrais juste te dire que maintenant j'ai le Net et je suis joignable par mails si tu te sens de me pardonner. A part cela, Hedeby est un petit coin rustique qui vaut le détour. M.]

A l'heure du déjeuner, il rangea son iBook dans la sacoche et gagna le café Susanne, où il prit ses quartiers à la table du coin habituelle. Quand Susanne lui servit son café avec un sandwich, elle jeta un regard curieux sur l'ordinateur et demanda sur quoi il travaillait. Mikael utilisa pour la première fois sa couverture et expliqua qu'il était employé par Henrik Vanger pour écrire une biographie. Ils échangèrent des politesses. Susanne invita Mikael à faire appel à elle quand il serait prêt pour les véritables révélations.

– Je sers les Vanger depuis trente-cinq ans et je connais la plupart des ragots sur la famille, dit-elle avant de regagner sa cuisine d'un pas chaloupé.

LE TABLEAU QUE MIKAEL avait dessiné indiquait que la famille Vanger s'évertuait à produire sans cesse de nouveaux rejetons. Avec les enfants, les petits-enfants et les arrière-petits-enfants – qu'il ne se donna pas la peine de mentionner –, les frères Fredrik et Johan Vanger avaient environ cinquante descendants. Mikael constata aussi que dans la famille on avait tendance à vivre très vieux. Fredrik Vanger était mort à soixante-dix-huit ans, son frère Johan à soixante-douze. Ulrika Vanger était morte à quatre-vingt-quatre ans. Des deux frères encore en vie, Harald Vanger avait quatre-vingt-douze ans et Henrik Vanger quatre-vingt-deux.

La seule réelle exception était Gustav, le frère de Henrik, mort d'une affection pulmonaire à l'âge de trente-sept ans. Henrik lui avait expliqué que Gustav avait toujours été de santé fragile et qu'il avait suivi sa propre voie, quelque peu en marge du reste de la famille. Il était resté célibataire sans enfants.

Pour le reste, ceux qui étaient morts jeunes avaient disparu pour d'autres raisons que des maladies. Richard Vanger était tombé comme volontaire durant la guerre d'Hiver de Finlande, à trente-quatre ans seulement. Gottfried Vanger, le père de Harriet, s'était noyé l'année précédant la disparition de sa fille. Et Harriet elle-même n'était alors âgée que de seize ans. Mikael nota l'étrange similitude dans cette branche de la famille où grand-père, père et fille avaient été victimes d'accidents. De Richard ne restait que Martin Vanger, qui à cinquante-cinq ans n'était toujours pas marié et n'avait pas d'enfants. Henrik Vanger lui avait cependant appris que Martin avait une compagne, une femme qui habitait à Hedestad.

Martin Vanger avait dix-huit ans quand sa sœur avait disparu. Il faisait partie des quelques rares parents proches qui assez certainement pouvaient être rayés de la liste de ceux qu'on pouvait associer à sa disparition. Cet automne-là, il habitait à Uppsala, il était en terminale au lycée. Il devait prendre part à la réunion de famille, mais n'était arrivé que tard dans l'après-midi et se trouvait donc parmi les spectateurs du mauvais côté du pont pendant l'heure critique où sa sœur s'était volatilisée.

Mikael nota deux autres particularités dans l'arbre généalogique. La première était que les mariages semblaient être à vie ; aucun membre de la famille Vanger n'avait jamais divorcé, ni ne s'était remarié, même quand le partenaire était mort jeune. Mikael se demanda quelle fréquence les statistiques générales indiquaient. Cécilia Vanger vivait séparée de son mari depuis plusieurs années mais, si Mikael avait bien compris, ils étaient toujours mariés.

L'autre particularité était que la famille semblait géographiquement éclatée entre le côté "hommes" et le côté "femmes". Les descendants de Fredrik Vanger, auxquels appartenait Henrik, avaient traditionnellement joué un rôle de premier plan dans l'entreprise et avaient principalement habité à Hedestad ou dans les environs. Les membres de la branche Johan Vanger – uniquement des filles à la première génération – avaient essaimé vers d'autres coins du pays ; ils habitaient à Stockholm, Malmö et Göteborg ou à l'étranger, et ne venaient à Hedestad que pour les vacances d'été et des réunions importantes concernant le groupe. Ingrid Vanger était une exception, dont le fils Gunnar Karlman habitait à Hedestad. Il était rédacteur en chef du journal local *Hedestads-Kuriren.*

En conclusion de son enquête personnelle, Henrik notait que le "motif caché du meurtre de Harriet" était peut-être à rechercher dans la structure de l'entreprise et le fait qu'il avait signalé très tôt les qualités exceptionnelles de Harriet. L'intention était peut-être de nuire à Henrik lui-même, ou bien Harriet avait découvert une sorte d'information sensible touchant au groupe et constituait ainsi un danger pour quelqu'un. Tout cela n'était que des spéculations mais, partant de cette hypothèse, il avait néanmoins identifié un cercle de treize personnes qu'il présentait comme "particulièrement intéressantes".

L'entretien de la veille avec Henrik Vanger avait aussi éclairé Mikael sur un autre point. Depuis leur tout premier entretien, le vieil homme avait parlé de sa famille dans des termes si méprisants et dégradants que c'en était bizarre. Mikael s'était demandé si les soupçons du patriarche envers sa famille concernant la disparition de Harriet avaient fait flancher sa jugeote, mais maintenant il commençait à comprendre que Henrik Vanger avait en réalité une appréciation d'une clairvoyance stupéfiante.

L'image qui était en train de se dessiner révélait une famille jouissant d'une réussite sociale et économique mais qui, au quotidien, était manifestement en plein dysfonctionnement.

LE PERE DE HENRIK VANGER, homme froid et insensible, avait engendré ses enfants puis abandonné à son épouse le soin de s'occuper de leur éducation et de leur bien-être. Avant l'âge de seize ans, ils n'avaient guère vu leur père, sauf à l'occasion de fêtes de famille particulières où l'on tenait à ce qu'ils soient présents tout en restant invisibles. Henrik Vanger ne se souvenait pas de son père comme de quelqu'un ayant d'une manière ou d'une autre exprimé une forme d'amour ; en revanche, il s'était souvent entendu traiter d'incompétent et il avait été la cible de critiques anéantissantes. Les châtiments corporels étaient rares, puisque pas nécessaires. Les seules fois où il avait gagné le respect de son père plus tard dans la vie, c'était quand il avait œuvré pour le groupe Vanger.

Le frère le plus âgé, Richard, s'était révolté. Après une querelle dont on n'avait jamais discuté la raison dans la famille, Richard était parti pour Uppsala avec l'intention d'y faire des études. Il y avait entamé la carrière nazie dont Henrik Vanger avait déjà parlé à Mikael, et qui plus tard allait le mener aux tranchées de la guerre d'Hiver de Finlande.

Ce que le vieil homme n'avait pas raconté tout de suite, c'était que deux autres frères avaient emprunté des chemins identiques.

Harald Vanger et son frère Greger avaient suivi les traces de leur grand frère à Uppsala en 1930. Harald et Greger avaient été très proches, mais Henrik Vanger ne savait pas dire s'ils avaient beaucoup fréquenté Richard. Il était établi que les frères avaient adhéré au mouvement fasciste de Per Engdahl, la Nouvelle Suède. Harald Vanger avait ensuite loyalement suivi Per Engdahl au fil des années, d'abord à l'Union nationale de Suède, puis à l'Opposition suédoise et pour finir au Mouvement néosuédois, quand il fut fondé à la fin de la guerre. Il en resta membre jusqu'à la mort de Per Engdahl dans les années 1990, et par périodes il fut l'un des bailleurs de fonds les plus importants du fascisme suédois rescapé.

Harald Vanger avait fait médecine à Uppsala et s'était presque tout de suite retrouvé dans des cercles qui se passionnaient pour l'hygiène et la biologie des races. A une époque, il travaillait à l'Institut suédois de biologie des races et fut, en tant que médecin, un acteur de premier ordre dans la campagne de stérilisation des éléments indésirables de la population.

Citation, Henrik Vanger, cassette 2, 02950 :

Harald est allé plus loin que ça. En 1937, il a été le coauteur – sous pseudonyme, Dieu soit loué – d'un livre intitulé La Nouvelle Europe des peuples. *Je n'ai appris cela que dans les années 1970. J'ai une copie que tu pourras lire. C'est probablement l'un des livres les plus ignobles qui aient été publiés en suédois. Harald n'y argumente pas seulement en faveur de la stérilisation mais aussi de l'euthanasie – une aide à mourir active pour les personnes qui dérangeaient son goût esthétique et qui ne concordaient pas avec son image du peuple suédois parfait. Un plaidoyer pour un massacre, donc, rédigé dans une prose académique ir-*

réprochable et qui contenait tous les arguments médicaux nécessaires. Débarrassez-vous des handicapés. Ne laissez pas la population sami s'étendre ; il y a chez eux des gènes mongols. Les malades mentaux accueilleront la mort comme une libération, n'est-ce pas ? Les femmes aux mœurs dissolues, les bougnoules, les gitans et les juifs – tu vois le tableau. Dans les fantasmes de mon frère, Auschwitz aurait pu se trouver en Dalécarlie.

Après la guerre, Greger Vanger devint professeur et plus tard proviseur du lycée de Hedestad. Henrik pensait qu'il avait abandonné le nazisme depuis la guerre pour rester apolitique. Il mourut en 1974 et ce n'est que lorsque Henrik examina ses papiers qu'il apprit grâce aux lettres conservées que, dans les années 1950, son frère avait adhéré au Parti nordique national, le NRP, une secte sans importance politique mais totalement fêlée, dont il était resté membre jusqu'à sa mort.

Citation, Henrik Vanger, cassette 2, 04167 : *"Trois de mes frères étaient donc politiquement déments. Jusqu'où allait leur maladie en d'autres circonstances ?"*

Le seul des frères qui dans une certaine mesure trouvait grâce aux yeux de Henrik Vanger était Gustav à la santé fragile, mort des suites d'une maladie pulmonaire en 1955. Gustav ne s'intéressait pas à la politique et apparaissait surtout comme un esprit artistique détourné du monde, sans le moindre intérêt pour les affaires ni pour une activité au sein du groupe Vanger. Mikael demanda à Henrik Vanger :

– Il ne reste que toi et Harald aujourd'hui. Pourquoi est-il revenu vivre à Hedeby ?

– Il est revenu en 1979, peu avant ses soixante-dix ans. La maison lui appartient.

– Ça doit faire bizarre de vivre si près d'un frère qu'on déteste.

Henrik Vanger regarda Mikael, surpris.

– Tu m'as mal compris. Je ne déteste pas mon frère. A la rigueur, j'ai de la pitié pour lui. C'est un parfait imbécile et c'est lui qui me hait.

– Il te hait ?

– Tout à fait. Je crois que c'est pour ça qu'il est revenu vivre ici. Pour pouvoir passer ses dernières années à me haïr de près.

– Pourquoi est-ce qu'il te hait ?

– Parce que je me suis marié.

– Je crois qu'il va falloir que tu m'expliques.

HENRIK VANGER AVAIT PERDU le contact avec ses frères aînés assez tôt. Il était le seul de la fratrie à révéler des talents pour les affaires – le dernier espoir de son père. Il ne s'intéressait pas à la politique et évitait Uppsala, au lieu de cela il avait choisi d'étudier l'économie à Stockholm. Depuis ses dix-huit ans, il avait passé toutes les vacances comme stagiaire dans l'un des nombreux bureaux du groupe Vanger ou aidé lors des conseils d'administration. Il apprenait tous les dédales de la société familiale.

Le 10 juin 1941 – au beau milieu de la guerre mondiale qui faisait rage –, Henrik fut envoyé en Allemagne pour une visite de six semaines aux bureaux commerciaux du groupe Vanger à Hambourg. Il n'avait alors que vingt et un ans, et l'agent allemand des entreprises Vanger, un vétéran âgé du nom de Hermann Lobach, lui servait de chaperon et de mentor.

– Je ne vais pas te fatiguer avec tous les détails, mais quand j'y suis allé, Hitler et Staline étaient toujours de bons amis, et le front est n'existait pas encore. Tout le monde croyait Hitler invincible. Il y avait un sentiment de… d'optimisme et de désespoir, je crois que ce sont les mots qui conviennent. Plus d'un demi-siècle après, il est toujours difficile de mettre des mots sur les atmosphères qui régnaient. Ne te méprends pas – je n'ai jamais été nazi et Hitler apparaissait à mes yeux comme un ridicule personnage d'opérette. Mais il était difficile de ne pas être contaminé par la foi en l'avenir qui régnait parmi les gens ordinaires à Hambourg. La guerre s'approchait tout doucement et plusieurs bombardements eurent lieu au cours de mon séjour à Hambourg, malgré cela les gens semblaient penser que c'était un moment d'irritation passager – la paix allait bientôt venir et Hitler allait instaurer sa *Neuropa*, la nouvelle Europe. Les gens voulaient croire que Hitler était Dieu. C'est ce que laissait entendre la propagande.

Henrik Vanger ouvrit l'un de ses nombreux albums de photos.

– Voici Hermann Lobach. Il a disparu en 1944, tué et enseveli probablement lors d'un bombardement. Nous n'avons jamais su quel fut son sort. Au cours de mon séjour à Hambourg, je suis devenu très proche de lui. J'avais une chambre dans son appartement somptueux dans les quartiers où résidaient les familles aisées. Nous nous voyions quotidiennement. Il était aussi peu nazi que moi, mais il était membre du parti nazi par commodité. La carte de membre ouvrait des portes et facilitait ses possibilités de faire des affaires pour le compte du groupe Vanger – et des affaires, c'est exactement ce que nous faisions. Nous construisions des wagons pour leurs trains – je me suis toujours demandé si des wagons sont partis à destination de la Pologne. Nous vendions du tissu pour leurs uniformes et des tubes cathodiques pour leurs postes de radio – mais officiellement nous ne savions pas à quoi servait la marchandise. Et Hermann Lobach savait s'y prendre pour mener à bon port un contrat, il était distrayant et jovial. Le nazi parfait. Petit à petit, je compris qu'il était aussi un homme qui essayait désespérément de cacher un secret.

Dans la nuit du 22 juin 1941, Hermann Lobach est venu frapper à la porte de ma chambre et m'a réveillé. Ma chambre jouxtait celle de sa femme et il m'a fait signe de ne pas faire de bruit, de m'habiller et de le suivre. Nous sommes descendus au rez-de-chaussée et nous sommes installés dans un petit fumoir. Manifestement, Lobach était resté éveillé toute la nuit. Il avait allumé la radio et j'ai compris que quelque chose de dramatique s'était passé. L'opération Barbarossa avait débuté. L'Allemagne avait attaqué l'Union soviétique pendant le week-end de la Saint-Jean.

Henrik Vanger fit un geste d'impuissance avec la main.

– Hermann Lobach a sorti deux verres et nous a versé des schnaps généreux. De toute évidence, il était secoué. Quand je lui ai demandé quelles pourraient être les conséquences, il m'a répondu avec lucidité que cela signifiait la fin pour l'Allemagne et pour le nazisme. Je ne l'ai cru qu'à moitié – Hitler semblait invincible – mais Lobach a trinqué avec moi à la défaite de l'Allemagne. Ensuite il s'est attelé aux choses pratiques.

Mikael hocha la tête pour indiquer qu'il suivait l'histoire.

– Premièrement, il n'avait aucune possibilité de contacter mon père pour des instructions, mais de son propre chef il avait décidé d'interrompre mon séjour en Allemagne et de me renvoyer chez moi dès que possible. Deuxièmement, il voulait me demander de lui rendre un service.

Henrik Vanger montra un portrait jauni et écorné d'une femme brune vue de trois quarts.

– Hermann Lobach était marié depuis quarante ans, mais en 1919 il avait rencontré une femme qui avait la moitié de son âge et qui était d'une beauté ravageuse. Il est tombé fou amoureux d'elle. Elle n'était qu'une pauvre et modeste couturière. Lobach lui a fait la cour et, comme tant d'autres hommes fortunés, il avait les moyens de l'installer dans un appartement à une distance commode de son bureau. Elle est devenue sa maîtresse. En 1921, elle a mis au monde une fille, qui fut appelée Edith.

– Homme riche d'un certain âge, jeune femme pauvre et un enfant de l'amour – ça n'a pas dû causer un grand scandale, même dans les années 1940, commenta Mikael.

– C'est vrai. S'il n'y avait pas eu un problème. La femme était juive et Lobach était par conséquent père d'une fille juive au beau milieu de l'Allemagne nazie. Concrètement, il était un *traître à sa race*.

– Ah – ça change tout. Que s'est-il passé ?

– La mère d'Edith a été arrêtée en 1939. Elle a disparu et on se doute de ce qui lui est arrivé. Tout le monde savait qu'elle avait une fille qui n'avait pas encore été inscrite sur les listes de transport, et cette jeune fille était donc recherchée par la section de la Gestapo affectée à la traque des Juifs en fuite. En été 1941, la semaine même où je suis arrivé à Hambourg, ils avaient fait le lien entre la mère d'Edith et Hermann Lobach et il avait été convoqué pour interrogatoire. Il avait reconnu la liaison et la paternité, mais avait déclaré qu'il n'avait pas la moindre idée de l'endroit où sa fille se trouvait et qu'il n'avait pas eu de contact avec elle depuis dix ans.

– Et où se trouvait-elle ?

– Je l'avais croisée tous les jours au domicile de Lobach. Une fille de vingt ans mignonne et calme qui faisait le ménage dans ma chambre et aidait à servir au dîner. En 1937, les persécutions des Juifs duraient depuis plusieurs années et la mère d'Edith avait supplié Hermann de l'aider. Et il l'avait aidée – Lobach aimait sa fille illégitime autant que ses enfants légitimes. Il l'avait cachée à l'endroit le plus invraisemblable – devant le nez de tout le monde. Il s'était procuré de faux papiers et l'avait engagée comme bonne.

– Sa femme savait qui elle était ?

– Non, elle ignorait tout de l'arrangement.

– Et ensuite, que s'est-il passé ?

– Cela avait fonctionné pendant quatre ans, mais Lobach sentait que le piège se resserrait. D'ici peu, la Gestapo viendrait frapper à sa porte. Voilà tout ce qu'il m'a raconté cette nuit-là, à quelques semaines de mon départ pour la Suède. Puis il a fait venir sa fille et nous a présentés. Elle était très timide et n'a même pas osé croiser mon regard. Lobach m'a supplié de sauver sa vie.

– Comment ?

– Il avait tout arrangé. Selon ses plans, je devais rester encore trois semaines et ensuite prendre le train de nuit pour Copenhague puis le ferry pour traverser le Sund – un voyage assez anodin même en temps de guerre. Deux jours après notre conversation, un cargo dont le groupe Vanger était le propriétaire devait cependant quitter Hambourg à destination de la Suède. Lobach voulait me renvoyer avec le cargo, pour que je quitte l'Allemagne sans tarder. Tout changement dans des projets de voyage devait être approuvé par les services de sécurité ; des tracas bureaucratiques mais pas un problème insurmontable. Lobach tenait à me faire monter à bord du navire.

– Avec Edith, je suppose.

– Edith a embarqué illégalement, cachée dans une des trois cents caisses contenant des pièces pour machines. Ma tâche était de la protéger si elle était découverte avant que nous ayons quitté les eaux territoriales de l'Allemagne et d'empêcher le capitaine de faire une bêtise. Sinon, je devais attendre jusqu'à ce que nous soyons à bonne distance de l'Allemagne avant de la laisser sortir.

– Bon.

– Ça paraissait simple, mais ce fut un voyage cauchemardesque. Le capitaine s'appelait Oskar Granath, et il était loin d'être ravi d'avoir soudain la responsabilité de l'héritier arrogant de son employeur. Nous avons quitté Hambourg vers 9 heures un soir d'été. Nous étions en train de quitter le port lorsque les sirènes d'alerte aérienne se sont mises à hurler. Un raid anglais – le pire que j'aie vécu, et le port était évidemment un objectif prioritaire. Je n'exagère pas en disant que j'ai failli pisser dans mon froc quand des bombes ont commencé à éclater tout près. Mais, d'une façon ou d'une autre, nous nous en sommes sortis et, après une panne de moteur et une horrible nuit de tempête dans des eaux truffées de mines, nous sommes arrivés en Suède, à Karlskrona, le lendemain après-midi. Maintenant tu vas me demander ce qui est arrivé à la fille.

– Je crois le savoir déjà.

– Mon père est devenu fou furieux, bien entendu. Mon acte insensé faisait courir des risques énormes. Et la fille pouvait être extradée à n'importe quel moment – songe qu'on était en 1941. Mais à ce stade, j'étais aussi fou amoureux d'elle que Lobach l'avait été de sa mère. Je l'ai demandée en mariage et j'ai posé un ultimatum à mon père – soit il acceptait le mariage, soit il se trouvait un autre jeune espoir pour l'entreprise familiale. Il a cédé.

– Mais elle est morte ?

– Oui, elle est morte bien trop jeune. En 1958. Nous avons vécu un peu plus de seize années ensemble. Elle avait un problème cardiaque, de naissance. Et je me suis révélé stérile – nous n'avons jamais eu d'enfants. Et c'est pour cela que mon frère me hait.

– Parce que tu t'es marié avec elle.

– Parce que je me suis marié – ce sont ses termes – avec une sale pute de Juive. Pour lui, je trahissais la race, le peuple, la morale et tout ce qu'il défendait.

– Mais il est complètement fou.

– Je ne l'aurais pas mieux dit moi-même.

10

Jeudi 9 janvier – vendredi 31 janvier

A EN CROIRE *HEDESTADS-KURIREN*, le premier mois de Mikael en exil fut le plus froid de mémoire d'homme, ou au moins (Henrik Vanger lui fournit ce renseignement) depuis l'hiver de guerre 1942. Il était enclin à croire cette information. En une semaine à Hedeby, il avait tout appris sur les caleçons longs, les chaussettes en laine et les doubles tee-shirts.

Il vécut quelques jours et nuits terribles mi-janvier quand le froid descendit jusqu'aux inconcevables moins trente-sept degrés. Il n'avait jamais rien vécu de semblable, même pas au cours de l'année passée à Kiruna pendant son service militaire. Un matin, la conduite d'eau avait gelé. Gunnar Nilsson lui procura deux gros bidons en plastique pour qu'il puisse cuisiner et se laver, mais le froid était paralysant. Des roses de glace s'étaient formées sur les carreaux des fenêtres, côté intérieur, et il avait beau pousser à fond le poêle à bois, il se sentait continuellement gelé. Il passait un long moment tous les jours à fendre du bois dans la remise derrière la maison.

Par moments, il avait envie de pleurer et envisageait de prendre un taxi jusqu'à la ville et de sauter dans le premier train en partance pour le Sud. Au lieu de cela, il enfilait un pull de plus et s'enroulait dans une couverture, assis à la table de cuisine avec son café et de vieux rapports de police.

Ensuite la tendance s'inversa et la température monta jusqu'aux agréables moins dix degrés.

MIKAEL AVAIT COMMENCE à connaître des gens à Hedeby. Martin Vanger tint sa promesse et lui offrit un dîner préparé par ses soins – rôti d'élan arrosé d'un vin rouge italien. Ce chef d'entreprise n'était pas marié mais il fréquentait une certaine Eva Hassel, qui leur tint compagnie. Eva Hassel était une femme chaleureuse et distrayante, que Mikael trouva extrêmement attirante. Elle était dentiste et habitait à Hedestad, mais elle passait ses week-ends chez Martin Vanger. Mikael finit par apprendre qu'ils se connaissaient depuis de nombreuses années mais qu'ils avaient commencé à se fréquenter seulement à l'âge mûr et qu'ils n'avaient pas estimé nécessaire de se marier.

– Il se trouve qu'elle est mon dentiste, dit Martin Vanger en riant.

– Et me voir mêlée à cette famille de cinglés n'est pas mon truc, dit Eva Hassel en tapotant affectueusement le genou de Martin Vanger.

La villa de Martin Vanger était un rêve de célibataire dessiné par un architecte, avec des meubles en noir, blanc et chrome. Des pièces de design coûteuses qui auraient fasciné Christer Malm, le graphiste de *Millénium*. La cuisine était équipée pour un cuisinier professionnel. Dans le salon trônait une chaîne stéréo avec le fin du fin côté platine vinyles et une excellente collection de jazz, de Tommy Dorsey à John Coltrane. Martin Vanger avait de l'argent et son foyer était somptueux et fonctionnel, bien que relativement impersonnel. Mikael nota que les tableaux sur les murs étaient de simples reproductions et posters qu'on trouvait chez Ikea – jolis mais pas de quoi pavoiser. Les étagères, au moins dans la partie de la maison que Mikael pouvait voir, étaient soigneusement remplies de l'*Encyclopédie nationale* et de quelques livres souvenirs du genre que les gens offrent en cadeau de Noël faute d'une meilleure idée. En résumé, Mikael n'arrivait à distinguer que deux passions dans la vie de Martin Vanger : la musique et la cuisine. La première se manifestait dans trois mille albums trente-trois tours, à vue de nez. La deuxième pouvait se lire dans l'embonpoint de Martin Vanger.

En tant que personne, Martin Vanger était un étrange mélange de stupidité, de causticité et d'amabilité. Il ne fallait pas être très doué en analyse pour arriver à la conclusion que le chef d'entreprise était un homme qui avait des problèmes. Tandis qu'ils écoutaient *Night in Tunisia*, la conversation s'orienta sur le groupe Vanger, et Martin Vanger n'essaya pas de cacher qu'il se battait pour la survie du groupe. Ce choix de sujet rendit Mikael perplexe ; Martin Vanger n'ignorait pas qu'il avait pour invité un journaliste économique qu'il connaissait très peu, et pourtant il discutait les problèmes internes de sa société avec tant de franchise que cela paraissait imprudent. Apparemment, il considérait Mikael comme faisant partie de la famille, puisqu'il travaillait pour Henrik Vanger, et à l'instar de l'ancien PDG il estimait que la famille ne pouvait s'en prendre qu'à elle-même pour la situation dans laquelle se trouvait l'entreprise. En revanche, il n'avait pas l'amertume et le mépris intransigeant du vieil homme pour la famille. Martin Vanger semblait plutôt amusé par la folie incurable de celle-ci. Eva Hassel hocha la tête mais ne fit pas de commentaires. Ils avaient manifestement débattu de cette question auparavant.

Martin Vanger savait donc que Mikael avait été engagé pour écrire une chronique familiale et il demanda comment le travail avançait. Mikael répondit en souriant qu'il avait du mal à s'y retrouver dans les membres de la famille, puis il demanda à Martin Vanger à pouvoir revenir pour l'interviewer à un moment qui conviendrait. A plusieurs reprises, il envisagea d'orienter la conversation sur l'obsession du vieil homme pour la disparition de Harriet Vanger. Il se disait que Henrik Vanger avait dû tanner le frère de Harriet à plus d'une reprise avec ses théories. Martin savait sans doute aussi que si Mikael devait écrire une chronique familiale, il ne pourrait pas éviter de remarquer qu'un membre de la famille avait disparu sans laisser de traces. Mais Martin ne fit absolument pas mine de vouloir entamer ce sujet et Mikael décida d'attendre. En temps voulu, ils auraient des raisons de discuter de Harriet.

Après plusieurs tournées de vodka, ils terminèrent la soirée vers 2 heures du matin. Mikael était passablement ivre quand il tituba sur les trois cents mètres pour rentrer chez lui. Globalement, ç'avait été une soirée agréable.

UN APRES-MIDI, la deuxième semaine de Mikael à Hedeby, on frappa à la porte de sa maison. Mikael posa le classeur de l'enquête de police qu'il venait de sortir – le sixième – et tira la porte de la pièce de travail derrière lui avant d'aller ouvrir à une femme blonde d'une cinquantaine d'années habillée pour le pôle Nord.

– Bonjour. Je viens juste faire connaissance. Je m'appelle Cécilia Vanger.

Ils se serrèrent la main et Mikael sortit des tasses pour le café. Cécilia Vanger, fille du nazi Harald Vanger, avait l'air d'une femme ouverte et charmante sous bien des aspects. Mikael se souvint que Henrik Vanger avait parlé d'elle avec estime et qu'il avait mentionné qu'elle ne voyait pas son père, mais qu'elle habitait juste à côté de chez lui. Ils bavardèrent un moment avant qu'elle en vienne à la raison de sa venue.

– J'ai compris que vous alliez écrire un livre sur la famille. Je ne suis pas sûre que ce soit une idée qui me plaise, dit-elle. J'avais envie de voir à quoi vous ressemblez.

– Eh bien, Henrik Vanger m'a engagé. C'est son sujet, pour ainsi dire.

– Et le bon Henrik n'est pas entièrement objectif quand il s'agit de donner son point de vue sur la famille.

Mikael la regarda, ne sachant trop où elle voulait exactement en venir.

– Vous vous opposez à un livre sur votre famille ?

– Je n'ai pas dit ça. Et mon avis n'a sans doute pas d'importance. Mais je pense que vous avez peut-être déjà compris qu'il n'a pas toujours été très facile d'être une Vanger.

Mikael n'avait aucune idée de ce que Henrik avait dit et dans quelle mesure Cécilia connaissait sa mission. Il écarta les mains en un geste d'excuse :

– J'ai été contacté par Henrik Vanger pour écrire une chronique familiale. Henrik a des opinions hautes en couleur sur plusieurs des membres, mais je pense que je vais m'en tenir aux faits avérés.

Cécilia Vanger sourit, mais sans chaleur.

– Ce que je voudrais savoir, c'est si je dois choisir l'exil et émigrer quand le livre sortira.

– Je ne crois pas, répondit Mikael. Les gens sont capables de voir la différence entre une personne et une autre.

– Comme mon père, par exemple.

– Votre père le nazi ? demanda Mikael. Cécilia Vanger leva les yeux au ciel.

– Mon père est fou. Je ne le vois qu'une ou deux fois par an, bien que nos maisons se touchent.

– Pourquoi vous ne voulez pas le voir ?

– Attendez avant de vous précipiter avec un tas de questions – est-ce que vous avez l'intention de citer ce que je dis ? Ou est-ce que je peux mener une conversation normale avec vous sans avoir à craindre d'être présentée comme une imbécile ?

Mikael hésita une seconde, pas très sûr de la formulation qu'il devait employer.

– J'ai pour mission d'écrire un livre qui commence lorsque Alexandre Vangeersad débarque avec Bernadotte et qui se termine aujourd'hui. Il suivra l'empire industriel au long de nombreuses décennies, mais parlera évidemment aussi de la raison pour laquelle l'empire s'écroule et des divergences qui existent au sein de la famille. Dans ce genre de récit, il est impossible d'éviter que de la boue ne remonte à la surface. Mais cela ne signifie pas que je vais faire un portrait abominable de vous ni donner une image infâme de la famille. J'ai par exemple rencontré Martin Vanger, que je considère comme un homme sympathique et que je m'apprête à décrire comme tel.

Cécilia Vanger ne répondit pas.

– Ce que je sais de vous, c'est que vous êtes professeur…

– Pire que ça même, je suis proviseur au lycée de Hedestad.

– Pardon. Je sais que Henrik Vanger vous aime bien, que vous êtes mariée mais séparée… et ça doit être à peu près tout. Bien sûr que vous pouvez parler avec moi sans avoir à craindre d'être citée ou livrée en pâture. Par contre, je vais sûrement venir frapper chez vous un jour et demander à vous parler d'un événement précis parce que j'aurai besoin de votre version. Mais je vous dirai clairement quand je poserai une question de ce genre.

– Donc je peux vous parler… *off the record*, comme vous dites.

– Bien sûr.

– Et ceci est *off the record* ?

– Vous êtes une voisine qui est passée dire bonjour et boire une tasse de café, rien de plus.

– Parfait. Est-ce que je peux vous demander quelque chose ?

– Je vous en prie.

– Dans quelle mesure ce livre parlera-t-il de Harriet Vanger ?

Mikael se mordit la lèvre inférieure et hésita. Il essaya de rester léger.

– Très franchement, je n'en sais rien. C'est vrai qu'il y aura peut-être un chapitre – c'est effectivement un événement dramatique, on ne peut pas le nier, et qui a influencé au moins Henrik Vanger.

– Mais vous n'êtes pas ici pour enquêter sur sa disparition ?

– Qu'est-ce qui vous fait croire ça ?

– Eh bien, le fait que Gunnar Nilsson a traîné ici quatre gros cartons. Cela devrait correspondre au recueil des recherches personnelles de Henrik au fil des ans. Et quand j'ai jeté un œil dans l'ancienne chambre de Harriet où Henrik conserve d'ordinaire sa collection, elle n'y était plus.

Cécilia Vanger n'était pas bête.

– Je préférerais que vous discutiez de ça avec Henrik et pas avec moi, répondit Mikael. Mais sinon, bien sûr, Henrik m'a pas mal parlé de la disparition de Harriet et je trouve intéressant de lire les documents là-dessus.

Une nouvelle fois, Cécilia Vanger arbora un sourire triste.

– Parfois je me demande qui est le plus fou – mon père ou mon oncle. J'ai dû discuter la disparition de Harriet avec lui des milliers de fois.

– Que pensez-vous qu'il lui soit arrivé ?

– Est-ce que la question fait partie de l'interview ?

– Non, fit Mikael en riant. Je pose la question par curiosité.

– Ce que j'aimerais savoir, c'est si vous aussi vous êtes fêlé. Si vous avez adhéré au raisonnement de Henrik ou si c'est vous qui poussez Henrik.

– Vous voulez dire que Henrik est fêlé ?

– Ne me comprenez pas de travers. Henrik est l'un des hommes les plus chaleureux et les plus attentionnés que je connaisse. Je l'aime énormément. Mais sur ce sujet il est obsédé.

– Son obsession, cela dit, semble fondée. Harriet a réellement disparu.

– C'est simplement que j'en ai marre de toute cette foutue histoire. Elle a empoisonné nos vies pendant tant d'années et elle ne s'arrête jamais.

Elle se leva soudain et enfila son manteau de fourrure.

– Je dois y aller. Vous m'avez l'air sympa. C'est ce que dit Martin aussi, mais son jugement n'est pas toujours le meilleur. Passez boire un café quand vous voudrez. Je suis presque toujours chez moi le soir.

– Merci, dit Mikael. Quand elle se dirigea vers la porte d'entrée, il lança derrière elle : Vous n'avez pas répondu à la question qui n'était pas une question d'interview.

Elle s'arrêta devant la porte et répondit sans le regarder.

– Je n'ai aucune idée de ce qui est arrivé à Harriet. Mais je crois que c'était un accident qui a une explication tellement simple et banale que nous serions surpris si un jour nous apprenions la réponse.

Elle se retourna et lui sourit – pour la première fois avec chaleur. Puis elle fit un signe de la main et s'en alla. Mikael resta immobile à la table, pensif. Cécilia Vanger était l'une des personnes inscrites en gras sur sa liste de membres de la famille présents sur l'île quand Harriet Vanger avait disparu.

SI LA CONNAISSANCE DE CECILIA VANGER avait été relativement agréable à faire, ce ne fut pas le cas pour Isabella Vanger. Agée de soixante-quinze ans, la mère de Harriet Vanger était une femme très élégante, une sorte de Lauren Bacall âgée. Mince, vêtue d'un manteau d'astrakan noir et d'un bonnet assorti, elle s'appuyait sur une canne noire lorsque Mikael tomba sur elle un matin en se rendant au café Susanne. Il pensa à un vampire sur le retour : d'une beauté picturale mais venimeuse comme un serpent. Isabella Vanger rentrait manifestement chez elle après une promenade ; elle le héla depuis la croisée des chemins.

– Vous là, jeune homme ! Venez par ici.

On pouvait difficilement se méprendre sur le ton de commandement. Mikael regarda autour de lui et tira la conclusion que c'était lui qu'elle appelait. Il s'approcha.

– Je suis Isabella Vanger, annonça la femme.

– Bonjour, je m'appelle Mikael Blomkvist. Il tendit une main qu'elle ignora superbement.

– C'est vous, le type qui fouille dans nos histoires de famille ?

– Disons que je suis le type que Henrik Vanger a contacté pour l'aider dans son historique de la famille Vanger.

– Ce ne sont pas vos affaires.

– Où est le problème ? Que Henrik Vanger m'ait contacté ou bien que j'aie accepté ? Dans le premier cas, je pense que cela regarde Henrik, dans le deuxième, c'est mon problème.

– Vous savez très bien ce que je veux dire. Je n'aime pas que des gens fouinent dans ma vie.

– Hé là, je ne vais pas fouiner dans votre vie. Pour le reste, il faudra que vous en discutiez avec Henrik.

Isabella Vanger leva soudain sa canne et frappa la poitrine de Mikael avec le pommeau. Un coup sans aucune violence, mais la surprise le fit reculer d'un pas.

– Tenez-vous à bonne distance de moi.

Isabella Vanger tourna les talons et poursuivit vers chez elle. Mikael resta cloué sur place, le visage figé comme s'il venait de rencontrer un personnage de BD en chair et en os. Tournant les yeux, il vit Henrik Vanger à la fenêtre de son cabinet de travail. Il tenait une tasse de café à la main qu'il leva avec ironie. Mikael écarta les mains en un geste d'impuissance, secoua la tête et reprit son chemin en direction du café Susanne.

LE SEUL VOYAGE QUE MIKAEL entreprit au cours du premier mois fut une excursion d'une journée au bord du lac Siljan. Il emprunta la Mercedes de Dirch Frode et roula dans un paysage enneigé pour aller passer un après-midi en compagnie du commissaire Gustaf Morell. Mikael avait essayé de se faire une idée de Morell en se basant sur l'impression émanant de l'enquête de police ; il trouva un vieillard diminué qui se déplaçait lentement et parlait encore plus lentement.

Sur un bloc-notes, Mikael avait griffonné une dizaine de questions, partant surtout d'idées qui lui étaient venues à l'esprit en lisant l'enquête. Morell fournit une réponse pédagogique à chaque question. Pour finir, Mikael rangea son bloc-notes et expliqua au commissaire en retraite que ces questions n'étaient qu'un prétexte pour venir le voir. Ce qu'il voulait en réalité, c'était bavarder avec lui et pouvoir poser la seule question d'importance : y avait-il quelque chose dans l'enquête qu'il n'avait pas couché sur papier – une réflexion ou une intuition qu'il pourrait lui communiquer ?

Morell, tout comme Henrik Vanger, ayant passé trente-six ans à réfléchir au mystère de la disparition de Harriet, Mikael s'était attendu à rencontrer une certaine réticence à l'égard du nouveau qui venait fouiner dans les fourrés où Morell s'était égaré. Morell, pourtant, n'affichait pas l'ombre d'une hostilité. Il bourra soigneusement sa pipe et craqua une allumette avant de répondre.

– Oh, bien sûr que j'ai des idées. Mais elles sont tellement vagues et fuyantes que je n'arrive pas très bien à les formuler.

– Qu'est-ce qui est arrivé à Harriet, selon vous ?

– Je crois qu'elle a été assassinée. Là-dessus, je suis d'accord avec Henrik. C'est la seule explication plausible. Mais nous n'avons jamais compris le motif. Je crois qu'elle a été tuée pour une raison précise – ce n'est l'œuvre ni d'un fou ni d'un violeur ou quelque chose comme ça. Si nous connaissions le motif, nous saurions qui l'a tuée.

Morell réfléchit un instant.

– Le meurtre a pu être commis à l'improviste. Je veux dire par là que quelqu'un a saisi l'occasion quand une possibilité s'est offerte dans le chaos occasionné par l'accident. L'assassin a caché le corps et l'a transporté plus tard, tandis que se déroulait la battue pour la retrouver.

– Dans ce cas, nous parlons de quelqu'un qui agit de sang-froid.

– Il y a un détail. Harriet est venue dans le cabinet de Henrik et a demandé à lui parler. Cela me semble un drôle de comportement – elle le savait débordé par tous les membres de la famille qui grouillaient de partout. Je crois que Harriet constituait une menace pour quelqu'un, qu'elle voulait raconter quelque chose à Henrik et que l'assassin a compris qu'elle allait… disons moucharder.

– Henrik était occupé avec quelques membres de la famille…

– Il y avait quatre personnes dans la pièce, en dehors de Henrik. Son frère Greger, le fils d'une cousine, un certain Magnus Sjögren, et il y avait les deux enfants de Harald Vanger, Birger et Cécilia. Mais cela ne signifie rien de spécial. Supposons que Harriet avait découvert que quelqu'un détournait de l'argent de l'entreprise – juste une hypothèse. Elle a pu garder cette info pendant des mois, voire en discuter plusieurs fois avec le quelqu'un en question. Elle a pu essayer de le faire chanter, ou elle a pu avoir pitié de lui sans savoir si elle devait le dénoncer ou pas. Elle a pu se décider brusquement et en informer l'assassin, qui, affolé, l'a supprimée.

– Vous parlez d'un “il”.

– D'un point de vue statistique, la plupart des assassins sont des hommes. Mais il est vrai que la famille Vanger comporte quelques bonnes femmes qui sont de véritables harpies.

– J'ai rencontré Isabella.

– Elle en fait partie. Mais il y en a d'autres. Cécilia Vanger peut être assez cassante. Avez-vous rencontré Sara Sjögren ? Mikael secoua la tête. C'est la fille de Sofia Vanger, l'une des cousines de Henrik. Une femme vraiment désagréable et dépourvue de scrupules, croyez-moi. Mais elle habitait à Malmö et pour autant que j'ai pu trouver, elle n'avait aucune raison d'éliminer Harriet.

– Hm hm.

– Le seul problème, c'est que nous avons beau tourner et retourner l'histoire, nous ne comprenons jamais le motif. Tout est là. Découvrons le motif et nous saurons ce qui s'est passé et qui est le responsable.

– Vous avez travaillé à fond sur ce cas. Y a-t-il une piste que vous n'ayez pas suivie ?

Gustaf Morell gloussa.

– Eh non, Mikael. J'ai consacré un temps fou à l'affaire et je ne vois pas le moindre détail que je n'aie pas remonté aussi loin que possible. Même après que j'ai eu de l'avancement et que j'ai quitté Hedestad.

– Quitté ?

– Oui, je ne suis pas originaire de Hedestad. J'y étais stationné entre 1963 et 1968. Ensuite j'ai été nommé commissaire et j'ai rejoint la police de Gävle pour le restant de ma carrière. Mais même en poste à Gävle, j'ai continué à travailler sur la disparition de Harriet.

– Henrik Vanger ne vous a pas lâché, j'imagine.

– Oui, bien sûr, mais ce n'était pas pour ça. L'énigme Harriet me fascine encore aujourd'hui. Je veux dire… comprenez que tout flic a son propre mystère non résolu. Je me souviens que quand j'étais à Hedestad, mes collègues plus âgés parlaient du cas Rebecka en prenant le café. Il y avait en particulier un policier qui s'appelait Torstensson – il est mort depuis de nombreuses années – qui revenait année après année sur ce cas. Durant son temps libre et ses vacances. Quand c'était le calme plat côté voyous locaux, il sortait souvent les classeurs et se mettait à réfléchir.

– Là aussi, il s'agissait d'une fille disparue ?

Le commissaire Morell eut l'air surpris une seconde. Puis il sourit quand il comprit que Mikael cherchait une sorte de lien.

– Non, je ne l'ai pas mentionné pour cette raison. Je parle de *l'âme* d'un policier. Le cas Rebecka date de bien avant la naissance même de Harriet Vanger, et il est prescrit depuis longtemps. Dans les années 1940, une femme de Hedestad a été attaquée, violée et assassinée. Ça n'a rien d'inhabituel. Au cours de leur carrière, tous les policiers ont au moins une fois à élucider ce type d'événement, mais ce que je veux dire, c'est qu'il y a des cas qui s'incrustent et se glissent sous la peau des investigateurs. Cette fille a été tuée d'une façon particulièrement brutale. L'assassin l'avait ligotée et il lui a enfoncé la tête dans les braises d'une cheminée. Je ne sais pas combien de temps il a fallu à cette pauvre fille pour mourir, ni quelles douleurs elle a pu endurer.

– Quelle horreur !

– Exactement. L'horreur totale. Le pauvre Torstensson était le premier investigateur sur place quand on l'avait trouvée, et le meurtre n'a jamais été élucidé, bien qu'ils aient fait venir en renfort des experts de Stockholm. Il n'a jamais réussi à lâcher le cas.

– Je le comprends.

– Mon cas Rebecka est donc Harriet. Nous ne savons pas comment elle est morte. Techniquement, nous ne pouvons même pas prouver qu'il y a eu meurtre. Mais je n'ai jamais réussi à lâcher.

Il réfléchit un moment.

– Enquêteur criminel, ça peut être le métier le plus solitaire du monde. Les amis de la victime sont révoltés et désespérés, mais tôt ou tard – au bout de quelques semaines ou mois – la vie quotidienne reprend le dessus. Pour les plus proches, ça met plus longtemps, mais eux aussi finissent par surmonter le chagrin et le désespoir. La vie continue. Pourtant les meurtres non résolus vous rongent. En fin de compte, il ne reste qu'une seule personne qui pense à la victime et essaie de lui rendre justice – le flic qui est resté avec l'enquête sur les bras.

TROIS AUTRES PERSONNES de la famille Vanger avaient leur domicile sur l'île. Alexander Vanger, né en 1946 et fils de Greger, habitait une maison en bois rénovée, construite au début du XXe siècle. Henrik apprit à Mikael qu'Alexander Vanger se trouvait à l'heure actuelle aux Antilles, où il se consacrait à ses occupations favorites – faire de la voile et passer le temps à musarder. Henrik démolit son neveu avec une telle vigueur que Mikael en tira la conclusion qu'Alexander Vanger avait été l'objet de controverses. Il se contenta de constater qu'Alexander avait vingt ans quand Harriet Vanger avait disparu, et qu'il faisait partie de ceux qui s'étaient trouvés sur place.

Avec Alexander habitait sa mère Gerda, quatre-vingts ans et veuve de Greger Vanger. Mikael ne l'apercevait jamais ; elle était de santé fragile et restait alitée la plupart du temps.

La troisième personne était évidemment Harald Vanger. Au cours du premier mois, Mikael n'avait même pas réussi à apercevoir l'ombre du vieux biologiste des races.

La maison de Harald Vanger, le voisin le plus proche de Mikael, avait un air lugubre avec ses fenêtres occultées de lourds rideaux. A plusieurs reprises, Mikael avait eu l'impression de deviner un léger mouvement de ces rideaux, et une fois, tard dans la nuit alors qu'il s'apprêtait à se coucher, il avait soudain vu une lumière dans une chambre à l'étage. Les rideaux étaient mal tirés. Pendant plus de vingt minutes, il était resté fasciné, dans le noir de la cuisine, à regarder la lumière avant de tout laisser tomber et d'aller se coucher en grelottant. Au matin, le rideau avait repris sa place.

Harald Vanger semblait être un esprit invisible mais perpétuellement présent, marquant la vie du hameau par son absence. Dans l'imagination de Mikael, Harald Vanger prenait de plus en plus la forme d'un Gollum malveillant espionnant son entourage de derrière les rideaux et s'adonnant à des activités mystérieuses dans son trou fermé à double tour.

Une fois par jour, Harald Vanger recevait la visite d'une aide à domicile, une femme âgée venant de l'autre côté du pont, qui pataugeait dans les congères avec des cabas chargés de nourriture jusqu'à sa porte, puisqu'il refusait de faire déblayer l'accès. Gunnar Nilsson, "l'homme à tout faire", secoua la tête quand Mikael lui posa la question. Il expliqua qu'il s'était proposé de déblayer, mais que manifestement Harald Vanger refusait que quiconque pose un pied sur son terrain. Une seule fois, le premier hiver après le retour de Harald Vanger sur l'île, Gunnar Nilsson était machinalement arrivé avec le tracteur pour déblayer la neige de l'accès, comme il le faisait devant toutes les maisons. Une initiative qui lui avait valu de voir débouler un Harald Vanger vociférant et l'obligeant à s'en aller.

Gunnar Nilsson, par ailleurs, regrettait de ne pas pouvoir déblayer la cour de Mikael, mais la grille était trop étroite pour laisser passer le tracteur. Restait donc à utiliser l'huile de coude et une pelle à neige.

AU MILIEU DU MOIS DE JANVIER, Mikael Blomkvist donna pour mission à son avocat d'essayer de savoir quand il était censé purger ses trois mois de prison. Il tenait à se débarrasser de la corvée au plus vite. Aller en prison se révéla être plus facile que ce qu'il avait imaginé. Au bout d'une semaine de palabres, il fut décidé que Mikael se présenterait le 17 mars à la centrale de Rullåker près d'Östersund, un établissement pénitentiaire souple pour les condamnations légères. L'avocat de Mikael l'informa en outre que la peine serait très vraisemblablement écourtée.

– Tant mieux, fit Mikael sans grand enthousiasme.

Il était assis à la table de la cuisine et caressait le chat tigré roux, qui avait pris l'habitude de surgir à intervalles réguliers pour passer la nuit chez lui. Helen Nilsson, de l'autre côté de la route, lui avait appris que le chat s'appelait Tjorven, qu'il n'appartenait à personne en particulier, mais qu'il faisait la tournée des maisons.

MIKAEL RENCONTRAIT son commanditaire pratiquement tous les après-midi. Parfois pour un bref entretien, parfois pour des heures à discuter la disparition de Harriet Vanger et toutes sortes de détails dans l'investigation privée de Henrik Vanger.

Régulièrement, Mikael formulait une théorie que Henrik s'appliquait à torpiller. Mikael essayait de garder une distance vis-à-vis de sa mission, mais en même temps il sentait qu'il y avait des moments où il était lui-même terriblement fasciné par l'énigme que constituait la disparition de Harriet.

Mikael avait promis à Erika qu'il allait aussi élaborer une stratégie leur permettant de reprendre la lutte contre Hans-Erik Wennerström, mais en un mois à Hedestad, il n'avait même pas ouvert les vieux dossiers dont le contenu l'avait mené au tribunal. Au contraire – il repoussait en bloc le problème. Chaque fois qu'il commençait à réfléchir à Wennerström et à sa propre situation, il tombait dans un découragement et une faiblesse insondables. Dans ses moments de lucidité, il se demandait s'il n'était pas en train de devenir aussi fêlé que le vieux Vanger. Sa carrière professionnelle s'était écroulée comme un château de cartes et sa réaction avait été de se terrer dans un petit village à la campagne pour chasser des fantômes. Sans compter qu'Erika lui manquait.

Henrik Vanger regardait son collègue d'investigation avec une inquiétude discrète. Il devinait que Mikael Blomkvist ne se trouvait pas toujours dans un équilibre parfait. Vers la fin janvier, le vieil homme prit une décision qui le surprit lui-même. Il souleva le combiné du téléphone et appela Stockholm. La conversation dura vingt minutes et tourna principalement autour de Mikael Blomkvist.

PRES D'UN MOIS AVAIT ETE NECESSAIRE pour que la colère d'Erika se calme. A 21 h 30 un des derniers soirs de janvier, elle appela.

– Tu as donc vraiment l'intention de rester là-bas, dit-elle pour commencer. L'appel le prit tellement de court que Mikael ne sut tout d'abord pas quoi répondre. Puis il sourit, et serra la couverture autour de lui.

– Salut Ricky. Tu devrais venir y goûter, toi aussi.

– Pourquoi ? Ça présente un attrait particulier d'habiter à Pétaouchnok ?

– Je viens juste de me laver les dents avec de l'eau glacée. Ça fait chanter les plombages.

– Tu n'as qu'à t'en prendre à toi-même. Mais je t'avoue qu'il fait aussi un froid de canard ici à Stockholm.

– Raconte.

– Nous avons perdu deux tiers de nos annonceurs fixes. Personne n'a envie de le dire clairement, mais…

– Je sais. Dresse une liste de ceux qui se désistent. Un jour nous les présenterons dans un reportage de circonstance.

– Micke… j'ai fait des calculs et si nous n'avons pas de nouveaux annonceurs, nous coulerons à l'automne. C'est aussi simple que ça.

– Le vent va tourner.

Elle eut un rire fatigué à l'autre bout de la ligne.

– Tu ne peux pas te contenter de rester là-haut dans l'enfer lapon et d'affirmer des trucs pareils.

– N'exagère pas, le village sami le plus proche est au moins encore à plus de cinq cents kilomètres d'ici.

Erika se tut un moment, puis reprit :

– Je sais. Quand un homme a une mission, il faut qu'il la remplisse, et à vos ordres, mon colonel. Je ne te demande pas de te justifier. Pardon d'avoir été vache et de ne pas avoir répondu à tes coups de fil. Est-ce qu'on peut reprendre au début ? Est-ce que j'ose venir te rendre visite ?

– Quand tu veux.

– Il faut que j'emporte un fusil avec des balles à loups ?

– Pas du tout. Nous engagerons quelques Lapons avec des traîneaux à chiens. Tu viens quand ?

– Vendredi soir. OK ?

La vie parut d'un coup infiniment plus gaie à Mikael.

A PART LE MINCE SENTIER DEBLAYE jusqu'à la porte, le terrain était couvert de près d'un mètre de neige. Mikael fixa la pelle d'un œil critique pendant une minute, puis il alla demander aux Nilsson si Erika pouvait garer sa BMW chez eux pendant sa visite. Ça ne posait aucun problème. Il y avait plein de place dans leur garage et ils lui proposèrent même un chauffe-moteur.

Erika fit le trajet dans l'après-midi et arriva vers 18 heures. Ils se regardèrent chacun sur la réserve pendant quelques secondes et se serrèrent l'un contre l'autre pendant bien plus longtemps.

Il n'y avait pas grand-chose à voir dehors dans l'obscurité du soir à part l'église éclairée, et la supérette Konsum comme le café Susanne étaient en train de fermer. Ils gagnèrent rapidement la maison. Mikael prépara le dîner pendant qu'Erika furetait dans tous les coins, lançant des commentaires sur les *Rekordmagasinet* des années 1950 et feuilletant ses classeurs dans la pièce de travail. Ils mangèrent des côtes d'agneau avec des pommes de terre à la crème – beaucoup trop de calories – accompagnées de vin rouge. Mikael essaya de reprendre le sujet mais Erika n'était pas d'humeur à discuter de *Millénium*. Au lieu de cela, ils parlèrent pendant deux heures d'eux-mêmes et des activités de Mikael. Ensuite, ils allèrent vérifier si le lit était assez large pour deux.

LA TROISIEME RENCONTRE avec maître Nils Bjurman avait été annulée, reportée puis finalement fixée à 17 heures ce même vendredi. Lors des autres rendez-vous, Lisbeth Salander avait été accueillie par une femme d'une cinquantaine d'années parfumée au musc et faisant office de secrétaire. Cette fois-ci elle était absente et maître Bjurman dégageait une faible odeur d'alcool. Il fit signe à Salander de s'asseoir dans un fauteuil et feuilleta distraitement des papiers jusqu'à ce qu'il semble soudain se rendre compte de sa présence.

S'ensuivit un nouvel interrogatoire. Il questionna Lisbeth Salander sur sa vie sexuelle – qu'elle estimait définitivement relever de sa vie privée et qu'elle n'avait pas l'intention de discuter avec qui que ce soit.

Après le rendez-vous, elle sut qu'elle avait mal géré l'entretien. Silencieuse au départ, elle avait évité de répondre à ses questions et il avait interprété cela comme de la timidité, de la déficience mentale ou une tentative de dissimulation, et il l'avait pressée pour avoir des réponses. Comprenant qu'il n'abandonnerait pas, elle lui avait fourni des réponses sommaires et anodines du genre qu'elle supposait coller avec son profil psychologique. Elle avait mentionné Magnus – décrit comme un programmeur en informatique de son âge un peu tocard, qui se comportait en gentleman avec elle, l'emmenait au cinéma et parfois la fourrait dans son lit. Magnus était une pure fiction qui prit forme à mesure qu'elle en parlait, mais Bjurman avait saisi ce prétexte pour dresser une carte détaillée de sa vie sexuelle pendant l'heure suivante. *A quelle fréquence est-ce que tu fais l'amour ?* De temps en temps. *Qui prend l'initiative – toi ou lui ?* Moi. *Est-ce que vous utilisez des préservatifs ?* Evidemment – elle avait entendu parler du HIV. *Quelle est ta position préférée ?* Ben, sur le dos en général. *Est-ce que tu aimes le sexe oral ?* Euh, attendez là… *Est-ce que tu as déjà pratiqué la sodomie ?*

– Non, ça ne m'amuse pas spécialement qu'on me la fourre dans le cul – mais ce n'est pas tes oignons, alors là, pas du tout !

C'était la seule fois où elle s'était laissé emporter en compagnie de Bjurman. Consciente qu'il pourrait se méprendre sur son regard, elle avait fixé le plafond pour que ses yeux ne trahissent pas ses sentiments. Quand elle le regarda de nouveau, il ricanait de l'autre côté du bureau. Lisbeth Salander avait soudain compris que sa vie allait prendre une tournure dramatique. Elle quitta maître Bjurman avec un sentiment de dégoût. Elle n'avait pas été préparée à ça. Palmgren n'aurait jamais eu l'idée de poser ce genre de questions, en revanche il avait toujours été disposé à l'écouter, offre dont elle avait rarement profité.

Bjurman était un *blème grave* et elle comprit qu'il était même en train de passer au niveau *maxiblème.*

11

Samedi 1er février – mardi 18 février

PROFITANT DES COURTES HEURES DE JOUR le samedi, Mikael et Erika firent une promenade qui les mena des cabanes du port à la ferme d'Östergården. Bien qu'habitant sur l'île depuis un mois, Mikael n'en avait jamais auparavant visité l'intérieur ; le froid plus diverses tempêtes de neige avaient eu un effet dissuasif sur de tels exercices. Mais le samedi était ensoleillé et agréable, comme si Erika avait apporté un soupçon de printemps à l'horizon. Il ne faisait que moins cinq degrés. La route était bordée de congères hautes d'un bon mètre formées par le chasse-neige. Dès qu'ils eurent quitté la zone des cabanes, ils se retrouvèrent dans une forêt de sapins dense, et Mikael fut surpris de constater que le mont Sud, dominant le port de plaisance, était bien plus haut et plus inaccessible qu'on ne l'aurait dit en le regardant depuis le hameau. Un moment, il se demanda combien de fois Harriet Vanger y avait joué quand elle était petite, puis il cessa d'y penser. Quelques kilomètres plus loin, la forêt prit fin brusquement devant une clôture entourant la ferme d'Östergården. Ils pouvaient voir un bâtiment blanc en bois et une imposante grange rouge. Ils s'abstinrent d'aller jusqu'à la ferme et rebroussèrent chemin.

Ils passaient devant l'accès à la maison Vanger, quand Henrik Vanger frappa quelques coups sonores sur la fenêtre à l'étage et, avec force gestes, les invita à monter. Mikael et Erika se regardèrent.

– Tu veux rencontrer un industriel de légende ? demanda Mikael.

– Est-ce qu'il mord ?

– Pas le samedi.

Henrik Vanger les accueillit à la porte de son cabinet de travail et leur serra la main.

– Je vous reconnais. Vous devez être Mlle Berger, fit-il. Mikael n'a pas soufflé mot de votre visite à Hedeby.

L'UNE DES PLUS GRANDES QUALITES d'Erika était sa capacité à nouer des liens d'amitié avec les individus les plus divers. Mikael l'avait vue brancher son charme sur de petits garçons de cinq ans, prêts à abandonner leur maman dans les dix minutes. Les vieillards de quatre-vingts ans et des poussières ne semblaient pas constituer des exceptions. Ses fossettes souriantes n'étaient que des amuse-gueules. En deux minutes, Erika et Henrik Vanger avaient totalement ignoré Mikael et bavardaient comme s'ils se connaissaient depuis l'enfance – disons depuis l'enfance d'Erika, si l'on considérait la différence d'âge.

Sans prendre de gants, Erika commença par reprocher à Henrik Vanger d'avoir attiré son meilleur rédacteur dans ce trou perdu. Le vieil homme répliqua que, pour autant qu'il avait pu comprendre en lisant divers communiqués de presse, elle l'avait déjà licencié, et si elle ne l'avait pas déjà fait, il serait grand temps de délester la rédaction. Jouant l'intéressée, Erika examina Mikael d'un œil critique. De toute façon, un break rustique à la campagne ne ferait que du bien au jeune M. Blomkvist, ajouta Henrik Vanger. Erika était entièrement d'accord.

Pendant cinq minutes, ils plaisantèrent ainsi sur les revers de Mikael. Mikael se cala au fond de son fauteuil, jouant l'offensé, mais bien renfrogné quand Erika lâcha quelques commentaires équivoques, éventuellement applicables à ses défauts en tant que journaliste, mais tout aussi bien à ses performances sexuelles défaillantes. La tête en arrière, Henrik Vanger riait aux éclats.

Mikael en resta stupéfait ; il ne s'agissait que de vannes amicales, mais jamais auparavant il n'avait vu Henrik Vanger aussi décontracté et à l'aise. Il comprit soudain qu'un Henrik Vanger de cinquante ans plus jeune – disons trente ans, même – avait dû être un homme à femmes séducteur et attirant. Il ne s'était jamais remarié. Il y avait forcément eu des femmes sur son chemin, mais il était resté célibataire depuis bientôt un demi-siècle.

Mikael avala une gorgée de café et tendit de nouveau l'oreille en réalisant que la conversation était soudain devenue sérieuse et portait sur *Millénium.*

– Mikael m'a laissé comprendre que vous avez des problèmes au journal.

Erika se tourna vers Mikael.

– Non, il n'a pas discuté vos affaires internes, mais il faudrait être sourd et aveugle pour ne pas se rendre compte que votre journal, tout comme les entreprises Vanger, se trouve au bout du rouleau.

– Je pense que nous allons redresser la situation, répondit Erika prudemment.

– J'en doute, répliqua Henrik Vanger.

– Ah bon, pourquoi ?

– Voyons voir, vous avez combien d'employés, six ? Un tirage de vingt et un mille exemplaires qui sortent une fois par mois, les frais d'impression et de distribution, les locaux… Il vous faut un chiffre d'affaires disons de 10 millions. Environ la moitié de cette somme est forcément assurée par les annonceurs.

– Et ?

– Hans-Erik Wennerström est un salopard rancunier et mesquin qui ne vous oubliera pas de sitôt. Vous avez perdu combien d'annonceurs ces derniers mois ?

Erika attendit la suite en observant Henrik Vanger. Mikael se surprit à retenir sa respiration. Lorsque lui et le vieil homme avaient abordé le sujet *Millénium*, il s'était agi soit de commentaires taquins, soit de la situation du journal par rapport à la capacité de Mikael de faire un bon boulot à Hedestad. Mikael et Erika étaient cofondateurs et copropriétaires du journal, mais il était évident que Vanger parlait en ce moment uniquement à Erika, de patron à patron. Un échange selon un code que Mikael n'arrivait ni à comprendre ni à interpréter, ce qui venait peut-être du fait qu'au fond il n'était qu'un fils d'ouvrier pauvre du Norrland et elle une fille de la haute, dotée d'un bel arbre généalogique international.

– Puis-je avoir encore du café ? demanda Erika. Henrik Vanger la servit immédiatement.

– Bon, admettons que vous soyez perspicace. L'eau commence à monter dans les caves de *Millénium*. Mais on rame.

– Combien de temps avant le naufrage ?

– Nous avons six mois devant nous pour faire demi-tour. Huit, neuf mois au maximum. Mais nous n'avons tout simplement pas assez de liquidités pour nous maintenir à flot plus longtemps que ça.

Le visage du vieil homme était insondable quand il regarda par la fenêtre. L'église était toujours en place.

– Savez-vous qu'un jour j'ai été propriétaire d'un journal ?

Avec le plus bel ensemble, Mikael et Erika secouèrent la tête. Henrik Vanger éclata de rire.

– Nous possédions six quotidiens du Norrland. C'était dans les années 1950 et 1960. L'idée venait de mon père – il pensait qu'il pouvait y avoir des avantages politiques à être soutenus par les médias. Nous sommes même toujours l'un des propriétaires de *Hedestads-Kuriren*, Birger Vanger est président du conseil d'administration de l'association des propriétaires. C'est le fils de Harald, ajouta-t-il à l'intention de Mikael.

– Il est aussi élu municipal, constata Mikael.

– Martin aussi siège au CA. Il tient Birger en laisse.

– Pourquoi avez-vous liquidé vos parts dans les journaux ? demanda Mikael.

– Restructuration dans les années 1960. L'activité journalistique était en quelque sorte plus un hobby qu'un intérêt. Quand nous avons eu besoin de resserrer le budget, c'est l'un des premiers biens que nous avons mis en vente dans les années 1970. Mais je sais ce que ça signifie que de s'occuper d'un journal… Est-ce que je peux poser une question personnelle ?

La question était adressée à Erika, qui haussa un sourcil et d'un geste invita Vanger à poursuivre.

– Je n'ai pas questionné Mikael là-dessus et si vous ne voulez pas répondre, vous n'êtes pas obligés. Je voudrais savoir pourquoi vous vous êtes retrouvés dans ce bourbier. Est-ce que vous aviez un sujet ou pas ?

Mikael et Erika échangèrent des regards. Cette fois, ce fut au tour de Mikael d'avoir l'air insondable. Erika hésita une seconde avant de parler.

– Nous avions un sujet. Mais en réalité on en abordait un autre.

Henrik Vanger hocha la tête, comme s'il comprenait exactement Erika. Alors que Mikael lui-même ne comprenait pas.

– Je ne veux pas en parler, coupa Mikael. J'ai mené mes recherches et j'ai écrit le papier. J'avais toutes les sources nécessaires. Ensuite, c'est parti en vrille.

– Mais tu avais une source pour tout ce que tu as écrit ?

Mikael hocha la tête. La voix de Henrik Vanger fut soudain tranchante.

– Je ne veux pas jouer celui qui comprend comment vous avez pu poser le pied sur une mine pareille. Je n'arrive pas à trouver de cas similaire, à part peut-être l'affaire Lundahl dans *Expressen* dans les années 1960, si vous en avez entendu parler, jeunes comme vous êtes. Votre informateur aussi était un parfait mythomane ? Il secoua la tête et se tourna vers Erika en baissant la voix. J'ai été éditeur de journaux autrefois et je peux le redevenir. Que diriez-vous d'un copropriétaire de plus ?

La question fusa comme un éclair dans un ciel bleu, mais Erika ne parut pas le moins du monde surprise.

– Qu'est-ce que vous voulez dire par là ?

Henrik Vanger évita la question en en posant une autre.

– Combien de temps restez-vous à Hedestad ?

– Je rentre demain.

– Est-ce que ça vous dirait – à vous et Mikael, j'entends – de venir réjouir un vieil homme en partageant son dîner ce soir ? A 19 heures ?

– Ça me dit. C'est avec plaisir que nous viendrons. Mais vous avez évité la question que je viens de poser. Pourquoi voudriez-vous devenir copropriétaire de *Millénium* ?

– Je n'évite pas la question. Je me disais que nous pourrions en parler en mangeant un morceau. Il faut que je discute avec mon avocat, maître Dirch Frode, avant de pouvoir formuler quoi que ce soit de concret. Mais pour faire simple, disons que j'ai de l'argent à investir. Si le journal survit et commence à être rentable, je ferai des bénéfices. Sinon – eh bien, il m'est arrivé de subir des pertes plus importantes que ça dans ma vie.

Mikael était sur le point d'ouvrir la bouche quand Erika posa la main sur son genou.

– Mikael et moi, nous nous sommes battus très fort pour être entièrement indépendants.

– Balivernes. Personne n'est entièrement indépendant. Mais je ne cherche pas à reprendre le journal et je me fous totalement de son contenu. Cette pourriture de Stenbeck s'est rempli les poches en publiant *Moderna Tider*, alors moi je peux bien épauler *Millénium*. Qui en outre est un bon journal.

– Y a-t-il un rapport avec Wennerström ? demanda soudain Mikael. Henrik Vanger sourit.

– Mikael, j'ai plus de quatre-vingts ans. Il y a des choses que je regrette de ne pas avoir faites et des gens que je regrette de ne pas avoir un peu plus emmerdés. Mais, à ce propos. Il se tourna de nouveau vers Erika. Un tel investissement comporte au moins une condition.

– Dites-nous, fit Erika Berger.

– Mikael doit reprendre son poste de gérant responsable.

– Non, dit Mikael instantanément.

– Si, dit Henrik Vanger sur un ton tout aussi ferme. Wennerström aura une attaque si nous sortons un communiqué de presse annonçant que les entreprises Vanger épaulent *Millénium* et qu'en même temps tu reviens comme gérant. Ce serait le signal le plus net que nous pouvons envoyer – tout le monde comprendra que ce n'est pas une prise de pouvoir et que la politique rédactionnelle reste la même. Et rien que ça donnera aux annonceurs qui envisagent de se retirer une raison de réfléchir un peu plus. Wennerström n'est pas tout-puissant. Lui aussi a des ennemis, et certaines entreprises vont se dire qu'il est temps de penser à communiquer.

– C'EST QUOI CETTE HISTOIRE DE DINGUE ? lâcha Mikael à l'instant où Erika fermait la porte d'entrée.

– Je crois qu'on appelle cela un sondage préliminaire en vue d'un accord commercial, répondit-elle. Tu ne m'avais pas dit que Henrik était aussi craquant.

Mikael se plaça face à elle.

– Ricky, tu savais exactement sur quoi allait porter cet entretien.

– Hé là, mon chou ! Il n'est que 15 heures et je veux qu'on s'occupe très bien de moi avant le dîner.

Mikael Blomkvist bouillonnait de colère. Mais il n'avait jamais réussi à rester en colère contre Erika pendant très longtemps.

ERIKA PORTAIT UNE ROBE NOIRE, une courte veste et des escarpins que par précaution elle avait glissés dans son sac de voyage. Elle avait insisté pour que Mikael s'habille aussi. Il avait enfilé son pantalon noir, une chemise grise avec une cravate sombre, et choisi une veste grise. Quand, à l'heure pile, ils frappèrent chez Henrik Vanger, ils s'aperçurent que Dirch Frode et Martin Vanger aussi faisaient partie des invités, tous deux en veston-cravate, alors que Henrik paradait en nœud papillon et tricot marron.

– L'avantage d'avoir plus de quatre-vingts ans est que personne n'ose critiquer votre façon de vous habiller, constata-t-il.

Erika fut d'excellente humeur tout au long du dîner.

La discussion ne commença pour de bon que lorsqu'ils se furent déplacés vers un salon avec cheminée et que le cognac eut été versé dans tous les verres. Ils parlèrent pendant près de deux heures avant d'avoir une esquisse d'accord sur la table.

Dirch Frode allait créer une société pour le compte de Henrik Vanger, et dont le conseil d'administration consisterait en lui-même, Frode et Martin Vanger. La société investirait pendant une période de quatre ans une somme d'argent qui couvrirait l'écart entre les recettes et les dépenses de *Millénium*. L'argent proviendrait des ressources personnelles de Henrik Vanger. En contrepartie, Henrik Vanger aurait un poste déterminant dans le conseil d'administration du journal. L'accord courrait sur quatre ans, mais pourrait être résilié par *Millénium* au bout de deux ans. Une telle résiliation reviendrait cependant très cher, puisque la part de Henrik ne pourrait être rachetée qu'au moyen de la totalité de la somme investie.

En cas de mort subite de Henrik Vanger, Martin Vanger le remplacerait au conseil d'administration pour la période couverte par l'accord. Martin déciderait, le moment voulu, de poursuivre ou non son engagement au-delà. Ce dernier semblait effectivement tenté par la possibilité de rendre la monnaie de sa pièce à Hans-Erik Wennerström et Mikael se demanda en quoi consistait réellement leur différend.

L'accord préliminaire posé, Martin Vanger remplit de nouveau les verres de cognac. Henrik Vanger saisit l'occasion pour se pencher vers Mikael et lui expliquer à voix basse que la convention n'affectait en aucune manière l'arrangement conclu entre eux.

Il fut aussi décidé que cette réorganisation, pour qu'elle soit médiatisée au maximum, serait présentée à la mi-mars, le jour même où Mikael Blomkvist entrerait en prison. Associer un événement fortement négatif et une restructuration était si erroné d'un point de vue communication que cela ne pourrait que confondre les détracteurs de Mikael et donner un maximum d'audience à l'entrée de Henrik Vanger. Le signal ne pourrait aussi être que clairement perçu : on amenait le pavillon de la peste flottant au-dessus de la rédaction de *Millénium* et le journal avait des protecteurs qui n'étaient pas près de céder. Les entreprises Vanger avaient beau être en crise, elles formaient toujours un groupement industriel de poids et capable de jouer sur la place publique si nécessaire.

Tout l'entretien avait été une discussion entre Erika d'une part et Henrik et Martin de l'autre. Aucun d'eux n'avait demandé son avis à Mikael.

Tard dans la nuit, Mikael était allongé la tête sur la poitrine d'Erika et la regardait droit dans les yeux.

– Depuis combien de temps est-ce que toi et Henrik Vanger discutez cet accord ? demanda-t-il.

– Depuis environ une semaine, sourit-elle.

– Est-ce que Christer est au parfum ?

– Evidemment.

– Pourquoi est-ce que je n'en ai rien su ?

– Et pourquoi devrais-je discuter de ça avec toi ? Tu as démissionné de ton poste, tu as quitté la rédaction et le CA et tu es allé t'installer au fond des bois.

Mikael réfléchit un moment à la chose.

– Tu veux dire que je mérite d'être traité comme un crétin.

– Oh oui, dit-elle en appuyant ses mots.

– Tu m'en as vraiment voulu ?

– Mikael, je ne me suis jamais sentie aussi furieuse, abandonnée et trahie que quand tu es sorti de la rédaction. Jamais auparavant je n'ai été aussi en colère contre toi. Elle le saisit fermement par les cheveux et le poussa plus bas dans le lit.

QUAND ERIKA QUITTA LE VILLAGE le dimanche, Mikael en voulait tant à Henrik Vanger qu'il ne voulait pas risquer de tomber sur lui ni sur aucun autre membre du clan. Il partit donc pour Hedestad et passa l'après-midi à se promener en ville, aller à la bibliothèque et prendre un café dans une pâtisserie. Le soir il alla au cinéma voir *Le Seigneur des anneaux*, qu'il n'avait toujours pas vu alors que le film était sorti depuis un an. Et il se dit que les orques, contrairement aux humains, étaient des êtres simples et pas compliqués.

Il termina la soirée au McDonald's à Hedestad et revint sur l'île à minuit avec le dernier bus. Il prépara du café et s'installa à la table de cuisine après avoir sorti un classeur. Il lut jusqu'à 4 heures du matin.

UN CERTAIN NOMBRE DE POINTS D'INTERROGATION dans l'enquête sur Harriet Vanger apparaissaient de plus en plus étranges au fur et à mesure que Mikael avançait dans la documentation. Il ne s'agissait pas de découvertes révolutionnaires qu'il était le seul à faire, mais de ces problèmes qui avaient tenu le commissaire Gustaf Morell occupé pendant de longues périodes, surtout de son temps libre.

Au cours de la dernière année de sa vie, Harriet Vanger avait changé. Un changement que pouvait dans une certaine mesure expliquer la métamorphose que tous les jeunes subissent à un moment de leur adolescence. Harriet commençait certes à devenir une adulte, mais pour ce qui la concernait, plusieurs personnes, aussi bien des camarades de classe, des professeurs et plusieurs membres de la famille, affirmaient qu'elle était devenue renfermée et réservée.

La fille qui deux ans auparavant avait été une adolescente tout à fait normale et fofolle avait apparemment pris ses distances avec son entourage. A l'école, elle avait continué à fréquenter ses amis, mais de façon qualifiée d'impersonnelle par une de ses copines. Le mot utilisé par la copine avait été suffisamment inhabituel pour que Morell le note et pose des questions consécutives. L'explication qu'on lui avait donnée était que Harriet avait cessé de parler d'elle-même, de discuter des derniers potins ou de livrer des confidences.

Au cours de sa jeunesse, Harriet Vanger avait été chrétienne comme le sont les enfants – école du dimanche, prière du soir et confirmation. La dernière année, elle semblait aussi être devenue croyante. Elle lisait la Bible et allait régulièrement à l'église. Elle ne s'était cependant pas confiée au pasteur Otto Falk, un ami de la famille Vanger, et au printemps elle avait frayé avec une congrégation de pentecôtistes de Hedestad. Son engagement dans l'Eglise pentecôtiste n'avait pas duré longtemps. Deux mois plus tard, elle avait quitté la congrégation et s'était mise à lire des livres sur le catholicisme.

Exaltation religieuse dc l'adolescence ? Peut-être, mais personne d'autre dans la famille Vanger n'avait été particulièrement croyant et il était difficile de savoir quelles impulsions guidaient ses pensées. Une explication de son intérêt pour Dieu pouvait évidemment être que son papa était mort noyé par accident un an plus tôt. Gustaf Morell tirait en tout cas la conclusion que quelque chose était intervenu dans la vie de Harriet qui l'opprimait ou qui l'influençait, mais il avait du mal à déterminer quoi. Morell, tout comme Henrik Vanger, avait consacré beaucoup de temps à parler avec ses amies dans l'espoir de trouver quelqu'un à qui elle aurait pu se confier.

On avait beaucoup attendu d'Anita Vanger, de deux ans son aînée, la fille de Harald Vanger qui avait passé l'été 1966 sur l'île et estimait être devenue une amie proche de Harriet. Mais elle non plus n'avait pas de renseignements particuliers à fournir. Elles s'étaient vues au cours de l'été, s'étaient baignées, promenées, avaient parlé de films, de groupes pop et de livres. Harriet avait souvent accompagné Anita à ses leçons de conduite. Un jour, elles s'étaient gentiment soûlées avec une bouteille de vin qu'elles avaient dérobée dans la réserve. Elles avaient aussi passé plusieurs semaines toutes seules dans la maisonnette de Gottfried tout au bout de l'île, une bicoque rustique construite par le père de Harriet au début des années 1950.

Les questions sur les pensées intimes et les sentiments de Harriet Vanger restaient sans réponse. Mikael nota cependant une discordance dans la description : les indications sur son caractère renfermé venaient en grande partie de ses camarades de classe et dans une certaine mesure de membres de la famille, alors qu'Anita Vanger ne l'avait pas du tout trouvée fermée. Il nota mentalement de discuter la question avec Henrik Vanger à l'occasion.

UN PROBLEME PLUS CONCRET, sur lequel Morell s'était posé un tas de questions, était une page mystérieuse du calepin de Harriet Vanger, un cadeau de Noël joliment relié qu'elle avait reçu l'année précédant sa disparition. La première moitié du calepin était un calendrier journalier avec emploi du temps heure par heure où Harriet notait des rendez-vous, des dates de contrôles écrits au lycée, des devoirs à faire et ce genre de choses. Il y avait de la place pour des notes personnelles mais Harriet n'écrivait son journal intime que très sporadiquement. Elle avait commencé en janvier avec beaucoup d'ambition en posant quelques notes sur les personnes rencontrées pendant les vacances de Noël et quelques commentaires sur des films qu'elle avait vus. Ensuite, elle n'avait rien écrit de personnel jusqu'à la fin de l'année scolaire, quand elle s'était éventuellement – selon la manière d'interpréter les notes – intéressée de loin à un garçon qui n'était pas nommé.

Le vrai mystère se trouvait cependant dans la partie répertoire téléphonique. Minutieusement calligraphiés en ordre alphabétique, on trouvait des membres de la famille, des camarades de classe, certains professeurs, quelques membres de l'Eglise pentecôtiste et d'autres personnes de son entourage facilement identifiables. Sur la toute dernière page du répertoire, blanche et n'appartenant pas au registre alphabétique, il y avait cinq noms associés à autant de numéros de téléphone. Trois prénoms de femmes et deux initiales.

Magda – 32016
Sara – 32109
RJ – 30112
RL – 32027
Mari – 32018

Les numéros de téléphone à cinq chiffres commençant par 32 correspondaient à des numéros de Hedestad dans les années 1960. L'exception en 30 menait à Norrbyn, près de Hedestad. Le seul problème, une fois que l'inspecteur Morell eut systématiquement contacté tout le cercle des connaissances de Harriet, était que personne n'avait la moindre idée de qui correspondait à ces numéros de téléphone.

Le premier numéro, "Magda", semblait prometteur. Il menait à une mercerie au 12, rue du Parc. Le téléphone était au nom d'une Margot Lundmark, dont la mère se prénommait bien Magda et épisodiquement travaillait dans la boutique. Magda avait cependant soixante-neuf ans et ignorait totalement qui était Harriet Vanger. Rien non plus n'indiquait que Harriet se soit jamais rendue à la boutique ni y ait fait des achats. La couture ne faisait pas partie de ses occupations.

Le deuxième numéro, "Sara", menait à une famille avec des enfants en bas âge, les Toresson, qui habitaient à Väststan de l'autre côté du chemin de fer. La famille consistait en Anders, Monica et leurs enfants Jonas et Peter, qui à cette époque-là n'avaient pas encore atteint l'âge d'aller à l'école. Il n'y avait aucune Sara dans la famille, et ils ne savaient pas non plus qui était Harriet Vanger, à part qu'on avait parlé de sa disparition dans les journaux. Le seul lien très vague entre Harriet et la famille

Toresson était qu'Anders, couvreur de profession, avait pendant quelques semaines un an auparavant refait la toiture de l'école que Harriet fréquentait en dernière année de collège. Il existait donc théoriquement une possibilité qu'ils se soient rencontrés, même si cela devait être jugé plus qu'invraisemblable.

Les trois autres numéros de téléphone menaient à des culs-de-sac identiques. Le numéro 32027 avait effectivement été attribué à une Sosemaroe Larsson, mais celle-ci était décédée depuis de nombreuses années.

L'inspecteur Morell avait focalisé une grande partie de ses investigations pendant l'hiver 1966-1967 à essayer d'expliquer pourquoi Harriet avait noté ces noms et numéros.

Une première supposition était que les numéros de téléphone étaient écrits selon une sorte de code personnel – et Morell s'était évertué à essayer de raisonner comme une adolescente. La série en 32 s'appliquant manifestement à Hedestad, il avait essayé de permuter les trois autres chiffres. Ni 32601, ni 32160 ne menait à une Magda. Acharné à résoudre le mystère des numéros, il découvrit que s'il modifiait suffisamment les numéros, il trouvait tôt ou tard un lien avec Harriet. Si par exemple il ajoutait 1 à chacun des trois derniers chiffres de 32016, il obtenait le numéro 32127 – qui était le numéro du cabinet de maître Dirch Frode à Hedestad. Le problème était simplement qu'un tel lien ne signifiait absolument rien. De plus, il ne trouvait jamais de code qui pouvait expliquer les cinq numéros en même temps.

Morell avait élargi son raisonnement. Les chiffres pouvaient-ils signifier autre chose ? Les numéros d'immatriculation des véhicules dans les années 1960 associaient une lettre pour le département et cinq chiffres – encore une impasse.

L'inspecteur avait ensuite abandonné les chiffres pour se concentrer sur les noms. Il était allé jusqu'à constituer une liste de toutes les personnes à Hedestad nommées Mari, Magda et Sara ou qui avaient pour initiales RL et RJ. Il avait obtenu un répertoire de trois cent sept personnes en tout. Parmi celles-ci, vingt-neuf avaient une forme de connexion avec Harriet ; un camarade de classe du collège s'appelait par exemple Roland Jacobsson, RJ. Ils n'avaient cependant pas été particulièrement proches et n'avaient pas eu de contact depuis que Harriet avait commencé au lycée. Il n'y avait en outre aucun lien avec le numéro de téléphone.

Le mystère du carnet de téléphone était resté irrésolu.

SA QUATRIEME RENCONTRE avec maître Bjurman n'était pas prévue dans les rendez-vous fixes. Elle avait été obligée de prendre contact avec lui.

La deuxième semaine de février, l'ordinateur portable de Lisbeth Salander rendit l'âme dans un accident si stupide qu'elle fut près d'assassiner la terre entière. Arrivée à vélo pour une réunion chez Milton Security, elle s'était garée derrière un pilier dans le garage et avait posé son sac à dos par terre pour sortir l'antivol. Une Saab rouge sombre avait choisi ce moment pour reculer. Elle avait le dos tourné et elle entendit le craquement. Le conducteur ne s'était rendu compte de rien et il avait tranquillement monté la rampe pour disparaître par la sortie du garage.

Le sac à dos contenait son Apple iBook 600 blanc avec son disque dur de 25 Go et 420 Mo de mémoire vive, fabriqué en janvier 2002 et pourvu d'un écran de 14 pouces. Quand elle l'avait acheté, c'était le fin du fin de chez Apple. Les ordinateurs de Lisbeth Salander disposaient des configurations les plus récentes et parfois les plus coûteuses – l'équipement informatique était grosso modo le seul poste extravagant dans ses dépenses.

Elle ouvrit son sac et constata que le couvercle de l'ordinateur était brisé. Elle essaya de le démarrer mais il ne manifesta même pas un dernier soubresaut. Elle emporta les restes au MacJesus Shop de Timmy dans Brännkyrkagatan, avec l'espoir qu'au moins une partie du disque dur serait récupérable. Après un petit moment de trifouillage, Timmy secoua la tête.

– Désolé. Plus d'espoir, annonça-t-il. Tu peux commander un bel enterrement.

La perte de l'ordinateur était un coup au moral mais pas une catastrophe. Lisbeth Salander s'était parfaitement bien entendue avec lui au cours de cette année de vie commune.

Elle avait fait des copies de tous ses documents et elle possédait un vieux Mac G3 fixe, plus un PC Toshiba portable qu'elle pourrait utiliser. Mais – *bordel de merde !* – elle avait besoin d'une bécane rapide et moderne.

Elle opta, on pouvait s'y attendre, pour le meilleur choix possible : le nouvel Apple PowerBook G4 à 1 Ghz, coque en alu et doté d'un processeur PowerPC 7451, AltiVec Velocity Engine, 960 Mo de RAM et d'un disque dur de 60 Go. Il avait BlueTooth et un graveur CD et DVD intégré.

Il avait surtout le premier écran 17 pouces du monde des portables avec une carte graphique Nvidia et une résolution de 1 440 x 900 pixels qui ébahissaient les adeptes des PC et déclassaient tout ce qu'on pouvait trouver d'autre sur le marché.

C'était la Rolls des ordinateurs portables, mais ce qui avait surtout titillé l'envie de le posséder de Lisbeth Salander était l'astuce que le clavier avait été pourvu d'un rétro-éclairage, permettant de voir les lettres des touches même dans l'obscurité totale. Simple, non ? Pourquoi est-ce que personne n'y avait pensé avant ?

Ce fut le coup de foudre dès qu'elle le vit.

Il coûtait 38 000 couronnes hors taxes.

Là, sérieux, y avait un blème.

Elle passa quand même commande chez MacJesus, chez qui elle achetait toujours tous ses accessoires informatiques et qui du coup lui accordait une ristourne raisonnable. Quelques jours plus tard, Lisbeth Salander fit ses comptes. L'assurance de son ordinateur accidenté couvrirait une bonne partie de l'achat, mais compte tenu de la franchise et du prix élevé de la nouvelle acquisition, il lui manquait quand même un peu plus de 18 000 couronnes. A la maison, elle gardait 10 000 couronnes dans une boîte à café pour avoir toujours du liquide accessible, mais cela ne couvrait pas toute la somme. Tout en le maudissant, elle se décida à appeler maître Bjurman et à lui expliquer qu'elle avait besoin d'argent pour une dépense imprévue. Bjurman répondit qu'il n'avait pas le temps de la recevoir dans la journée. Salander répliqua qu'il lui faudrait vingt secondes pour faire un chèque de 10 000 couronnes. Il expliqua qu'il ne pouvait pas rédiger un chèque avec si peu d'éléments, mais il finit par céder et, après un instant de réflexion, il lui fixa rendez-vous après la journée de travail, à 19 h 30.

MIKAEL RECONNAISSAIT qu'il n'avait pas la compétence pour juger une enquête criminelle, mais il tira quand même la conclusion que l'inspecteur Morell avait été exceptionnellement consciencieux et qu'il avait remué ciel et terre bien au-delà de ce qu'exigeait son boulot. L'enquête de police formelle mise de côté, Mikael voyait revenir Morell dans les notes de Henrik ; une amitié s'était développée et Mikael se demanda si Morell était devenu aussi obsédé que le chef d'entreprise. Il tira cependant la conclusion que Morell n'était pas passé à côté de grand-chose. La solution de l'énigme Harriet Vanger ne pouvait se trouver dans une enquête de police pratiquement parfaite. Toutes les questions imaginables avaient déjà été posées et tous les indices avaient été vérifiés, même les plus absurdes.

Il n'avait pas encore lu toute l'enquête, mais plus il avançait dans ce qui s'était passé, plus les indices et les pistes explorées devenaient obscurs. Il ne s'attendait pas à trouver quelque chose que son prédécesseur aurait loupé et il ne voyait pas sous quel nouvel angle on pouvait attaquer le problème. Une conclusion s'imposait progressivement : la seule voie carrossable qu'il pouvait emprunter était d'essayer de trouver les motivations psychologiques des personnes impliquées.

Le point d'interrogation le plus manifeste concernait Harriet elle-même. Qui était-elle réellement ?

De la fenêtre de sa maison, Mikael avait vu la lumière à l'étage de la maison de Cécilia Vanger s'allumer vers 17 heures. Il frappa à sa porte vers 19 h 30, au moment où la télé donnait les titres du journal. Elle ouvrit en peignoir, les cheveux mouillés sous une serviette-éponge jaune. Dès qu'il la vit ainsi Mikael s'excusa de la déranger, et il s'apprêtait à repartir quand elle lui fit signe d'entrer dans la cuisine. Elle brancha la cafetière électrique et disparut en haut de l'escalier pendant quelques minutes, puis redescendit vêtue d'un jean et d'une chemise en flanelle à carreaux.

– Je commençais à me dire que tu n'osais pas venir. On peut se tutoyer, peut-être ?

– Entendu. Oui, j'aurais dû appeler avant, mais quand j'ai vu la lumière, j'ai soudain eu envie de passer.

– Et moi j'ai vu que ça reste allumé toute la nuit chez toi. Et que tu sors souvent te promener après minuit. Monsieur est un oiseau de nuit ?

Mikael haussa les épaules.

– C'est le rythme que j'ai pris ici. Ses yeux se portèrent sur quelques manuels scolaires empilés au bord de la table. Tu enseignes toujours, madame le proviseur ?

– Non, en tant que proviseur je n'en ai pas le temps. Mais j'ai été prof d'histoire, de religion et d'éducation civique. Et il me reste quelques années à tirer.

– A tirer ?

Elle sourit.

– J'ai cinquante-six ans. Bientôt la retraite.

– Franchement, je te donnais la quarantaine.

– Flatteries, tout ça. Et toi, quel âge ?

– Un peu plus de quarante, sourit Mikael.

– Et hier encore tu n'en avais que vingt. Ça va tellement vite. La vie, je veux dire.

Cécilia Vanger servit le café et demanda à Mikael s'il avait faim. Il répondit qu'il avait déjà mangé ; ce qui était vrai à un détail près : il s'enfilait des sandwiches au lieu de préparer de vrais repas. Mais il n'avait pas faim.

– Alors, qu'est-ce qui t'amène ? L'heure est venue de poser ces fameuses questions ?

– Sincèrement… je ne suis pas venu pour poser des questions. Je crois que j'avais simplement envie de te voir.

Cécilia Vanger sourit soudain.

– Tu as été condamné à la prison, tu quittes Stockholm pour Hedeby, tu te plonges dans les dossiers favoris de Henrik, tu ne dors pas la nuit, tu fais de longues promenades nocturnes quand il fait un froid de canard… j'ai loupé quelque chose ?

– Ma vie est en train de se casser la figure. Mikael lui rendit son sourire.

– Qui c'était, la femme qui est venue te voir ce week-end ?

– Erika… c'est la patronne de *Millénium.*

– Ta petite amie ?

– Pas exactement. Elle est mariée. Je suis plutôt un ami et un "amant occasionnel".

Cécilia Vanger éclata de rire.

– Qu'est-ce que tu trouves si drôle ?

– La façon dont tu as dit ça. Amant occasionnel. J'aime bien l'expression.

Mikael rit. Cette Cécilia Vanger, décidément, lui plaisait.

– Moi aussi j'aurais bien besoin d'un amant occasionnel, dit-elle.

Elle se débarrassa de ses pantoufles et posa le pied sur le genou de Mikael. Machinalement il mit la main sur son pied et toucha la peau. Il hésita une seconde – il sentit qu'il naviguait dans des eaux totalement inattendues et incertaines. Mais il se mit tout doucement à masser la plante de son pied avec le pouce.

– Moi aussi je suis mariée, fit Cécilia Vanger.

– Je sais. On ne divorce pas dans le clan Vanger.

– Je n'ai pas rencontré mon mari depuis bientôt vingt ans.

– Qu'est-ce qui s'est passé ?

– Ça ne te regarde pas. Je n'ai pas fait l'amour depuis… hmm, disons trois ans, maintenant.

– Tu m'étonnes.

– Pourquoi ? C'est une question d'offre et de demande. Je ne tiens absolument pas à avoir un petit ami, ni un mari légitime, ni un compagnon. Je me sens très bien avec moi-même. Avec qui ferais-je l'amour ? Un des professeurs de l'école ? Ça m'étonnerait. Un élève ? Radio-Caniveau aurait quelque chose de croustillant à se mettre sous la dent. On surveille de près les gens qui s'appellent Vanger. Et ici sur Hedebyön n'habitent que des membres de la famille ou des gens qui sont déjà mariés.

Elle se pencha en avant et l'embrassa dans le cou.

– Je te choque ?

– Non. Mais je ne sais pas si c'est une bonne idée. Je travaille pour ton oncle.

– Et je serai certainement la dernière à aller le lui dire. Mais à mon avis Henrik n'aurait probablement rien contre.

Elle se plaça à califourchon sur lui et l'embrassa sur la bouche. Ses cheveux étaient encore mouillés et elle sentait le shampooing. Il s'empêtra dans les boutons de sa chemise en flanelle puis la lui glissa sur les épaules. Elle ne s'était pas donné la peine de mettre de soutien-gorge. Elle se serra contre lui quand il embrassa ses seins.

MAITRE BJURMAN CONTOURNA la table et lui montra son relevé de compte – dont elle connaissait le solde jusqu'au dernier *öre* mais dont elle ne pouvait plus disposer elle-même. Il se tenait derrière son dos. Soudain il se mit à masser la nuque de Lisbeth et laissa une main glisser par-dessus l'épaule gauche et sur son sein. Il posa la main sur le sein droit et l'y laissa. Comme elle ne semblait pas protester, il serra le sein. Lisbeth Salander ne bougea pas d'un poil. Elle sentit son haleine dans la nuque et elle examina le coupe-papier sur le bureau ; elle pourrait facilement l'atteindre avec sa main libre.

Mais elle n'en fit rien. Une chose que Holger Palmgren lui avait apprise par cœur au cours des années, c'était que les actes impulsifs menaient tout droit aux emmerdes, et les emmerdes pouvaient avoir des conséquences désagréables. Elle n'entreprenait jamais rien sans au préalable considérer les conséquences.

Ce premier abus sexuel – qu'en termes juridiques on qualifiait d'abus sexuel et de pouvoir sur une personne dépendante, et qui théoriquement pouvait coûter jusqu'à deux ans de prison à Bjurman – ne dura que quelques brèves secondes. Mais il fut suffisant pour qu'une frontière soit irrémédiablement franchie. Lisbeth Salander le considéra comme une démonstration de force de la part d'une troupe ennemie – une manière de marquer qu'au-delà de leur relation juridique soigneusement définie, elle était à la merci de son bon vouloir, et sans armes. Quand leurs yeux se croisèrent quelques secondes plus tard, la bouche de Bjurman était ouverte et elle pouvait lire le désir sur son visage. Le visage de Salander ne trahit aucun sentiment.

Bjurman regagna son côté du bureau et s'assit dans son fauteuil de cuir confortable.

– Je ne peux pas te faire des chèques comme ça, fit-il soudain. Pourquoi est-ce que tu as besoin d'un ordinateur aussi cher ? Il y a des appareils bien meilleur marché sur lesquels tu peux jouer à tes jeux.

– Je veux pouvoir disposer de mon argent comme auparavant.

Maître Bjurman lui jeta un regard plein de pitié.

– Ça, on verra plus tard. Il faut d'abord que tu apprennes à être sociable et à t'entendre avec les gens.

Le sourire de maître Bjurman aurait sans doute été un peu atténué s'il avait pu lire les pensées de Lisbeth derrière ses yeux inexpressifs.

– Je crois que toi et moi nous allons être de bons amis, dit Bjurman. Il faut qu'on puisse avoir confiance l'un dans l'autre.

Comme elle ne répondait pas, il devint plus explicite.

– Tu es une femme adulte maintenant, Lisbeth.

Elle fit oui de la tête.

– Viens ici, dit-il en tendant une main.

Lisbeth Salander posa le regard sur le coupe-papier pendant quelques secondes avant de se lever et de s'avancer vers lui. *Conséquences*. Il prit sa main et l'appuya contre son bas-ventre. Elle pouvait sentir son sexe à travers le pantalon en gabardine sombre.

– Si tu es gentille avec moi, je serai gentil avec toi, dit-il.

Il l'avait raide comme un bâton quand il posa l'autre main derrière sa nuque et la força à se mettre à genoux, le visage devant son bas-ventre.

– Tu as déjà fait ce genre de choses, n'est-ce pas ? dit-il en ouvrant sa braguette. Elle sentit qu'il venait de se laver avec de l'eau et du savon.

Lisbeth Salander tourna son visage sur le côté et essaya de se lever, mais il la tenait d'une main ferme. D'un point de vue force pure, elle ne pouvait pas se mesurer avec lui ; elle pesait 42 kilos contre ses 95. Il lui prit la tête à deux mains et tourna son visage de façon à la voir droit dans les yeux.

– Si tu es gentille avec moi, je serai gentil avec toi, répéta-t-il. Tu m'embêtes, et je peux te faire interner avec les fous pour le restant de ta vie. Ça te ferait plaisir ?

Elle ne répondit pas.

– Est-ce que ça te ferait plaisir ? répéta-t-il.

Elle secoua la tête.

Il attendit jusqu'à ce qu'elle baisse le regard, soumise, pensa-t-il. Puis il l'attira plus près de lui. Lisbeth Salander desserra les lèvres et le prit dans sa bouche. Il ne cessa de lui maintenir la nuque et de la presser violemment contre lui. Elle ne put empêcher le réflexe de mastication tout au long des dix minutes qu'il se déhancha ; quand enfin il éjacula, il la tenait tellement serrée qu'elle avait du mal à respirer.

Il la laissa utiliser un petit cabinet de toilette attenant à son bureau. Lisbeth Salander tremblait de tout son corps quand elle se lava le visage et essaya d'enlever les taches sur son pull. Elle mangea de son dentifrice pour enlever le goût. En revenant dans son cabinet de travail, elle le trouva installé comme si de rien n'était à son bureau, en train de feuilleter des papiers.

– Assieds-toi, Lisbeth, lui dit-il sans la regarder.

Elle s'assit. Finalement il tourna les yeux vers elle et sourit.

– Tu es adulte maintenant, n'est-ce pas, Lisbeth ?

Elle fit oui de la tête.

– Alors tu dois aussi être capable de jouer à des jeux d'adultes, dit-il comme s'il parlait à un enfant.

Elle ne répondit pas. Un petit pli se forma sur le front de Bjurman.

– Je ne pense pas que ce soit une bonne idée que tu parles de nos jeux à quelqu'un d'autre. Réfléchis – qui te croirait ? Il y a des papiers qui attestent ton irresponsabilité. Comme elle ne répondait pas, il poursuivit : Ce serait ta parole contre la mienne. Laquelle pèserait le plus lourd, à ton avis ?

Il soupira devant son entêtement à ne pas répondre. Il fut soudain irrité de la voir assise là, muette, les yeux braqués sur lui – mais il se maîtrisa.

– On va devenir de bons amis, toi et moi, dit-il. Je trouve que tu t'es montrée sage en faisant appel à moi aujourd'hui. Tu pourras toujours t'adresser à moi.

– J'ai besoin de 10 000 couronnes pour mon ordinateur, dit-elle soudain à voix basse, comme si elle reprenait la conversation qu'ils avaient eue avant l'interruption.

Maître Bjurman haussa les sourcils. *Quelle foutue dure à cuire. Elle est totalement barjo, ma parole.* Il lui tendit le chèque qu'il avait préparé quand elle était au cabinet de toilette. *C'est mieux qu'une pute ; elle se fait payer avec son propre argent !* Il lui adressa un sourire supérieur. Lisbeth Salander prit le chèque et s'en alla.

12

Mercredi 19 février

SI LISBETH SALANDER avait été une citoyenne ordinaire, elle aurait selon toute vraisemblance appelé la police pour dénoncer le viol à l'instant même où elle quittait le bureau de maître Bjurman. Les hématomes sur sa nuque et son cou, ainsi que les taches de sperme comportant l'ADN de Bjurman sur son corps et ses vêtements auraient constitué des preuves matérielles lourdes. Même si maître Bjurman se dérobait en prétendant qu'elle *était d'accord* ou *c'est elle qui m'a séduit* ou *c'est elle qui voulait me faire une fellation* et autres affirmations qu'avancent systématiquement les violeurs, il s'était de toute façon rendu coupable de tant d'infractions contre le règlement des tutelles qu'on lui aurait immédiatement retiré le contrôle qu'il avait sur elle. Une dénonciation aurait probablement eu pour résultat que Lisbeth Salander aurait obtenu un véritable avocat, bien au courant des abus de pouvoir sur les femmes, ce qui à son tour aurait pu amener une discussion du cœur du problème – en l'occurrence sa mise sous tutelle.

Depuis 1989, la notion de majeur incapable n'existe plus.

Il existe deux degrés d'assistance – la gérance légale bénévole et la tutelle.

Un gérant intervient pour aider bénévolement les personnes qui pour diverses raisons ont du mal à assumer leurs activités quotidiennes, payer leurs factures ou s'occuper de leur hygiène. Le gérant désigné est généralement un parent ou un ami proche. Si la personne est seule dans la vie, les autorités sociales se chargent de trouver quelqu'un pour remplir cette fonction. La gérance est une forme modérée de tutelle où la personne concernée garde le contrôle de ses ressources et où les décisions sont prises en commun.

La tutelle est une forme de contrôle considérablement plus stricte, où la personne concernée est privée de la libre disposition de son argent et interdite de décisions en différents domaines. La formulation exacte signifie que le tuteur *gère les biens et accomplit tous les actes civiques ou procédures juridiques* de la personne concernée. En Suède, près de quatre mille personnes sont ainsi placées sous tutelle. Les causes les plus fréquentes de mise sous tutelle sont une maladie psychique manifeste ou une maladie psychique liée à une forte dépendance à l'alcool ou aux drogues. Une partie moindre est constituée de déments séniles. On peut s'étonner de trouver parmi celles qui sont mises sous tutelle autant de personnes relativement jeunes, trente-cinq ans ou moins. L'une d'elles était Lisbeth Salander.

Priver une personne du contrôle de sa vie, c'est-à-dire de son compte en banque, est l'une des mesures les plus dégradantes auxquelles une démocratie peut avoir recours, encore plus quand il s'agit d'une personne jeune. C'est dégradant même si l'intention de cette mesure peut être considérée comme bonne et socialement justifiée. Les questions de tutelle sont donc une problématique politique qui peut s'avérer très délicate, entourées de dispositions rigoureuses et contrôlées par une commission des Tutelles. Celle-ci dépend du Conseil général, à son tour coiffé par le procureur général.

De façon générale, la commission des Tutelles travaille dans des conditions difficiles. Eu égard aux questions sensibles que traite cette administration, il est surprenant que si peu de réclamations ou de scandales aient été révélés dans les médias.

En quelques rares occasions, on trouve dans les dossiers une action en justice contre un gérant ou un tuteur indélicat qui a détourné de l'argent ou qui a indûment vendu l'appartement de son client pour mettre l'argent dans sa propre poche. Mais ces cas sont relativement rares, et à cela il existe deux raisons possibles : soit l'administration s'acquitte merveilleusement bien de sa tâche, soit les personnes concernées n'ont pas la possibilité de porter plainte et de se faire entendre d'une façon convaincante auprès des journalistes et des autorités.

La commission des Tutelles est tenue de vérifier chaque année s'il y a lieu de demander la levée d'une tutelle. Lisbeth Salander persistant dans son refus obstiné de se soumettre aux examens psychiatriques – elle n'échangeait même pas un bonjour de politesse avec ses médecins –, l'administration n'avait jamais trouvé de raisons de modifier sa décision. D'où un état de statu quo, et d'année en année sa tutelle avait été reconduite.

Le texte de loi stipule cependant que la mise sous tutelle *doit être adaptée à chaque cas particulier*. Holger Palmgren, du temps où il était responsable, avait interprété ceci à sa façon et avait laissé à Lisbeth Salander le soin de gérer son propre argent et sa propre vie. Il avait méticuleusement rempli les exigences de l'administration et fait un rapport mensuel et une révision annuelle, mais à part cela il avait traité Lisbeth Salander comme n'importe quelle jeune femme normale et ne s'était pas mêlé de son choix de vie ou de fréquentations. A son avis, ce n'était ni à lui ni à la société de décider si cette jeune personne voulait avoir une boucle dans le nez et un tatouage sur le cou. Cette attitude quelque peu laxiste à l'égard de la décision du tribunal d'instance était une des raisons pour lesquelles Lisbeth et lui s'étaient si bien entendus.

Tant que Holger Palmgren avait été son tuteur, Lisbeth Salander ne s'était pas spécialement posé de questions sur son statut juridique. Maître Nils Bjurman interprétait cependant la loi sur la tutelle de manière radicalement différente.

QUOI QU'IL EN SOIT, Lisbeth Salander n'appartenait pas à la catégorie des gens normaux. Elle avait une connaissance rudimentaire du droit – domaine qu'elle n'avait jamais eu de raisons d'approfondir – et sa confiance dans le service du maintien de l'ordre était pratiquement inexistante. Pour elle, la police était une puissance ennemie relativement imprécise, dont les interventions concrètes au cours des années avaient été de l'arrêter ou de l'humilier. La dernière fois qu'elle avait eu affaire à la police était un après-midi de mai l'année précédente. Elle empruntait Götgatan pour se rendre à Milton Security, quand elle s'était soudain trouvée nez à nez avec un gendarme mobile, muni d'un casque à visière, qui, sans qu'il y ait eu la moindre provocation de sa part, lui avait asséné un coup de matraque sur l'épaule. Son réflexe de défense avait été de passer immédiatement à l'offensive avec la bouteille de Coca qu'elle tenait à la main. Heureusement, le policier avait déjà tourné les talons et était reparti en trombe avant qu'elle n'ait eu le temps d'agir. Plus tard, elle avait appris que la Rue nous appartient avait organisé une manifestation ce jour-là dans le quartier.

L'idée de se rendre au QG des casques à visière ou de dénoncer Nils Bjurman pour abus sexuel n'existait pas dans sa conscience. Qu'aurait-elle dénoncé, d'ailleurs ?

Bjurman lui avait touché les seins. N'importe quel agent de police jetterait un regard sur elle pour constater qu'avec ses bourgeons miniature cela paraissait invraisemblable, et si cela avait eu lieu elle devrait plutôt être fière que *quelqu'un* ait bien voulu s'en donner la peine. Quant à cette histoire de pipe – c'était sa parole contre celle de Bjurman et, en général, la parole des autres pesait plus lourd que la sienne. *La police n'était pas une bonne alternative.*

Après avoir quitté le bureau de Bjurman, elle rentra chez elle, prit une douche, avala deux sandwiches au fromage et aux cornichons puis s'installa pour réfléchir dans le canapé du salon au tissu râpé et bouloché.

Un individu normal aurait peut-être considéré son manque de réaction comme un élément à charge – une preuve que d'une certaine manière elle était si anormale que même un viol n'arrivait pas à provoquer une réponse émotionnelle satisfaisante.

Son cercle d'amis était plutôt restreint, et n'était pas non plus composé de gens de la classe moyenne à l'abri dans leurs pavillons de banlieue. Le fait était qu'à sa majorité, Lisbeth Salander ne connaissait pas une seule fille qui, au moins une fois, n'avait pas été forcée d'accomplir une forme d'acte sexuel contre son gré. La majeure partie de ces abus était le fait de petits amis plus âgés qui, moyennant une certaine dose de persuasion, s'étaient arrangés pour arriver à leurs fins. A sa connaissance, de tels incidents avaient parfois eu pour conséquences des crises de larmes et de rage, mais jamais une plainte dans un commissariat.

Dans le monde de Lisbeth Salander, ceci était l'état naturel des choses. En tant que fille, elle était une proie autorisée, surtout à partir du moment où elle portait un blouson de cuir noir élimé, où elle avait des piercings aux sourcils, des tatouages et un statut social inexistant.

Pas de quoi verser des larmes pour ça.

En revanche il était hors de question que maître Bjurman puisse l'obliger à lui faire une pipe *impunément*. Lisbeth Salander n'oubliait jamais un affront, et par nature elle était tout sauf disposée à pardonner.

Son statut juridique posait cependant un problème. Aussi loin que remontaient ses souvenirs, on l'avait considérée comme coriace et d'une violence que rien ne motivait. Les premières notes la concernant se trouvaient dans le dossier de l'infirmière de l'école primaire. Elle avait été renvoyée chez elle parce qu'elle avait frappé un camarade de classe et l'avait poussé contre un portemanteau si fort qu'il avait saigné. Elle se souvenait encore avec irritation de sa victime ; un gros garçon du nom de David Gustavsson qui n'arrêtait pas de l'embêter et de lui balancer des trucs sur la tête et qui au fil du temps était devenu un parfait tortionnaire, même si, à cette époque, elle ne connaissait pas le mot. A son retour à l'école, David avait promis de se venger sur un ton menaçant, et elle l'avait étendu d'une droite bien placée, le poing renforcé d'une balle de golf, d'où à nouveau du sang versé et une nouvelle note dans le dossier.

Les règles de vie commune à l'école l'avaient toujours laissée perplexe. Elle s'occupait de ses affaires et ne se mêlait pas de ce que faisaient les gens autour d'elle. Il s'en trouvait pourtant toujours un prêt à ne jamais lui foutre la paix.

En CM1, on l'avait renvoyée à la maison à plusieurs reprises à la suite de violentes disputes avec des camarades. Les garçons de sa classe, considérablement plus forts qu'elle, apprenaient vite qu'il pouvait s'avérer désagréable de chercher noise à cette fille rachitique – contrairement aux autres filles, elle ne battait jamais en retraite et n'hésitait pas une seconde à avoir recours aux poings ou à divers instruments pour se défendre. Elle affichait une attitude qui signifiait qu'elle se laisserait maltraiter à mort plutôt qu'accepter des saloperies.

En outre, elle se vengeait.

En CM2, Lisbeth Salander avait eu des démêlés avec un garçon beaucoup plus grand et fort qu'elle. D'un point de vue purement physique, elle n'avait pas représenté un grand obstacle pour lui. Pour commencer, il s'était amusé à la faire tomber plusieurs fois, puis il l'avait giflée quand elle essayait de contre-attaquer. Rien à faire, malgré sa supériorité, cette idiote continuait à le chercher, et au bout d'un moment même les autres élèves avaient commencé à trouver que ça allait trop loin. Elle était si manifestement sans défense que ça en devenait pénible. Finalement, le garçon lui avait balancé un coup de poing magistral qui lui avait fendu la lèvre et lui avait fait voir trente-six chandelles. Ils l'avaient abandonnée par terre derrière le gymnase. Elle était restée à la maison deux jours. Au matin du troisième jour, elle attendait son tortionnaire avec une batte de base-ball et la lui abattit sur l'oreille. Ceci lui valut une convocation chez le principal qui décida de porter plainte contre elle pour coups et blessures, ce qui eut pour résultat une enquête sociale.

Ses camarades de classe la considéraient comme cinglée et la traitaient en conséquence. Elle suscitait peu de sympathie aussi parmi les professeurs, qui par moments la vivaient comme une plaie. Elle n'avait jamais été spécialement loquace et elle était considérée comme l'élève qui ne levait jamais la main et qui en général ne répondait pas quand le professeur essayait de l'interroger directement. Personne ne savait si c'était parce qu'elle ne connaissait pas la réponse ou s'il y avait une autre raison, mais ses notes reflétaient un état de fait. Manifestement elle avait des problèmes mais, curieusement, personne n'avait vraiment envie de se charger de cette fille difficile, bien que son cas fût discuté à maintes reprises parmi les professeurs. Elle se retrouva donc dans la situation où même les professeurs la laissaient tomber et l'abandonnaient claquemurée dans son silence renfrogné.

Un jour, un remplaçant qui ne connaissait pas son comportement particulier l'avait sommée de répondre à une question de mathématiques, et elle avait fait une crise d'hystérie et avait frappé le prof à coups de poing et de pied. Elle termina le primaire et entra au collège dans une autre école, sans avoir un seul camarade à qui dire au revoir. Une fille au comportement déviant et que personne n'aimait.

Ensuite était arrivé Tout Le Mal auquel elle ne voulait pas penser, juste quand elle était à la porte de l'adolescence, la dernière crise, histoire de parachever le dessin, et qui fit qu'on ressortit les dossiers du primaire. Depuis, d'un point de vue juridique, on l'avait considérée comme… eh bien, comme cinglée. *Une malade mentale*. Lisbeth Salander n'avait jamais eu besoin de papiers pour savoir qu'elle était différente. D'un autre côté, personne ne l'avait ennuyée non plus, tant que son tuteur avait été Holger Palmgren, un homme qu'elle pouvait mener par le bout du nez en cas de besoin.

Avec l'arrivée de Bjurman, la mise sous tutelle menaçait de devenir un poids dramatique dans sa vie. Peu importe vers qui elle se tournerait, des pièges potentiels s'ouvriraient, et que se passerait-il si elle perdait le combat ? La mettrait-on en institution ? Enfermée dans une maison de fous ? *Bonjour l'alternative !*

PLUS TARD DANS LA NUIT, quand Cécilia Vanger et Mikael s'étaient calmés, les jambes emmêlées et la poitrine de Cécilia reposant contre Mikael, elle leva les yeux vers lui.

– Merci. Il y avait longtemps. Tu n'es pas mal au lit.

Mikael sourit. Il ressentait toujours une satisfaction puérile devant la flatterie à consonance sexuelle.

– Ça m'a bien plu, dit Mikael. Inattendu, mais plaisant.

– Je veux bien qu'on remette ça, dit Cécilia Vanger. Si ça te dit.

Mikael la regarda.

– Tu essaies de me dire que tu voudrais un amant ?

– Un amant occasionnel, comme tu disais, fit Cécilia Vanger. Mais je veux que tu rentres chez toi avant de t'endormir. Je ne veux pas me réveiller demain matin avec toi ici, avant que j'aie mis de l'ordre dans mes muscles et mon visage. Et puis il serait peut-être bon que tu n'ailles pas clamer dans tout le village ce qu'on fait ensemble.

– M'étonnerait que je fasse ça, dit Mikael.

– Je ne voudrais surtout pas qu'Isabella le sache. Elle est vraiment une peau de vache.

– Et ta voisine la plus proche… ça va, je l'ai rencontrée.

– Oui, heureusement que de chez elle on ne voit pas ma porte d'entrée. Mikael, sois discret, s'il te plaît.

– Je serai discret.

– Merci. Tu bois ?

– Parfois.

– J'ai envie d'un truc sympa avec du gin. Ça te dit ?

– Volontiers.

Elle s'enveloppa d'un drap et disparut au rez-de-chaussée. Mikael en profita pour aller au cabinet de toilette se passer le visage sous le robinet. Nu comme un ver, il détaillait sa bibliothèque quand elle revint avec une carafe d'eau glacée et deux gin au citron vert. Ils portèrent un toast.

– Pourquoi tu es venu chez moi ? demanda-t-elle.

– Pour rien de spécial. Simplement je…

– Tu es resté chez toi à lire l'enquête de Henrik. Puis tu viens me voir. On n'a pas besoin d'avoir bac plus douze pour comprendre ce qui te tracasse.

– As-tu lu l'enquête ?

– En partie. J'ai vécu toute ma vie d'adulte avec l'enquête. On ne peut pas fréquenter Henrik sans être contaminé par l'énigme Harriet.

– Il se trouve que c'est un problème fascinant. Je veux dire, c'est un mystère de la chambre close à l'échelle d'une île. Et rien dans l'enquête ne semble suivre la logique normale. Toutes les questions restent sans réponse, tous les indices mènent à un cul-de-sac.

– Mmm, ces choses-là obsèdent les gens.

– Toi, tu étais sur l'île ce jour-là.

– Oui. J'étais ici et j'ai assisté aux événements. A l'époque, je faisais mes études à Stockholm. J'aurais préféré être restée chez moi ce week-end.

– Comment était Harriet, réellement ? Les gens ont l'air de l'avoir interprétée d'un tas de manières différentes.

– C'est *off the record* ou… ?

– Je n'enregistre pas.

– Je n'ai pas la moindre idée de ce qu'il y avait dans la tête de Harriet. Je suppose que tu veux parler de la dernière année. Un jour, elle était frappadingue religieuse. Le lendemain elle se maquillait comme une pute et allait à l'école avec le pull le plus moulant qu'elle avait pu trouver. Pas besoin d'être psychologue pour comprendre qu'elle était profondément malheureuse. Mais je ne vivais pas ici, comme je te l'ai dit, et j'ai seulement entendu les ragots.

– Qu'est-ce qui a déclenché ces problèmes ?

– Gottfried et Isabella, évidemment. Quel souk, leur mariage ! Des noceurs, toujours prêts à se bagarrer. Pas physiquement – Gottfried n'était pas du genre à se battre et il avait plutôt peur d'Isabella. Elle pouvait se montrer terrible. Au début des années 1960, il s'est installé de façon plus ou moins permanente dans sa cabane au bout de l'île, où Isabella ne mettait jamais les pieds. Périodiquement, on le voyait apparaître ici au Village, on aurait dit un clochard. Ensuite il redevenait sobre et s'habillait de nouveau avec soin et essayait de faire son boulot.

– Mais personne n'avait envie d'aider Harriet ?

– Si, Henrik bien sûr. Pour finir, elle est venue habiter chez lui. Mais n'oublie pas qu'il était occupé à jouer son rôle de grand industriel. En général, il était en voyage d'affaires quelque part et n'avait pas trop de temps à consacrer à Harriet et à Martin. Je n'ai pas trop suivi l'histoire, puisque j'habitais d'abord à Uppsala et ensuite à Stockholm – et moi non plus je n'ai pas eu une jeunesse très facile avec Harald comme père, je peux te l'assurer. Mais, petit à petit, j'ai compris que le problème venait du fait que Harriet ne se confiait jamais à personne. Au contraire, elle essayait de maintenir les apparences et de faire comme s'ils étaient une famille heureuse.

– Refus systématique.

– Exactement. Mais elle avait changé après la noyade de son père. Elle ne pouvait plus faire comme si tout était carré. Jusque-là elle avait été… je ne sais pas comment le dire, surdouée et précoce, mais surtout, surtout, une adolescente à peu près ordinaire. La dernière année, elle était toujours d'une intelligence brillante, meilleures notes partout, mais c'était comme si elle n'avait pas de vraie personnalité.

– Comment son père s'est-il noyé ?

– Gottfried ? De façon on ne peut plus banale. Il est tombé d'une barque juste en bas de sa cabane. Sa braguette était ouverte et son taux d'alcool était extrêmement élevé, je te laisse deviner comment ça s'est passé. C'est Martin qui l'a trouvé.

– Je ne le savais pas.

– C'est drôle. Martin a évolué, il est devenu une personne vraiment bien. Si tu m'avais demandé il y a trente-cinq ans, j'aurais dit qu'il était celui de la famille qui avait besoin d'un psy.

– C'est-à-dire ?

– Harriet n'était pas la seule à souffrir de la situation. Pendant bon nombre d'années, Martin était tellement taciturne et renfermé qu'on aurait pu le qualifier d'ours. Les deux enfants vivaient de sales moments. Je veux dire, on était tous dans ce cas. J'avais mes problèmes avec mon père – j'imagine que tu as compris qu'il est fou à lier. Ma sœur Anita avait les mêmes problèmes, tout comme Alexander, mon cousin. C'était dur d'être jeune dans la famille Vanger.

– Qu'est-ce qu'elle est devenue, ta sœur ?

– Anita habite à Londres. Elle y est allée dans les années 1970 travailler pour une agence de voyages suédoise et elle y est restée. Elle a vécu avec un type qu'elle ne s'est jamais donné la peine de présenter à la famille et dont elle est séparée depuis. Aujourd'hui elle est chef d'escale à la British Airways. On s'entend bien, elle et moi, mais nous avons très peu de contacts, nous ne nous voyons qu'une fois tous les deux ans à peu près. Elle ne rentre jamais à Hedestad.

– Pourquoi pas ?

– Notre père est fou. Ça suffit comme explication ?

– Mais toi, tu es restée.

– Moi et Birger, mon frère.

– Le politicien.

– Tu veux rire ? Birger est plus âgé qu'Anita et moi. Nous ne nous sommes jamais trop bien entendus. Il se considère comme un politicien terriblement important avec un avenir au Parlement et peut-être un fauteuil de ministre si les conservateurs devaient gagner. En réalité, c'est un conseiller municipal moyennement doué dans un patelin perdu, ce qui devrait représenter à la fois le sommet et le terminus de sa carrière.

– Une chose qui me fascine avec la famille Vanger, c'est la haine réciproque de tous les côtés.

– Ce n'est pas tout à fait vrai. J'aime énormément Martin et Henrik. Et je me suis toujours bien entendue avec ma sœur, même si nous nous voyons trop peu souvent. Je déteste Isabella, je n'ai pas beaucoup de sympathie pour Alexander. Et je ne parle pas avec mon père. Je dirais que c'est à peu près moitié-moitié dans la famille. Mais je vois ce que tu veux dire. Tu peux l'entendre comme ça : quand on est membre de la famille Vanger, on apprend très tôt à parler clairement. Nous disons ce que nous pensons.

– Oui, j'ai remarqué que vous y allez franco. Mikael tendit la main et toucha ses seins. Un quart d'heure chez toi que déjà tu me sautais dessus.

– Très franchement, la première fois où je t'ai vu, je me suis demandé comment tu étais au lit. Et ça m'a semblé tout à fait normal d'essayer.

POUR LA PREMIÈRE FOIS DE SA VIE, Lisbeth Salander ressentit un besoin pressant de demander conseil. Un problème se posait cependant : pour pouvoir demander conseil, elle serait obligée de se confier à quelqu'un, ce qui signifiait qu'elle serait obligée de se livrer et de raconter ses secrets. A qui pourrait-elle parler ? Le contact avec autrui n'était tout simplement pas son fort.

Quand elle passait mentalement en revue son carnet d'adresses, Lisbeth Salander comptait très exactement dix personnes qui d'une façon ou d'une autre pouvaient appartenir à son cercle de connaissances. Une estimation généreuse, elle en convenait elle-même.

Elle pouvait parler avec Plague, qui était un point à peu près fixe dans son existence. Mais il n'était absolument pas un ami et il était définitivement le dernier qui pourrait contribuer à résoudre ses problèmes. Ce n'était pas une bonne solution.

La vie sexuelle de Lisbeth Salander n'était pas vraiment aussi modeste qu'elle l'avait laissé croire à maître Bjurman. Et la plupart du temps, les rapports qu'elle avait eus s'étaient déroulés selon ses conditions et sur son initiative. Depuis ses quinze ans, elle avait eu une cinquantaine de partenaires, autrement dit quelque chose comme cinq partenaires par an, ce qui est normal pour une célibataire de son âge considérant le sexe comme un passe-temps.

Elle avait cependant rencontré la majeure partie de ces partenaires occasionnels sur une période de deux ans, à l'époque tumultueuse de la fin de son adolescence. Lisbeth Salander s'était trouvée alors à une croisée des chemins sans réel contrôle sur sa vie, et son avenir aurait pu prendre la forme d'une autre série de notations dans des dossiers, concernant drogues, alcool et internement dans différents établissements de soins. Depuis ses vingt ans et ses débuts à Milton Security, elle s'était considérablement calmée et elle estimait maîtriser sa vie.

Elle ne ressentait plus la nécessité d'accorder des faveurs à qui lui avait offert trois bières au troquet, et elle ne ressentait pas le moindre accomplissement personnel en suivant chez lui un soûlard dont elle connaissait à peine le nom. Cette dernière année, elle n'avait eu qu'un seul partenaire sexuel régulier, ce qu'on ne pouvait guère qualifier d'attitude dévergondée, comme l'insinuaient les dossiers médicaux de la fin de son adolescence.

A part cela le sexe, pour elle, était lié à quelqu'un dans l'espèce de bande de filles dont en réalité elle n'était pas membre, mais où on l'acceptait parce qu'elle était devenue la copine de Cilla Norén. Elle avait rencontré Cilla à la fin de son adolescence lorsque, sur la demande pressante de Holger Palmgren, elle avait essayé de compléter ses bulletins de notes du collège avec la formation pour adultes de

Komvux. Cilla avait des cheveux couleur prune avec des mèches noires, un pantalon de cuir noir, un anneau dans la narine et autant de clous à sa ceinture que Lisbeth. Elles s'étaient dévisagées avec méfiance pendant la première leçon.

Pour une raison que Lisbeth n'arrivait pas vraiment à comprendre, elles avaient commencé à se voir. Lisbeth n'était pas de celles qui se font vite une copine et surtout pas durant ces années-là, mais Cilla avait ignoré son silence et l'avait entraînée au troquet. Par son intermédiaire, Lisbeth était devenue membre des Evil Fingers, à l'origine un groupe de banlieue composé de quatre adolescentes d'Enskede qui aimaient le hard rock, et qui dix ans plus tard formaient une bande assez importante de copines qui se retrouvaient au Moulin les mardis soir pour dire du mal des garçons, parler féminisme, sciences occultes, musique et politique, et boire d'énormes quantités de bière. Elles méritaient effectivement leur nom.

Salander gravitait à la périphérie de la bande et apportait rarement sa contribution aux discussions, mais elle était acceptée telle qu'elle était et elle pouvait aller et venir à sa guise et rester toute la soirée avec sa chope à la main sans rien dire. On l'invitait aussi pour les anniversaires de l'une ou l'autre, pour Noël et autres fêtes de ce genre, même si elle n'y allait quasiment jamais.

Durant les cinq ans qu'elle avait fréquenté les Evil Fingers, les filles avaient changé. Les couleurs des cheveux étaient devenues plus normales et les vêtements provenaient plus souvent de H & M que des friperies de l'Armée du Salut. Elles suivaient des études ou travaillaient et l'une avait pondu un gamin. Lisbeth avait l'impression d'être la seule qui n'avait pas changé d'un poil, ce qui signifiait peut-être aussi qu'elle piétinait sur place.

Mais elles s'amusaient toujours quand elles se retrouvaient. S'il existait un endroit où elle ressentait une sorte d'appartenance, c'était bien en compagnie des Evil Fingers, et par extension aussi en compagnie des garçons qui constituaient le cercle d'amis de la bande de filles.

Les Evil Fingers l'écouteraient. Elles se mobiliseraient pour elle aussi. Mais elles ignoraient totalement que Lisbeth Salander était sous le coup d'une décision de justice la déclarant juridiquement irresponsable. Elle ne voulait pas qu'elles aussi se mettent à la regarder de travers. *Ce n'était pas une bonne alternative.*

Pour le reste, pas une seule camarade de classe d'autrefois ne figurait dans son carnet d'adresses. Elle manquait de toute forme de réseau, de soutien ou de contacts politiques. Vers qui alors pourrait-elle se tourner pour raconter ses problèmes avec maître Nils Bjurman ?

Si, peut-être quelqu'un. Elle réfléchit longuement à l'idée de se confier à Dragan Armanskij ; d'aller frapper à sa porte pour lui expliquer sa situation. Il lui avait dit que si elle avait besoin d'aide pour quoi que ce soit, elle ne devait pas hésiter à s'adresser à lui. Elle était convaincue de sa sincérité.

Armanskij lui aussi l'avait touchée une fois, mais le geste avait été gentil, sans mauvaises intentions, ça n'avait rien eu d'une démonstration de force. Elle répugnait cependant à lui demander de l'aide. Il était son chef et cela la rendrait redevable. Lisbeth Salander sourit en pensant à ce que serait sa vie avec Armanskij pour tuteur au lieu de Bjurman. L'idée n'avait rien de désagréable, mais Armanskij aurait sans doute pris sa mission avec tant de sérieux qu'il l'aurait étouffée de sa sollicitude. *C'était... hmmm, peut-être une bonne solution.*

Alors qu'elle était parfaitement au courant du rôle de SOS-Femmes en détresse, jamais l'idée ne lui vint d'y faire appel. Ces centres étaient à ses yeux pour les *victimes*, et elle ne s'était jamais considérée comme telle. La seule bonne alternative qui lui restait était par conséquent d'agir comme elle avait toujours agi – prendre l'affaire en main et résoudre elle-même ses problèmes. *Là, c'était la bonne solution.*

Et une solution qui n'augurait rien de bon pour maître Nils Bjurman.

13

Jeudi 20 février – vendredi 7 mars

LA DERNIERE SEMAINE de février, Lisbeth Salander s'attribua à elle-même une mission, avec maître Nils Bjurman, né en 1950, comme objet prioritaire. Elle travailla environ seize heures par jour et fit une enquête sur la personne plus minutieuse que jamais auparavant. Elle utilisa toutes les archives et tous les documents officiels qu'elle pouvait trouver. Elle fouina dans ses relations familiales et personnelles. Elle vérifia ses comptes et établit en détail sa carrière et ses missions.

Le résultat fut décevant.

Il était juriste, membre de l'ordre des avocats et auteur d'une thèse d'un verbiage respectable quoique exceptionnellement ennuyeuse sur le droit commercial. Sa réputation était irréprochable. Maître Bjurman n'avait jamais été épinglé. Une seule fois, il avait été signalé à l'ordre des avocats – considéré comme intermédiaire dans une affaire de dessous-de-table immobiliers dix ans auparavant, mais il avait pu prouver son innocence et l'affaire avait été classée. Ses comptes étaient en ordre ; maître Bjurman était fortuné, disposant d'au moins 10 millions de couronnes. Il payait plus d'impôts que nécessaire, était membre de

Greenpeace et d'Amnesty International et apparaissait comme donateur régulier à la Fondation pour le cœur et les poumons. Son nom était rarement apparu dans un média mais à plusieurs reprises il avait signé des pétitions soutenant des prisonniers politiques dans le Tiers Monde. Il habitait un cinq-pièces dans Upplandsgatan près d'Odenplan, et il était secrétaire de l'association des copropriétaires de son immeuble. Il était divorcé, sans enfants.

Lisbeth Salander se focalisa sur son ex-femme, prénommée Elena. Elle était née en Pologne mais avait vécu en Suède toute sa vie. Elle travaillait dans la rééducation et était remariée, apparemment pour le meilleur, avec un collègue de Bjurman. Rien à chercher de ce côté. Leur mariage avait duré quatorze ans et le divorce s'était passé à l'amiable.

Maître Bjurman avait régulièrement le contrôle de jeunes ayant eu quelques démêlés avec la justice. Il avait été administrateur de quatre jeunes avant de devenir le tuteur de Lisbeth Salander. Chacune de ses missions concernait des mineurs, et elles avaient pris fin sur une simple décision du tribunal le jour de leur majorité. L'un de ces clients faisait toujours appel à Bjurman comme avocat, là non plus il ne semblait pas y avoir de petite bête à trouver. Si Bjurman avait mis sur pied un système pour tirer profit de ses protégés, rien n'apparaissait en tout cas en surface, et Lisbeth eut beau chercher en profondeur, elle ne trouva rien de bizarre. Tous les quatre avaient des vies rangées avec petits amis et petites amies, un emploi, un logement et une panoplie de cartes de fidélité.

Elle avait appelé chacun des quatre en se présentant comme secrétaire aux affaires sociales chargée d'une enquête concernant les enfants ayant autrefois été sous gérance pour savoir comment ils s'en sortaient dans la vie par rapport aux autres enfants. *Mais oui, bien sûr que vous resterez absolument anonymes.* Elle avait bricolé un questionnaire en dix points. Plusieurs des questions étaient formulées de manière à inciter ses interlocuteurs à donner leur avis sur le fonctionnement de la gérance – s'ils avaient eu une opinion sur Bjurman, elle était sûre que cela aurait suinté au moins chez un des interviewés. Mais aucun n'avait quoi que ce soit de négatif à dire.

Une fois son ESP terminée, Lisbeth Salander rassembla toute la documentation dans un sac en papier de supermarché et le posa avec les vingt autres sacs de journaux dans l'entrée. Maître Bjurman était apparemment irréprochable. Il n'y avait tout simplement rien dans son passé que Lisbeth Salander pouvait utiliser comme levier. Pour elle, et elle avait de quoi étayer son opinion, ce gars n'était qu'une brute et un ignoble salopard – mais elle ne trouvait rien qu'elle aurait pu utiliser comme preuve.

L'heure était venue de considérer d'autres possibilités. Après avoir passé en revue toutes les analyses, restait une solution relativement tentante – du moins totalement réaliste. Le plus simple serait que Bjurman disparaisse simplement de sa vie. Un infarctus foudroyant. *Game over.* Le hic, c'était que même les vicelards de cinquante-cinq balais ne faisaient pas d'infarctus sur commande.

On pouvait cependant y remédier.

MIKAEL BLOMKVIST MENAIT SA LIAISON avec le proviseur Cécilia Vanger dans la plus grande discrétion. Elle avait fixé trois impératifs : elle ne voulait pas que quelqu'un sache qu'ils se voyaient. Elle voulait qu'il vienne chez elle seulement quand elle l'appelait au téléphone et qu'elle était d'humeur. Et elle ne voulait pas qu'il passe la nuit chez elle.

L'attitude de Cécilia rendait Mikael perplexe. Lorsqu'il tombait sur elle au café Susanne, elle était aimable mais froide et distante. Mais quand ils se retrouvaient dans sa chambre, elle était passionnément enflammée.

Mikael ne tenait pas particulièrement à fouiner dans sa vie privée, mais on l'avait embauché pour fouiner dans la vie privée de toute la famille Vanger. Il se sentait partagé et en même temps curieux. Un jour, il demanda à Henrik Vanger avec qui elle avait été mariée et ce qui s'était passé. Il posa la question en même temps qu'il expédiait le passé d'Alexander et de Birger et de tous les autres membres de la famille présents sur l'île quand Harriet avait disparu.

– Cécilia ? Autant que je sache, elle n'avait pas de rapports avec Harriet.

– Parle-moi de son passé.

– Elle est venue habiter ici après ses études et a commencé à travailler comme professeur. Elle a rencontré un certain Jerry Karlsson, qui malheureusement travaillait dans le groupe Vanger. Ils se sont mariés. Je croyais leur mariage heureux – au moins au début. Mais après quelques années j'ai compris que tout n'allait pas pour le mieux. Il la battait. C'était l'histoire habituelle – il la frappait mais elle lui trouvait des circonstances atténuantes. Jusqu'au jour où il l'a frappée une fois de trop. Elle s'est retrouvée grièvement blessée et a dû être hospitalisée. Je lui ai parlé et lui ai offert mon aide. Elle est venue s'installer ici sur l'île et elle a refusé de rencontrer son mari depuis. Je me suis chargé de le faire licencier.

– Mais elle est toujours mariée avec lui.

– Sur le papier, c'est tout. Je ne sais pas pourquoi elle n'a pas demandé le divorce. Mais elle n'a jamais voulu se remarier, si bien que le problème ne s'est jamais posé.

– Ce Jerry Karlsson, avait-il un rapport…

– … avec Harriet ? Non, il n'habitait pas à Hedestad en 1966 et il n'avait pas encore commencé à travailler pour le groupe.

– Bon.

– Mikael, j'aime Cécilia. Elle est peut-être difficile, mais elle est une des rares personnes bien de ma famille.

AUSSI SYSTEMATIQUEMENT qu'un parfait bureaucrate, Lisbeth Salander consacra une semaine à planifier le décès de maître Nils Bjurman. Elle envisagea – et rejeta – différentes méthodes jusqu'à ce qu'elle dispose d'un nombre de scénarios réalistes entre lesquels choisir. *Ne pas agir dans l'impulsion.* Sa première pensée avait été d'essayer d'arranger un accident, mais à y réfléchir, elle était rapidement arrivée à la conclusion que peu importait qu'on parle de meurtre.

Une seule condition devait être remplie. Maître Bjurman devait mourir de manière qu'elle-même ne puisse jamais être associée au crime. Elle se doutait bien que tôt ou tard son nom apparaîtrait dans une enquête policière à venir quand les flics examineraient les activités de Bjurman. Mais elle n'était qu'un grain de poussière dans toute une galaxie de clients actuels ou anciens, elle ne l'avait rencontré que quelques rares fois et, à moins que Bjurman n'ait noté dans son agenda qu'il l'avait forcée à lui faire une pipe – ce qu'elle jugeait invraisemblable –, elle n'avait aucune raison de l'assassiner. Il n'y aurait pas la moindre preuve que sa mort avait un rapport quelconque avec ses clients ; on pourrait penser à des ex-petites amies, des parents, des connaissances, des collègues et un tas d'autres gens. On pourrait même cataloguer cela de *random violence*, scénario dans lequel meurtrier et victime ne se connaissaient pas.

Mettons même que son nom apparaisse, et alors ? Elle ne serait qu'une pauvre fille sous tutelle, bardée de documents prouvant qu'elle était mentalement handicapée. Il y avait donc intérêt à ce que la mort de Bjurman advienne selon un schéma suffisamment compliqué pour qu'une handicapée mentale ne soit pas très vraisemblable dans le rôle de l'auteur du crime.

Elle rejeta d'emblée la solution arme à feu. S'en procurer une ne lui poserait pas de gros problèmes d'ordre pratique, mais les flics étaient doués pour retrouver l'origine des flingues.

Elle envisagea l'arme blanche, un couteau pouvait s'acheter dans n'importe quelle quincaillerie, mais elle rejeta cette solution aussi. Même si elle déboulait sans crier gare et lui plantait le couteau dans le dos, rien ne garantissait qu'il crèverait tout de suite et sans bruit, ni même qu'il crèverait. Cela signifiait donc raffut monstre attirant l'attention, plus sang qui pourrait tacher ses vêtements et constituer des preuves accablantes.

Elle envisagea aussi une bombe, mais cela s'avérait trop compliqué. Mettre au point la bombe ne serait pas un problème – Internet fourmillait de manuels pour fabriquer les objets les plus meurtriers. Difficile, par contre, de trouver un moyen d'exploser le salopard sans qu'un passant innocent dérouille aussi. Sans compter, une nouvelle fois, que rien ne garantissait l'élimination du salopard.

Le téléphone sonna.

– Salut Lisbeth, c'est Dragan. J'ai un boulot pour toi.

– J'ai pas le temps.

– C'est important.

– Je suis occupée.

Elle raccrocha.

Pour finir, elle se décida pour une solution inattendue – le poison. Ce choix la surprenait, mais à y réfléchir il était parfait.

Lisbeth Salander consacra quelques jours et nuits à passer Internet au peigne fin à la recherche d'un poison adéquat. Le choix était vaste. Avec en premier le poison le plus mortel, toutes catégories confondues, que la science connaisse – l'acide cyanhydrique, aussi connu sous le nom d'acide prussique.

L'acide cyanhydrique était utilisé dans l'industrie chimique, entre autres comme composant de certaines peintures. Quelques milligrammes suffisaient à liquider quelqu'un ; un litre dans le réservoir d'eau d'une ville moyenne pouvait l'anéantir dans sa totalité.

Pour des raisons évidentes, une telle substance mortelle était entourée de contrôles de sécurité rigoureux. Mais si un fanatique politique avec des projets d'assassinat ne pouvait pas entrer dans la pharmacie la plus proche et demander dix millilitres d'acide cyanhydrique, on pouvait fabriquer ça en quantités quasi illimitées dans une cuisine ordinaire. Un modeste équipement de laboratoire, disponible dans une boîte de petit chimiste pour enfants, en vente pour 200 couronnes, et quelques ingrédients qu'on pouvait extraire de produits ménagers courants suffisaient. La recette était en ligne sur Internet.

Il y avait aussi la nicotine. D'une seule cartouche de cigarettes, elle pourrait en extraire suffisamment de milligrammes pour concocter un sirop pas trop épais. Mieux encore, bien qu'un peu plus difficile à fabriquer : le sulfate de nicotine, qui avait l'avantage d'être absorbable par la peau ; il suffirait donc d'enfiler des gants en caoutchouc, de remplir un pistolet à eau et de tirer sur la figure de maître Bjurman. En vingt secondes, il aurait perdu connaissance et en quelques minutes il serait mort.

Jusque-là, Lisbeth Salander n'avait pas soupçonné que tant de produits ménagers parfaitement ordinaires fournis par sa droguerie locale pouvaient se transformer en armes mortelles. Après avoir potassé le sujet pendant quelques jours, elle était convaincue qu'il n'y avait pas d'obstacles techniques pour régler son compte au cher tuteur.

Ne restaient que deux problèmes : la mort de Bjurman ne lui rendrait pas le contrôle de sa propre vie et il n'y avait aucune garantie que le successeur de Bjurman ne soit pas dix fois pire. *Analyse des conséquences.*

Ce qu'il lui fallait trouver était une manière de contrôler son tuteur et par là même de maîtriser sa propre situation. Allongée dans le vieux canapé du séjour toute une soirée, elle passa mentalement la situation en revue. Vers 22 heures, elle avait éliminé les projets d'assassinat par empoisonnement et élaboré un plan B.

Le plan n'était pas séduisant et il sous-entendait qu'elle laissait Bjurman s'attaquer à elle encore une fois. Mais si elle le menait à bout, c'était bingo pour elle.

Pensait-elle.

AU COURS DES DERNIERS JOURS du mois de février, Mikael avait pris un rythme qui transformait le séjour à Hedeby en un train-train quotidien. Il se levait à 9 heures tous les matins, prenait son petit-déjeuner et travaillait jusqu'à midi à se gaver de nouvelles données. Puis il faisait une promenade d'une heure, quel que soit le temps. Dans l'après-midi, il se remettait au boulot, chez lui ou au café Susanne, en approfondissant ce qu'il avait lu dans la matinée ou en écrivant des passages de ce qui allait devenir l'autobiographie de Henrik. Il s'était ménagé du temps libre entre 15 et 18 heures, qu'il utilisait pour faire des courses, laver son linge, aller à Hedestad et expédier d'autres affaires courantes. Vers 19 heures, il passait chez Henrik Vanger lui exposer les points d'interrogation qui avaient surgi au cours de la journée. Vers 22 heures, il était de retour à la maison et lisait jusqu'à 1 ou 2 heures du matin. Il épluchait systématiquement les documents fournis par Henrik.

Il découvrit avec surprise que le travail de rédaction de l'autobiographie de Henrik avançait comme sur des roulettes. Il disposait déjà du premier jet de près de cent vingt pages de la chronique familiale– la vaste période depuis le débarquement de Jean-Baptiste Bernadotte en Suède jusqu'aux environs des années 1920. A partir de là, il était obligé d'avancer plus lentement et de commencer à peser ses mots.

A la bibliothèque de Hedestad, il avait commandé des livres traitant du nazisme à cette époque, entre autres la thèse de doctorat de Helene Lööw *La Croix gammée et la gerbe des wasa*. Il avait écrit le brouillon d'une quarantaine d'autres pages sur Henrik et ses frères, focalisées sur Henrik en tant que personnage principal. Il avait une longue liste de recherches à faire concernant des entreprises de cette époque, leur structure et leur fonctionnement, et il découvrit que la famille Vanger avait aussi été intimement mêlée à l'empire d'Ivar Kreuger – encore une histoire parallèle qu'il fallait rafraîchir. Il calcula qu'en tout il lui restait à peu près trois cents pages à écrire. Il avait établi un planning pour avoir une première mouture à présenter à Henrik Vanger début septembre, et il prévoyait d'utiliser l'automne pour peaufiner son texte.

En revanche, Mikael n'avançait pas d'un millimètre dans l'enquête sur Harriet Vanger. Il avait beau lire et réfléchir sur les détails des nombreux dossiers, il n'en trouvait pas un seul qui aurait pu faire bouger les choses.

Un samedi soir fin février, il eut un long entretien avec Henrik Vanger, où il rendit compte de ses progrès inexistants. Le vieil homme l'écouta patiemment énumérer tous les culs-de-sac qu'il avait visités.

– Autrement dit, Henrik, je ne trouve rien dans l'enquête qui n'ait pas déjà été exploité jusqu'à la moelle.

– Je comprends ce que tu veux dire. Moi aussi j'y ai réfléchi à me rendre malade. Et en même temps je suis sûr que nous avons dû louper quelque chose. Aucun crime n'est aussi parfait que ça.

– Mais nous ne sommes même pas en mesure de déterminer s'il y a réellement eu un crime.

Henrik Vanger soupira et fit un geste frustré avec la main.

– Continue, demanda-t-il. Va jusqu'au bout.

– Ça ne sert à rien.

– Peut-être. Mais n'abandonne pas.

Mikael soupira.

– Les numéros de téléphone, finit-il par dire.

– Oui.

– Ils signifient forcément quelque chose.

– Oui.

– Ils ont été notés sciemment.

– Oui.

– Mais nous ne savons pas les interpréter.

– Non.

– Ou alors nous les interprétons mal.

– Exactement.

– Ce ne sont pas des numéros de téléphone. Ils veulent dire tout autre chose.

– Peut-être.

Mikael soupira de nouveau et rentra chez lui continuer à lire.

MAITRE NILS BJURMAN poussa un soupir de soulagement lorsque Lisbeth Salander le rappela pour expliquer qu'elle avait besoin de davantage d'argent. Elle s'était dérobée à leur dernier rendez-vous fixe en invoquant qu'elle devait travailler, et une petite inquiétude avait commencé à le ronger. Etait-elle en train de se transformer en un enfant à problèmes intraitable ? D'avoir annulé le rendez-vous l'avait, cela dit, empêchée d'avoir son argent de poche, et tôt ou tard elle serait obligée de prendre contact avec lui. Il s'inquiétait aussi de la possibilité qu'elle ait pu parler de son culot à quelqu'un.

Son bref appel pour dire qu'elle avait besoin d'argent confirmait de manière satisfaisante que la situation était sous contrôle. Mais il allait devoir la dompter, celle-là, décida Nils Bjurman. Il fallait qu'elle comprenne qui décidait, alors seulement pourrait s'établir une relation plus constructive. C'est pourquoi il lui indiqua que cette fois-ci ils se verraient à son domicile près d'Odenplan, pas dans son bureau. Devant cette exigence, Lisbeth Salander était restée silencieuse à l'autre bout de la ligne un bon moment – *elle a du mal à comprendre, cette conne* – avant d'accepter.

Le plan de Lisbeth avait été de le rencontrer à son bureau, comme la fois précédente. Maintenant elle était obligée de le voir en territoire inconnu. Le rendez-vous avait été fixé au vendredi soir. Il lui avait communiqué le code et à 20 h 30 elle sonna à sa porte, une demi-heure plus tard que convenu. C'était le temps qu'il lui avait fallu dans l'obscurité de la cage d'escalier pour passer en revue son plan une dernière fois, envisager des solutions de rechange, se blinder et mobiliser le courage nécessaire.

VERS 20 HEURES, Mikael arrêta son ordinateur et se couvrit pour sortir. Il laissa la lumière allumée dans la pièce de travail. Le ciel était étoilé et la température avoisinait le zéro. Il monta la côte d'un pas alerte, passa devant la maison de Henrik Vanger, sur la route d'Östergården. Juste après la maison de Henrik, il bifurqua à gauche et suivit un sentier qui longeait la plage. Les bouées lumineuses clignotaient sur l'eau et les lumières de Hedestad scintillaient dans la nuit, c'était beau. Il avait besoin d'air frais, mais il voulait avant tout éviter les yeux inquisiteurs d'Isabella Vanger. A la maison de Martin Vanger, il rejoignit la route et arriva chez Cécilia Vanger peu après 20 h 30. Ils montèrent tout de suite dans sa chambre.

Ils se voyaient une ou deux fois par semaine. Cécilia Vanger était non seulement devenue sa maîtresse dans ce trou perdu, elle était aussi devenue la personne à qui il avait commencé à se confier. Il discutait bien plus de Harriet Vanger avec elle qu'avec Henrik.

LE PLAN FOIRA presque immédiatement.

Maître Nils Bjurman était en robe de chambre quand il ouvrit la porte de son appartement. Il avait eu le temps d'être énervé par son retard et il lui fit signe d'entrer. Elle portait un jean noir, un tee-shirt noir et le blouson de cuir incontournable. Des boots noirs et un petit sac à dos avec sangle en bandoulière sur la poitrine.

– Tu ne sais pas lire l'heure, salua Bjurman hargneusement.

Salander ne dit rien. Elle regarda autour d'elle. L'appartement ressemblait à ce qu'elle s'était figuré après examen des plans aux archives municipales. Les meubles étaient clairs, en bouleau et en hêtre.

– Entre, fit Bjurman sur un ton plus aimable. Il mit son bras sur ses épaules et la guida à travers un petit vestibule dans l'appartement. *Pas la peine de sortir le baratin*. Il ouvrit la porte d'une chambre. Il n'y avait aucune hésitation à avoir sur les services qu'il attendait de Lisbeth Salander.

Elle jeta un rapide coup d'œil dans la pièce. Chambre de célibataire. Lit double avec une haute tête de lit en inox. Une commode qui faisait aussi office de table de nuit. Lampes de chevet à lumière tamisée. Un placard avec miroir le long d'un mur. Un fauteuil en rotin et une petite table dans le coin près de la porte. Il lui prit la main et la guida vers le lit.

– Raconte-moi pourquoi tu as besoin d'argent cette fois-ci. Encore des machins pour ton ordinateur ?

– Pour m'acheter à manger, répondit-elle.

– Bien sûr. Je suis vraiment stupide, c'est vrai que tu as raté notre dernier rendez-vous. Il mit la main sous son menton et lui redressa le visage de façon que leurs yeux se rencontrent. Comment tu vas ?

Elle haussa les épaules.

– Tu as réfléchi à ce que j'ai dit l'autre fois ?

– Quoi ?

– Lisbeth, ne te fais pas plus bête que tu ne l'es. Je veux que toi et moi, on soit bons amis et qu'on s'épaule.

Elle ne répondit pas. Maître Bjurman résista à l'impulsion de lui administrer une gifle pour la réveiller.

– Est-ce que tu as aimé notre jeu pour grandes personnes de l'autre fois ?

– Non.

Il haussa les sourcils.

– Lisbeth, ne sois pas idiote.

– J'ai besoin d'argent pour acheter de quoi manger.

– C'est exactement ce dont nous avons parlé la dernière fois. Il te suffit d'être gentille avec moi pour que je sois gentil avec toi. Mais si tu t'évertues à me contrarier… Il serra plus fort son menton et elle se dégagea.

– Je veux mon argent. Qu'est-ce que tu veux que je fasse ?

– Tu sais très bien ce que je veux. Il la prit par l'épaule et l'attira vers le lit.

– Attends, fit Lisbeth Salander rapidement.

Elle lui lança un regard résigné, puis hocha sèchement la tête. Elle enleva le blouson de cuir clouté et regarda autour d'elle dans la pièce. Elle jeta le blouson sur le fauteuil en rotin, posa son sac à dos sur la table ronde et fit quelques pas hésitants en direction du lit. Puis elle s'arrêta, prise d'une appréhension soudaine. Bjurman s'approcha.

– Attends, fit-elle encore, d'une voix comme si elle essayer de le raisonner. Je ne veux pas être obligée de te faire une pipe chaque fois que j'ai besoin d'argent.

Le visage de Bjurman changea d'expression. Subitement, il la gifla du plat de la main. Salander écarquilla les yeux mais, avant qu'elle ait eu le temps de réagir, il l'avait saisie par l'épaule et jetée à plat ventre sur le lit. Elle fut prise de court par cette violence soudaine. Comme elle essayait de se retourner, il la plaqua sur le lit et s'assit à califourchon sur elle.

Tout comme la fois précédente, elle fut une proie facile pour lui, d'un point de vue purement physique. Sa seule possibilité de résister consistait à lui planter les ongles dans les yeux ou à utiliser une arme. Mais le scénario qu'elle avait prévu était déjà parti en fumée. *Merde*, pensa Lisbeth Salander quand il lui arracha le tee-shirt. Avec une lucidité terrifiante, elle comprit qu'elle avait été un peu légère sur ce coup.

Elle entendit qu'il ouvrait un tiroir de la commode à côté du lit, puis un cliquetis de métal. Tout d'abord elle ne comprit pas ce qui se passait, puis elle vit la boucle se refermer autour de son poignet. Il souleva ses bras, passa les menottes autour d'un des montants de la tête de lit et bloqua son autre main. En un tournemain il lui enleva ses chaussures et son jean. Finalement il lui retira son slip qu'il brandit en l'air.

– Il faut que tu apprennes à me faire confiance, Lisbeth, dit-il. Je vais t'apprendre les règles de ce jeu pour les grands. Sois désagréable avec moi, et tu seras punie. Sois gentille avec moi, et nous serons amis.

Il s'assit de nouveau à califourchon sur elle.

– Alors, comme ça tu n'aimes pas la sodomie…, dit-il.

Lisbeth Salander ouvrit la bouche pour crier. Il la prit par les cheveux et fourra le slip dans sa bouche. Elle sentit qu'il mettait quelque chose autour de ses chevilles, il écarta ses jambes et les attacha de sorte qu'elle soit totalement livrée. Elle l'entendit bouger dans la pièce mais elle ne pouvait pas le voir. Les minutes passèrent. Elle avait du mal à respirer. Puis elle ressentit une douleur infernale quand brutalement il lui enfonça quelque chose dans l'anus.

LA REGLE DE CECILIA VANGER était que Mikael ne devait pas rester dormir. Peu après 2 heures du matin il se rhabilla, alors qu'elle restait nue sur le lit et lui adressait un petit sourire.

– Tu me plais, Mikael. J'aime ta compagnie.

– Tu me plais aussi.

Elle l'attira sur le lit et réussit à enlever la chemise qu'il venait de mettre. Il resta une heure de plus.

Lorsque enfin Mikael passa devant la maison de Harald Vanger, il eut la nette impression de voir un rideau bouger à l'étage. Mais il faisait trop sombre pour qu'il en soit absolument sûr.

LISBETH SALANDER PUT REMETTRE ses vêtements vers 4 heures du matin le samedi. Elle prit son blouson de cuir et le sac à dos, et gagna en boitillant le vestibule, où il l'attendait, frais et douché et habillé avec soin. Il lui donna un chèque de 2 500 couronnes.

– Je te ramène chez toi, dit-il en ouvrant la porte.

Elle sortit de l'appartement et se tourna vers lui. Son corps avait l'air frêle et son visage était gonflé par les pleurs, et il eut presque un mouvement de recul en croisant son regard. Jamais auparavant dans sa vie il n'avait rencontré une telle haine sèche et brûlante. Lisbeth Salander avait l'air aussi mentalement malade que son dossier l'indiquait.

– Non, dit-elle, si bas qu'il eut du mal à distinguer les mots. Je peux rentrer toute seule.

Il posa une main sur son épaule.

– Sûre ?

Elle hocha la tête. La main sur son épaule serra plus fort.

– Tu te rappelles notre accord. Tu reviens ici samedi prochain.

Elle hocha la tête de nouveau. Soumise. Il la lâcha.

14

Samedi 8 mars – lundi 17 mars

LISBETH SALANDER PASSA la semaine au lit avec des douleurs au bas-ventre, des hémorragies à l'anus et d'autres plaies, moins visibles, qui prendraient plus de temps à guérir. Ce qu'elle avait vécu dépassait de loin le premier viol dans son bureau ; il n'avait plus été question de force et d'humiliation mais d'une brutalité systématique.

Elle réalisait bien trop tard qu'elle avait mésestimé Bjurman, et de beaucoup.

Elle l'avait pris pour un homme de pouvoir qui aimait dominer, pas pour un sadique accompli. Il l'avait gardée menottée toute la nuit. A plusieurs reprises, elle avait cru qu'il allait la tuer et à un moment il avait appuyé un oreiller sur son visage jusqu'à ce qu'elle s'évanouisse presque.

Elle ne pleura pas.

A part les larmes causées par la douleur physique proprement dite pendant le viol, elle n'en versa pas une seule. Une fois quitté l'appartement de Bjurman, elle avait boitillé jusqu'à la station de taxis d'Odenplan, était rentrée chez elle et avait gagné son appartement en grimpant les escaliers avec difficulté. Elle avait pris une douche et avait lavé le sang de son bas-ventre. Ensuite elle avait bu un demi-litre d'eau et avalé deux Rohypnol, elle s'était écroulée dans son lit, la couverture tirée sur sa tête.

Elle se réveilla vers midi le dimanche, la tête douloureuse et vide de pensées, avec des douleurs dans les muscles et le bas-ventre. Elle se leva, but deux verres de lait et mangea une pomme. Puis elle reprit deux somnifères et retourna se coucher.

Le mardi seulement elle eut assez de force pour s'extraire du lit. Elle sortit acheter un carton de pizzas Billy Pan, en mit deux au micro-ondes et remplit un thermos de café. Ensuite elle passa la nuit sur Internet à lire des articles et des thèses sur la psychopathologie du sadisme.

Son attention fut attirée par un article publié par un groupe de femmes aux Etats-Unis, où l'auteur soutenait que le sadique choisissait ses *liaisons* avec une précision quasi intuitive : la meilleure victime du sadique était celle qui se prêtait à tous ses désirs de son plein gré parce qu'elle croyait ne pas avoir le choix. Le sadique ciblait ses choix sur des êtres qui dépendaient d'autrui et il avait une capacité inquiétante d'identifier des proies convenables.

Maître Bjurman l'avait choisie comme victime.

Cela la fit réfléchir.

Cela indiquait quelle idée son entourage se faisait d'elle.

LE VENDREDI, UNE SEMAINE après le deuxième viol, Lisbeth Salander quitta son domicile pour se rendre chez un tatoueur à Hornstull. Elle avait appelé pour fixer rendez-vous et il n'y avait pas d'autres clients dans la boutique. Le propriétaire la salua d'un hochement de tête quand il la reconnut.

Elle choisit un petit tatouage simple représentant un mince cordon et demanda qu'on le lui fasse sur la cheville. Elle montra l'endroit.

– La peau est très mince. Ça fait super mal à cet endroit, dit le tatoueur.

– Ça ira, dit Lisbeth Salander, elle enleva son pantalon et présenta sa jambe.

– D'accord, un cordon. Tu as déjà pas mal de tatouages. Tu es sûre que tu en veux un autre ?

– C'est un rappel, répondit-elle.

MIKAEL BLOMKVIST QUITTA le café Susanne à la fermeture, à 14 heures le samedi. Il avait passé la journée à mettre au propre ses notes dans son iBook, et il fit un tour chez Konsum acheter deux, trois trucs à manger et des cigarettes avant de rentrer à la maison. Il avait découvert la spécialité locale : la *pölsa* sautée avec des pommes de terre et des betteraves rouges – un plat qu'il n'avait jamais particulièrement aimé, mais qui pour une étrange raison allait parfaitement bien dans une petite maison à la campagne.

Vers 19 heures, il se mit à réfléchir en regardant par la fenêtre de la cuisine. Cécilia Vanger n'avait pas appelé. Il l'avait croisée très brièvement au café en début d'après-midi quand elle était venue acheter du pain, mais elle était plongée dans ses propres pensées. Tout laissait croire qu'elle n'allait pas appeler ce samedi soir. Il jeta un coup d'œil sur son petit poste de télévision qu'il n'allumait presque jamais. Puis il s'installa sur la banquette de la cuisine et ouvrit un polar de Sue Grafton.

LISBETH SALANDER REVINT à l'appartement de Bjurman à Odenplan à l'heure convenue le samedi soir. Il la fit entrer avec un sourire poli et accueillant.

– Et comment vas-tu aujourd'hui, ma chère Lisbeth ? fit-il pour la saluer.

Elle ne répondit pas.

– J'y suis peut-être allé un peu trop fort la dernière fois, dit-il. Tu m'as semblé un peu KO.

Elle le gratifia d'un sourire en coin, et il sentit une inquiétude soudaine l'envahir. *Cette nana est cinglée. Il faut que je m'en souvienne.* Il se demanda si elle allait pouvoir s'adapter.

– On va dans la chambre ? demanda Lisbeth Salander.

D'un autre côté, si ça se trouve elle ne demande que ça... Il lui passa le bras sur l'épaule, comme il l'avait fait à leur rendez-vous précédent pour l'amener dans la chambre. *Aujourd'hui je vais y aller plus doucement avec elle. Pour créer la confiance.* Il avait déjà préparé les menottes sur la commode. Ce n'est que lorsqu'ils furent devant le lit que maître Bjurman se rendit compte que quelque chose clochait.

C'était elle qui l'amenait au lit, pas le contraire. Il s'arrêta et la regarda avec perplexité sortir quelque chose de sa poche qu'il crut d'abord être un téléphone portable. Puis il vit ses yeux.

– Dis bonne nuit, dit-elle.

Elle lui enfonça la matraque électrique dans l'aisselle gauche et fit partir 75 000 volts. Quand ses jambes commencèrent à se dérober sous lui, elle approcha son épaule et mobilisa toutes ses forces pour le faire tomber sur le lit.

CECILIA VANGER SE SENTAIT vaguement ivre. Elle avait décidé de ne pas appeler Mikael Blomkvist. Leur liaison avait pris la tournure d'un vaudeville saugrenu, avec une mise en scène obligeant Mikael à faire des tours et des détours pour pouvoir venir la rejoindre sans se faire remarquer. Elle se comportait comme une adolescente amoureuse incapable de maîtriser son désir. Sa conduite ces dernières semaines avait été absurde.

Le problème est qu'il me plaît beaucoup trop, pensa-t-elle. Je vais en souffrir. Elle passa un long moment à souhaiter que Mikael Blomkvist ne soit jamais venu à Hedeby.

Elle avait débouché une bouteille de vin et bu deux verres en solitaire. Elle alluma la télé pour *Rapport* et essaya de comprendre l'état du monde mais se lassa immédiatement des commentaires rationnels qui expliquaient pourquoi le président Bush devait écraser l'Irak sous les bombes. Elle s'installa alors dans le canapé du salon avec le livre de Gellert Tama sur ce fou qui à Stockholm avait tué onze personnes pour des motifs racistes. Elle ne réussit à lire que quelques pages avant d'être obligée de poser le bouquin. Le sujet l'avait tout de suite fait penser à son père. Elle se demanda sur quoi il fantasmait.

La dernière fois qu'ils s'étaient vus vraiment était en 1984, quand elle les avait accompagnés, lui et Birger, à une chasse au lièvre au nord de Hedestad, pour que Birger teste un nouveau chien de chasse – un *Hamilton stövare* dont il était le propriétaire depuis peu. Harald Vanger avait soixante-treize ans et elle avait fait son possible pour accepter sa folie, cette folie qui avait transformé son enfance en cauchemar et influencé toute sa vie adulte.

Cécilia n'avait jamais été aussi fragile qu'à cette époque-là de sa vie. Son mariage avait tourné en eau de boudin trois mois auparavant. Femme battue – l'expression était si banale. Pour elle, cela avait pris la forme d'une maltraitance légère mais continuelle. Des gifles, des bourrades et des menaces lunatiques. Se retrouver par terre dans la cuisine. Les éclats de son mari étaient toujours inexplicables et les coups rarement suffisamment forts pour qu'elle soit réellement blessée. Il évitait de frapper avec le poing. Elle s'était adaptée.

Jusqu'au jour où, soudain, elle avait rendu les coups et où il avait totalement perdu le contrôle. Pour finir, pris de folie, il l'avait frappée dans le dos à coups de ciseaux.

Pris de remords, paniqué, il l'avait conduite à l'hôpital, où il avait inventé une histoire délirante d'accident invraisemblable que l'ensemble du personnel aux urgences avait percée à jour à l'instant même où il avait prononcé les mots. Elle avait eu honte. On lui avait fait douze points de suture et elle était restée deux jours à l'hôpital. Ensuite Henrik Vanger était venu la chercher et l'avait emmenée chez lui. Elle n'avait plus jamais parlé avec son mari.

Ce jour ensoleillé, trois mois après la rupture du mariage, Harald Vanger avait été d'une humeur enjouée, presque aimable. Mais soudain, en pleine forêt, il avait commencé à invectiver grossièrement sa fille en faisant des commentaires vulgaires sur sa vie et ses mœurs sexuelles, et il avait craché qu'il allait de soi qu'une pute comme elle était incapable de garder un homme.

Son frère n'avait même pas remarqué que chaque mot du père l'atteignait comme un coup de fouet. Birger Vanger s'était contenté de rire et de poser un bras autour de ses épaules, et de désarmer la situation à sa façon en sortant un commentaire du genre *on sait bien comment sont les bonnes femmes.* Il avait lancé un clin d'œil insouciant à Cécilia et proposé à Harald Vanger de se tenir à l'affût sur un petit relief du terrain.

Il y avait eu une seconde, un instant glacial, où Cécilia Vanger avait regardé son père et son frère et soudain pris conscience qu'elle tenait un fusil de chasse chargé à la main. Elle avait fermé les yeux. C'était ça, ou bien lever le fusil et tirer les deux cartouches. Elle avait envie de les tuer, tous les deux. Puis elle avait laissé tomber l'arme à ses pieds, avait tourné les talons et était retournée à l'endroit où ils avaient garé la voiture. Elle les avait abandonnés sur place et était rentrée seule à la maison. Depuis ce jour, elle n'avait parlé avec son père qu'en de très rares occasions, quand les circonstances l'y avaient obligée. Elle lui avait refusé l'accès de sa maison et elle n'était jamais allée le voir chez lui.

Tu as gâché ma vie, pensa Cécilia Vanger. *Tu as gâché ma vie dès mon enfance.*

A 20 h 30, Cécilia Vanger souleva le combiné du téléphone, appela Mikael Blomkvist et lui demanda de venir.

MAITRE NILS BJURMAN souffrait le martyre. Ses muscles étaient hors d'usage. Son corps semblait paralysé. Il n'était pas certain d'avoir perdu connaissance, mais il était désorienté et n'avait aucun souvenir des événements. Lorsqu'il reprit lentement le contrôle de son corps, il se retrouva nu sur le dos dans son lit, les poignets bloqués dans des menottes et les jambes douloureusement écartées. Il avait des brûlures aux endroits où les électrodes avaient touché son corps.

Lisbeth Salander avait tiré le fauteuil en rotin jusqu'au bord du lit et, ses boots sur le lit, attendait patiemment en fumant une cigarette. Quand Bjurman essaya de parler, il comprit que sa bouche était fermée avec du ruban adhésif large. Il tourna la tête. Elle avait ouvert et retourné un des tiroirs de la commode.

– J'ai trouvé tes joujoux, dit Salander.

Elle brandit une cravache et farfouilla dans la collection de godemichés, de bâillons et de masques en caoutchouc répandus par terre.

– Ça sert à quoi, ce machin ? Elle montra un énorme *bijou anal.* Non, n'essaie pas de parler – je n'entends pas ce que tu dis. C'est ça que tu as utilisé sur moi la semaine dernière ? Il suffit que tu hoches la tête. Elle se pencha vers lui, se réjouissant d'avance de sa réponse.

Nils Bjurman sentit soudain une terreur froide lui labourer la poitrine, et il perdit le contrôle. Il tira sur ses menottes. *Elle avait pris le dessus. Impossible.* Il était dans l'impossibilité totale de faire quoi que ce soit quand Lisbeth Salander se pencha et plaça le bouchon anal entre ses fesses.

– Alors comme ça t'es un sadique, constata-t-elle. T'aimes bien enfoncer des trucs dans les gens, pas vrai ? Elle le fixa. Son visage était un masque inexpressif. Sans lubrifiant, c'est ça ?

Bjurman hurla à travers le scotch quand Lisbeth Salander écarta brutalement ses fesses et appliqua le bouchon à l'endroit prévu.

– Arrête de chouiner, dit Lisbeth Salander en imitant sa voix. Si tu fais des histoires, je serai obligée de te punir.

Elle se leva et contourna le lit. Il ne put que la suivre du regard… *merde, c'est quoi ça ?* Lisbeth Salander avait déplacé sa télé grand écran du salon dans la chambre. Elle avait posé son lecteur de DVD par terre. Elle le regarda, tenant toujours la cravache à la main.

– Est-ce que j'ai ton entière attention ? demanda-t-elle. N'essaie pas de parler – il suffit que tu hoches la tête. Tu entends ce que je dis ?

Il hocha la tête.

– Bien. Elle se pencha pour attraper son sac à dos. Tu le reconnais ? Il hocha la tête. C'est le sac à dos que j'avais quand je suis venue te voir la semaine dernière. Je l'ai emprunté à Milton Security. Elle ouvrit une fermeture éclair dans la partie inférieure du sac. Voici une caméra digitale. Est-ce que des fois tu regardes *Insider* sur TV3 ? Les vilains reporters utilisent un sac comme celui-ci pour tourner des scènes avec une caméra cachée.

Elle referma la poche.

– L'objectif, c'est ça la question que tu te poses ? Toute la finesse est là. Grand-angle avec fibre optique. L'œil ressemble à un bouton, il est dissimulé dans la boucle de la lanière. Tu te souviens peut-être que j'ai posé le sac à dos ici sur la table avant que tu commences tes attouchements. J'ai bien vérifié que l'objectif était dirigé sur le lit.

Elle montra un DVD, qu'elle glissa ensuite dans le lecteur. Puis elle tourna le fauteuil en rotin et s'installa de façon à pouvoir voir l'écran télé. Elle alluma une autre cigarette et appuya sur la télécommande. Maître Bjurman se vit ouvrir la porte à Lisbeth Salander. *Tu ne sais pas lire l'heure*, saluait-il hargneusement.

Elle lui passa le DVD en entier. Le film durait quatre-vingt-dix minutes, il prit fin au milieu d'une scène où maître Bjurman, nu et assis contre la tête du lit, buvait un verre de vin tout en contemplant Lisbeth Salander allongée, les mains attachées dans le dos.

Elle éteignit la télé et resta assise dans le fauteuil en rotin sans dire un mot pendant dix bonnes minutes et sans le regarder. Bjurman n'osa même pas bouger. Elle se leva et se dirigea vers la salle de bains. Puis revint et se rassit dans le fauteuil. Sa voix était comme du papier de verre.

– J'ai commis une erreur la semaine dernière, dit-elle. Je m'attendais à ce que tu m'obliges encore une fois à te tailler une pipe, ce qui est absolument dégueulasse, mais qui ne dépasse pas outre mesure mes capacités. Je m'étais dit que j'allais facilement obtenir des preuves impeccables, des preuves nickel pour prouver que tu es un immonde salopard pervers. Je t'avais mésestimé. Je n'avais pas compris à quel point tu es une pourriture de chez pourriture.

Je vais être claire, dit-elle. Ce film te montre en train de violer une fille de vingt-quatre ans, handicapée mentale dont tu es le tuteur en charge. Et tu es loin de soupçonner à quel point je peux être handicapée mentale quand il faut. On passe ce DVD à n'importe qui et il comprendra que tu es non seulement une ordure mais aussi un sadique fou furieux. Instructif, comme film, non ? Je dirais que c'est toi et pas moi qui serais interné. Tu es d'accord avec moi ?

Elle attendit. Il ne réagit pas, mais elle pouvait voir qu'il tremblait. Elle prit la cravache et frappa un coup sec sur ses organes sexuels.

– Tu es d'accord avec moi ? répéta-t-elle d'une voix plus forte.

Il hocha la tête.

– Bien. Comme ça c'est clair pour tous les deux.

Elle tira le fauteuil et s'assit de façon à pouvoir le regarder dans les yeux.

– Bon, qu'est-ce qu'on pourrait faire toi et moi pour y remédier ? Il ne pouvait pas répondre. Tu n'as pas d'idées ? Comme il ne réagissait pas, elle avança la main, saisit ses bourses et tira jusqu'à ce que le visage de Bjurman se torde de douleur. Est-ce que tu as quelques bonnes idées ? répéta-t-elle.

Il secoua la tête.

– Tant mieux. Parce que si jamais tu devais avoir une idée à l'avenir, ça me foutrait vachement en rogne contre toi.

Elle se laissa aller en arrière et alluma une nouvelle cigarette.

– Alors je vais te dire, moi, ce qui va se passer. La semaine prochaine, dès que tu auras réussi à expulser ce mastard en caoutchouc de ton cul, tu donneras des instructions à ma banque qu'il n'y a que moi – *et moi seule* – qui ai désormais accès à mon compte. Tu comprends ce que je dis ?

Maître Bjurman hocha la tête.

– Parfait. Tu ne me contacteras plus jamais. A l'avenir, nous ne nous verrons que si j'en avais envie. En clair, tu viens d'être frappé d'interdiction de visite.

Il hocha la tête plusieurs fois et poussa soudain un soupir. *Elle n'a pas l'intention de me tuer*.

– Si tu essaies de prendre contact avec moi, des copies de ce DVD vont arriver à toutes les rédactions des journaux de Stockholm. Tu comprends ?

Il hocha plusieurs fois la tête. *Il faut que je mette la main sur le film.*

– Une fois par an, tu enverras ton rapport concernant mon état à la commission des Tutelles. Tu écriras que je mène une existence tout à fait normale, que j'ai un travail fixe, que je me conduis comme il faut et que tu ne vois absolument rien d'anormal dans mon comportement. D'accord ?

Il hocha la tête.

– Tous les mois tu formuleras un rapport écrit mais fictif sur nos rencontres. Tu raconteras en détail à quel point je suis positive et combien ça roule pour moi. Tu me posteras une copie. Tu comprends ?

Il hocha de nouveau la tête. Lisbeth Salander nota distraitement les gouttes de sueur qui apparaissaient sur son front.

– Dans un an ou deux, tu entameras des pourparlers avec le juge pour obtenir la révocation de ma tutelle. Tu utiliseras à cet effet tes rapports fictifs sur nos rencontres mensuelles. Tu trouveras un psy qui prêtera serment que je suis absolument normale. Tu feras un effort. Tu feras exactement tout ce qui est en ton pouvoir pour que je sois déclarée émancipée.

Il hocha la tête.

– Tu sais pourquoi tu feras tout ce que tu peux ? Parce que tu as une putain de bonne raison. Si tu échoues, je balance ce petit film à tout le monde.

Il écoutait chaque syllabe que Lisbeth Salander prononçait. Un soudain éclat de haine passa dans ses yeux. Il se dit qu'elle commettait une erreur en le laissant vivre. *Tu le payeras cher, sale pute. Tôt ou tard. Je vais t'écraser.* Mais il continua à hocher la tête avec enthousiasme à chaque question.

– C'est aussi valable si tu essaies de prendre contact avec moi. Elle passa la main devant son cou. Au revoir ce bel appart et ton beau boulot et tous tes millions sur le compte offshore.

Les yeux de Bjurman s'écarquillèrent quand elle mentionna l'argent. *Merde alors, comment peut-elle savoir…*

Elle sourit, tira une bouffée en avalant la fumée. Puis elle lâcha la cigarette sur la moquette et l'écrasa sous le talon.

– Tu me donneras des doubles de tes clés pour ici et pour ton bureau.

Bjurman fronça les sourcils. Elle se pencha avec un sourire béat.

– J'aurai désormais le contrôle sur ta vie. Quand tu t'y attendras le moins, peut-être quand tu dormiras, je serai soudain dans ta chambre avec ça dans la main. Elle montra la matraque électrique. Je te surveillerai. Si jamais je te trouve avec une fille – et peu importe qu'elle soit ici de son plein gré ou pas –, si jamais je te trouve avec une femme quelle qu'elle soit…

Lisbeth Salander passa de nouveau ses doigts devant son cou.

– S'il m'arrivait de mourir… si j'avais un accident et que je passais sous une voiture ou je ne sais quoi … des copies de ce film seraient postées à l'adresse des journaux. Plus une histoire détaillée où je raconte comment c'est de t'avoir comme tuteur.

Autre chose encore. Elle se pencha en avant si bien que son visage ne fut qu'à quelques centimètres du sien. Si jamais tu me touches encore, je te tuerai. Tu peux me croire sur parole.

Maître Bjurman la crut soudain. Il n'y avait aucune place pour du bluff dans ses yeux.

– Souviens-toi que je suis folle.

Il hocha la tête.

Elle le fixa d'un regard circonspect.

– Je ne crois pas que nous deviendrons bons amis, toi et moi, dit Lisbeth Salander d'une voix grave. Là, maintenant, t'es en train de te réjouir que je sois suffisamment idiote pour te laisser vivre. Tu crois que t'as le contrôle bien que tu sois mon prisonnier, parce que tu t'imagines que la seule chose que je puisse faire si je ne te tue pas, c'est te relâcher. Alors t'es bourré d'espoir de pouvoir bientôt reprendre ton pouvoir sur moi. N'est-ce pas ?

Il secoua la tête, soudain pris d'un mauvais pressentiment.

– Je vais te faire un cadeau pour que tu te souviennes toujours de notre accord.

Elle afficha un sourire en coin, grimpa sur le lit et s'agenouilla entre ses jambes. Maître Bjurman ne comprit pas ce qu'elle voulait dire mais il eut peur soudain.

Puis il vit l'aiguille dans sa main.

Il remua violemment la tête et essaya de se tortiller jusqu'à ce qu'elle appuie un genou dans son entrejambe, comme avertissement.

– Ne bouge pas. C'est la première fois que j'utilise ces instruments.

Elle travailla avec concentration pendant deux heures. Quand elle eut fini, il ne chouinait plus. Il semblait plutôt se trouver dans un état proche de l'apathie.

Elle descendit du lit, inclina la tête et regarda son œuvre d'un œil critique. Ses talents artistiques avaient leurs limites. Les lettres partaient dans tous les sens, ça donnait une petite touche impressionniste. Elle avait utilisé des couleurs rouge et bleue en tatouant le message, c'était écrit en lettres capitales sur cinq lignes qui couvraient tout son ventre, depuis les tétins jusqu'au-dessus de son sexe : JE SUIS UN PORC SADIQUE, UN SALAUD ET UN VIOLEUR.

Elle ramassa les aiguilles et remit les tubes de couleur dans son sac à dos. Puis elle alla se laver les mains dans la salle de bains. Elle se rendit compte qu'elle se sentait considérablement mieux en revenant dans la chambre.

– Bonne nuit, dit-elle.

Avant de partir, elle ouvrit l'une des menottes et plaça la clé sur le ventre de Bjurman. Elle emporta le DVD et le trousseau de clés de Bjurman en partant.

CE FUT ALORS QU'ILS PARTAGEAIENT une cigarette peu après minuit que Mikael raconta qu'ils n'allaient pas pouvoir se voir pendant quelque temps. Cécilia tourna vers lui un visage étonné.

– Qu'est-ce que tu veux dire ? demanda-t-elle.

Il prit un air penaud.

– Lundi prochain je vais en prison purger mes trois mois.

Les explications supplémentaires étaient superflues. Cécilia resta silencieuse un long moment. Elle se sentit tout à coup prête à fondre en larmes.

DRAGAN ARMANSKIJ AVAIT COMMENCE à perdre espoir lorsque Lisbeth Salander frappa soudain à sa porte le lundi après-midi. Il ne l'avait pas vue depuis qu'il avait annulé l'enquête sur l'affaire Wennerström au début du mois de janvier, et chaque fois qu'il avait essayé de l'appeler, soit elle n'avait pas répondu, soit elle avait raccroché en expliquant qu'elle était occupée.

– Tu n'aurais pas du boulot pour moi ? demanda-t-elle sans s'embarrasser de salutations inutiles.

– Salut. Sympa de te voir. Je croyais que tu étais morte ou quelque chose du genre.

– J'avais deux trois petites choses à tirer au clair.

– C'est souvent que tu as des choses à tirer au clair.

– C'était une urgence. Je suis de retour. Est-ce que tu as du boulot pour moi ?

Armanskij secoua la tête.

– Désolé. Pas en ce moment.

Lisbeth Salander le contempla d'un œil tranquille. Un moment plus tard, il prit son élan et se mit à parler.

– Lisbeth, tu sais que je t'aime bien et que je te donne du boulot si je peux. Mais tu es restée invisible pendant deux mois et j'ai eu un tas de boulots. C'est simple, on ne peut pas compter sur toi. J'ai été obligé de faire appel à d'autres pour pallier ton absence et en ce moment je n'ai rien pour toi.

– Augmente le volume.

– Quoi ?

– La radio.

> *... le magazine* Millénium. *L'annonce que le vétéran de l'industrie Henrik Vanger est devenu copropriétaire de* Millénium *et qu'il siégera au CA arrive le jour même où l'ancien gérant responsable de la publication, Mikael Blomkvist, commence à purger ses trois mois de prison pour diffamation de l'homme d'affaires Hans-Erik Wennerström. Erika Berger, directrice de* Millénium*, a précisé lors de la conférence de presse que Mikael Blomkvist reprendra son poste de rédacteur en chef dès sa sortie de prison.*

– Merde alors, fit Lisbeth Salander tellement bas qu'Armanskij ne put rien entendre, il vit seulement ses lèvres bouger. Elle se leva brusquement et se dirigea vers la porte.

– Attends. Tu vas où ?

– Chez moi. J'ai deux trois trucs à vérifier. Appelle quand tu auras quelque chose pour moi.

LA NOUVELLE QUE *Millénium* avait reçu du renfort sous la forme de Henrik Vanger était un événement bien plus important que ce que Lisbeth Salander avait prévu. *Aftonbladet* avait déjà publié sur le Web une longue dépêche provenant de l'agence de presse TT qui dressait le bilan de la carrière de Henrik Vanger et qui constatait que c'était la première fois en plus de vingt ans que le vieux magnat de l'industrie se montrait au public. L'annonce qu'il entrait dans le capital de *Millénium* semblait tout aussi inimaginable que de voir soudain les vieux conservateurs Peter Wallenberg ou Erik Penser virer leur cuti pour s'associer à *ETC* ou devenir sponsors d'*Ordfront Magasin.*

L'événement était si énorme que l'édition de 19 h 30 de *Rapport* en fit un des premiers sujets et y consacra trois minutes. Erika Berger était interviewée à une table de conférence à la rédaction de *Millénium.* Tout à coup l'affaire Wennerström était redevenue d'actualité.

– Nous avons commis l'année dernière une grave erreur qui a eu pour conséquence que notre journal a été condamné pour diffamation. C'est évidemment une chose que nous regrettons… et nous avons l'intention de revenir sur cette affaire à un moment propice.

– Qu'entendez-vous par revenir sur l'affaire ? demanda le reporter.

– Je veux dire que nous allons raconter notre version des éléments, ce que nous n'avons pas encore fait.

– Mais vous auriez pu le faire au cours du procès.

– Nous avons choisi de ne pas le faire. Mais nous allons bien entendu garder notre ligne éditoriale critique.

– Est-ce que cela veut dire que vous vous en tenez toujours à la version pour laquelle vous avez été condamnés ?

– Je n'ai pas de commentaire à apporter sur ce sujet.

– Vous avez licencié Mikael Blomkvist après le jugement.

– Vous vous trompez totalement. Lisez notre communiqué de presse. Il avait besoin d'un break et d'une pause bien méritée. Il reviendra comme responsable de la publication plus tard cette année.

La caméra fit un panoramique à travers la rédaction tandis que le reporter énumérait quelques données sur l'histoire mouvementée de *Millénium*, magazine connu pour son indépendance impertinente. Mikael Blomkvist n'était pas en mesure de donner ses commentaires. Il venait d'être incarcéré au centre de détention de Rullåker, situé au bord d'un petit lac en pleine forêt à une dizaine de kilomètres d'Östersund, dans le Jämtland.

Au passage, Lisbeth Salander nota que Dirch Frode apparaissait soudain dans l'entrebâillement d'une porte à la rédaction, tout au bord de l'image télévisée. Elle fronça les sourcils et se mordit pensivement la lèvre inférieure.

CE LUNDI AVAIT ETE PAUVRE en événements et Henrik Vanger put bénéficier de quatre minutes à l'édition de 21 heures. Il était interviewé dans un studio de la télé locale à Hedestad. Le reporter commença par constater qu'*après deux décennies de silence, le mythique industriel Henrik Vanger est revenu sous les feux de la rampe.* En introduction, le reportage fit une présentation de la vie de Henrik Vanger en images télé noir et blanc, où on le voyait en compagnie du Premier ministre Tage Erlander inaugurant des usines dans les années 1960. Ensuite la caméra zoomait sur un canapé dans un studio d'enregistrement où Henrik Vanger était tranquillement installé, les jambes croisées. Il portait une chemise jaune, une fine cravate verte et une veste marron décontractée. Qu'il soit un épouvantail maigre et vieillissant n'échappait à personne, mais il parlait avec une voix sonore et ferme. Sans compter qu'il parlait franc. Le reporter commença par lui demander ce qui l'avait poussé à devenir copropriétaire de *Millénium.*

– *Millénium* est un bon journal que j'ai suivi avec beaucoup d'intérêt pendant plusieurs années. Aujourd'hui il est en butte à certaines attaques. Il a de puissants ennemis qui organisent un boycott d'annonceurs dans le but de le torpiller.

De toute évidence, le reporter n'était pas préparé à une telle réponse, mais flaira immédiatement que l'histoire, déjà particulière en elle-même, avait des dimensions tout à fait inattendues.

– Qui se trouve derrière ce boycott ?

– Voilà une des choses que *Millénium* va minutieusement vérifier. Mais laissez-moi saisir l'occasion pour déclarer que *Millénium* n'a pas l'intention de se faire couler de sitôt.

– Est-ce pour cette raison que vous êtes entré comme associé ?

– La liberté d'expression en prendrait un sale coup si des intérêts particuliers avaient le pouvoir de réduire au silence des voix qui les dérangent dans les médias.

Henrik Vanger semblait avoir passé sa vie à défendre la liberté d'expression, tendance radicale-culturelle. Mikael Blomkvist se mit soudain à rire dans la salle de télévision au centre de détention de Rullåker, qu'il inaugurait ce soir. Ses codétenus lui jetèrent des regards inquiets.

Plus tard le soir, allongé sur le lit dans sa cellule qui lui rappelait une chambre de motel exiguë avec une petite table, une chaise et une étagère fixée au mur, il admit que Henrik et Erika avaient eu raison quant à la façon de balancer cette information sur le marché. Sans en avoir parlé à quiconque, il savait que quelque chose avait changé dans l'attitude vis-à-vis de *Millénium*.

L'apparition de Henrik Vanger n'était ni plus ni moins qu'une déclaration de guerre à Hans-Erik Wennerström. Le message était limpide – désormais tu ne te bats pas contre un journal avec six employés et un budget annuel qui correspond à un déjeuner d'affaires du Wennerstroem

Group. Maintenant tu te bats aussi contre les sociétés Vanger, qui certes ne sont que l'ombre de leur grandeur d'antan mais qui constituent néanmoins un défi autrement plus ardu. Wennerström pouvait maintenant choisir : soit se retirer du conflit, soit envisager la tâche de réduire aussi en miettes les sociétés Vanger.

Henrik Vanger venait d'annoncer à la télévision qu'il était prêt à se battre. Il n'avait peut-être aucune chance contre Wennerström, mais la guerre allait coûter cher.

Erika avait soigneusement choisi ses mots. En fait, elle n'avait pas dit grand-chose, mais son affirmation selon laquelle le journal n'avait pas encore “donné sa version” laissait entendre qu'il y avait réellement une version à donner. Bien que Mikael soit mis en examen, jugé et à l'heure actuelle incarcéré, elle ne s'était pas gênée pour dire – sans le dire – qu'en réalité il était innocent et qu'une autre vérité existait.

En se gardant d'utiliser le mot “innocence”, elle rendait son innocence d'autant plus tangible. La façon évidente dont il allait retrouver son poste de responsable de la publication soulignait que *Millénium* n'avait rien à se reprocher. Aux yeux du grand public, la vérité n'était pas un problème – tout le monde adore la théorie du complot, et dans le choix entre un homme d'affaires plein aux as et une belle directrice de journal à grande gueule, il n'était pas difficile de déterminer où iraient les sympathies. Les médias n'achèteraient cependant pas l'histoire aussi facilement – mais Erika avait sans doute désarmé un certain nombre de critiques qui n'oseraient pas relever la tête.

Aucun des événements de la journée n'avait fondamentalement fait évoluer la situation, mais ils avaient acheté du temps et ils avaient quelque peu modifié l'équilibre des forces. Mikael imagina que Wennerström avait passé une soirée désagréable. Wennerström ne pouvait pas savoir dans quelle mesure – ou dans quelque très petite mesure – ils savaient quelque chose, et avant de pouvoir jouer son prochain pion, il allait être obligé de fouiller pour découvrir où ils en étaient vraiment.

LE VISAGE SEVERE, Erika éteignit le poste de télé et le lecteur vidéo après avoir regardé d'abord sa propre prestation, et ensuite celle de Henrik Vanger. Elle regarda l'heure, 2 h 45, et étouffa une impulsion d'appeler Mikael. Il était incarcéré, et il était peu probable qu'il ait pu garder son téléphone portable dans la cellule. Elle était arrivée si tard chez elle à Saltsjöbaden que son mari était déjà endormi. Elle se leva et alla se servir au bar un Aberlour costaud – elle buvait de l'alcool à peu près une fois par an –, s'assit devant la fenêtre et regarda le bassin et le phare à l'entrée du détroit de Skurusund.

Mikael et elle avaient eu un violent échange de mots quand ils s'étaient retrouvés seuls après l'accord qu'elle avait conclu avec Henrik Vanger. Au fil des ans, ils s'étaient gaillardement disputés au sujet de l'orientation à donner à un texte, de la mise en pages, de l'évaluation de la crédibilité des sources et de mille autres choses qui relèvent de la fabrication d'un journal. Mais la dispute dans la maison des invités de Henrik Vanger avait touché à des principes où elle savait qu'elle évoluait en terrain peu sûr.

– Je ne sais pas ce que je vais faire maintenant, avait dit Mikael. Henrik Vanger m'a engagé pour écrire son autobiographie. Jusqu'à présent j'ai été libre de me lever pour partir à l'instant même où il essaierait de me forcer à écrire quelque chose qui n'est pas la vérité, ou de me persuader d'orienter l'histoire d'une façon ou d'une autre. Désormais, il est un des propriétaires de notre journal – et de plus le seul doté de suffisamment de moyens financiers pour sauver le journal. Et moi, d'un coup, je suis assis sur deux chaises, dans une position que la commission d'éthique professionnelle n'apprécierait pas.

– Tu as une meilleure idée à proposer ? répondit Erika. Parce que c'est le moment de la révéler maintenant, avant de mettre au propre et de signer l'accord.

– Ricky, Vanger nous utilise dans une sorte de vendetta privée contre Hans-Erik Wennerström.

– Et alors ? Nous aussi, nous sommes bien en train d'exercer une vendetta privée contre Wennerström.

Mikael évita de la regarder et alluma une cigarette d'un geste irrité. Leur prise de bec se poursuivit un long moment, jusqu'à ce qu'Erika entre dans la chambre de Mikael, se déshabille et se glisse dans le lit. Elle faisait semblant de dormir lorsque, deux heures plus tard, Mikael vint se blottir contre elle.

Au cours de la soirée, un reporter de *Dagens Nyheter* lui avait posé cette même question :

– Dans quelle mesure *Millénium* va-t-il maintenant pouvoir rester crédible et affirmer son indépendance ?

– Comment ça ?

Le reporter avait levé les sourcils. Il estimait sa question suffisamment éloquente, mais il clarifia néanmoins son propos.

– La tâche de *Millénium* est entre autres d'observer la bonne marche des entreprises. Comment le journal va-t-il maintenant pouvoir revendiquer qu'il observe la bonne marche des entreprises Vanger ?

Erika l'avait dévisagé d'un air stupéfait, comme si la question était totalement inattendue.

– Est-ce que vous insinuez que la crédibilité de *Millénium* diminue parce qu'un financier connu disposant de ressources conséquentes est entré en scène ?

– Oui, il me semble assez évident que vous ne serez pas crédibles pour observer les entreprises Vanger.

– La règle ne s'applique-t-elle qu'à *Millénium* ?

– Pardon ?

– Je veux dire, vous travaillez pour un journal qui est totalement aux mains d'intérêts économiques lourds. Est-ce que cela signifie qu'aucun des journaux détenus par le groupe Bonniers n'est crédible ? *Aftonbladet* est détenu par une grosse société norvégienne qui à son tour est un acteur de poids dans le domaine de l'informatique et de la communication – cela signifie-t-il pour autant que les analyses d'*Aftonbladet* de l'industrie électronique ne sont pas crédibles ? *Metro* appartient au groupe Stenbeck. Est-ce que vous voulez dire qu'aucun journal en Suède soutenu par de gros intérêts économiques n'est crédible ?

– Non, bien sûr que non.

– Dans ce cas, pourquoi est-ce que vous insinuez que la crédibilité de *Millénium* diminuerait parce que nous aussi nous avons l'appui de financiers ?

Le reporter avait levé la main.

– D'accord, je retire ma question.

– Non. On ne la retire pas. Je veux que soit reproduit exactement ce que je viens de dire. Et vous pouvez ajouter que si *Dagens Nyheter* décide de focaliser plus particulièrement sur les entreprises Vanger, nous focaliserons un peu plus sur Bonniers.

Cela dit, il s'agissait bel et bien d'un dilemme éthique.

Mikael travaillait pour Henrik Vanger, qui à son tour se trouvait dans une position où il pouvait couler *Millénium* en un coup de crayon. Que se passerait-il si Mikael et Henrik Vanger se fâchaient pour une raison ou pour une autre ?

Et surtout : quel prix fixait-elle à sa propre crédibilité, et à quel moment passerait-elle de directrice indépendante à directrice corrompue ? Elle n'aimait ni les questions ni les réponses.

LISBETH SALANDER SE DECONNECTA du Net et ferma son PowerBook. Elle n'avait pas de boulot et elle avait faim. La première chose ne la troublait pas directement depuis qu'elle avait repris le contrôle de son compte en banque et que maître Bjurman avait pris le statut d'une vague gêne dans son passé. Elle remédia à la faim en se rendant dans la cuisine et en branchant la cafetière. Elle se prépara trois gros sandwiches avec du fromage, de la crème de poisson et un œuf archidur, son premier semblant de repas depuis de nombreuses heures. Elle dévora ses sandwiches nocturnes blottie dans le canapé du salon tout en se concentrant sur l'information qu'elle venait d'obtenir.

Dirch Frode de Hedestad l'avait engagée pour faire une enquête sur la personne de Mikael Blomkvist, qui avait été condamné à une peine de prison pour diffamation du financier Hans-Erik Wennerström. Quelques mois plus tard, Henrik Vanger, lui aussi de Hedestad, fait son entrée dans le CA de *Millénium* et prétend qu'il y a une conspiration destinée à démolir le journal. Tout ceci le jour même où Mikael Blomkvist commence à purger sa peine. Le plus fascinant : un article mineur datant d'il y a deux ans – "Les deux mains vides" – sur Hans-Erik Wennerström, qu'elle avait trouvé dans l'édition en ligne de *Finansmagasinet Monopol*. On pouvait y lire qu'il avait commencé son ascension de financier justement dans les entreprises Vanger à la fin des années 1960.

Pas besoin d'être un surdoué pour tirer la conclusion que les événements étaient liés d'une façon ou d'une autre. Il y avait anguille sous roche et Lisbeth Salander adorait la pêche à l'anguille. D'autant plus qu'elle n'avait rien d'autre à faire.

III

FUSIONS

16 mai au 14 juillet

En Suède, 13 % des femmes ont été victimes de violences sexuelles aggravées en dehors d'une relation sexuelle.

15

Vendredi 16 mai – samedi 31 mai

MIKAEL BLOMKVIST FUT LIBERE du centre de détention de Rullåker le vendredi 16 mai, deux mois après y avoir été incarcéré. Le jour où il s'était présenté à la maison d'arrêt, il avait déposé, sans trop y croire, une demande de réduction de peine. Il ne connut jamais les dessous techniques de sa libération, mais il imaginait un rapport avec le fait qu'il ne profitait jamais de ses permissions de week-end et que le centre de détention accueillait quarante-deux personnes alors que le nombre de places était de trente et une. Toujours est-il que le directeur de la prison – un homme d'une quarantaine d'années, ancien exilé polonais du nom de Peter Sarowsky, avec qui Mikael s'entendait très bien – signa une recommandation de réduction de peine.

La période passée à Rullåker avait été calme et agréable. L'établissement, selon la formule de Sarowsky, était une prison pour magouilleurs et conducteurs en état d'ivresse, pas pour de véritables criminels. Les routines quotidiennes rappelaient le fonctionnement d'une auberge de jeunesse. Ses quarante et un codétenus, dont la moitié étaient des immigrés de la deuxième génération, considéraient Mikael comme une sorte d'oiseau exotique – ce qu'il était effectivement. Il était le seul prisonnier dont on parlait à la télé, ce qui lui conféra une certaine importance, mais aucun de ses codétenus ne le considérait comme un criminel de poids.

Et le directeur de l'établissement pas plus que les autres. Dès le premier jour, Mikael fut convoqué pour un entretien où il se vit proposer différentes activités, une formation à Komvux ou des possibilités d'autres études, ainsi qu'une orientation professionnelle. Mikael répliqua qu'il ne ressentait pas un grand besoin d'insertion sociale, qu'il avait mené à bien ses études depuis des dizaines d'années et qu'il avait déjà un job. Par contre, il demanda l'autorisation de conserver son iBook dans sa cellule pour pouvoir continuer à travailler sur le livre qu'il était payé pour écrire. Sa requête fut tout de suite acceptée et Sarowsky fournit même une armoire à clé pour qu'il puisse laisser son ordinateur dans la cellule sans se le faire voler ou vandaliser. Le risque était cependant minime qu'un des détenus s'amuse à ce genre de choses – ils étendaient plutôt une main protectrice au-dessus de Mikael.

Ainsi Mikael passa-t-il deux mois relativement agréables à travailler environ six heures par jour sur la chronique de la famille Vanger, ne s'interrompant que pour quelques heures de ménage ou de récréation. Mikael et deux codétenus, dont un venait de Skövde et l'autre avait ses racines au Chili, avaient pour mission de nettoyer quotidiennement le gymnase du centre de détention. Récréation signifiait regarder la télé, jouer aux cartes ou faire de la muscu. Mikael découvrit qu'il ne se débrouillait pas trop mal au poker, mais il perdait régulièrement quelques pièces de 50 *öre* par jour. Le règlement autorisait le jeu tant que la cagnotte ne dépassait pas 5 couronnes.

L'annonce de sa libération lui fut faite la veille, Sarowsky l'ayant convoqué dans son bureau pour lui offrir un schnaps. Le soir, Mikael rassemblait ses vêtements et ses carnets.

UNE FOIS LIBERE, Mikael se rendit directement à sa petite maison de Hedeby. En s'engageant sur le pont, il entendit un miaulement et il fit les derniers mètres accompagné par le chat roux, qui lui souhaitait la bienvenue en se frottant contre ses jambes.

– D'accord, entre, dit-il. Mais je n'ai pas eu le temps d'acheter de lait.

Il défit son bagage. Il avait l'impression de revenir de vacances et il découvrit que la compagnie de Sarowsky autant que des autres détenus lui manquait. Cela pouvait sembler bizarre, mais le séjour à Rullåker avait été agréable. Sa libération était cependant intervenue de façon si inattendue qu'il n'avait prévenu personne.

Il était un peu plus de 18 heures. Il fila à Konsum acheter des produits de base avant la fermeture. Au retour, il appela Erika sur son portable, mais n'obtint que son répondeur annonçant que pour le moment elle n'était pas joignable. Il laissa un message proposant qu'ils se rappellent le lendemain.

Puis il passa voir son employeur. Henrik lui-même ouvrit la porte et fut sidéré de voir Mikael.

– Tu t'es évadé ? s'exclama le vieil homme.

– Libération anticipée dans la légalité la plus parfaite.

– Ça, c'est une bonne surprise !

– Pour moi aussi. Je l'ai appris hier soir.

Ils se regardèrent pendant quelques secondes. Puis le vieil homme étonna Mikael en l'enlaçant et en le serrant fort dans ses bras.

– J'allais passer à table. Est-ce que tu veux te joindre à moi ?

Anna servit de l'omelette au lard, avec des airelles. Ils restèrent dans la salle à manger pendant près de deux heures. Mikael raconta jusqu'où il en était arrivé dans la chronique familiale et rendit compte des endroits où il y avait des trous et des lacunes. Ils ne parlèrent pas de Harriet Vanger, mais s'étendirent longuement sur *Millénium.*

– Nous avons eu trois réunions du CA. Mlle Berger et votre partenaire Christer Malm ont eu la délicatesse de convoquer deux des réunions ici, tandis que Dirch m'a représenté à une réunion à Stockholm. J'aurais vraiment aimé avoir quelques années de moins, je l'avoue, c'est trop éprouvant pour moi de me déplacer aussi loin. J'essaierai de descendre l'été prochain.

– Il me semble qu'ils peuvent sans problème faire les réunions ici, répondit Mikael. Et qu'est-ce que ça fait d'être sociétaire du journal ?

Henrik Vanger grimaça un sourire.

– C'est une des choses les plus amusantes qui me soient arrivées depuis des années, tu sais. J'ai regardé les finances et ça ne se présente pas trop mal. Je n'aurai pas à verser autant d'argent que je croyais – le gouffre entre recettes et dépenses est en train de diminuer.

– J'ai eu Erika au téléphone la semaine dernière. J'ai cru comprendre que le volet pub s'est consolidé.

Henrik Vanger hocha la tête.

– La tendance est en train de s'inverser, mais ça prendra du temps. Au début, ce sont des sociétés du groupe Vanger qui ont acheté des pages pour soutenir. Mais deux anciens clients – un opérateur de téléphone et une agence de voyages – sont déjà de retour. Il afficha un large sourire. Nous menons aussi une campagne un peu plus personnalisée parmi les vieux ennemis de Wennerström. Et crois-moi, la liste est longue.

– As-tu eu des nouvelles de Wennerström ?

– Non, pas exactement. Mais nous avons laissé filtrer que Wennerström organise le boycott de *Millénium*. Du coup, les gens le trouvent mesquin. Il paraît qu'un journaliste de *Dagens Nyheter* lui a posé la question et s'est fait rembarrer.

– Tu te régales de tout ça.

– Ce n'est pas le mot juste. J'aurais dû faire ça il y a plusieurs années.

– Mais qu'est-ce qu'il y a entre toi et Wennerström ?

– N'essaie pas. Tu le sauras à la fin de l'année.

L'AIR VEHICULAIT une agréable sensation de printemps. Lorsque Mikael quitta Henrik vers 21 heures, la nuit était tombée. Il hésita un instant. Puis il alla frapper à la porte de Cécilia Vanger.

Il n'était pas sûr de ce qu'il allait trouver. Cécilia ouvrit de grands yeux et eut tout de suite l'air gênée, mais elle le fit entrer dans le vestibule. Ils étaient aussi embarrassés l'un que l'autre. Elle aussi demanda s'il s'était évadé et il expliqua ce qu'il en était.

– Je voulais simplement venir te faire un petit coucou. Je te dérange ?

Elle évita son regard. Mikael se rendit tout de suite compte qu'elle n'était pas particulièrement heureuse de le voir.

– Non… non, entre. Tu veux du café ?

– Avec plaisir.

Il la suivit dans la cuisine. Elle lui tourna le dos pendant qu'elle versait de l'eau dans la cafetière. Mikael s'approcha d'elle et posa une main sur son épaule. Elle se figea.

– Cécilia, on dirait que tu n'as pas vraiment envie de m'offrir un café.

– Je ne t'attendais que dans un mois, dit-elle. Tu m'as prise au dépourvu.

Il la sentait mal à l'aise, il la fit pivoter pour la regarder dans les yeux. Ils se turent un bref instant. Elle refusait toujours de croiser son regard.

– Cécilia. Laisse tomber le café. Qu'est-ce qui ne va pas ?

Elle secoua la tête et respira à fond.

– Mikael, je veux que tu t'en ailles. Ne demande rien. Va-t'en simplement.

MIKAEL RENTRA EFFECTIVEMENT chez lui, mais resta indécis devant la grille du jardin. Plutôt que d'entrer, il se rendit au bord de l'eau à côté du pont et s'assit sur un rocher. Il alluma une cigarette en se demandant ce qui avait bien pu modifier si radicalement l'attitude de Cécilia Vanger vis-à-vis de lui.

A ce moment, il entendit un bruit de moteur et aperçut un grand bateau blanc entrer dans le chenal sous le pont. Quand le bateau passa à sa hauteur, Mikael vit que c'était Martin Vanger qui était à la barre, le regard à l'affût pour éviter d'éventuels hauts-fonds. Il s'agissait d'un yacht de croisière de douze mètres – un mastodonte impressionnant. Mikael se leva et suivit le sentier qui longeait l'eau. Il vit alors que plusieurs bateaux avaient déjà été mis à l'eau, amarrés à différents pontons, aussi bien des bateaux à moteur que des voiliers, en particulier plusieurs Pettersson et un IF qui se mit à tanguer après le passage du yacht. Il y avait aussi des bateaux plus gros et plus coûteux, dont un Hallberg-Rassy. L'été était de retour et Mikael put ainsi se faire une idée des moyens financiers des plaisanciers de Hedeby – Martin Vanger possédait sans conteste le bateau le plus gros et le plus cher du coin.

Il s'arrêta en bas de la maison de Cécilia et lorgna vers les fenêtres éclairées à l'étage. Puis il rentra chez lui se préparer du café. Il jeta un coup d'œil dans sa pièce de travail en attendant que le café soit prêt.

Avant de se présenter à la prison, il avait restitué la plus grande partie des archives de Henrik Vanger sur Harriet. Il lui avait paru sage de ne pas abandonner toute la documentation dans une maison inoccupée pendant une si longue période. A présent les étagères paraissaient vides. Tout ce qu'il lui restait de l'enquête était cinq des carnets de notes de Henrik Vanger qu'il avait emportés à Rullåker et qu'à ce stade il connaissait par cœur. Et, comme il pouvait le constater, un album de photos qu'il avait oublié sur l'étagère d'en haut.

Il le prit et retourna dans la cuisine. Il se versa du café, s'assit et commença à le feuilleter.

C'étaient les photos qui avaient été prises le jour où Harriet avait disparu. D'abord la dernière photo de Harriet, au défilé de la fête des Enfants à Hedestad. Suivaient cent quatre-vingts photos d'une extrême netteté de l'accident du camion-citerne sur le pont. Photo par photo, il avait examiné l'album à la loupe plusieurs fois. Là, il le feuilleta distraitement ; il savait qu'il n'y trouverait rien qui l'avancerait. Il se sentit brusquement dégoûté de l'énigme Harriet Vanger et referma l'album d'un coup sec.

Agacé, il s'approcha de la fenêtre de la cuisine et scruta l'obscurité dehors.

Puis il tourna de nouveau son regard vers l'album de photos. Il n'arrivait pas vraiment à expliquer la sensation, mais une pensée fugace s'était soudain présentée, comme s'il réagissait à quelque chose qu'il venait de voir. On aurait dit qu'un être invisible lui avait doucement soufflé dans l'oreille, et les cheveux dans sa nuque se dressèrent légèrement.

Il se rassit et rouvrit l'album. Il le parcourut page après page, toutes les photos du pont. Il contempla un Henrik Vanger plus jeune couvert de fuel et un jeune Harald Vanger, cet homme qu'il n'avait pas encore vu. La rambarde démolie du pont, les bâtiments, les fenêtres et les véhicules qu'on voyait sur les images. Il n'avait aucun problème pour identifier Cécilia Vanger, vingt ans, au milieu des spectateurs. Elle portait une robe claire et une veste sombre, et elle apparaissait sur une vingtaine de photos.

Il ressentit une brusque excitation. Au fil des ans, Mikael avait appris à se fier à ses instincts. Il avait réagi à quelque chose dans l'album, mais il était incapable de dire exactement quoi.

VERS 23 HEURES, il était toujours assis à la table de cuisine en train d'examiner les photos, quand il entendit la porte d'entrée s'ouvrir.

– Je peux entrer ? demanda Cécilia Vanger.

Sans attendre la réponse, elle s'assit en face de lui de l'autre côté de la table. Mikael eut un étrange sentiment de déjà-vu. Elle portait une robe claire, serrée à la taille, et une veste gris-bleu, des vêtements quasiment identiques à ceux qu'elle avait sur les photos de 1966.

– Le problème, c'est toi, fit-elle.

Mikael leva les sourcils.

– Je suis désolée, mais tu m'as prise de court ce soir en venant frapper à ma porte. Maintenant je suis tellement retournée que je n'arrive pas à dormir.

– Pourquoi retournée ?

– Tu ne comprends pas ?

Il secoua la tête.

– Je peux te le dire sans que tu te fiches de moi ?

– Je promets de ne pas me moquer de toi.

– Quand je t'ai séduit cet hiver, je n'ai pas réfléchi et j'ai cédé à mes impulsions. Je voulais m'amuser. Rien de plus. Le premier soir, c'était juste un coup de tête et je n'avais aucune intention de démarrer quelque chose de durable avec toi. Puis c'est devenu autre chose. Je veux que tu saches que les semaines où tu as été mon amant occasionnel ont été les plus agréables de toute ma vie.

– Moi aussi j'ai trouvé ça vraiment sympa.

– Mikael, je t'ai menti et je me suis menti à moi-même tout le temps. Je n'ai jamais été spécialement débridée côté sexe. Si j'ai eu cinq ou six partenaires dans toute ma vie, c'est bien tout. La première fois, j'avais vingt et un ans. Puis ç'a été mon mari, que j'ai rencontré quand j'en avais vingt-cinq et qui s'est révélé être un salaud. Et depuis, avec trois hommes que j'ai rencontrés à quelques années d'intervalle. Mais toi, tu as fait ressortir je ne sais pas quoi en moi. Je n'en avais jamais assez. Sans doute parce qu'avec toi, il n'y a pas la moindre exigence.

– Cécilia, tu n'es pas obligée…

– Chut – ne m'interromps pas. Sinon je n'arriverai jamais à dire ce que j'ai à dire.

Mikael garda le silence.

– Le jour où tu es parti pour la prison, j'étais effroyablement malheureuse. Tout à coup, tu n'étais plus là, comme si tu n'avais jamais existé. Plus de lumière ici, dans la maison des invités. Et mon lit brusquement froid et vide. Tout à coup, j'étais redevenue une vieille de cinquante-six ans.

Elle se tut un instant et regarda Mikael droit dans les yeux.

– Je suis tombée amoureuse de toi cet hiver. Sans le vouloir, c'est juste arrivé. Et soudain j'ai réalisé que tu n'étais ici que temporairement et qu'un jour tu seras parti pour de bon, alors que moi je serai ici pour le restant de ma vie. Ça faisait tellement mal, une douleur abominable, et j'ai décidé de ne pas te laisser entrer quand tu reviendrais de prison.

– Je suis désolé.

– Ce n'est pas ta faute.

Ils ne dirent rien pendant un moment.

– Quand tu es parti ce soir, j'ai pleuré. J'aurais voulu qu'on me donne une chance de revivre ma vie. Ensuite j'ai décidé une chose.

– Quoi donc ?

– Que je devais être totalement cinglée si j'arrêtais de te voir simplement parce qu'un jour tu partiras d'ici. Mikael, est-ce qu'on peut reprendre ? Est-ce que tu peux oublier ce qui s'est passé tout à l'heure ?

– C'est oublié, dit Mikael. Et merci de me l'avoir dit.

Elle continua à fixer la table.

– Si tu veux de moi, moi j'en ai très envie.

Elle croisa soudain son regard. Puis elle se leva et se dirigea vers la chambre. Elle laissa tomber la veste par terre et retira sa robe par la tête en marchant.

MIKAEL ET CECILIA FURENT REVEILLES en même temps par le bruit de la porte d'entrée qui s'ouvrait et les pas de quelqu'un dans la cuisine. Ils entendirent le bruit sourd d'un sac qu'on posait par terre à côté du poêle. Puis Erika fut à la porte de la chambre avec un sourire qui se transforma en affolement.

– Oh mon Dieu ! Elle fit un pas en arrière.

– Salut Erika, dit Mikael.

– Salut. Pardon. Je demande mille fois pardon de m'être précipitée comme ça. J'aurais dû frapper avant.

– Nous aurions dû fermer à clé. Erika, je te présente Cécilia Vanger. Cécilia, Erika Berger est la directrice de *Millénium*.

– Bonjour, dit Cécilia.

– Bonjour, dit Erika.

Elle avait l'air de ne pas savoir si elle devait s'approcher et serrer poliment la main de Cécilia ou bien si elle devait simplement partir.

– Eh, je… je peux sortir faire un tour…

– Et si tu allais plutôt préparer du café ? Mikael regarda le réveil sur la table de nuit. Midi passé de peu.

Erika hocha la tête et referma la porte de la chambre. Mikael et Cécilia se regardèrent. Cécilia était gênée. Ils avaient fait l'amour et parlé jusqu'à 4 heures du matin. Puis Cécilia avait dit qu'elle passait la nuit là et que désormais elle allait se foutre totalement de montrer à tout le monde qu'elle baisait avec Mikael. Elle avait dormi dos contre son ventre, le bras de Mikael serré sur sa poitrine.

– T'inquiète pas, tout va bien, dit Mikael. Erika est mariée et elle n'est pas ma petite amie. Nous nous voyons de temps en temps, mais elle se fout de savoir que toi et moi avons une liaison. Par contre, elle est probablement terriblement gênée en ce moment.

Dans la cuisine, Erika avait préparé un petit-déjeuner avec café, jus de fruits, marmelade d'oranges, fromage et pain grillé. Ça sentait bon. Cécilia se dirigea droit sur elle et tendit la main.

– C'était trop rapide tout à l'heure. Bonjour.

– Cécilia, excuse-moi d'être arrivée comme ça avec mes gros sabots d'éléphant, dit Erika vraiment malheureuse.

– Laisse, laisse, je t'en prie. Allez, café maintenant !

– Salut, dit Mikael en serrant Erika dans ses bras avant de s'asseoir. Comment tu es arrivée ici ?

– J'ai pris la voiture ce matin, qu'est-ce que tu crois ? J'ai eu ton message cette nuit vers 2 heures et j'ai essayé de te rappeler.

– J'avais coupé le portable, dit Mikael en adressant un sourire à Cécilia Vanger.

APRES LE PETIT DEJEUNER, Erika s'excusa et laissa Mikael et Cécilia, prétextant qu'elle devait aller saluer Henrik Vanger. Cécilia débarrassa la table en tournant le dos à Mikael. Il s'approcha et l'enlaça.

– Qu'est-ce qui va se passer maintenant ? dit Cécilia.

– Rien. C'est comme ça tout simplement – Erika est ma meilleure amie. On a une liaison sporadique qui dure depuis vingt ans et j'espère qu'elle durera encore vingt ans de plus. Mais nous n'avons jamais formé un couple et nous ne nous interdisons jamais nos aventures perso.

– C’est ça que nous avons ? Une aventure ?

– Je ne sais pas ce que nous avons, mais apparemment nous sommes bien l’un avec l’autre.

– Elle dormira où cette nuit ?

– On lui trouvera une chambre quelque part. Une chambre d’amis chez Henrik. Elle ne va pas dormir dans mon lit.

Cécilia réfléchit un instant.

– Je ne sais pas si j’arriverai à m’y faire. Toi et elle vous fonctionnez peut-être comme ça, mais je ne sais pas… je n’ai jamais… Elle secoua la tête. Je rentre chez moi maintenant. Il faut que j’y réfléchisse un peu.

– Cécilia, tu m’as posé des questions là-dessus et j’ai parlé de la relation qu’on a, moi et Erika. Son existence ne peut pas être une surprise pour toi.

– C’est vrai. Mais tant qu’elle se trouvait à une distance confortable là-bas à Stockholm, je pouvais l’ignorer.

Cécilia enfila sa veste.

– La situation est comique, sourit-elle. Viens dîner ce soir. Avec Erika. Je crois que je vais bien l’aimer.

ERIKA AVAIT DEJA REGLE la question du logement. Les fois précédentes où elle était venue voir Henrik Vanger, elle avait dormi dans une de ses chambres d’amis, et elle demanda tout bonnement à pouvoir utiliser la chambre de nouveau. Henrik avait du mal à cacher son enthousiasme et il lui assura qu’elle était la bienvenue quand elle voulait.

Ce genre de formalités expédié, Mikael et Erika traversèrent le pont et s'installèrent sur la terrasse du café Susanne avant la fermeture.

– Je suis plus que mécontente, dit Erika. Je suis venue ici pour célébrer ton retour à la liberté et je te trouve au lit avec la femme fatale du village.

– Excuse-moi.

– Alors ça fait combien de temps que toi et Miss Gros Lolos… Erika fit bouger son index.

– A peu près depuis que Henrik s'est associé à nous.

– Ah oui.

– Quoi, ah oui ?

– Simple curiosité.

– Cécilia est une femme estimable. Je l'aime bien.

– Je ne la critique pas. Je suis simplement mécontente. Une friandise à portée de main et me voilà obligée de passer au régime. C'était comment, la prison ?

– Du genre vacances studieuses correctes. Comment va le journal ?

– Mieux. On est encore en train de zigzaguer dans le rouge, mais pour la première fois en un an le volume d'annonces augmente. On est toujours loin au-dessous de ce qu'on avait avant, mais ça remonte, c'est déjà ça. Grâce à Henrik. Mais le plus étrange, c'est que les abonnements se sont envolés.

– C'est normal, c'est toujours en dents de scie.

– Avec quelques centaines en plus ou en moins. Mais nous avons eu trois mille abonnés en plus ces derniers mois. L'augmentation est assez constante avec deux cent cinquante nouveaux par semaine. J'ai d'abord cru que c'était un hasard, mais de nouveaux abonnés continuent à affluer. C'est la plus grande augmentation de tirage jamais réalisée pour un mensuel. Ils représentent plus que les revenus des annonceurs. En même temps, nos anciens abonnés semblent globalement renouveler.

– Comment ça se fait ? demanda Mikael interloqué.

– Je ne sais pas. Aucun de nous n'arrive à comprendre. On n'a pas fait de campagne de pub. Christer a consacré une semaine à vérifier systématiquement leur profil. Premièrement, il s'agit d'abonnés entièrement nouveaux. Deuxièmement, il y a soixante-dix pour cent de femmes. Normalement, ce sont soixante-dix pour cent d'hommes qui s'abonnent. Troisièmement, on peut distinguer l'abonné type comme un salarié moyen en banlieue avec un boulot qualifié : profs, petits cadres, fonctionnaires.

– La révolte de la classe moyenne contre le capitalisme ?

– Je ne sais pas. Mais si la tendance se poursuit, on va assister à un énorme changement dans le listing des abonnés. On a eu une conférence de rédaction il y a deux semaines et on a décidé d'intégrer progressivement de nouveaux sujets dans le journal ; je veux davantage d'articles sur le monde du travail, en liaison avec des syndicats, comme celui des fonctionnaires, par exemple, et ce genre de textes, mais aussi davantage de reportages d'investigation, sur le féminisme ou des sujets d'actu comme ça.

– Fais quand même attention à ne pas tout chambouler, dit Mikael. Si nous avons de nouveaux abonnés, c'est probablement parce qu'ils aiment ce qu'il y a déjà dans le journal.

CECILIA VANGER avait aussi invité Henrik Vanger à dîner, peut-être pour diminuer le risque de sujets de conversation équivoques. Elle avait préparé un sauté de gibier et elle servit un vin rouge pour l'accompagner. Erika et Henrik monopolisèrent une grande partie de la conversation en parlant du développement de *Millénium* et des nouveaux abonnés, puis la discussion glissa doucement sur d'autres sujets. Erika se tourna soudain vers Mikael et lui demanda comment son travail avançait.

– Je compte avoir terminé un premier jet complet de la chronique familiale dans un mois à peu près, que Henrik pourra lire.

– Une chronique dans l'esprit de la famille Addams, sourit Cécilia.

– Elle comporte certains aspects historiques, admit Mikael.

Cécilia jeta un regard en coin à Henrik Vanger.

– Mikael, en réalité Henrik ne s'intéresse pas du tout à la chronique familiale. Il veut que tu résolves l'énigme de la disparition de Harriet.

Mikael ne dit rien. Depuis qu'il avait commencé sa relation avec Cécilia, il lui avait parlé relativement ouvertement de Harriet. Cécilia avait déjà compris que c'était sa véritable mission, même s'il ne l'avait jamais ouvertement avoué. Par contre, il n'avait jamais raconté à Henrik qu'il avait discuté de cela avec Cécilia. Les sourcils broussailleux de Henrik se contractèrent légèrement. Erika se tut.

– Je t'en prie, dit Cécilia à Henrik. Je ne suis pas complètement idiote. Je ne sais pas exactement quel accord vous avez conclu, toi et Mikael, mais son séjour ici à Hedeby tourne bien autour de Harriet, n'est-ce pas ?

Henrik hocha la tête et regarda Mikael.

– Je t'avais bien dit qu'elle est futée. Il se tourna vers Erika. Je suppose que Mikael t'a expliqué ce qu'il fabrique ici à Hedeby.

Elle fit oui de la tête.

– Et je suppose que tu trouves cette occupation insensée. Non, tu n'es pas obligée de répondre. C'est une occupation absurde et insensée. Mais j'ai besoin de savoir.

– Je n'ai pas d'opinions là-dessus, dit Erika, très diplomate.

– Bien sûr que tu en as. Henrik se tourna vers Mikael. La moitié de l'année sera bientôt écoulée. Raconte. Est-ce que tu as trouvé quoi que ce soit que nous n'avons pas déjà démêlé ?

Mikael évita de rencontrer le regard de Henrik. Il pensa immédiatement à la sensation étrange qu'il avait eue la veille au soir en feuilletant l'album de photos. La sensation ne l'avait pas quitté de la journée, mais il n'avait pas eu le temps de s'installer de nouveau pour ouvrir l'album. Il ne savait trop s'il gambergeait, mais il savait qu'une idée faisait son chemin. Il avait été sur le point de penser quelque chose de décisif. Finalement il leva les yeux sur Henrik et secoua la tête.

– Je n'ai pas trouvé le moindre truc.

Le vieil homme l'examina soudain avec une expression attentive. Il s'abstint de commenter la réplique de Mikael et finit par hocher la tête.

– Je ne sais pas ce que vous en pensez, vous les jeunes, mais pour moi l'heure est venue de me retirer. Merci pour le dîner, Cécilia. Bonne nuit, Erika. Passe me voir demain avant de partir.

UNE FOIS QUE HENRIK VANGER eut refermé la porte d'entrée, le silence s'installa. Ce fut Cécilia qui le rompit.

– Mikael, ça veut dire quoi, ça ?

– Ça veut dire que Henrik Vanger est aussi sensible aux réactions des gens qu'un sismographe. Hier soir quand tu es venue chez moi, j'étais en train de regarder l'album de photos.

– Oui ?

– J'ai vu quelque chose. Je ne sais pas quoi et je n'arrive pas à poser le doigt dessus. C'était quelque chose qui est presque devenu une pensée, mais je l'ai loupée.

– Mais tu pensais à quoi ?

– Je ne sais pas. Et ensuite tu es passée et je… hmm… j'ai eu des choses plus sympas en tête.

Cécilia rougit. Elle évita les yeux d'Erika et s'échappa dans la cuisine sous prétexte de faire du café.

C'ETAIT UN JOUR DE MAI chaud et ensoleillé. La végétation avait démarré et Mikael se prit sur le fait de fredonner *Vienne le temps des fleurs*.

Erika passa la nuit dans la chambre d'amis de Henrik. Après le dîner, Mikael avait demandé à Cécilia si elle voulait de la compagnie. Elle répondit qu'elle devait préparer les conseils de classe et qu'elle était fatiguée et préférait dormir. Erika déposa une bise sur la joue de Mikael et quitta l'île tôt le lundi matin.

Lorsque Mikael était allé en prison à la mi-mars, la neige couvrait encore le paysage. Maintenant, les bouleaux étaient verts et la pelouse qui entourait sa maisonnette était grasse et luisante. Pour la première fois, il avait la possibilité de se balader partout sur l'île. Vers 8 heures, il passa chez Henrik demander un thermos à Anna. Il parla brièvement avec Henrik et lui emprunta sa carte de l'île. Il voulait voir de plus près la cabane de Gottfried, qui avait surgi de façon indirecte plusieurs fois dans l'enquête de police, puisque Harriet y avait passé pas mal de temps. Henrik expliqua que la cabane appartenait à Martin Vanger mais qu'elle était restée globalement inhabitée depuis des années. Il arrivait de temps en temps qu'un parent de passage l'occupe.

Mikael eut juste le temps d'attraper Martin Vanger qui se rendait à son travail à Hedestad. Il présenta sa requête et lui demanda à pouvoir emprunter la clé. Martin le regarda avec un sourire amusé.

– Je suppose que la chronique familiale en est arrivée au chapitre sur Harriet maintenant.

– J'aimerais simplement jeter un coup d'œil…

Martin Vanger lui demanda d'attendre et revint avec la clé.

– Ça ne te pose pas de problème, alors ?

– En ce qui me concerne, tu peux t'y installer si tu veux. A part le fait qu'elle se trouve à l'autre bout de l'île, c'est un endroit plus sympa que la maison où tu loges.

Mikael prépara du café et quelques sandwiches. Il remplit une bouteille d'eau avant de partir et il fourra ses provisions dans un sac à dos qu'il jeta sur l'épaule. Il suivit un chemin étroit et à moitié envahi de broussailles qui courait le long de la baie côté nord de l'île. La maisonnette de Gottfried était située sur un promontoire à environ deux kilomètres du hameau et il ne lui fallut qu'une demi-heure pour faire le trajet sans se presser.

Martin Vanger avait raison. Au sortir d'une courbe du sentier, Mikael vit s'ouvrir un lieu verdoyant face à la mer. La vue était dégagée sur Hedestad, à la fois vers l'embouchure du fleuve, le port de transit à gauche et le port de commerce à droite.

Il trouva étonnant que personne n'ait pris possession de la cabane de Gottfried. C'était une construction rustique en rondins lasurés, avec un toit de tuiles et des encadrements de fenêtre peints en vert, et une petite véranda ensoleillée devant l'entrée. Manifestement, l'entretien de la maison et du jardin avait été négligé depuis longtemps ; la peinture des portes et des fenêtres s'était écaillée et ce qui aurait dû être un gazon était maintenant des buissons d'un mètre de haut. Une bonne journée de travail avec faux et débroussailleuse serait nécessaire pour venir à bout de tout cela.

Mikael déverrouilla la porte et ouvrit les volets de l'intérieur. L'ossature semblait être celle d'une vieille grange d'environ trente-cinq mètres carrés. L'intérieur était lambrissé et formait une grande pièce unique, avec de larges fenêtres donnant sur la mer de part et d'autre de la porte d'entrée. Au fond de la pièce, un escalier menait à une chambre-mezzanine qui couvrait la moitié de la surface de la maison. Sous l'escalier il y avait une petite niche avec un réchaud à gaz, une paillasse et un meuble-lavabo. Le mobilier était simple ; à gauche de la porte, un banc fixé au mur, un bureau en mauvais état et une étagère murale en teck. Plus loin du même côté il y avait trois placards. A droite de la porte, une table ronde avec cinq chaises en bois, et au milieu du petit côté trônait une cheminée.

Plusieurs lampes à pétrole indiquaient que l'électricité n'arrivait pas jusqu'ici. Sur le rebord d'une fenêtre était posé un vieux transistor Grundig. L'antenne était cassée. Mikael appuya sur le bouton *on*, mais les piles étaient à plat.

Mikael monta l'étroit escalier et jeta un coup d'œil sur la mezzanine : un lit double, un matelas sans literie, une table de nuit et une commode.

MIKAEL PASSA UN MOMENT à fouiller la maison. La commode était vide à part quelques serviettes et du linge de maison avec un faible relent de moisi. Dans les placards se trouvaient quelques vieux vêtements de travail, une salopette, une paire de bottes en caoutchouc, une paire de chaussures de sport usées et un petit poêle à pétrole. Dans les tiroirs du bureau il trouva du papier, des crayons, un carnet de croquis vide, un jeu de cartes et quelques marque-pages. L'armoire de cuisine contenait de la vaisselle, des tasses à café, des verres, des bougies et quelques paquets oubliés de sel, de sachets de thé et des choses comme ça. Dans un tiroir de la table il y avait des couverts.

Il trouva les seuls vestiges à caractère intellectuel sur l'étagère murale au-dessus du bureau. Mikael déplaça une chaise et grimpa pour mieux voir. Sur l'étagère d'en bas il y avait de vieux numéros de *Se*, de *Rekordmagasinet*, de

Tidsfördriv et de *Lektyr* de la fin des années 1950 et du début des années 1960. Des *Bildjournalen* de 1965 et 1966, *Mitt Livs Novell* et quelques magazines de bandes dessinées : *91 :an*, *Fantomen* et *Romans.* Mikael ouvrit un numéro de *Lektyr* de 1964 et constata que la pin-up avait l'air relativement innocente.

Une cinquantaine de livres aussi, dont à peu près la moitié étaient des polars en format poche de la série Manhattan de Wahlström : des Mickey Spillane aux titres évocateurs tels qu'*Aucune pitié à espérer*, sur les couvertures classiques de Bertil Hegland. Il trouva aussi six *Kitty,* quelques *Club des Cinq* d'Enid Blyton et un volume des *Détectives jumeaux* de Sivar Ahlrud – *Le Mystère dans le métro*. Mikael sourit avec nostalgie. Trois livres d'Astrid Lindgren : *Nous, les enfants de Bullerbyn*, *Super Blomkvist et Rasmus* et *Fifi Brindacier.* Sur l'étagère d'en haut il y avait une radio ondes courtes, deux livres d'astronomie, un livre sur les oiseaux, un livre intitulé *L'Empire du mal* qui parlait de l'Union soviétique, un livre sur la guerre d'Hiver en Finlande, le *Catéchisme* de Luther, le livre d'hymnes de l'Eglise suédoise ainsi qu'une Bible.

Mikael ouvrit la Bible et lut à l'intérieur de la couverture : *Harriet Vanger, 12-05-1963.* La Bible de confirmation de Harriet. Découragé, il remit le livre en place.

JUSTE DERRIERE LA MAISON se trouvait une remise abritant le bois et les outils, avec une faux, un râteau, un marteau et une caisse contenant en vrac des clous, des rabots, une scie et d'autres outils. Le cabinet d'aisances était situé à vingt mètres dans la forêt côté est. Mikael farfouilla un peu puis retourna vers la maison. Il sortit une chaise et s'assit sur la véranda, ouvrit son thermos et se versa du café. Il alluma une cigarette et regarda la baie de Hedestad à travers le rideau de broussailles.

La cabane de Gottfried était bien plus modeste que ce qu'il avait cru. Ceci était donc l'endroit où s'était retiré le père de Harriet et de Martin lorsque le mariage avec Isabella avait commencé à prendre l'eau à la fin des années 1950. C'est ici qu'il avait habité et qu'il s'était soûlé. Et, en contrebas près du ponton, qu'il s'était noyé, avec un taux élevé d'alcoolémie dans le sang. La vie dans la cabane avait sans doute été agréable en été, mais lorsque la température commençait à flirter avec le zéro, cela avait dû être bien froid et misérable. Selon Henrik, Gottfried avait continué à travailler au sein du groupe Vanger – avec des interruptions pour ses périodes d'ivrognerie frénétique – jusqu'en 1964. Le fait qu'il ait pu habiter dans cette cabane de façon plus ou moins permanente et pourtant se montrer au travail rasé, lavé et portant veste et cravate indiquait malgré tout une certaine discipline personnelle.

Mais ceci était aussi un endroit où Harriet Vanger était venue si souvent que ç'avait été l'un des premiers lieux où on l'avait cherchée. Henrik avait raconté qu'au cours de la dernière année, elle s'était souvent rendue à la cabane, apparemment pour passer en paix les week-ends ou les vacances. Le dernier été, elle avait habité ici pendant trois mois, même si elle était passée au hameau tous les jours. C'était aussi ici que son amie Anita Vanger, la sœur de Cécilia, lui avait tenu compagnie pendant six semaines.

Que faisait-elle ici dans la solitude ? Les magazines et les romans jeunesse étaient éloquents. Le carnet de croquis lui avait peut-être appartenu. Mais il y avait également sa Bible.

Voulait-elle rester à proximité de son papa noyé – et traverser ici une période de deuil ? L'explication était-elle aussi simple ? Ou devait-on associer cet isolement à ses interrogations religieuses ? La cabane était monacale ; y vivait-elle comme dans un couvent ?

MIKAEL SUIVIT LA RIVE vers le sud-est, mais le terrain, barré par autant de crevasses que de genévriers, était quasi impraticable. Il retourna vers chez lui et s'engagea un peu sur le chemin de Hedeby. D'après la carte, il devait y avoir un sentier à travers la forêt menant à ce qui s'appelait la Fortification, et il lui fallut vingt minutes pour trouver l'embranchement envahi par la végétation. La Fortification était des restes de la défense côtière datant de la Seconde Guerre mondiale : des bunkers en béton avec des abris de tir éparpillés autour d'un bâtiment de commandement. Tout était envahi par les broussailles.

Mikael continua le sentier jusqu'à une remise à bateaux dans une clairière sur la mer. A côté de la remise il trouva l'épave d'un voilier. Il retourna à la Fortification et suivit un sentier jusqu'à une clôture – il avait rejoint les terres de la ferme d'Östergården.

Il continua sur le sentier qui serpentait à travers la forêt, par endroits parallèle au champ tout près de la ferme. Le sentier était difficilement praticable et il fut obligé de contourner quelques mouillères. Finalement, il arriva à un marécage avec une grange. Apparemment, le sentier s'arrêtait là, mais il se trouvait à cent mètres seulement de la route d'Östergården.

De l'autre côté de la route s'élevait le mont Sud. Mikael grimpa une forte pente et il dut s'aider des mains sur les derniers mètres. Le mont Sud se terminait en une falaise presque verticale sur la mer. Mikael revint à Hedeby par la crête. Il s'arrêta au-dessus des cabanons et jouit de la vue sur le vieux port des pêcheurs, sur l'église et sur la petite maison où il était logé. Il s'assit sur un rocher et se versa une dernière lichette de café tiède.

Il n'avait pas la moindre idée de ce qu'il fabriquait à Hedeby, mais la vue lui plaisait.

CECILIA VANGER GARDAIT ses distances et Mikael ne voulait pas paraître collant. Au bout d'une semaine, il alla quand même frapper à sa porte. Elle le fit entrer et brancha la cafetière.

– Tu dois me trouver vraiment idiote, une prof respectable de cinquante-six ans qui se comporte comme une gamine.

– Cécilia, tu es une femme adulte et tu as le droit d'agir à ta guise.

– Je sais. C'est pour ça que j'ai décidé de ne plus te voir. Je n'arrive pas à gérer…

– Tu ne me dois aucune explication. J'espère que nous sommes toujours amis.

– Je veux bien qu'on reste amis. Mais une liaison avec toi est trop compliquée pour moi. Les liaisons n'ont jamais été mon fort. Je crois que j'ai besoin de rester seule un moment.